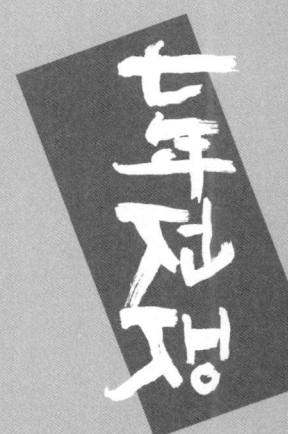

7·년·전·쟁

# 七年 전쟁

전쟁의 설계도

② 

김성한 역사소설

산천재

**평양성탈환도** 平壤城奪還圖
조선과 명의 연합군은 1592년 6월에 일본군에 빼앗겼던 평양성을 이듬해 1월에 탈환하였는데 이 병풍은 당시 전투를 그린 민화풍의 그림이다. 일본군에 비해 명군을 크게 묘사하는 등 전체적으로 명군의 활약상을 강조하고 있다.
국립중앙박물관 소장

**승자총통 勝字銃筒**
명종 때 북병사 김지(金墀)가 기존 총통을 개량하여 장전과 휴대가 간편하도록 만든 것이다. 총신을 길게 하여 사정거리를 늘리고 명중률을 높였다. 사거리는 약 750m.
길이 54.8cm
국립중앙박물관 소장

**현자총통 玄字銃筒**
크기가 세 번째에 해당하는 중화기. 사거리가 약 1~1.9km에 이른다고 한다.
길이 78.5cm
보물 제885호

**비격진천뢰 飛擊震天雷**
선조 때 이장손이 발명한 포탄. 감겨진 도화선의 숫자에 따라 폭발시간이 좌우된다.
지름 19.0~20.0cm

**대장군전촉 大將軍箭鏃**
천자총통에서 발사되던 대장군전의 화살촉.
탄두만 남은 모습이다.
길이 20.8cm
성암고서박물관 소장

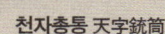

**천자총통 天字銃筒**
길이 130.0cm
보물 제647호 | 국립중앙박물관 소장

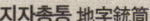

**지자총통 地字銃筒**
천자총통 다음으로 큰 화기. 화약 20냥을 사용하여
조란탄이라는 철환 200개나 장군전을 발사한다.
길이 89.5cm
보물 제862호 | 국립중앙박물관 소장

**원환 圓丸**
천자총통, 지자총통의 발사물로 사용
되었을 것으로 추정되는 탄환.
지름 11.0cm
국립중앙박물관 소장

**두석린 갑주 豆錫鱗 甲冑**
가장 흔히 볼 수 있는 조선시대 갑옷. 놋쇠 미늘을 연결하여 만든 이 갑옷은 경주부윤의 융복을 복원한 것이다.
투구 높이 80.0cm, 갑옷 높이 120.0cm
국립경주박물관 소장

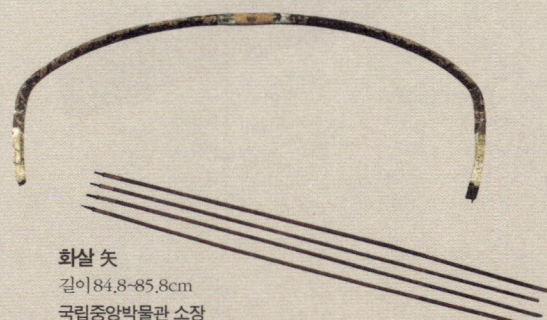

**활 弓**
조선의 활은 정교하고 성능이 뛰어나 임진왜란 당시 일본군에 맞서 주무기로 사용되었다. 남방에서 수입한 물소 뿔과 느릅나무 등 탄력이 좋은 목재를 복합적으로 사용하여 만들었다.
길이 62.0cm
국립중앙박물관 소장

**화살 矢**
길이 84.8~85.8cm
국립중앙박물관 소장

**신기전 神機箭**
총통화기차를 이용, 화약의 힘으로 발사되어 직접 적의 인마를 살상하는 데 쓰였다. 밤에는 교란용으로 썼다.
길이 86.0cm

**화전 火箭**
화약을 이용하여 적진을 불태우거나 혼란시키는 데 쓰였다.
길이 96.0cm

### 일본 갑옷(요로이)
일본의 전통적인 갑주는 창칼에 대한 방어 기능을 갖고 있었는데 전국시대에 철포가 등장하면서 개량, 발전되었다. 몸통은 옻칠을 하고 금박으로 화려하게 장식하였다.
전체 높이 170.0cm
국립중앙박물관 소장

### 조총 鳥銃
1576년 포르투갈 상인들에 의해 다네가시마에 전래된 이후 자체 제작하여 임진왜란 때 일본군이 주 무기로 삼았던 휴대용 화기. 유효사거리는 약 50~80m다.
길이 134.0cm
국립중앙박물관 소장

### 불랑기포 佛狼機砲
명나라에서 사용했던 후장식 화포로 1517년경 포르투갈에서 전해진 것이다. 자포에 화약과 탄환을 장전하여 모포의 약실에 장착한 후 발사한다.
모포 길이 99.9cm, 자포 길이 29.6cm
국립중앙박물관 소장

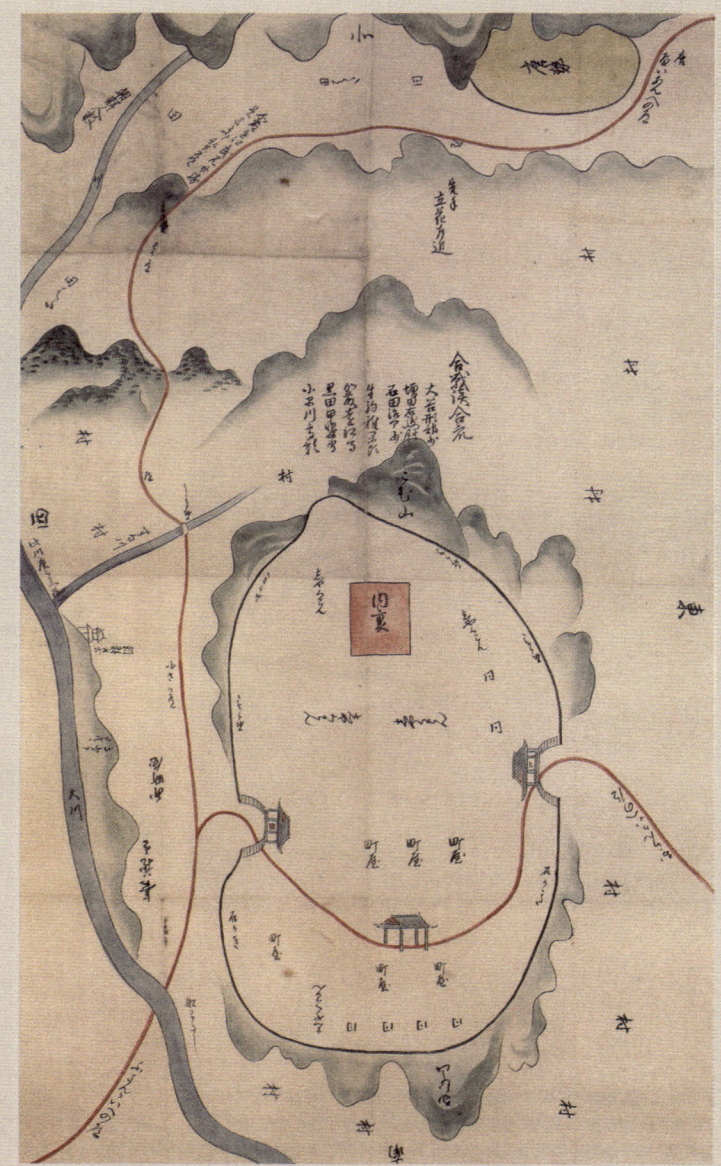

**임란황성포위도** 壬亂皇城包圍圖
1593년 1월, 일본군의 한양 집결 시에 주둔한 일본 군대의 배치를 그린 그림이다. 행주산성 전투를 전후한 일본군의 동향을 알 수 있는 자료다.
국립중앙박물관 소장

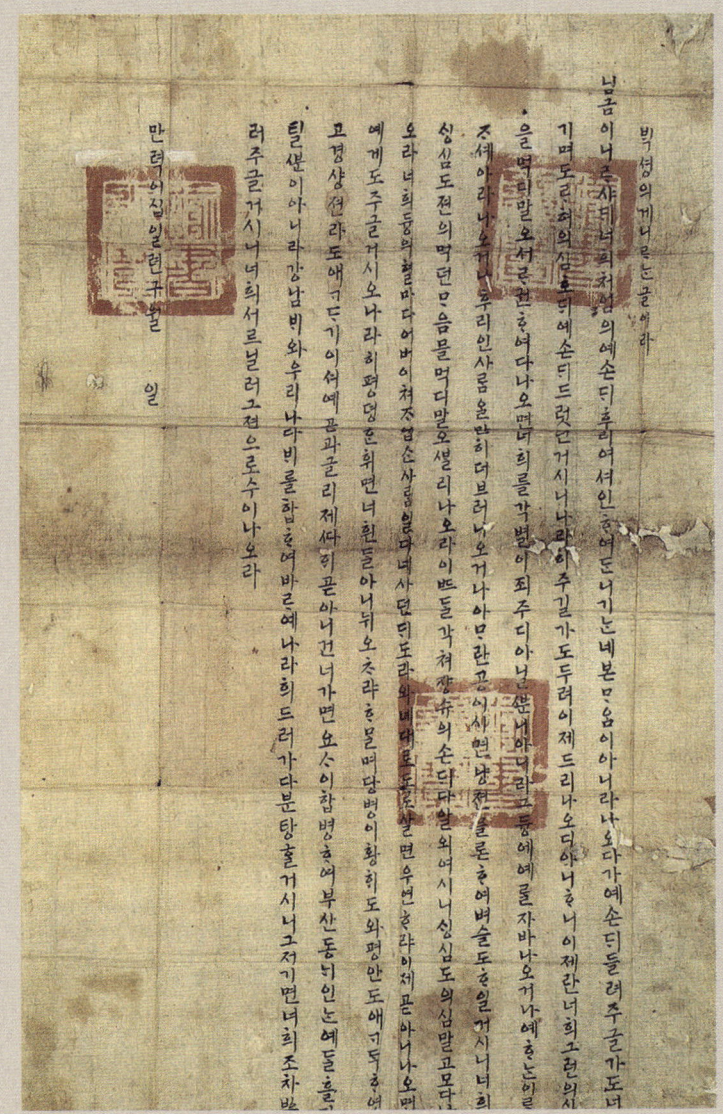

**선조 한글 교서 宣祖國文敎書**
의주에 피란 가 있던 선조가 1593년 9월에 내린 한글 교서. 포로가 되어 일본군에 협조하던 백성들을 회유하기 위해 읽기 쉬운 한글로 교서를 내렸다. "임금이 이르시되 '너희가 처음에 왜에게 잡히어서 인하여 다니는 것은 너의 본 마음이 아니라……"로 시작되는 내용이다.
보물 제951호

**곽재우의 장검 長劍**
임진왜란 당시 곽재우가 사용하던 장검. 손잡이 부분이 나무로 되어 있고
겉은 가죽끈이 교차하고 있다.
보물 제671-1호 | 충익사 소장

• 조선·일본·명 삼국 관계도

• 조선 군사 배치도

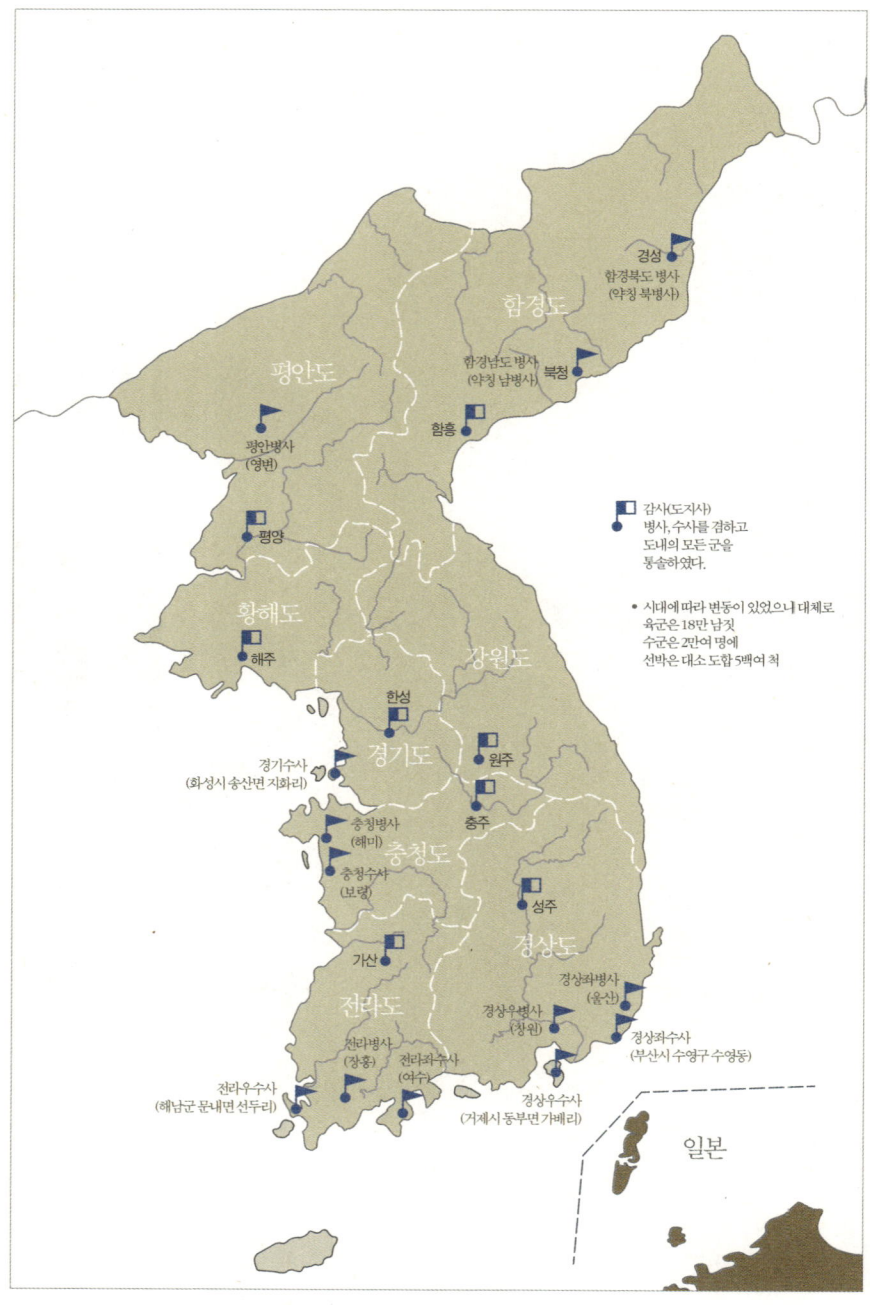

• 일본군 침공 경로

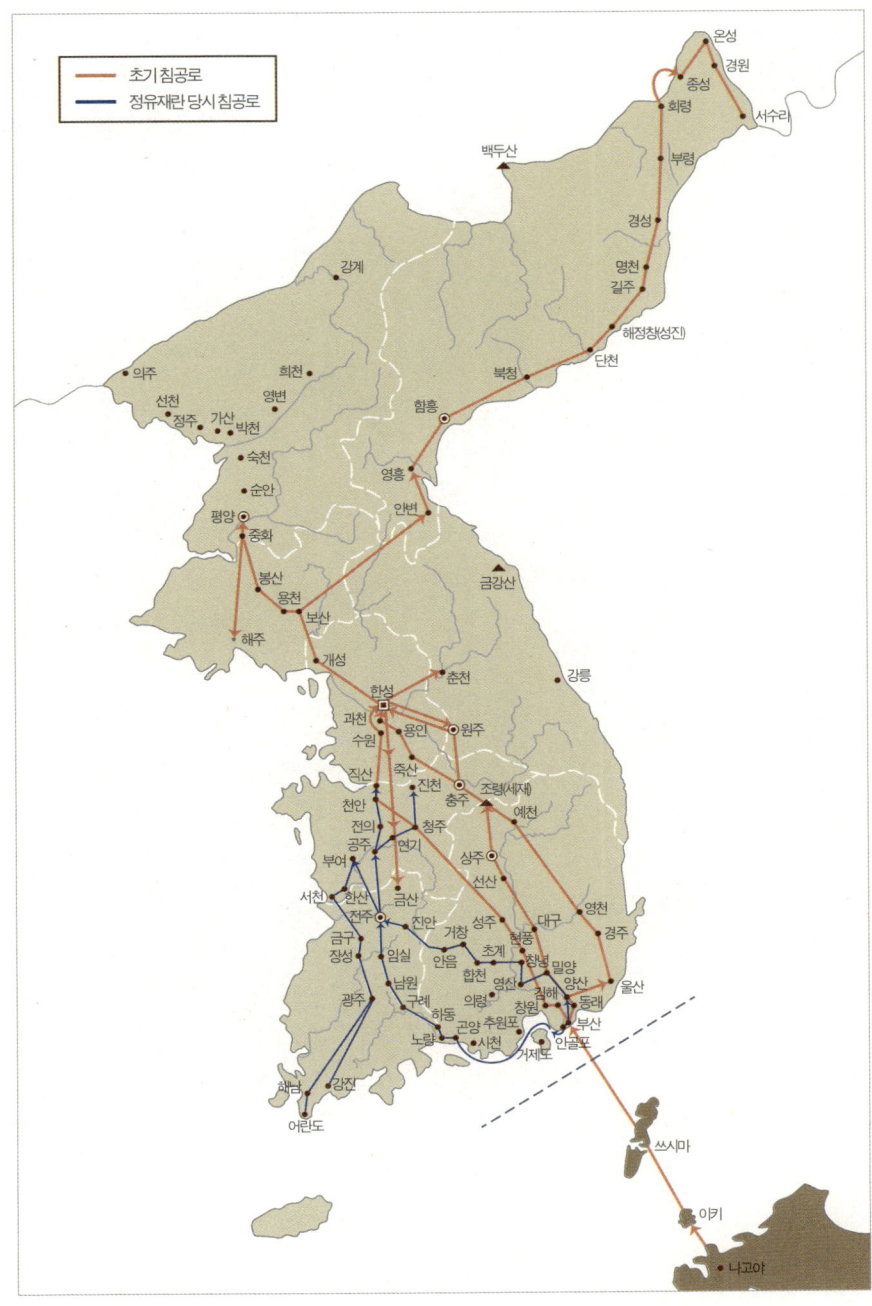

• 의병 및 관군 활동 지역

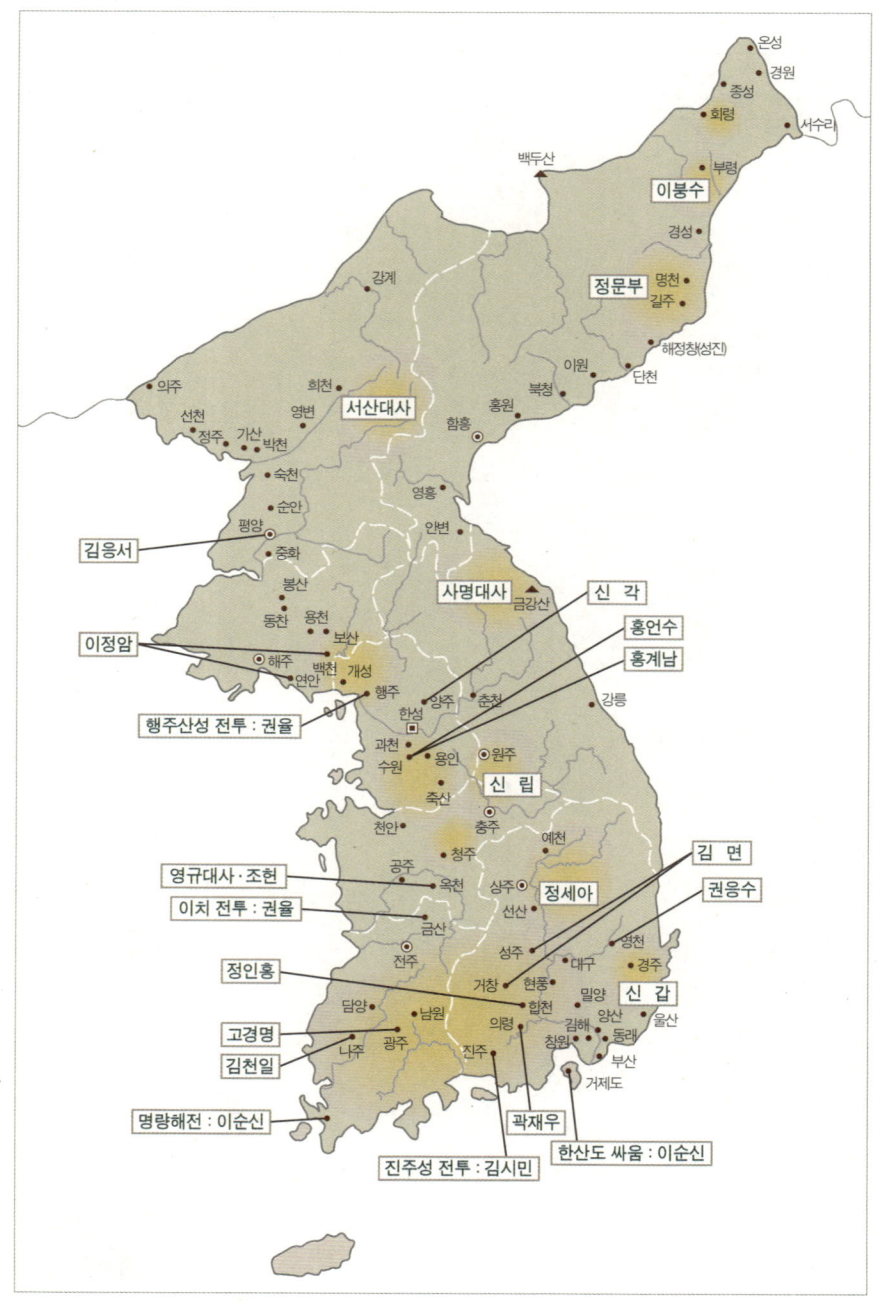

무능한 통치자는 만참(萬斬)으로도 부족한

역사의 범죄자다.

2권  전쟁의 설계도
차례

헌부지례獻俘之禮  21
파열음  31
검추레한 잔나비  40
공작工作  49
히데요시의 답서  59
문제의 여섯 글자  68
이상한 사람들  77
동인도 모르고 서인도 모르고  86
명으로 간 통지문  101
짙어 가는 전운  110
막후에서 움직이는 사람들  118
오해와 변명  132
대명 황제 주익균  138
울부짖는 히데요시  147
전쟁의 설계도  156
칼을 가는 자들  165
사라진 왜인들  175
군사 검열  185
쓰시마를 탓하지 말라  194
마침내 전쟁  203
살육전은 시작되고  212
무인지경의 이리 떼  221
고독과 분노  231
다가드는 죽음  241

조선의 인물 송상현  250
충성과 배신  261
도망 또 도망  273
임금은 주무시고  285
안이한 희망  294
종이 속 20만 병사  303
대책 없는 대책  311
죽을 자리  317
3천 기병  326
미투리 소동  332
허무한 전투  340
만 가지 계책이 무용하고  357
왕세자의 책봉  366
신립 장군  374
탄금대의 결사항전  383
창경궁의 통곡소리  391
불타는 궁궐  400
그믐밤의 피란길  409
여보시오, 상감마마  418
개성의 민심  427
북으로  435
적은 서울에 들어오고  444
비극의 장군 신각  456

## 일러두기

- 이 작품은 1990년 《임진왜란》(전7권, 행림출판) 제하로 출간된 소설을 《7년전쟁》으로 제목을 바꾸고 5권으로 새로 묶은 것이다.
- 이 작품은 단행본으로 출간되기 전 〈동아일보〉에 1984년부터 1989년까지 5년 동안 연재되었으며, 단행본에서는 신문 연재 당시 지면 사정으로 다 싣지 못했던 정유재란 부분이 작가의 원래 구상대로 복구되었다.
- 신문 연재 당초에 이 작품의 제목은 '7년전쟁'이었으나 도중에 '임진왜란'으로 바뀌었다..그러나 최초의 제목 '7년전쟁'이 작가의 의도에 더 가까울 뿐 아니라 임진왜란의 성격을 더 정확하게 드러내 준다고 판단하여 '7년전쟁'을 이 작품의 제목으로 되살렸다.
- 내용의 가감, 수정은 원칙적으로 하지 않았다. 다만, 작가가 생존시 챙겨 두었던 일부 수정 내용은 반영했다. 또 읽기 쉽도록 소제목을 추가했다.
- 일본의 인명과 지명은 종전에 한자음대로 표기되었던 것을 현지음에 기반한 일본어 표기법에 따라 고쳤으며, 중국의 인명과 지명은 종전의 한자음대로 표기하는 것을 원칙으로 했다. 다만, 일본의 인명과 지명도 현지음이 확인되지 않은 몇몇 경우는 한자음대로 표기했다.
- 본문의 지도 중 내용이 유사한 지도는 일부 없애고 책 서두에 전체 상황을 알려주는 지도를 추가했다.

# 헌부지례 獻俘之禮

2월 28일, 헌부지례가 있는 날이었다.

의금부에서 안국방(安國坊) 네거리를 거쳐 창덕궁에 이르는 연도에는 창을 짚은 병사들이 도열하고 그 뒤에는 구경 나온 백성들로 인산인해를 이루었다.

말을 탄 소 요시토시(宗義智)와 야나가와 시게노부(柳川調信)가 선두를 전진하고, 이어서 창을 꼬나든 병사들이 경비하는 가운데 네 대의 함거(檻車)가 고르지 못한 길을 덜컹거리며 뒤를 따랐다.

이 순간 소 요시토시는 일본 사절단의 부사(副使)가 아니라 조선의 변방 대마도의 사령관이었다. 어명으로 출전하여 적을 무찌르고 그 괴수들을 포로로 잡아 가지고 돌아와 어전에 바치러 가는 길이었다.

백성들은 행렬이 자기들 앞에 다가왔다 지나갈 때까지 고함을 지르고 욕설을 퍼붓고 개중에는 도열한 병사들을 제치고 뛰쳐나가 침을 뱉는 사람들도 적지 않았다.

"역적아!"

"왜구야!"

금호문(金虎門) 앞에 이르자 행렬은 멈춰서고, 함거에 실렸던 죄수들은 병사들이 달려들어 끌어내렸다.

말에서 내린 소 요시토시와 야나가와 시게노부는 우리 관원들의 인도로 다시 앞장을 서고 뒷짐을 묶인 4명의 죄수들은 병정들에게 끌려 비틀거리며 뒤에 따라붙었다.

인정전(仁政殿) 앞뜰에는 병사들이 늘어서서 삼엄한 경계를 편 가운데 문무백관이 서차에 따라 엄숙한 표정으로 서 있었다. 소 요시토시와 야나가와 시게노부는 앞으로 나가 죄수들을 꿇어 엎어 놓고 옆에 비켜 서서 두 손을 모아 쥐었다.

이윽고 군악이 울리는 가운데 임금이 전상에 나타났다. 전에 없이 군복 차림에 칼을 찬 모습이었다. 전승국의 군왕이 전장에서 돌아온 개선장군으로부터 포로의 헌납을 받는 의식이니 평상의 예복일 수 없었다.

예조판서 황정욱의 구령으로 사배(四拜)가 끝나자 소 요시토시가 종이에 적은 것을 일본말로 읽고 야나가와 시게노부가 우리말로 옮겼다.

"대마도주(州) 병마절제사 신 소 요시토시, 어명을 받들고 적괴(賊魁) 사화동, 긴시요라, 삼보라, 망고시라를 포박하여 어전에 바칩니다."

의금부의 고관들이 앞으로 나와 죄수들을 신문하는 형식을 취하고 이미 그들의 죄상을 적은 문서를 큰소리로 어전에 고하였다.

이어서 전상의 임금이 한마디 하자 모시고 섰던 한응인이 층계까지 나와 임금의 말씀을 전했다. 그는 정여립을 고발한 공으로 종4품 신천군수에서 4계급을 특진하여 호조참판으로 올랐다가 얼마 전 도승지로 옮겨 앉았다.

"저들의 죄는 만세에 용서 못할 것인즉(萬世之不宥) 모두 역률(逆律)로 다스려 즉시 참형에 처할지니라."

죄수들은 병정들에게 끌려 궐문 밖으로 나가 다시 함거에 실렸다.

연도에서 아우성치는 군중의 침과 욕설을 뒤집어쓰면서 함거는 천천히 서문 밖의 형장(刑場)으로 향했다.

전상에서 임금의 분부가 울렸다.

"소 요시토시의 충성이 갸륵한즉 내구마(內廐馬) 한 필을 내리라."

군사 한 명이 몸뚱이에 붉은 비단을 두른 말 한 필을 끌고 소 요시토시에게 다가왔다.

"아리가토오 고자이마스루(고맙습니다)."

소 요시토시는 네 번 절하고 일어섰다.

다시 전상에서 임금의 목소리가 울렸다.

"당상관들은 쓰시마의 충신들과 함께 이리 올라오라."

고관들과 요시토시, 시게노부는 전상에 올라 축배를 들었다. 무시로 바다에 올라와 살인, 약탈, 납치를 자행하던 왜구의 두목들을 잡아다 없애 버렸으니 움직일 수 없는 태평성대가 올 것이다. 더없이 경사스런 일이요, 그들을 잡아 보낸 일본 왕 도요토미 히데요시도 욕할 것만은 아니었다. 심지만은 고운 사람일 것이다.

두 나라 사이에서 애쓴 소 요시토시와 야나가와 시게노부는 기특하기 이를 데 없었다. 사람마다 구구절절이 그들의 충절을 칭송하고 술을 권하며 각근한 정성을 표했다.

끝으로 소 요시토시와 야나가와 시게노부가 어전에 나아가 무릎을 꿇고 차례로 잔을 올림으로써 축하연은 파했다.

"성은이 망극하오이다."

다음 날 영의정 이산해는 문무백관을 이끌고 같은 인정전에서 어전에 축하를 드렸다.

"전하의 성덕으로 바다의 우환이 근절되었으니 진실로 역사에 없는 위업(偉業)이 아닐 수 없습니다. 왜구의 노략질로 걱정이 가실 날이 없던 조종(祖宗)의 혼백들도 기뻐하실 터이니 전하께서는 또한 대효(大孝)를 이루셨습니다. 신 등은 고금에 없는 성군을 모셨으니 나라의 지극한 복으로 감격을 주체할 길이 없습니다."

정여립 사건의 파동은 아직 계속 중이었으나 임금의 얼굴에서 떠나지 않던 주름살이 약간은 펴졌다.

"모두 그대들이 애쓴 덕이오."

선조는 얼굴에 웃음을 띠고 계속했다.

"겐소와 소 요시토시의 공을 생각하여 특히 연회를 베풀어 저들을 위로하오."

나라의 헌법인 《경국대전(經國大典)》에는 연회의 횟수도 명기되어 있었다. 일본 왕사에 대해서는 처음 와서 임금을 뵙는 날과 하직인사를 드리는 날 각각 한 차례씩 궁중에서 연회를 베풀기로 되어 있었다.

그 밖에는 예조에서 환영연과 전별연(餞別宴)이 있을 뿐 과외로 연회라는 것은 있을 수 없었다.

"하오나 조종의 법도가 그렇게 되어 있지 않습니다."

황정욱이 법을 내세웠다.

"조종의 법도를 어길 수는 없지. 그렇다고 저들의 공을 모르는 체하는 것도 예가 아닌즉 예관(禮判)은 사연(私宴)을 베풀어서라도 치하하고 위로하오."

황정욱은 동평관에서 푸짐한 연회를 베풀었고 임금은 특히 궁온(宮醞)을 내려 그들을 감격케 하였다.

모모한 고관들도 임금의 뜻을 받들어 시 한 수에 선물 한 꾸러미씩 줄을 이어 동평관에 보냈다. 전에는 귀찮은 불청객이었으나 이제 그들은 평화를 몰고 온 기특한 손님이었다.

그동안 승문원(承文院)에서 마련한 국서(國書)에도 손을 대지 않을 수 없었다. 못된 것들을 잡아 보내고, 우리는 행방조차 모르고 있던 백성 1백여 명을 돌려보냈으니 이에 언급이 없다는 것은 인사가 아니었다.

그러나 국서의 내용을 묻는 겐소에게 사실대로 이야기했더니 이의를 제기했다.

"그것이 우리 임금의 특지로 이루어진 일임은 말할 것도 없습니다. 그러나 그 연유를 생각하면 모두가 그분이 등극하기 전에 일어난 불미로운 사건이었습니다. 이제 새 임금의 통일을 축하하고 두 나라의 아름다운 내일을 다짐하는 마당에 상서롭지 못한 지난날을 회상케 하는 말씀은 안 해주시면 좋겠습니다. 새 임금께서는 지난일은 즉시 잊으시고 앞날만 생각하시는 분이올시다."

겐소는 한걸음 나아가 국서의 형식도 고쳐 달라고 했다. 전에 받은 일본 국서에 대한 회답으로 하지 말고 아주 깨끗이 히데요시의 통일을 축하하는 형식으로 고쳐 달라는 것이다.

"오늘 이전은 없던 것으로 해주십시오."

반대할 이유가 없었다. 이번 일로 해서 두고두고 공치사를 하면 그것도 못 볼 일이라고 은근히 걱정하던 차에 차라리 잘되었다.

국서는 다시 썼고, 겐소도 만족하였다.

조선 국왕 이연(李昖)은 일본 국왕 전하에게 글을 보냅니다. 화창한 이 봄철에 건강하실 줄 믿습니다. 멀리 듣자오니 대왕께서는 60여 주(州)를 통일하셨다고 합니다. 속히 통신하여 두 나라의 화목을 도모함으로써 이웃 나라 간의 정의를 두터이 하고자 하였으나 길이 아득하고 도중에 장애가 있을까 염려되었습니다. 이로 말미암아 다년간 생각은 있으면서도 이루지 못했습니다. 이제 전하의 사신들과 함께 황윤길, 김성일, 허성의 삼사(三使)를 파견하여 하사(賀辭)를 드리게 합니다. 자금(自今) 이후 이웃 간의 정의가 남달리 된다면 참으로 다행이겠습니다. 변변치 못한 선물을 드리는바 목록은 별지에 적었습니다. 웃으며 받아 주십시오. 건강에 유의하시기를 바랍니다. 이만 줄임. 만력(萬曆) 18년 3월.

3월 5일, 황윤길 이하 통신 삼사는 창덕궁에 들어가 임금에게 하직 인사를 드리니 임금은 대궐 뜰에서 술을 내리고 당부했다.

"일본에 가거든 행동거지는 반드시 예법에 맞게 하여 교만하거나 업신여기는 일이 있어서는 안 되겠소. 또 우리는 예의지국이고 저들은 미개한 오랑캐들이니 우리의 국위를 선양하고 덕화(德化)를 멀리 퍼뜨리도록 해야 하오."

다음 날인 3월 6일 그들은 마침내 길을 떠났다. 일행은 삼사 외에 차천로(車天輅) 등 뛰어난 문장가, 황진(黃進) 등 군관, 서기, 통역, 의원, 화공, 악공, 기수(旗手), 심부름꾼[奴子], 도우장(屠牛匠)에 이르기까지 1백여 명이었다.

또 겐소, 소 요시토시 등 일본 사신들도 선위사 이덕형의 안내를 받으며 함께 귀국길에 올랐다.

이들은 남대문 밖 전생서(典牲署)에서 전송 나온 대신 이하 고관들과 이별주를 나누고, 다시 한강으로 나가 여기까지 따라온 친지들의 전송을 받으며 나룻배를 탔다.

한강을 건너서부터는 대오(隊伍)를 정제하고 사신의 깃발을 휘날리며 양재역(良才驛), 용인, 충주, 새재, 안동, 경주, 동래를 거쳐 부산으로

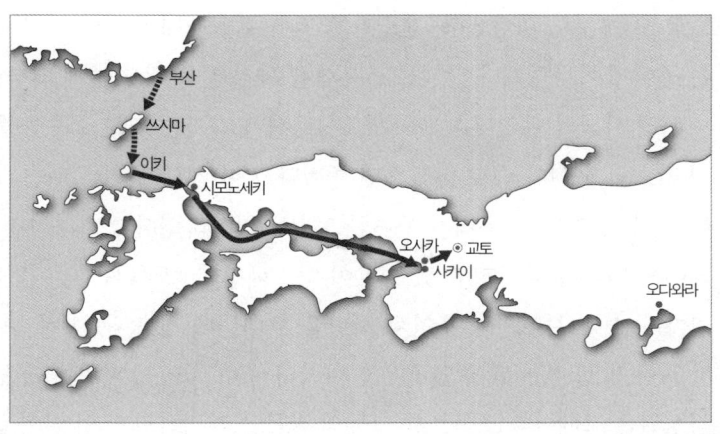

조선통신사 행로

향했다.

부산에는 3척의 사선(使船)과 2척의 복선(卜船: 화물선), 도합 5척의 배가 대기하고 있었다.

사선에는 삼사가 각기 수행원들과 함께 분승하고 복선에는 식량과 기타 필수품을 실었다. 이들 배를 움직이는 격군(格軍: 사공)만도 2백여 명이어서 그들까지 합치면 일행은 3백 명도 넘는 인원이었다.

서울을 떠난 지 50여 일 만인 4월 27일 배에 올라 다대포(多大浦)에서 두 밤을 자고, 4월 29일 다시 바다로 나가 그날 늦게 쓰시마 북단 오우라(大浦)에 당도하였다. 이어 5월 4일에는 쓰시마의 수도 후추(府中: 嚴原)의 항구로 들어갔다.

일본 땅에 들어서면서부터 부사 김성일은 마땅치 않았다. 우리나라에서처럼 국왕이 보낸 선위사가 마중 나올 줄 알았는데 나오지 않았다. 따지니 바닷길이 막혀 도중까지 와서 기다린다는 대답이었다.

여기 와서는 소 요시토시가 우리 사신을 만나는 데 예복이 아닌 평복으로 오는 것도 괘씸했다. 겐소가 쪽지를 보냈는데 모서리도 자르지 않은 종이에 아무렇게나 갈겨쓰고 봉함을 하지 않은 것도 눈에 거슬렸다.

우리 사신의 답연(答宴)에 소 요시토시가 자기는 조선 소주를 좋아하지 않으니 쓰시마 술로 바꿨으면 좋겠다고 한 것도 우리를 우습게 보고 한 짓이다. 그는 또 우리가 마련한 모임에 참석하였다가 파하자 먼저 자리에서 일어나 나가려고 했으니 이것도 예법에 어긋나는 일이었다. 아침마다 소 요시토시는 문안차 사람을 보내는데 창을 든 병정 두 사람, 칼을 든 병정 한 사람을 앞세우고 나타나니 이것 역시 비위에 거슬렸다. 김성일은 그때마다 조목조목 그들의 잘못을 지적하고 그런 법이 없다고 꾸짖었다.

도선주 야나가와 시게노부는 찾아뵙겠다고 약속해 놓고 도주의 집에 일이 있다고 그리로 가버리면서 음식을 보내 오니 다른 사람은 받았으나 김성일은 받지 않았다. 도주를 높게 보고 사신을 가볍게 본 것이니 예가 아니다. 어찌 받을 것이냐.

나중에는 김성일이 분을 참지 못하여 한바탕 크게 들었다 놓으려고 하였으나 그때마다 모두들 달려들어 말리곤 했다.

상사 황윤길과 서장관 허성은 예를 모르는 오랑캐들에게 사소한 것까지 따질 것이 없다 하였고, 김성일은 사신들이 체모를 잃고 저들에게 얕잡아 보인 결과라고 분개하였다.

드디어 피를 보게 되었다.

후추의 고쿠분지(國分寺)는 경치 좋은 곳으로 일본 측에서 자리를 마련하고 초청하였다. 사신들이 당도하니 미리 와 있던 겐소가 맞아들여 중당(中堂 : 대웅전)에 좌정했는데 도주 소 요시토시는 뒤늦게 나타났다. 그것도 가마에 탄 채 마당을 가로질러 층계 밑에서 내려 올라왔다.

거동을 지켜보던 김성일은 자리를 박차고 일어섰다.

"나는 물러가겠소."

그가 나오자 서장관 허성도 뒤를 따랐다.

"부사께서 아프신 모양이니 모시고 가야겠소이다."

소 요시토시가 우리 통역관 진세운(陳世雲)에게 물었다.

"어찌 된 일이냐?"

진세운은 눈치를 알았으나 우물쭈물하다가 대답했다.

"부사께서 몸이 편찮아 객관으로 돌아가신답니다."

모두들 일어서 배웅하고 연회는 황윤길을 중심으로 계속되었다.

이튿날 김성일은 문안을 온 일본 사람들 앞에서 곤장으로 진세운의 볼기를 쳤다.

"너는 어제 내가 나올 때 법도를 말하고 저들에게 엄중 항의할 것이지 입을 다물고 기를 펴지 못하고 있다가 병이 나서 객관으로 돌아간다고 둘러댄 것은 무슨 까닭이냐? 사신의 체모를 깎았으니 네 죄가 가볍지 않다."

소식을 들은 야나가와 시게노부는 일가 되는 다이라 시게쓰라(平調連)를 보내 사과하였다.

"부관(副官 : 소 요시토시)은 나이가 젊어서 예법을 모르고 잘못을 저질렀습니다."

김성일은 언성을 높여 꾸짖었다.

"너희 쓰시마는 우리 번신(藩臣)이나 다름없는데 어찌 이럴 수 있느냐? 부관이 젊어서 예법을 모른다고 하나 사신으로 우리 서울의 동평관에 머물고 있을 때를 생각해 보라. 우리 선위사는 대문 밖에서 말을 내려 의관을 정제하고 들어가 예를 행하였으며 끝까지 소홀함이 없었다. 이것은 그도 자기 눈으로 본 일이다. 그런데 이토록 거만하고 우리를 업신여긴단 말이냐? 가령 부관이 동평관에 있을 때 우리 선위사가 대문을 열어젖히고 말이나 가마를 탄 채 뜰을 지나 집에 올라왔다면 부관의 마음이 좋았겠느냐?"

다이라 시게쓰라는 일본 사신을 따라 서울에도 왔던 사람인지라 곧 알아들었다.

"지당한 말씀이십니다. 저희들도 그가 실례한 것을 알고 있습니다."

김성일의 성미를 알아차린 쓰시마 사람들은 걱정이 되었다. 통신사고 뭐고, 이대로 돌아간다고 하면 큰일이었다. 그들은 의논 끝에 이렇게 변명했다.

"사실은 부관이 가마를 멈춰 세우라고 했는데도 교꾼들이 그냥 메고 들어간 것입니다."

그리고는 그중 한 명을 바닷가 포구에 끌어다가 목을 쳤다.

# 파열음

 이 일을 계기로 일본 사람들은 김성일을 만날 때에는 실수가 없도록 조심하는 눈치가 역력했다.
 그러나 그들의 공론이 좋을 리가 없었다. 서장관 허성은 상사 황윤길과 의논하고 말보다 글이 나을 듯하여 지척에 있는 김성일에게 편지를 보냈다.


 (……) 새 왕이 나와 나라를 빼앗은 데 그치지 않고 도주(島主)도 바뀌었습니다. 그런 다음에 이웃 나라와 친호(親好)를 맺고자 포로를 바치고 사신을 요청했으니 이것은 실상 두 나라가 편안하게 되기도 위태롭게 되기도 할 수 있는 기회올시다. 우리들은 직접 왕명을 받들고 절월(節鉞)을 잡고 왔는데 어찌 다만 체모 한 가지만 찾겠습니까. (……) 의관을 바로하고 위의를 높게 하며 도량

을 너그럽게 하고 은신(恩信)을 넓게 하여 이국 사람들에게 바라만 보아도 두렵게 하는 것이 체모를 높이는 일입니다. (……) 평지에 사단을 일으켜 얼굴에 노기를 띠고 거친 말로 사람마다 꾸짖고 말끝마다 따지고 든다면 이것은 악에 가까운 일이 아니겠습니까. (……)

긴 편지에 대해서 김성일도 긴 편지로 회답했다.

(……) 그들의 뜻을 거스르기가 어렵다 하여 그대로 구차하게 순종한다면 이것은 첩부(妾婦)들이나 할 짓이지 어찌 대장부의 의기(義氣)일 것이며 대국 사신의 체모이겠습니까. (……) 새 왕이 제 스스로 일어나서 제가 나라를 빼앗고 제가 도주를 바꾸었는데 이것이 우리나라와 무슨 상관이기에 두 나라가 편안하게 되기도 위태롭게 되기도 할 수 있는 기회라고 하는 것입니까? 그들은 이웃 나라와 우호를 맺고자 포로를 바치고 사신을 청한 것입니다. 그들의 뜻은 예의의 나라를 흠모하고 우호를 맺었다는 명목을 빌려 제 나라를 무게 있게 하려는 데 불과한 것입니다. 우리는 사신으로 왕명을 받들어 국경을 나왔고 지금은 이미 바다를 건너왔습니다. 그런즉 조심해서 예의를 지키고 규범(規範)을 따라 흔들리지 않고 굽히지도 않음이 마땅합니다. (……) 그런데 지금은 겨우 그들의 경계에 들어왔는데도 스스로 신중하게 하지 않고 한결같이 왜인의 마음을 기쁘게 하는 것을 상책으로 삼고 있습니다. 저들이 비록 무식하나 매우 영리한데 우리들의 염치없는 행동을 어찌 모르겠습니까? 말하자면 고쿠분지에서 당한 모욕은 우리들이 자취(自取)한 것입니다. (……) 도리에 어긋나는 음식을 받아먹고

개, 돼지 같은 자들의 마음을 기쁘게 하였으니 도량이 너그럽고 은
신을 넓혔다 하여도 좋습니다. 그러나 (……) 도량과 은신을 이와
같이 넓혔건만 곳마다 모욕만 받아 능히 왜인에게 바라만 보아도
두렵게 하지 못한 것은 어찌 된 일입니까? (……) 그대의 병통을
내가 그윽이 보건대 모두 죽음을 두려워하는 파사(怕死)라는 두
글자에서 나온 것입니다(《학봉전집》).

김성일의 눈에는 일본 사람들만 못마땅한 것이 아니었다. 그가 보는
바로는 황윤길과 허성은 일본 사람들이 무서워 그들의 비위를 맞추고
주책을 떨고 체통을 잃고 벌벌 떠는 겁쟁이들이었다.

반면에 두 사람의 눈에는 김성일은 법도를 모르는 일본 사람들에게
사사건건 법도를 따지고 시비하여 평지풍파를 일으키고 일마다 난처하
게 만드는 두통거리였다.

자연히 세 사람 사이에 의견이 벌어져 사사건건 대립하게 되었다. 숙
식을 함께 하는 처지이면서도 서로 편지를 보내 공격하는 일도 한두 번
이 아니었다.

이와 같은 내막은 일본 사람들도 모를 리 없었다.

쓰시마에서는 한 달을 묵고 이키로 건너갔다. 고니시 유키나가는 여
기까지 와서 기다리고 있다가 겐소의 보고를 받고 이렇게 말했다.

"나는 정몽주나 신숙주 같은 큰 인물이 와서 관백과 모모한 인사들에
게 감명을 주어 전쟁을 막게 되기를 마음속 깊이 바라고 있었지요."

일본 사람들은 선위사가 오지 않는다고 탓하는 우리 사신들을 향해
서 그가 선위사라고 하였다. 그러나 유키나가는 사람을 보내 문안을 드
렸을 뿐 찾아오지도 않고, 우리 사신들이 만나자고 해도 만나지 않았다.
상견례(相見禮)는 있어야 할 터인데 이키에서는 아카마가세키(赤間關:

지금의 시모노세키)에 가서 하자고 하다가 막상 아카마가세키에 이르러서는 아프다고 만나지 않았고 아카마가세키를 지나서야 겨우 만났다.

일행은 바다(瀨戶內海 : 세토나이카이)를 동진하여 오사카에 인접한 사카이(堺)에서 뭍에 올라 한동안 인세쓰지(引接寺)에 유숙하였다. 다시 길을 떠나 교토에 당도한 것은 7월 21일이었다.

일본의 실력자 도요토미 히데요시의 본거지는 원래 오사카였고 교토에는 천황의 궁성이 있었다. 천황은 오랫동안 버림받은 존재로 허수아비에 불과했으나 명목상은 여전히 일본의 군왕이었다.

가문이니 전통을 중요시하던 시대인지라 내세울 것이 없는 히데요시는 천황을 떠받들었다. 금덩이도 주고 식읍(食邑)도 주고, 극진히 대접하여 그 후광을 정치적으로 이용하였다. 하루 세 끼 밥을 얻어먹기도 어렵던 천황 일가는 히데요시가 고맙기 이를 데 없고 그가 시키는 일은 구엇이나 하는 충실한 꼭두각시가 되었다.

히데요시는 이에 그치지 않고 4년 전에는 황태자 사네히토(誠仁)의 둘째 아들인 도시히토(智仁)라는 10세의 소년을 유자(猶子)로 삼았다. 유자는 양자와 다를 것이 없었으나 양자는 양부모의 집에 와서 함께 생활하는 반면 유자는 자기 집에 있어도 무방했다. 그러나 양부모나 유부모나 부모이기는 마찬가지여서 도시히토는 히데요시를 아버지라고 불렀다.

6개월 후 태자 사네히토가 죽었다. 당시 오사카에 있던 히데요시는 교토로 달려가서 도시히토의 형 가타히토(周仁)를 태자로 앉혔다. 원래 이들의 부친 사네히토는 천황(正親町天皇)의 친아들이 아니고 양자로 들어와서 태자가 된 사람으로, 그가 죽었다고 반드시 그의 아들이 태자가 되라는 법은 없었다. 그러나 히데요시가 우겨서 가타히토는 태자가 되었다.

2개월 후 은근히 권고해서 천황을 상황(上皇)으로 물러나게 하고 16세의 소년 가타히토를 천황으로 앉혔다. 이것이 현재의 군왕 고요제 천황(後陽成天皇)이었다.

다음 천황은 누구의 눈에도 도시히토였다. 그 도시히토가 히데요시를 아버지라고 부르고 있으니 거렁뱅이에서 올라온 히데요시는 천황과 맞먹는 권위가 섰다. 그 위에 실력을 갖췄으니 벼슬은 관백(關白)으로 신하였으나 이제 명실상부하게 천황을 압도하는 일본의 통치자가 되었다.

천황가와 밀착한 히데요시는 천황이 있는 교토에 근거지를 마련할 필요가 있었다. 이 무렵에 수만 명의 인부를 동원하여 궁성 가까운 곳에 대대적인 역사를 시작하였다. 1년 9개월 만에 궁성의 몇 배 되는 거성(居城)을 완공하고 이름을 주라쿠다이(聚樂第 : 聚樂亭)라고 붙였다. 오사카성은 그대로 두고 3년 전인 1587년 9월 이사해 왔다.

우리 통신사가 오사카 아닌 교토에 간 것도 이 때문이었다. 일행은 북서 교외에 있는 다이토쿠지(大德寺)라는 절간에 여장을 풀었다. 여러 만 평의 큰 사찰로 수백 명의 손님을 수용하고도 여유가 있었다.

그러나 이때 히데요시는 교토에 없었다. 4개월 전인 3월 1일, 우리 통신사가 서울을 떠나기 5일 전에 21만의 대군을 거느리고 아직도 그에게 반항하는 동부 지역의 토벌에 출전 중이었다. 우리 사신들이 사카이에 도착할 무렵인 7월 중순 적의 본거지인 지금의 도쿄 부근 오다와라(小田原)를 점령하고, 북진하여 나머지 지역을 싸우지 않고 손에 넣었다.

이로써 히데요시의 통일 사업은 완성되고 일본 전토가 그의 산하에 들어왔다.

우리 사신들은 다이토쿠지에서 기다리는 수밖에 없었다.

9월 1일, 온 교토가 떠들썩하는 가운데 도요토미 히데요시가 돌아왔다. 그동안 고니시 유키나가의 보고로 실정을 알았고, 측근인 이시다 미쓰나리, 아사노 나가마사 등이 좋게 말해서 히데요시는 군소리가 없었다.

"국왕은 병이라지? 사신이 대신으로 왔다니 국왕이 온 것이나 마찬가지 아니냐?"

주라쿠다이에 좌정한 히데요시는 통일을 완성한 끝이라 아주 기분이 상쾌했다. 그는 좌우를 돌아보고 말을 이었다.

"이번 출정으로 전국을 완전히 통일하지 않았느냐? 그런데 조선 왕도 사신을 보내 항복해 왔으니 일본 영토가 배로 쫙 늘어났다. 이건 일본 역사에 없는 큰 경사다. 조선에서 왔다는 사신도 데리고 우선 궁중에 들어가 어전에 보고부터 해야겠다. 나는 그런 연후에 그들을 만날 터이니 만조백관과 전국의 모든 제후들은 빠짐없이 참석하라고 전해라."

그는 궁중에 비용을 두둑이 보냈다. 크게 판을 벌여 자기의 위신을 한층 드높일 생각이었다.

그러나 고니시 유키나가로서는 큰일이었다. 조선은 항복하러 온 것도 아무것도 아니었다. 그 많은 사람들 앞에서 통신사가 한마디라도 사실대로 고하는 날에는 자기들의 음모가 드러나고 목이 달아날 것이다.

그는 공모자인 이시다 미쓰나리와 의논했다.

마침 천황의 측근 귀족으로 이마데가와 하루스에(今出川晴季)라는 우대신(右大臣)이 있었다. 천황 일가가 궁상에 떨 때 귀족이라고 다를 것이 없었다. 조상의 뼈를 팔아 명문가로 행세할 뿐 내세울 것은 족보 한 권뿐이었다. 족보로 밥을 먹을 수는 없고, 명색 귀족이라도 녹이 나오는 것도 아니어서 아이들을 모아 놓고 글을 가르쳐서 목숨을 이어 왔다.

그러나 난세에 글을 배우려는 아이들도 흔치 않아 먹는 날보다 굶는 날이 많았다. 하루스에도 원래 성은 후지와라(藤原)로 일본 제일가는 명문이었으나 이들 걸식 귀족의 한 사람이었다.

히데요시가 득세하자 재빨리 그에게 달라붙어 밥술이나 얻어먹게 되었다. 히데요시도 천황을 이용하려면 중간에 심부름꾼이 필요한지라 돈푼이나 쥐어 주고 땅도 적지 않게 갈라 주었다.

하루스에는 히데요시의 발바닥이라도 핥을 충실한 주구가 되었다. 히데요시에게 관백의 자리를 주선한 것도 그였고 앞서 천황 일가를 협박하여 도시히토를 히데요시의 유자로 삼은 것도 그였다. 이번에 히데요시의 지시로 궁중에서 희한하게 자리를 만들어 조선 통신사를 어쩐다고 주책을 부리고 다니는 것도 이 하루스에였다.

유키나가와 미쓰나리는 술자리를 마련하고 하루스에를 몰래 불렀다.

"대감, 지금 폐하께서는 몇 살이시지요?"

머리가 좋은 미쓰나리가 따지고 들었다.

"갓 스물이십니다."

"세상 물정을 어느 정도 아시는가요?"

알 까닭이 없는 애송이였다.

"아신다고 할 수는 없지요."

"외국 사신을 만나 보신 일이 있는가요?"

천황이 권력에서 소외된 지 4백여 년, 외국 사신의 접견은 고사하고 국내의 정사에조차 관여한 일이 없고, 역대로 조상의 제사를 지내는 것이 단 한 가지 일이었다.

"없습지요."

"역사에 없는 일을 하다가 실수라도 하시면 어떻게 하지요?"

"그러나 관백 전하께서 말씀하시는 일을 어떻게 거역한단 말입니까?"

"실수가 있으면 관백 전하에게도 누가 간단 말이오."

미쓰나리는 정색을 했다.
"그렇겠지요."
"우리는 전하의 신하요. 만약 누가 간다면 가만있지 못하겠소."
미쓰나리는 그를 아래위로 훑고, 허약한 하루스에는 떨었다.
"이 일을 어떻게 하면 좋지요?"
"조선 통신사를 궁중에 부르지 말란 말이오."
"어디 불렀나요? 관백께서 데리고 들어오신다는데요."
"조선 통신사는 안 된다고 하면 되지 않소?"
미쓰나리는 언성을 높였다.
"어떻게 핑계를 대지요?"
여기서 종교가인 유키나가가 끼어들었다.
"당신네가 잘 쓰는 신탁(神託)이라고 해요."
신탁은 신사(神社)에 기도를 드리는 중에 듣는 신의 말씀이었다.
"그건 어렵지 않지마는 관백께서 화를 내시면 어떻게 하지요?"
"그런 걱정은 말아요."
"그렇게 합지요."
"입 밖에 냈다가는 죽는다."
그들은 잔뜩 협박해 놓고 술을 잘 대접한 뒤에 헤어질 때에는 금덩이도 쥐어 주었다.

며칠 후, 크게 식장을 꾸미고 연회장도 마련하던 궁중에서 하루스에가 주라쿠다이로 달려왔다.
"관백 전하, 폐하께서 운메이덴(溫明殿)에 나가 기도를 드렸는데 일본 사람 외의 오랑캐를 만나시면 큰 탈이 난다는 신탁을 받으셨습니다."
운메이덴은 궁중의 전각으로 황실의 조상 아마테라스오카미(天照大神)의 신체(神體)인 거울을 모신 사당이었다.

"하 저런. 언제 일인데?"

히데요시는 놀랐다.

"오늘 새벽 목욕재계하시고 해돋이까지 운메이덴에 머물러 계시더니 나와서 그런 말씀을 하셨습니다."

히데요시는 상을 찌푸렸다. 죽으라면 죽는 시늉까지 하던 애송이가 무슨 재간을 부리는 것이냐?

"가서 다시 신탁을 받아 보시라고 말씀드려요. 예정은 변경할 수 없으니 그리 알고."

이로부터 하루스에는 궁성과 주라쿠다이 사이를 여러 번 내왕하였다. 신탁은 언제나 받을 수 있는 것이 아니고 때가 있기 때문에 한정 없이 시일을 끌었다.

다시 받은 신탁도 변함이 없고 세 번째도 마찬가지였다. 그때마다 히데요시는 입궐을 연기하는 수밖에 없었다. 통신사를 만나면 큰 탈이 나서 천황의 목숨이 위태롭다는 데는 도리가 없었다. 이 때문에 히데요시가 궁중으로 들어가 승전 보고를 하는 일도 세 번 연기되었다.

히데요시는 후광으로 이용하는 황실에 대해서는 겉으로라도 순종을 가장하는 처지였다. 큰 이해관계가 있다면 몰라도 사소한 일로 시비하여 뒷공론을 듣는 것은 현명한 일이 못 되었다.

조선 통신사들에게는 궁성을 수리 중이어서 끝나면 접견한다고 했다. 수리 중인 것도 사실이었다.

히데요시는 연기를 거듭한 끝에 11월이 오자 통신사의 동행을 단념한 채 찬란한 행렬을 이끌고 궁중에 들어가 천황에게 승전 보고를 마쳤다. 이 거동에는 조선 사절단 중에서 서장관 허성이 초청을 받아 수행원들과 함께 도중에서 행렬을 참관하였다.

그런데 이 참관이 또 말썽을 일으켰다.

## 검추레한 잔나비

참관을 발의한 것은 도요토미 히데요시였다. 그는 소 요시토시에게 일렀다.

"조선 사신들을 궁중에 데리고 들어갈 작정이었으나 안 된다니 할 수 없고 내가 들어가는 것을 길가에서 구경하게 해라. 우리 군대가 도열한 가운데 눈부신 행렬이 지나가는 것을 보면 그 애들 넋이 떨어질 것이다."

기분이 언짢은 히데요시에게 무어라고 하면 벼락이 떨어질 듯싶어 소 요시토시는 다이토쿠지로 서장관 허성을 찾았다.

"국서를 전하기 전이니 두 사신을 나오시라고 하는 것은 미안한 일이고 서장관을 초청합니다."

그는 이에 그치지 않고 중을 보내 협박도 했다.

"초청한 것은 소 요시토시지마는 관백의 뜻을 받든 것이지요. 응하지 않으면 사신들이 언제 돌아가게 될지 알 수 없습니다."

김성일은 대로하여 허성을 불렀다.
"참관하지 말아요."
그러나 허성은 듣지 않았다.
"참관해야겠소이다."
"당신은 당장 칼날이 목에 닿기라도 하는 듯이 왜인들의 말이라면 벌벌 떨고 있으니 죽는 것이 그렇게 두렵소?"
"죽음이 두려운 것이 아니라, 외국에 사신으로 와서 보지도 듣지도 만나지도 않으니 돌아가 무어라고 보고할 것입니까?"
"왕명을 전하기 전에 구경부터 하는 것은 법도에 어긋나는 일이오."
"법도를 모르는 나라에 왔으니 할 수 없지요."
"당신은 마치 풍증(風症)에라도 걸린 듯이 저들의 말이라면 덮어놓고 춤을 추는구만."
"뜻대로 생각하십시오."
"이제부터 어서 멋대로 하시오."
허성은 시내에 들어가 구경을 하였다.
그동안 사신들은 난감했다. 7월부터 11월까지 하릴없이 기다리기만 하니 갑갑해서 견딜 수 없었다.
그렇다고 명색 사신이 국서를 바치기도 전에 이리저리 돌아다니는 것도 체모 없는 일이었다. 숙소인 다이토쿠지 주변을 산책하는 정도에 그치고 여러 달이 지나도록 외부에는 나가지 않았다. 그 위에 필담(筆談)이 가능한 중 몇 사람과 쓰시마 사람들이 찾아올 뿐, 이쪽에서 만나러 나가는 일도 없으니 일본의 실정은 알 길이 없었다.
허성은 좋은 소리를 못 들으면서도 기회 있을 때마다 거리에 나갔다. 동행 중에는 군관 황진도 있었다. 상사 황윤길의 당질로, 그의 군관으로 따라온 사람이었다.

출중한 무인으로 보는 눈이 있었다. 거리에서 마주치는 일본 무사들을 유심히 살펴보고 특히 동부에서 개선하여 돌아온 군인들로부터 깊은 인상을 받았다. 백전연마의 강병들이었다.

그들은 거리에서 사람들을 만났고 이야기도 들었다. 히데요시가 조선과 명나라를 친다는 것은 비밀도 아니고 전국 어디나 퍼진 소문이었다. 그들은 이 소문도 귀담아들었다. 같은 교토에 있으면서도 오래도록 우리 사신들을 팽개쳐두고 만나지 않는 히데요시의 불손한 태도와 이 소문을 아울러 생각하면 가볍게 볼 일이 아니었다.

그들은 황윤길과 김성일에게 보고했다. 황윤길은 황진과의 혈연관계도 있고 해서 그대로 믿었으나 김성일에게는 곧이들리지 않았다. 그에게 있어서 왜인들은 여전히 보잘것없는 오랑캐들이었다.

그러는 동안에도 예법 시비는 그치지 않았다.

7월 중순 사카이에 상륙하여 인세쓰지에 묵을 때 사이카이도(西海道 : 九州)에 사는 일본 사람이 음식을 바친 일이 있었다. 처음에는 무삼하였다가 여러 사람에게 나눠준 뒤에 보니 그 사람이 보낸 글에 '조선국에서 사신이 내조하여(朝鮮國使臣來朝)'라는 구절이 있었다.

'내조'는 제후가 천자의 조정에 찾아온다는 뜻이니 조선은 제후국, 일본은 천자의 나라인 셈이었다. 그러나 음식은 모두 먹어 버린 후였다.

황윤길과 허성은,

"오랑캐가 무지해서 그런 것인데 구태여 따져서 무얼 하겠소?"

하였으나 김성일은 듣지 않았다.

"오랑캐가 무지하다고 우리까지 무지할 수 있는가. 이것은 나라를 욕되게 하는 일이다. 같은 음식을 사서 돌려줘야 한다."

음식을 가져온 사람에게 따졌더니 한문을 잘 몰라 그렇게 된 것이니

다시 써서 바치겠다고 사과하였다.

일이 난감하게 되자 야나가와 시게노부도 사람을 보내 해명하였다.

"원래 일본말로 쓴 것을 제가 한문으로 번역시킨 것입니다. 저도 한문에 익숙지 못해 잘못된 것을 모르고 그대로 바쳤으니 죄는 저에게 있습니다."

황윤길과 허성이 이 정도로 그치자고 하여 김성일은 마지못해 따랐다.

교토로 들어갈 때에도 시비가 붙었다. 김성일은 외국의 서울로 들어가는 마당이니 예복을 입어야 한다고 주장하고, 두 사람은 영접하는 의식도 없는데 그럴 필요가 없다고 했다. 결국 김성일만 예복을 입고 두 사람은 평복으로 들어갔다.

그들은 여기 와서 비로소 도요토미 히데요시가 일본 왕이 아니고 천황의 신하라는 것을 알았다. 절을 하는 절차가 문제되었다. 임금이면 뜰 아래에서 절하고 그렇지 않으면 당상에 올라 기둥[楹] 밖에서 절하는 것이 법도에 맞는다고 하였다.

허성은 히데요시가 사실상 일본 왕이므로 어느 쪽이든 무방하다고 하였으나 김성일은 당상 기둥 밖에서 해야 한다고 주장했다.

며칠을 두고 옥신각신했으나 합의를 보지 못했다. 겐소에게 물었더니 일본의 예법에는 당상에 올라 절하기로 되어 있고 류큐(琉球)의 사신도 그렇게 했다는 대답이었다. 그것도 우리처럼 사배가 아니고 삼배라는 바람에 싸울 거리도 없어졌다.

그러나 히데요시는 여전히 만나지도 않고 가타부타 말도 없었다. 전에 우리나라에 왔던 다치바나 야스히로는 여러 달을 기다리다 정식으로 임금을 뵙지도 못하고 돌아갔다. 이번에 왔던 겐소, 소 요시토시도 일 년 만에 귀국하지 않았는가? 그러므로 으레 그러려니 했다. 그런데 사신들을 잡아 가두고 돌려보내지 않는다는 소문이 들렸다. 불안한 공기가 감도는 가운데 일본 사람 중에 말하는 이가 있었다.

"어찌하여 관백의 측근에 있는 사람들과 잘 사귀지 않는가?"

그는 사절단의 접대를 맡은 5봉행(五奉行) 중의 한사람인 마에다 겐이(前田玄以), 히데요시의 측근인 야마구치 겐료(山口玄亮)와 마음을 터놓고 교제할 것을 권하였다.

황윤길과 허성은 그럴 듯하게 생각하고 예물도 주고 접촉하려고 했으나 김성일이 가로막았다.

"때 아닌 예물은 뇌물이다. 비굴한 일을 해서 왕명을 욕되게 하지 말라."

히데요시가 궁성에 다녀온 직후인 11월 7일. 마침내 접견하는 날이었다. 통신사 일행은 일본 측 접반관인 마에다 겐이, 야마구치 겐료와 고니시 유키나가, 겐소, 소 요시토시 등의 인도를 받으며 가마를 타고 다이토쿠지를 나섰다. 연도에는 구경꾼들이 몰려들어 인산인해를 이루고 악대가 북을 치고 피리를 불어 행렬을 선도하였다.

주라쿠다이에 당도한 일행은 가마를 탄 채 대문으로 들어갔다.

오늘을 위해서 천황의 측근인 일본 최고의 귀족들도 모두 동원되어 마당에 줄을 지어 서 있었다.

그중 좌대신(左大臣) 도류(聖護院道隆), 우대신(右大臣) 하루스에, 대납언(大納言) 하루도요(勸修寺晴豊) 등 귀족 7명과 히데요시의 양자 히데이에(宇喜多秀家) 도합 8명은 오늘 사신 일행의 접대를 맡았다.

이들 8명이 사신들을 각기 한 사람씩 맡아 당상으로 인도하니 우리 측도 당상에 오른 것은 8명이었다. 황윤길, 김성일, 허성, 차천로의 4명과 수행원 4명. 악공 등 나머지 50여 명은 층계 아래 마당에 깔아 놓은 삿자리에 앉았다.

넓은 다다미방에는 1백 명 가까운 신하들이 서차에 따라 정좌하고 있었다. 이윽고 검은 옷에 검은 사모를 쓴 히데요시가 6, 7명의 중신들을 거느리고 문으로 들어섰다. 방안에 있던 사람들은 두 손으로 방바닥을 짚고 머리를 숙였다.

히데요시가 한 단 높은 상좌에 좌정하자 사신들은 일어서 세 번 절하고 마당에 앉았던 수행원들도 그들이 하는 대로 따랐다.

황윤길이 상자에 든 국서를 바치자 소 요시토시가 받아 마에다 겐이에게 넘기고, 겐이는 머리 위까지 쳐들었다 히데요시의 옆에 놓인 탁자에 내려놓았다.

"먼 길에 수고했소."

히데요시가 한마디 하고 황윤길이 답변했다.

"귀국에 들어온 이래로 융숭한 대접을 베풀어 주셔서 감사합니다."

유키나가와 미쓰나리는 사전에 공작하여 히데요시의 앞에서 국서를 읽는 절차를 생략하였고, 당상에는 우리 측 통역도 들이지 않았다.

히데요시는 아무리 보아도 검추레한 잔나비 상이었다. 키는 5척이 될까 말까, 요상하고 볼품없는 인물에 사신들은 놀라고 저마다 그의 생김새를 음미했다.

다음은 연회였다. 사람마다 앞에는 조그만 상이 있고, 상 위에는 만두와 귤이 각각 하나, 도미조림 한 접시에 술잔이 놓여 있었다.

접대하는 사람들이 사신들의 잔에 술을 따르고, 히데요시가 마시자 전원이 한 모금씩 마실 뿐 안주도 집지 않았다. 오고 가는 대화도 없고 어쩌다 그릇 소리가 울릴 뿐 무거운 침묵이 계속되었다.

히데요시가 일어서더니 뒷문으로 사라지고 좌중에서는 희미한 한숨 소리가 터져 나왔다. 일본 사람들은 기를 펴지 못하다가 비로소 자기들끼리 소곤거리기 시작하였다.

알록달록 장삼 같은 옷에 허리를 질끈 동여맨 사나이가 아기를 안고 문으로 들어왔다. 소곤거리던 일본 사람들은 조용해지고 저마다 두 손으로 다다미를 짚었다. 히데요시였다. 허성이 가까이 앉은 소 요시토시에게 물으니 아기는 히데요시의 외아들 쓰루마쓰(鶴松)라고 했다.

사신들은 그의 불량무식한 거동에 속이 뒤집혔으나 어쩔 도리가 없었다.

히데요시는 아기를 안고 방안을 한 바퀴 돌더니 툇마루에 나가 턱으로 마당에 늘어 놓은 짐들을 가리켰다.

"저것은 무엇인고?"

소 요시토시가 종종걸음으로 다가갔다.

"조선 왕이 바친 예물이올시다."

"예물? 응, 무엇이냐?"

소 요시토시는 하나하나 손가락으로 가리키고 설명했다.

"호피 1백 장, 안장 두 개, 꿀 다섯 통, 인삼 한 상자, 백미 50섬……."

히데요시는 사신들을 돌아보고 만면에 웃음을 지었다.

"고맙소."

그리고는 마당에 줄을 지어 앉은 사람들을 가리켰다.

"악공들 같은데 음악을 한번 들어 볼까."

소 요시토시가 허성에게 부탁하고, 허성의 손짓으로 악공들은 조선의 궁중 아악(雅樂)을 연주하였다. 히데요시는 툇마루를 서성거리며 듣는 시늉을 했다.

"아하하하―."

느닷없이 히데요시의 웃음소리가 울렸다. 시동(侍童:小姓)이 무어라고 외치면서 달려가고, 젊은 여자가 문을 열고 들어오더니 히데요시가 안고 있던 아기를 받았다. 아기가 소변으로 히데요시의 옷을 적신 것이다.

여자는 아기를 안고 뒷문으로 나가고 히데요시도 뒤따라 나가더니 새 옷으로 갈아입고 다시 들어왔다.

자리에 앉아 귀를 기울이던 히데요시는 음악이 끝나자 탄성을 발했다.

"호오— 내 이렇게 좋은 풍악은 처음 들었소."

아무리 보아도 알아들은 얼굴이 아닌데 두 손을 크게 벌리고 눈알을 굴렸다.

그는 좌중을 둘러보고 말을 이었다.

"내, 사신들에게 상을 내릴 것이오."

옆에 모시고 앉았던 마에다 겐이가 일어서 종이에 적은 것을 읽어 내려갔다.

"정사와 부사는 각각 은 4백 냥, 서장관은 3백 냥, 당상관은 각 2백 냥(……).″

통역과 악사들에게 이르기까지 조금씩은 다 있었다.

황윤길이 대표로 감사를 드리고 뒤로 물러나자 소 요시토시와 야나가와 시게노부가 불려 나갔다.

"너희들 쓰시마 관원들의 수고가 많았다. 내 이를 가상히 여겨 조정에 아뢴즉 너 소 요시토시에게는 특히 참의(參議)의 벼슬이 내렸다."

모든 관직은 히데요시가 마음대로 하였으나 명에 칭호로 받는 왕조(王朝)식 관작은 형식상 천황의 이름으로 내리기로 되어 있었다. 참의는 3품(三品)으로 대납언(大納言) 다음인데 조선으로 치면 참판(參判) 정도에 해당되는 높은 관작이었다.

"황공하오이다. 제가 어찌 그런 영화의 자리에 오르겠습니까."

실속은 없었으나 관작의 높고 낮음은 히데요시가 표시하는 호의의 척도였다. 그런데 이것은 터무니없이 높았다.

이 자리에 있는 수백 명의 장수들 가운데도 이 관작을 받은 사람은 몇 명 안 되고 히데요시의 집정관(執政官 : 장관)인 이시다 미쓰나리조차 5품이었다(從五位下).

3품을 받았다가는 눈총을 맞기 알맞았다.

"너희들이 애쓴 덕에 피 한 방울 흘리지 않고 조선을 삼켰는데 그것이 무어가 높으냐?"

소 요시토시는 조선 사신들이 알아차릴까 식은땀이 흘렀다.

"아니올시다. 모든 것은 전하 성덕의 소치이고, 저로서는 분수에 없는 일입니다."

"젊은 사람이 겸손해서 아주 쓸 만하다. 그러면 한 등 낮춰 시종(侍從)으로 하고 이제부터 하시바(羽柴) 성도 써라."

시종도 4품관(從四位下)으로 역시 집정관들보다 높았다. '하시바' 성은 히데요시가 '도요토미' 성을 쓰기 전의 성씨였다. 이 성을 쓰게 한다는 것은 대단한 영광이었다.

더 이상 말이 오고 가면 무슨 변고가 생길지 몰라 그는 납죽하게 엎드렸다.

"다시없는 가문의 명예올시다."

이로써 소 요시토시는 종4위하 시종 하시바 요시토시(羽柴義智)가 되어 버렸다.

야나가와 시게노부에게도 집정관들과 같은 5품의 대부(大夫) 벼슬이 내렸고, 그는 히데요시의 군소리를 막기 위해서 두말없이 받았다.

히데요시는 만족하고 의식은 끝났다.

통신사 일행은 저들끼리의 수작을 알 길이 없었고, 격식대로 히데요시에게 절하고 물러 나왔다. 한마디도 히데요시에게 이야기할 기회가 없었던 것이 아쉬웠으나 미개한 것들이 법도를 몰라 그런 것이니 단념할밖에 없었다.

## 공작 工作

　국서를 전했으니 답서만 받으면 떠날 참이었다. 큰 고비를 넘긴 사신 일행은 느긋한 마음으로 짐을 챙기고 서류를 정리하면서 돌아갈 준비를 하였다.
　11월 11일. 국서를 전한 지 4일 되는 날이었다. 조반을 마치고 앉아 시름없는 이야기를 하는데 겐소가 찾아왔다.
　"떠날 차비는 되셨습니까?"
　"답서만 받으면 지금이라도 떠날 수 있지요."
　황윤길이 대답했다. 서울을 떠난 지 만 8개월이 넘으니 아득한 옛날 같고, 하루 속히 돌아가고 싶은 심정이었다.
　"답서는 중요한 글이니 신중을 기해야 하고, 또 예물도 마련해야 하니 시일이 걸릴 듯합니다."
　겐소는 난처한 표정으로 머뭇거리다가 계속했다.

"관백의 말씀인데 답서는 뒤따라 보낼 터이니 일행은 오늘 여기를 떠나 사카이에 가서 기다리시랍니다."

맞은편에 앉은 김성일의 카랑카랑한 목소리가 울렸다.

"답서도 받지 않고 이 수도를 떠나라는 말씀이오?"

"그렇게 됐습니다."

"그건 사체(事體)에 어긋나는 일입니다."

"관백의 말씀이니 소승인들 어떻게 합니까? 경치 좋은 사카이에서 좀 쉬시지요."

겐소는 일어서 나가 버리고 김성일은 황윤길과 허성을 번갈아 보았다.

"어떻게들 하실 작정이오?"

"손님으로 왔으니 주인이 하라는 대로 해야지요."

황윤길은 덤덤히 대답하고 허성도 동의했다.

"달리 방도가 없지요."

김성일은 화를 냈다.

"나는 못 가겠소."

"공연한 분란을 일으키지 말고 어서 갑시다."

황윤길이 달래고 수행원들을 불러 떠날 준비를 하라고 일렀다. 김성일은 언성을 높였다.

"왜들 이렇게 허둥대시오?"

"허둥대다니요?"

허성이 받았다.

"마치 호구(虎口)를 벗어나기라도 하는 형국이 아니오? 이 교토에 있다가 히데요시의 손에 죽을까 겁이 나는 것이지요?"

"말씀 삼가시오. 교토나 사카이나 다 같이 히데요시의 땅인데 어떻게 해서 교토에서는 겁이 나고 사카이에서는 안심이 된다는 겁니까?"

"그러면 왜 서두르는 거요?"

"부사께서는 여태까지도 시비를 많이 하셨는데 이제 또 이 문제를 가지고 저들과 시비하면 우리 체통은 무어가 되겠습니까?"

"그 말 잘했소. 바로 그 체통 때문이오. 국서도 받지 못하고 1백 리 밖으로 쫓겨나는 것은 체통이 서는 일이오?"

"1백 리 밖도 일본이 아닙니까?"

"1백 리나 떨어져서 어떻게 저들과 연락을 한단 말이오?"

"저들도 생각이 있겠지요."

"모두들 왜 내가 하는 말이라면 덮어놓고 반대하는 거요?"

두 사람은 대답하지 않고 자기 방으로 돌아가 옷을 갈아입었으나 김성일은 그대로 버티고 앉아 있었다.

소 요시토시가 수십 필의 말과 일꾼들을 거느리고 왔다.

짐을 마필에 싣고 떠날 준비가 되자 황윤길, 허성을 비롯하여 수행원들은 밖에 나와 말에 올랐다. 그래도 김성일은 움직이지 않았다.

접반관 마에다 겐이, 야마구치 겐료와 겐소가 다시 나타났다. 행렬은 그들의 선도를 받으며 움직이기 시작했다. 그러나 한 마장을 가도 김성일의 모습은 보이지 않았다.

몇 사람이 도로 달려갔다.

"이러지 말고 어서 가십시다."

분이 치밀었으나 홀로 남을 수도 없었다. 김성일은 천천히 예복으로 갈아입고 대기하고 있던 말에 올라 뒤를 따랐다.

어두워서 사카이에 도착한 일행은 전에 묵던 인세쓰지로 들어갔다.

그러나 여러 날을 기다려도 답서는 오지 않았다.

고니시 유키나가는 걱정이었다. 히데요시는 만나는 사람마다 붙잡고 조선이 항복해 왔다고 주책을 떨고 돌아갔다. 소문이 퍼져 조선 사신들의 귀에 들어가면 큰일이었다. 그렇다고 히데요시의 입을 막을 사람은 아무도 없었다. 남은 길은 사신들을 이 교토에서 멀리 떼어 놓는 수밖에 없었다.

마침 히데요시가 쓰시마 사람들을 위해서 술자리를 마련하고 자기도 불렀다.

"조선은 앉아서 먹었으니 다음 차례는 명나라다."

히데요시는 한 잔씩 손수 따라 주었다. 히데요시에게서 잔을 받는다는 것은 대단한 영광이었다.

"황공하오이다."

"황공하기는. 너희들은 나한테 나라를 하나 들어다 바치지 않았느냐?"

유키나가, 겐소, 소 요시토시, 야나가와 시게노부 모두 할 말을 몰라 머리만 숙였다. 히데요시는 버릇대로 말이 많았다.

"명나라를 치자면 조선에 군대를 들여보내야 쓰겠는데 얼마나 보내면 될까?"

유키나가는 그의 기를 꺾어야겠다고 마음을 먹었다.

"명나라를 치자면 적어도 1백만은 있어야 할 것입니다."

그런데 히데요시는 엉뚱한 소리를 했다.

"1백만이야 되고도 남지. 이번에 조선이 내 손에 들어왔으니 그 군대도 내 마음대로 될 것이라. 일본, 조선 합치면 얼추 잡아도 2백만은 될 것이다."

도리어 이쪽이 기가 꺾였다.

"……."

"참, 조선 사신들은 어떻게 하고 있노?"

"다이토쿠지에 잘 있습니다."

"전에도 일렀지만 대접은 잘 하고 있겠지?"

"아주 만족하고 있습니다마는 한 가지 안된 것이 있습디다."

"뭔데?"

"같은 다이토쿠지에 만 4개월 가까이 있으니 갑갑해서 못 견디겠다, 시원한 바닷가에라도 나갔으면 좋겠다고 합디다."

"그럴 것이다."

"사카이에는 저들의 배를 매어 두고 있습니다. 머지않아 떠날 사람들이니 거기서 기다리게 하는 것이 어떻겠습니까?"

"무방하지."

이렇게 해서 고니시 유키나가는 조선 사신들을 교토에서 떼어 1백 리 떨어진 사카이로 보내는 데 성공했다.

다음에는 조선에 보낼 답서가 문제였다. 히데요시의 측근에는 한문을 아는 사람이 없어 일이 있을 때에는 교토 시내의 몇몇 절간에서 고명한 중들을 불러왔다. 히데요시에게 불려 가서 조선에서 온 국서를 읽어 드리고 답서의 기초를 맡은 것은 그중 쇼코쿠지(相國寺)의 주지 조타이(承兌)라고 하였다. 유키나가는 쇼코쿠지로 조타이를 찾아갔다.

"스님께서 조선에 보낼 답서를 지으신다는 말씀을 듣고 찾아뵈었습니다. 저는 예전에 조선에 다녀온 일이 있고, 이 몇 해째 조선과의 교섭을 맡고 있습니다. 혹시 참고 되실 일이라도 있으시면 기탄없이 말씀해 주시지요."

"모를 일이 한 가지 있소이다."

40대 초반의 조타이는 10년도 더 연하인 유키나가를 유심히 뜯어보다 궤짝에서 문서를 꺼내 놓았다.

"이것이 조선에서 온 국서인데 한번 읽어 보시오."

유키나가는 이미 이키에서 겐소로부터 사본을 받아 읽었으나 다시 한 번 훑어보았다.

"친선을 도모하자는 좋은 내용이군요."

"그렇지요. 사사로운 사이라면 문안 편지에 해당되는 것인데 관백께서는 덮어놓고 항서(降書)라고 하시니 어떻게 된 영문이지요?"

"그러시던가요?"

"아니라고 할 수도 없어 잠자코 있었소이다마는."

그는 또 유키나가를 유심히 바라보았다.

"경위야 어떻게 되었건 간에 풍파가 일지 않도록 답서는 잘 부탁합니다."

"글쎄요. 저야 쓰라는 대로 쓸 수밖에 다른 도리가 있나요?"

"무어라고 하시던가요?"

"사전에 입 밖에 내기는 어렵고, 말씀대로 써 보내면 아마 전쟁이겠지요."

유키나가는 침을 삼켰다.

"그렇게 험한 내용인가요?"

"그렇소이다."

"겨우 통일이 돼서 이제부터 평화가 왔나 부다, 온 나라가 좋아하고 있는데 또 전쟁이 일어나서야 쓰겠습니까?"

"저도 같은 생각이외다."

"답서는 천천히 쓰실 수는 없을까요?"

"시일을 끌라는 말씀 같은데 저는 원래 단문해서 그렇게 빨리는 안 되지요."

유키나가는 알아차리고 물러 나와 부지런히 서둘렀다.

그렇다고 히데요시에게 맞대 놓고 말할 사람은 아무도 없었다. 더구나 자칫하면 그동안 두 나라 사이에서 재주를 부린 것이 탄로 날 염려가 있었다.

한 가지 남은 길은 여자들을 움직이는 일이었다.

제일 좋은 것은 지금 한창 히데요시의 총애를 받고 있는 소실 요도기미(淀君)였다.

히데요시는 조강지처인 네네(寧々) 이외에도 여자들이 10여 명 있었다.

스스로 구하기도 하고 그의 환심을 사려고 딸이며 누이동생을 바치는 자들도 적지 않았다.

그러나 딸이고 아들이고 간에 어느 여자로부터도 자식이 없었다. 그런데 작년 5월 요도기미가 아들을 낳았다. 50세가 넘어 처음으로 자식을 본 히데요시는 제정신이 아니었다. 일전에 조선 사신들 앞에 안고 나온 것도 이 아이 쓰루마쓰(鶴松)였다.

그를 낳은 요도기미는 금년 24세의 절세미인이었다. 하도 마음에 들어 연전에 교토의 바로 남방 요도(淀浦)에 특별히 거성(居城)을 쌓아 주고 요도기미라고 부르게 했더니 아들까지 낳아 주었다. 지난번 동부 지역에 출전했을 때에도 그를 잊지 못해 도중에 불러 갔었다.

체면을 생각할 겨를이 없었다. 적을 포위공격 중인데도 히데요시는 가마를 타고 나타난 이 젊은 미인과 재미를 보고 함께 돌아왔다.

그의 말이라면 들을 것이다.

마침 이시다 미쓰나리(石田三成)는 요도기미와 같은 고향이고, 그의 신임도 두터웠다. 유키나가는 미쓰나리에게 의논했다.

"그거 얼굴은 괜찮은데 속은 백치란 말이야."

미쓰나리는 내키는 대답이 아니었다.

"복잡한 이야기야 안 되겠지만 더 이상 전쟁은 그만두고 쓰루마쓰랑 재미나게 살자 — 이쯤 관백의 귀에 불어넣을 수는 없을까?"

"그 정도라면 내가 어떻게 해보지."

미쓰나리는 기민한 사람으로 이튿날 찾아와서 히데요시와 요도기미의 대화를 눈으로 보듯이 전했다.

"여보오—."

잠자리에 들자 요도기미는 히데요시의 목에 팔을 감았다. 부탁이 있을 때의 버릇이었다.

"뭐냐?"

"들어주실래요?"

"내가 네 부탁 치고 안 들어준 것이 있느냐?"

"더 이상 전쟁을 말구 이제부터 우리 쓰루마쓰랑 재미나게 살아요.'

"한 번만 더 할란다."

"한 번만요?"

"조선은 이미 먹은 것이고, 내 생전에 명나라를 먹어서 쓰루마쓰한테 물려줘야 쓰겠다."

"명나라는 일본보다 큰가요?"

"일본은 댈 것도 아니다. 명나라를 먹으면 이 천하를 죄다 먹는 것이나 다름이 없다."

"우리 쓰루마쓰는 하늘 아래를 모두 쥐었다 폈다 하는 임금이 되겠네요."

"고럼."

"아이 좋아라."

요도기미는 목에 감은 팔에 힘을 주었다.

미쓰나리는 말을 마치고 웃었다.

"그 백치가 안심이 안 되더니만."

이제 남은 것은 히데요시의 정처 네네였다. 총명한 여자로 히데요시가 성공한 이면에는 그의 힘이 절반은 된다는 것이 세상 공론이었다. 그 위에 여장부였다.

히데요시에게 얼마든지 대들고 일대일로 말할 수 있는 것은 일본에서는 그 한 사람뿐이었다.

그러나 요즘 히데요시는 밤마다 요도기미의 처소에 들어가고, 언제 그를 찾을지 막연했다. 부지하세월이었으나 가만있을 수 없어 유키나가는 네네의 친정조카, 즉 오빠의 아들 기노시타 가쓰토시(木下勝俊)를 찾았다.

금년 22세의 청년. 칼이 행세하는 난세에 역행하여 글씨와 그림에 취미가 있고 가사(歌詞)도 제법 짓는 풍류객이었다.

혈연과 재주로 히데요시의 비서관이 되었고, 네네의 처소에는 무상출입이었다. 그 위에 그는 영세명을 '베드로'라고 하여 유키나가와는 같은 천주교 신자였다.

한 가지 흠은 술을 좋아하는 일이었다. 취중에 입을 어떻게 놀릴지 몰라 이번 일에 대해서는 터놓고 이야기하지 않았으나 같은 교우인 만큼 조금은 믿을 수 있었다.

"베드로, 세상에서 제일 귀한 것이 무언가. 평화가 아닌가."

유키나가가 입을 열자 가쓰토시는 맞장구를 치고 물었다.

"그렇지요. 그런데 조선이 항복했다는 건 사실인가요?"

소문은 그렇게 돌아갔고, 일반도 그렇게 믿었으나 이 청년은 미심쩍은 모양이었다. 유키나가는 얼버무렸다.

"항복은 했지마는 일본 안의 다른 호족들이 항복한 것과는 다르지. 잘못 건드리면 대들걸."

"그럴 거요. 그런데 관백은 조선은 아주 먹은 것으로 치부하고 다음에는 명나라를 친다고 야단이 아니에요? 이제 전쟁이라면 지긋지긋해요."

"그러니 일가 합심해서 평화를 지켜야지."

"관백이 누구 말을 듣는가요? 고모님의 말씀이라면 몰라도."

"내 그 생각을 못했군. 바로 고모님이야. 고모님을 움직일 사람은 자네밖에 없고. 결국 평화는 고모님과 자네한테 달려 있네."

"제가 한번 나서 볼까요?"

"그래. 천주님은 이 일을 위해서 자네를 이 세상에 보내신 게 아닐까?"

"저한테 맡겨요."

가쓰토시는 어깨를 폈다.

## 히데요시의 답서

10여 일이 지나서야 가쓰토시는 소식을 가지고 왔다.

히데요시의 노모 나카(仲)는 70여 세로 아직 살아 있었다. 네네는 어머니를 찾아보고 돌아가는 히데요시를 붙잡았다.

"여보 이리 좀 들어와요."

히데요시는 네네에게는 꼼짝 못하는 처지라 순순히 따라 들어왔다.

"내 바빠서 찾아오지 못했구만. 오늘밤에는 틀림없이 이리로 오지. 미안해."

그는 자리에 앉으면서 수다를 떨었다.

"당신 젊은 계집한테 빠지더니 아주 혼이 나가 버렸구만."

네네는 삿대질을 했다.

"미안하다니까."

"그따위 시시껑덩한 소리가 아니고, 당신 정말 명나라를 칠 거요?"

"누가 그래?"

히데요시의 눈이 빛났다.

"소문이 파다한데 나라고 귀가 없는 줄 아시오?"

"내 말 들어 봐요. 내가 한번 으름장을 놓으니 조선 왕이 벌벌 떨고 항복해 왔지?"

"그래서요?"

네네도 정말 조선이 항복해 온 것으로 알고 있었다.

"한 번 더 협박하겠다 이거요. 명나라 애들, 떨고 항복해 올 거요."

"안 들으면 어떻게 하지요?"

"조선과 명나라 국경에 압록강이라는 강이 있대. 거기다 우리 군대를 벌여 놓으면 안 듣고 못 배길 거요."

"그래도 안 들으면?"

"나는 하늘이 낸 사람이오. 들을 거요."

네네는 입을 삐쭉했다.

"올챙이 때 생각을 해요."

"올챙이 때 생각을 할수록 나는 거리에 굴러다니는 어중이떠중이들과는 다르단 말이오."

"사람은 한계가 있어요. 무엇이 부족해서 미친 지랄을 한다는 거요?"

"지랄이라니?"

"여태까지 뜻대로 됐다고 우쭐해서 당신, 눈에 뵈는 게 없지요? 싸움을 걸었다 지는 날에는 옛날 민대가리 쥐새끼로 돌아가지, 별수 있을 줄 알아요?"

히데요시는 어릴 때부터 잔나비 외에 '민대가리 쥐새끼'라는 별명이 있었고, 네네는 다툴 때마다 이것을 애용했다.

"내 말 들어 봐요. 내가 언제 싸운댔어? 한 번 더 으름장을 놓는댔지."

"그래요?"

"으름장을 놓는 데 돈이 드나 사람이 죽나. 밑져야 본전 아닌가."

네네는 가쓰토시의 말을 듣고 자기가 공연히 흥분한 것만 같았다.

"그렇다면 알겠어요. 옛날 짚을 깔고 보리죽을 먹던 생각을 하면 이게 꿈이 아니에요? 나라의 주인이 됐는데 이쯤에서 만족하고 여생을 안락하게 살아야지요."

"고럼. 내가 세 살 먹은 어린앤 줄 아나? 벌써 내 나이 55세, 당신은 43세. 우리 힘을 합해서 험한 길을 여기까지 오지 않았소? 모두가 당신 덕이지."

히데요시는 일어서 네네를 얼싸안았다 돌아서 나갔다. 호들갑은 그의 버릇이었다.

보내 놓고 나서 네네는 어정쩡했다. 할 말을 다 한 듯도 하고 어딘지 미진한 듯도 하고.


"이만하면 됐지요?"

이야기를 마친 가쓰토시는 또 어깨를 폈다.

"애썼네."

유키나가는 대답하면서도 앞이 캄캄했다.

이제 사방 벽으로 막히고 방책이 없었다. 그동안에도 조타이는 히데요시의 독촉에 하루하루를 넘기기가 힘겹다고 했다. 그는 가쓰토시를 보내고 쇼코쿠지로 말을 몰았다.

"공연히 심려만 끼쳐드렸습니다."

유키나가는 머리를 숙였다.

"세상사가 그런 것이지요."

조타이는 긴 말을 하지 않았다.

11월 25일. 사카이에 내려온 지 14일이 되는 날 접반관 마에다 겐이가 야나가와 시게노부를 앞세우고 답서를 가지고 나타났다.

    일본국 관백 히데요시는 글을 조선 국왕 각하(閣下)에게 드립니다. 보내 주신 편지는 두 번 세 번 읽었습니다. 대저 우리나라는 60여 개 주(州)이오나 근년에 여러 국가로 분열되어 나라의 기강이 문란하고 법도가 없어지고 조정의 명령에 순종하지 않았습니다. 고로 나는 분격한 마음을 금할 수 없어 3, 4년 사이에 반신(叛臣)을 베고 적도(賊徒)들을 토벌하여 생소한 지역과 먼 섬에까지 이르러 이제 모두 손아귀에 틀어쥐었습니다. 나의 사적(事跡)으로 말하자면 보잘것없는 신하에 불과합니다. 그러나 일찍이 어머니가 나를 가지실 때 꿈에 태양이 어머니의 품속에 들어왔습니다. 상사(相士 : 관상가)가 말하기를 태양 빛은 이르는 곳마다 어디나 비치고 군림하게 마련인즉 이 아이는 장성하면 반드시 어진 덕풍이 팔표(八表 : 八方의 아득한 끝)까지 들릴 것이고 당당한 명성은 사해(四海 : 전 세계)에 퍼질 터이니 이를 의심할 여지가 없다고 하였습니다. 이와 같은 이적에 의해서 나에게 항거하려고 마음먹는 자는 자연히 부서지고 멸망하게 되었습니다. 싸우면 이기지 못하는 일이 없고 치면 빼앗지 못하는 일이 없었습니다. 이미 천하를 크게 다스려 백성을 어루만지고 외로운 자들을 불쌍히 여기니 백성은 부하고 재물이 족하여 토공(土貢 : 세공)은 옛날의 만 배에 이르렀습니다. 우리나라 개벽 이래 조정의 융성함과 수도의 굉장함은 오늘 같은 때도 없었습니다. 대저 사람이 이 세상에 태어나서 장수한다 하더라도 백 년 미만입니다. 어찌 이 고장에만 쪼그리고 있을 수 있겠습니까? 국가가 떨어져 있거나 산과 바다가 아득하거나 개의치 않고 일약 대명국(大明國)에 곧바로 들어가 그 나라 4백여 주를 우리나라 풍속으로 바꾸고 제도(帝都)의 정화(政化)를 억만 년 시행하고자 하는 그 방책은 이 가슴 속에 있습니다. 귀국은 먼저 달려와 입조(入朝)하였으니 원대한 계책이 있으면 당장의 걱정도 없다는 말이 있는데 그에 부합되는 것입니다. 먼 나라나 작은 섬들이나 뒤늦게 오는 자들은 용서하지 않을 것입니다. 내가 대명국에 들어가는 날 장병들을 이끌고 군영(軍營)에 나오신다면 더욱 이웃 간의 맹약을 굳게 할 수 있을 것입니다. 나의 소망은 다른 것이 없고 오직 아름다운 이름을 3국에 남기는 데 있을 뿐입니다. 방물(方物)은 목록에 적힌 대로 받았습니다. 건강에 유의하시기를 바라며 이만 줄임(《재조번방지》).

문서를 받은 세 사람은 다 읽고도 한동안 말이 나오지 않았다.

김성일이 마에다 겐이에게 고함을 질렀다.

"듣자하니 당신도 이 나라의 대관(大官)이라는데 처지를 바꿔 생각하시오. 당신 같으면 이런 것을 답서라고 받아 가지고 가겠소?"

50세가 넘은 이 사나이는 일찍부터 중노릇을 해서 어느 정도 한문을 알고 있었으나 능청을 떨었다.

"저는 한문이라면 주소, 성명을 쓰는 것이 고작이고 이렇게 어려운 글에는 까막눈이올시다."

김성일은 분을 가라앉히고 따졌다.

"진(秦)나라의 이사(李斯)가 천자의 호칭을 폐하로 지정한 이후 천자는 폐하, 제후와 제왕(諸王)은 전하, 삼공(三公) 등 신하는 각하인데 어찌 우리 국왕 전하를 감히 각하로 호칭한단 말이오?"

"하하, 그렇군요."

"《전국책(戰國策)》, 《사기(史記)》, 《한서(漢書)》, 무엇이든지 뒤져 보시오. 입조란 제후가 천자의 조정에 들어온다는 말인데 당신네 임금은 천자, 우리 임금은 제후란 말이오?"

"몰랐군요."

온건한 황윤길도 볼멘소리가 나왔다.

"관백이 대명국에 들어가는 날 우리 임금더러 장병을 이끌고 군영에 나오라는 것은 무슨 뜻이오? 우리더러 당신네 전쟁에 병사와 물자를 대라는 말이 아니오?"

"하, 그런 뜻인가요?"

"방물이라는 것은 뭐요? 《좌전(左傳)》에 제후관이 방물을 받다(諸矣官受方物)라고 있는데 우리가 일본의 제후란 말이오?"

"하하, 그런 뜻이었군요."

허성도 가세했다.

"평 첨지(平僉知 : 야나가와 시게노부)는 왜 말이 없소?"

"저도 그런 뜻인 줄은 몰랐습니다."

야나가와 시게노부는 두 손을 모아 쥐었다.

마에다 겐이가 일어섰다.

"제가 할 일은 끝났으니 이젠 가봐야겠습니다."

야나가와 시게노부가 따라나서는 것을 김성일이 막았다.

"우리끼리 의논할 일이 있으니 평 첨지는 여기서 기다리시오."

세 사람은 통역 진세운을 야나가와 시게노부와 함께 남기고 옆방으로 옮겼다.

"어떻게 하지요?"

김성일은 황윤길과 허성을 번갈아 보았다.

"글쎄요…….."

황윤길은 한숨을 내쉬고 허성은 말이 없었다.

"이 따위 허튼소리를 어찌 답서라고 받는단 말이오?"

"내가 보기에는 허튼소리라고 가볍게 넘길 일이 아닌 듯하외다."

사이를 두고 황윤길이 무거운 입을 열었다.

"허튼소리가 아니라면 히데요시가 정말 명나라를 친다는 말씀인가요?"

"일전에 히데요시를 가만히 뜯어보니 일을 칠 관상입디다."

"아—니, 그 쥐새끼 같은 것이 감히 명나라를 친다는 말씀이시오? 하룻강아지 범 무서운 줄을 몰라도 분수가 있지."

"원래 하룻강아지라는 것은 모르니까 일을 치는 것이지요."

허성도 동조했다.

"그렇습니다. 하룻강아지가 성공을 거듭해서 지금 하늘 높은 줄 모르고 날뛰지 않습니까? 이 글은 우리나라에 회답하는 국서인데 아랫사람들이 마음대로 지었을 리가 없고 반드시 히데요시의 말을 그대로 옮겼을 것입니다."

김성일은 화가 치밀었다.

"왜들 이러시오? 이것은 히데요시의 공연한 협박이오. 무슨 낯으로 이런 걸 답서라고 받아 가지고 돌아간단 말이오?"

"……."

"답서는 필요 없소. 우리 오늘 당장 떠납시다."

김성일이 일어서는 것을 두 사람이 붙잡아 앉혔다.

"그랬다가 저 무지막지한 것들이 무슨 짓을 할지 어떻게 알겠소?"

황윤길이 타일렀으나 김성일은 더욱 역정을 냈다.

"아—니, 두 분은 죽는 것이 그렇게도 무섭소이까? 외국에 사신으로 와서 나라를 욕되게 하느니보다는 차라리 죽어야지요."

"……."

"나는 이 일본 땅에 한시도 머물러 있기 싫소. 답서고 뭐고 바다에 던져 버리고 당장 떠납시다."

또 일어서는 것을 두 사람이 붙잡았다.

"글이라는 것은 고칠 수도 있는 것이 아니겠소? 이대로는 안 되겠으니 고쳐 달라고 합시다."

황윤길이 말리고 허성도 같은 의견이었다.

"그렇게 하십시다. 겐소는 제법 글을 아는 사람이니 부사께서 그에게 편지를 보내시지요."

"겐소는 지척에 있으면서 이런 때 그림자도 안 비치니 그것도 수상하지 않소?"

겐소도 사신들의 접대 관계로 사카이에 내려와 있었으나 오늘따라 모습이 보이지 않았다.

김성일은 여전히 분이 풀리지 않고 허성은 계속 달랬다.

"난처해서 못 오는 것이겠지요. 누가 보아도 '각하', '입조', '방물'은 부당하니 이 여섯 자는 고쳐야 합니다. 상사 어른 어떻습니까?"

그는 황윤길을 쳐다보았다.

"그렇지요. 내 생각에도 그 여섯 자는 안 되겠소."

김성일은 마침내 양보했다.

"두 분의 생각이 정 그러시다면 여섯 자만 고치라고 할 것이 아니라 전부 뜯어고치라고 합시다."

그러나 두 사람이 극력 말렸다.

"너무 극단으로 나가서야 쓰겠소? 만사 중용이 제일이외다."

김성일은 하는 수없이 붓을 들어 여섯 자의 부당함을 논하고 이렇게 끝을 맺었다.

만약 이 턱없는 대목들을 고치지 않는다면 우리 사신들은 죽을 지언정 이대로 돌아갈 수 없소.

세 사람은 옆방으로 돌아왔다.
"이 편지를 겐소 스님에게 전해 주시오."
김성일은 봉서를 야나가와 시게노부 앞에 내밀고 주먹으로 방바닥을 쳤다.
"조선이고 명나라고 다 망하는 한이 있더라도 도요토미 히데요시에게 굴복하지는 않을 터이니 그리 아시오."
"겐소 스님을 모시고 이 길로 교토에 가서 고치도록 노력하겠습니다. 늦어도 12월 2일까지는 돌아오지요."
야나가와 시게노부가 납작 엎드렸다.
세 사람은 답서를 돌려주고 진세운을 그에게 딸려 보냈다.

# 문제의 여섯 글자

쓰시마 사람들은 부지런히 움직였다. 그들도 답서의 내용이 그처럼 터무니없을 줄은 몰랐다.

답서를 돌려받은 야나가와 시게노부는 겐소와 함께 교토에 올라가 혼포지(本法寺)로 고니시 유키나가와 소 요시토시를 찾았다. 혼포지는 그들의 숙소였다.

"태산이 무너지는데 글자를 몇 자 고쳤다고 무슨 소용이 있겠소?"

내키지 않아 하는 유키나가로부터 소개장을 받아든 두 사람은 소 요시토시를 앞세우고 쇼코쿠지로 조타이를 찾았다.

"글쎄요. 저는 관백께서 부르시는 대로 받아썼을 뿐이고……. 더구나 관백이 도장까지 누른 문서를 이제 와서 어떻게 고치겠습니까?"

조타이는 난처한 얼굴이었다.

"모두 뜯어고치자는 것도 아니고 고작 여섯 자올시다. 그것도 고쳐도 그만 안 고쳐도 그만, 지엽(枝葉)에 속하는 것들입니다."

10여 세 연상인 겐소가 머리를 숙이고 간곡히 부탁했다. 스님들의 세계에서는 선후배의 질서가 확연한지라 조타이는 마지못해 누그러졌다.

"말씀은 알아듣겠습니다마는 누가 감히 관백께 말씀드리지요?"

젊은 소 요시토시가 끼어들었다.

"저는 통신사 일행을 안내하는 일도 끝나고, 쓰시마로 돌아갈 참입니다. 오늘 관백께 하직인사를 드리기로 되어 있으니 그때 제가 말씀드리지요. 스님께서는 그저 저와 동행만 하여 주시면 됩니다."

조타이는 펼쳐 놓은 국서를 다시 훑어보고 겐소에게 물었다.

"다른 것은 고쳐도 무방할 듯 합니다마는 입조(入朝)는 무어라고 고치지요?"

실지로 일본에서는 입조라는 말을 조선 사신들이 해석하듯이 그렇게 엄격한 의미가 아니고 그저 자기 나라에 왔다는 뜻으로 사용하여 왔다. 류큐(琉球)의 사신들이 온 것도 입조, 서양 신부들이 온 것도 입조였다.

뿐만 아니라 섣불리 고쳤다가는 조선 사신들이 또 들고 일어나는 경우 둘러댈 여지가 없었다. 은근히 걱정하여 오던 겐소가 동조했다.

"제 생각에도 합당한 말이 없습니다. 어차피 통신사 일행의 체면을 세워 주자는 것이니 넉 자나 여섯 자나 무슨 차이가 있겠습니까? 입조는 그냥 두지요."

타협을 보자 소 요시토시는 조타이와 함께 주라쿠다이로 향했다.

히데요시는 역시 말이 많았다.

"돌아간다고? 내년에는 조선을 거쳐 명나라를 들이칠 생각이다. 너희 쓰시마에는 조선말을 하는 사람들이 많다는데 군대가 움직이게 되면 각 군에 통역을 내줘야겠다."

소 요시토시는 엎드렸다.

"하핫, 그러지 않아도 연전부터 통역을 양성하고 있습니다. 지금 당장 영을 내리셔도 50명이고 60명이고 소용되시는 대로 낼 수 있습니다."

이것은 빈말이 아니었다. 재작년 봄 다치바나 야스히로가 끌고 온 조선인 5명을 중심으로 통역을 훈련하는 중이었다.

"가상한 일이다. 지도도 만들어 두어라."

"하핫, 조선말을 익힌 요코메(橫目 : 밀정)들이 이미 조선 각지에 퍼져 있습니다. 아주 자세한 지도를 만들어 진상할 계획이올시다."

이것도 사실이었다. 무역선이 조선에 건너갈 때마다 몇 명씩 보냈고, 이들은 야음을 타고 슬그머니 빠져 팔도로 흩어져 갔다. 중, 백정, 무당, 유랑민을 가장하고, 언어와 행동거지가 조선 사람과 다름없는지라 조선에서는 한 명도 적발되지 않았다.

"그거 쓸 만하다."

히데요시는 활짝 웃었다.

"그런데 전하, 청이 하나 있습니다."

소 요시토시는 용건을 꺼냈다.

"청? 무엇이든지 들어주지."

히데요시는 손자 아니면 막내아들 같은 소 요시토시를 대견한 눈으로 내려다보았다.

"답서 중에서 넉 자만 고쳤으면 좋겠습니다."

"뭔데?"

"조선에서는 국왕을 전하라 하고, 각하는 아주 밑바닥 사람을 가리키는 말입니다."

"아시가루(足輕 : 步卒) 같은 것을 각하라고 하느냐?"

"아시가루까지는 모르겠습니다마는 제가 만난 사람은 국왕을 빼고는 모두 각하였습니다. 가령 통신사만 하더라도 정사, 부사, 서장관 모조리 각하올시다."

"다른 두 자는 뭐지?"

"방물은 조선에서는 몹쓸 물건이라는 뜻으로 쓰고 있습니다. 저들은 예폐(禮幣)라고 합니다."

히데요시는 조타이를 돌아보았다.

"스님, 그렇소?"

"듣고 보니 그렇습니다. 소승은 조선에 가보지 못해서 그 고장 관례를 모르고 실수를 했습니다."

"별것도 아니구만. 스님, 당장 이 자리에서 고쳐 쓰시오."

조타이가 붓을 놀리는 동안 히데요시는 잠자코 있다가 별안간 소 요시토시를 돌아보고 고함을 질렀다.

"너, 요시토시!"

"하핫."

"내가 명나라를 치게 되면 조선 왕은 그 군대를 끌고 앞장을 서라고 해라."

"하핫."

"세이시(誓紙 : 서약서)를 받아 오너라!"

"하핫."

소 요시토시는 부르르 떨었다. 히데요시가 이렇게 나오면 어떻게 된 영문인지 오금을 펼 수 없고 말이 나오지 않았다.

그는 다시 쓴 국서를 받아 가지고 숙소인 혼포지로 돌아왔다.

"관백이 저렇게 나오는 이상 별수 없군요. 조선에 대해서 관백의 의도를 있는 그대로 전하는 외에 달리 방도가 없지 않겠습니까?"

이야기를 들은 고니시 유키나가가 겐소를 건너다보고 물었다.

"글쎄요."

"조선에 인물이 있다면 알아서 대책을 강구하겠지요."

"허지만 여태까지 경위로 보아 불쑥 그런 말을 꺼내기도 거북하지 않겠습니까?"

"여태까지 우리는 조선 왕도 속이고 관백도 속였소. 그런 까닭으로 일본에 온 통신사조차 이런 국서를 받고도 물세를 알아차리지 못하는 것이 아니겠습니까? 글자 시비나 하고."

이 자리에서 그들은 고심 끝에 가도입명(假道入明)이라는 말을 창안해 냈다. 조선의 길을 빌어 명나라에 조공을 바치러 들어가는 것이라고 우기는 것이다. 이것을 막으면 전쟁이 일어난다고 협박한다는 데도 합의를 보았다.

조선 사정에 밝은 야나가와 시게노부가 제의했다.

"조선은 법도가 엄한 나라올시다. 아무나 가서는 동래부사에게 전하는 것이 고작이고 서울에는 올라가지도 못할 것입니다. 동래부사가 보고해 봐야 서울 조정에서는 곧이듣지 않을 터이니 서울까지 갈 수 있도록 조처해야 할 것입니다."

그들은 통신사를 보낸 데 대한 일본 국왕의 답례사를 꾸미기로 했다. 명칭은 회례사(回禮使). 정사에 겐소, 부사는 야나가와 시게노부.

국서도 하나 더 꾸미도록 했다. 겐소가 알아서 좋은 말을 쓰되 유키나가의 제의로 염포(鹽浦 : 울산만)와 제포(薺浦 : 창원)의 두 포구를 다시 열어 달라는 조목을 달았다. 들어주지 않을 것이 뻔했으나 요행으로 들어준다면 전쟁이 일어날 경우 상륙지점으로 활용할 생각이었다. 오래 전에 이 두 포구에도 일본 사람들이 내왕하였으나 도중에 폐쇄되었고, 부산포 한 군데로 국한되어 오늘에 이르렀다.

의논이 끝나 모두들 일어서려는데 겐소가 유키나가를 붙잡았다.

"답서도 그렇고, 새로 만들 국서도 그렇고, 이쪽 요구만 내세웠지 저쪽에서 만족할 만한 대목은 하나도 없습니다. 이래 가지고는 마음을 터놓고 이야기할 수 없을 것입니다."

"그렇다고 도리가 있어야지요."

"통신사 일행은 표류해 온 조선 백성들의 송환을 누누이 부탁했습니다. 들리는 소문으로는 히라도(平戶)에 그런 사람들이 여러 명 있답니다. 이번에 그들을 돌려보내서 저들의 마음을 누그러뜨리는 것도 좋지 않겠습니까?"

"그렇게 해봅시다."

유키나가는 야나가와 시게노부를 돌아보고 계속했다.

"나는 급히 우토(宇土)로 돌아가야겠으니 그대는 나와 동행하지. 도중 하카타(博多)에 들러 소시쓰(島井宗室) 영감에게 주선을 부탁해 줄 테니까."

고니시 유키나가는 작년 가을 역내에 반란이 일어나 고전 끝에 진압은 했으나 아직도 그 뒤가 개운치 않았다.

소 요시토시도 한가하지 않았다. 회례사를 보내려면 쓰시마에 돌아가 준비를 해야 했다.

야나가와 시게노부와 소 요시토시, 두 사람은 서둘러 떠나는 유키나가를 따라 사카이로 내려가 배를 탔다.

야나가와 시게노부를 따라갔던 진세운이 겐소의 답장을 가지고 왔다.

과연 옳은 말씀입니다. 각하는 전하로, 방물은 예폐로 고치기로 하였습니다. 그러나 입조라는 것은 조선 사신이 일본에 입조했다는 뜻이 아닙니다. 조선이 앞장서 명나라에 입조해서 일본을 소개하여 주시면 일본은 뒤따라 입조하여 조공을 바치겠다는 뜻이니 그렇게 알아 주십시오.

한문이라는 것은 묘해서 억지로 갖다 붙이면 그렇다고 우길 수도 있었다.

사신들은 의견이 갈라졌다.

김성일은 다시 요구해서 이것을 고쳐야 한다 주장하고, 두 사람은 구태여 그럴 것까지는 없다고 하였다.

황윤길은 이렇게 말했다.

"나도 부사의 말씀대로 의심스러운 점이 없지 않으나 겐소가 그렇지 않다고 하니 그대로 믿어도 무방하지 않겠소?"

김성일은 굽히지 않았다.

"그것은 훗날 말썽이 생겼을 때 겐소의 궤변을 핑계로 삼자는 것이지요? 욕됨을 알면서 잠자코 있는 것은 자신을 속이고 남을 속이고 임금을 속이는 것입니다."

"어떻든 간에 우리는 여기서 글자 시비로 시일을 천연할 것이 아니라 속히 돌아가 히데요시의 흉계를 아뢰어 대책을 강구토록 해야지요."

"흉계라니요?"

"히데요시는 필시 조선을 침공할 것입니다."

"공연히 히데요시가 두려워 그런 말씀을 하시는데 그까짓 것이 무얼 한단 말입니까?"

"그것 참."

황윤길은 입을 다물고 허성이 끼어들었다.

"답서에 불손한 대목이 있더라도 돌아가 조정에 보고하면 조정에서 알아서 처리할 일이지 우리가 여기서 이러니저러니 할 일이 아닙니다.'

김성일은 주먹으로 방바닥을 내리쳤다.

"사신은 심부름꾼이 아니오. 일단 국경을 나선 후에는 나라에 이로운 일이면 알아서 처결하는 것이 사신이란 말이오."

"그러니까 속히 돌아가 저들의 흉계를 고하자는 것이 아닙니까?"

"흉계, 흉계 하는데 보기라도 했소? 서장관은 목숨이 아까워 벌벌 떨고 일신의 안전만 생각하는 것이지요?"

"무슨 말씀을 그렇게 하십니까?"

격한 말이 오고 간 끝에 김성일은 다시 겐소에게 편지를 보냈으나 겐소는 같은 주장을 되풀이했다.

다음에는 고니시 유키나가에게 편지를 띄웠다. 그러나 유키나가는 아무 데도 없었다. 바로 이 사카이에서 배를 타고 규슈의 자기 임지로 돌아갔다는 것이다.

그를 선위사로 알고 있던 일행은 노했다. 외국 사신이 그 나라에 들어오면 국경에서 맞아들여 시종 인도하고 보살피다가 떠날 때에는 국경까지 전송하는 것이 선위사였다. 그런 선위사가 도중에 사라졌다. 더구나 말 한 마디 없었으니 이런 인사가 어디 있느냐?

말이 통할 사람은 야나가와 시게노부였다. 그는 조선에 자주 내왕하여 오랑캐의 때를 벗었고 예의범절을 터득하여 인사성이 밝은 사람이었다.

이번에 말도 안 되는 답서를 고친다고 자진 교토로 떠날 때에도 기특하게 생각했다. 그가 돌아오면 따지리라.

그런데 난데없이 그의 아들 도시나가(智永)의 편지가 왔다.

자기 부친은 사이카이도(西海道 : 九州)로 내려갔다는 것이다. 우리나라 백성으로 사이카이도에 표류해 온 사람들을 송환하기 위해서 갔다고 했다. 유키나가와는 달리 밤중에 떠나는 관계로 인사를 드리지 못해 미안하다는 전갈도 해왔다.

소리 없이 간 것은 언짢았으나 한편 생각하면 가상한 일이었다.

또 한 가지 괜찮은 일이 있었다. 관백이 우리 임금에게 회례사를 보낸다고 했다. 저들도 차츰 인간이 되어 가는 모양이다.

약간 누그러졌는데 알고 보니 소 요시토시도 쓰시마로 돌아가고 없었다. 일행은 또 분을 참을 길이 없었다.

12월 초.

통신사 일행은 회례사로 다시 조선으로 건너가는 겐소의 인도를 받으며 사카이에서 배를 타고 귀국길에 올랐다.

답서는 겐소의 말대로 넉 자밖에 고치지 않았다.

김성일은 김성일대로, 황윤길과 허성은 그들대로 불쾌하기 그지없는 여행이었다.

## 이상한 사람들

 통신사 일행이 쓰시마를 거쳐 부산에 돌아온 것은 다음 해인 1591년(선조 24) 1월 28일이었다.
 일본의 회례사 겐소, 야나가와 시게노부 일행 외에 쓰시마에서 송환하는 조선 표류민 9명도 함께 왔다.
 부두까지 마중 나온 동래부사 고경명(高敬命)은 왜관에서 일본 사신들을 간단히 대접하고 곧바로 통신 삼사와 수행원들을 안내하여 동래로 향하였다. 묘한 것은 수십 명의 포졸들이 전후좌우로 에워싸고 떨어지지 않는 일이었다. 고경명은 말이 없고 포졸들의 눈빛도 이상했다. 불길한 예감이 들었으나 아무도 입을 떼는 사람은 없었다.
 산모퉁이를 돌자 함거(檻車) 두 대가 길을 막고 서 있었다. 행렬은 멎고 포졸들이 달려들어 서장관 허성(許筬)과 수행원 성천지(成天祉)를 밧줄로 묶어 함거에 쑤셔 넣었다.

"어찌 된 일이오?"

놀란 황윤길이 묻고 김성일도 물었다.

"어명이올시다."

고경명은 긴 말을 하지 않고 함거를 재촉하여 보냈다. 밤낮을 가리지 않고 서울로 직행하라는 것이다.

배 멀미에 시달리다 겨우 제정신을 차린 일행은 맥이 풀리고 눈앞이 아물거리면서 또 토할 것만 같았다.

덜컥거리고 멀어져 가는 함거, 혹시 이번 사행에 잘못이 있다고 모두 잡아 넣는 것은 아닐까. 그들은 더 이상 물을 기운도 없었다. 인도하는 대로 동래에 당도하여 객관에 들어서자 모두들 목침을 베고 드러누워 버렸다.

저녁에 고경명의 위로연이 있었다.

"이번에 영감네들이 일본에 가서 더욱 친목을 두터이 하고 오셨으니 이제 바다의 걱정은 없어졌습니다. 덕분에 이 동래부사로서도 일이 한결 편해졌으니 이보다 더 고마운 일이 어디 있겠습니까? 먼 길에 수고가 많았습니다."

그러나 아무도 응대를 하는 사람이 없었다. 침묵 속에 술잔이 오간 끝에 여행 중 허성과 행동을 같이한 차천로(車天輅)가 물었다.

"어명이라니 묻기도 황송하외다마는 두 사람은 무슨 일로 저렇게 되었지요?"

"열 길 물속은 알아도 한 길 사람의 속은 모른다더니 바로 그것이지요."

고경명은 잔기침을 하고 설명했다.

정여립이 평소에 허성을 좋게 말했고, 아무개에게 보낸 편지에도 그를 칭찬했다 — 서장관으로 일본에 간 후에야 이 중대한 사실이 발각되었다. 돌아오는 대로 잡아 보내라는 어명이 내렸다는 것이다.

성천지는 전주판관(判官)으로 있으면서 정여립이 부탁하는 대로 야장(대장장이)을 보내고 부역도 면제해 준 사실이 밝혀졌다. 이 야장들은 필시 역적에게 무기를 만들어 바쳤으리라는 것이 조정의 판단이었다.

정여립이 죽은 지 1년 4개월, 아직도 길게 그림자를 드리우고 있었다. 자기들과 관련이 없는 일이라 우선 마음을 놓았으나 기분이 좋은 일은 아니었다. 사람들은 말을 잊은 듯 술만 들이켰다.

연회가 파하자 황윤길은 방으로 돌아와 붓을 들었다. 조정에 장계(狀啓 : 보고서)를 올려야 했다. 그는 왕복 길에 보고 들은 일본의 실정을 자세히 적고 이렇게 끝을 맺었다.

일본의 동향이 매우 심상치 않으니 반드시 전쟁이 일어날 것입니다(必有兵禍).

이튿날 고경명에게 부탁하여 파발마 편에 일본에서 받은 답서와 함께 급히 서울로 보냈다.

일행은 동래까지 왔어도 즉시 떠날 형편은 못 되었다. 사공, 일꾼 등 부산 포구에서 해산시킬 인원들이 적지 않았다. 이들에게 보수를 마련해 주고 각기 고향으로 돌려보내야 하였다. 또 서울에서 선위사가 당도하지 않았으니 겐소 이하 일본 회례사 일행의 편의도 보아주어야 했다.

이러저러한 사후처리를 위해서 그들은 동래를 떠나지 못하고 있었다.

황윤길의 장계와 일본 국서가 서울 조정에 들어왔을 때는 마침 오후 강의 [夕講] 시간이어서 임금은 신하들이 배석한 가운데 고전 강의를 듣고 있었다. 급한 보고라는 바람에 강의를 중단하고 장계와 국서를 읽던 임금의 얼굴이 굳어졌다.

"이거 큰일 났소."

그는 신하들 앞으로 문서를 내밀었다. 이마를 맞대고 읽어 내려가는 신하들도 숨을 죽이고 말이 없었다.

일본이 전쟁을 걸어온다? 생각할 수 없는 일이었다. 작년 봄 왜구의 두목들을 잡아다 바치는 등 일본은 우리에게 최대의 성의를 보였고 우리도 이 성의에 보답하기 위해서 통신사를 보냈다.

누구나 양국 간의 평화를 의심치 않았다. 당시 선위사로 일본 사신들을 상대하여 이 역사적인 평화를 이룩한 이덕형(李德馨)의 공은 너무나 컸다. 임금은 특히 그를 정5품 이조정랑에서 4계급을 뛰어 정3품 직제학(直提學)으로 올렸다. 30세에 직제학은 전례 없는 일이었다.

그런데 도요토미 히데요시가 쳐들어온다니 이것은 무슨 소리냐? 너무도 뜻밖의 일에 사람들은 가슴이 떨릴 뿐 도무지 판단이 서지 않았다.

대사헌 윤두수(尹斗壽)가 아뢰었다.

"어떻든 이 사실을 명나라에 알려야 할 듯합니다."

임금은 고개를 끄덕이고 도승지 한응인(韓應寅)을 돌아보았다.

"2품 이상은 모두 들라고 하시오."

전갈을 받고 달려온 사람들이라고 다를 것이 없었다. 왜구니 여진족이 심심치 않게 남북 변경을 침범했으나 서울에 앉은 고관들에게는 불장난 정도의 실감밖에 나지 않았다.

건국 2백 년, 계속되는 평화 속에 전쟁은 책 속에서나 찾아볼 수 있는 아득한 이야기였고, 전쟁을 가상하고 대책을 생각한 사람은 아무도 없었다. 그런 만큼 불시에 닥쳐온 전쟁 이야기에 충격이 클 수밖에 없었다.

"삼남 요지에 성을 수축해야 합니다."

"급히 군사를 모집해야 합니다."

"식량을 비축해야 합니다."

밤늦도록 의논했으나 나온 대책이라야 누구나 말할 수 있는 상식에 지나지 않았다.

"신립(申砬)을 급히 불러올리는 것이 좋겠습니다."

몇 달 전에 우의정으로 승진한 류성룡이 제안했다.

평안병사 신립은 북방 여진족을 물리친 명장이었다. 역시 전쟁에 관한 것은 명장에게 묻는 것이 제일이었다.

"그거 좋은 생각이오."

임금은 동의하고, 신립을 특진관(特進官)으로 임명하였다. 특진관은 경연(經筵)에 참석하여 임금의 자문에 응하는 고문관이었다. 그가 올라오면 대책이 서리라.

"일본에 갔던 사신들이 돌아오면 더욱 자세한 이야기를 듣고 다시 의논하는 것이 좋겠습니다."

좌의정 정철의 제안으로 회의를 파하고 신하들은 물러 나왔다.

이날 저녁부터 전쟁 소문은 서울 장안에 퍼지고 이어서 파도같이 고을로 번져 나갔다. 사람들은 일이 손에 잡히지 않고 피란 갈 궁리, 병정을 모면할 궁리에 바빴다.

그러나 일본에 갔던 사신들이 서울로 돌아오기 전에 맹랑한 사건이 벌어졌다.

임금 선조는 여색에 취미가 있어 후궁에는 젊은 여자들이 적지 않았다. 이 숱한 여인들이 연달아 아이를 낳으니 후궁에는 이복 남매들이 들끓었다.

그러나 왕후 박씨만은 소생이 없었다. 이미 37세가 되었으니 여태까지 못 낳던 여인이 새삼 아이를 낳을 가망도 보이지 않았다. 자연히 후궁들 사이에는 서로 자기 아이를 세자로 삼으려고 눈에 보이지 않는 암투가 벌어지고 있었다.

그런데 요즘 임금은 인빈(仁嬪) 김씨를 좋아해서 그 소생인 신성군(信城君)만 자식인 양 편애가 자심했다. 아직 10대 전반의 철부지로, 장차 무엇이 될지도 알 수 없는 것을 세자로 책봉하리라는 소문이 나돌았다.

그 위에는 장성한 형들이 있었는데 특히 둘째 광해군(光海君)은 이미 17세로 사람됨이 의젓해서 왕자의 풍모가 있었다. 친모 공빈(恭嬪) 김씨가 일찍 돌아간 관계로 후덕한 왕후 박씨가 친히 길러 친자식같이 아끼는 처지였다. 이모저모 생각해서 조정의 신하들은 대개 그를 마음에 두고 있었다.

전쟁이 터지면 임금이라고 죽지 말라는 법이 없고, 죽지 않더라도 무슨 변이 일어날지 알 수 없었다. 차제에 후계자를 정해 놓는 것이 만일의 혼란을 피하는 길이었다. 대신들은 이 일에 합의를 보았다.

그러나 이것은 쉬운 일이 아니었다. 세자를 책봉하는 일은 임금 스스로 하는 것이 통례이고 신하가 먼저 말을 꺼내면 임금의 비위를 상하기가 십상이었다.

세자는 임금의 후계자인 만큼 임금의 죽음을 전제로 하기 때문이었다.

또 있었다. 세자를 세우는 데 공을 세우고 장차 그가 임금이 되는 날 한몫 보려는 것이 아닌가 — 범속한 군왕은 이런 의심도 품기 쉬웠다.

한번 임금의 기분을 상해 놓으면 패가망신하기 알맞은지라 이런 일에 앞장서는 것은 누구나 꺼려했다.

과연 약속한 날 경연에서 말할 차례가 되어도 모두들 눈치만 보고 입을 열지 않았다. 결국 성미가 괄괄한 좌의정 정철이 말을 꺼냈다.

"전하, 왕자 제군들이 장성하셨으니 그중에서 영특한 분을 골라 후사를 세우시는 것이 어떻겠습니까? 이것은 세상의 공론이올시다."

염려한 대로 선조는 대로하였다.

"지금 뭐랬소? 내가 시퍼렇게 살아 있는데 후사를 세우자는 것은 무슨 심사요, 응?"

옆에서 한마디 도와줄 것으로 믿었으나 영의정 이산해도 우의정 류성룡도 잠자코 있었다. 보다 못한 부제학 이성중(李誠中)과 대사간 이해수(李海壽)가 나섰다.

"이 일은 좌의정 혼자만의 생각이 아니고 신 등도 함께 의논한 일입니다."

임금은 그들을 흰눈으로 노려보다 자리를 박차고 나가 버렸다. 험악한 분위기 속에 물러 나온 정철은 사장을 제출하고 대죄하는 수밖에 없었다.

2월 29일. 선조는 그를 영돈녕부사(領敦寧府事)라는 한직에 돌리고, 후임 좌의정에 류성룡, 우의정에 이양원(李陽元)을 임명해 버렸다.

항간에서는 말이 많았다. 영의정 이산해는 인빈의 오라버니 김공량(金公諒)을 통해서 사전에 이 일을 인빈에게 내통하고 정철을 모함했다는 것이다. 정철은 세자를 세우고 인빈과 그 소생인 신성군을 없애 버릴 계책을 꾸미고 있다고. 인빈이 잠자리에서 눈물을 흘리며 임금에게 호소하는 바람에 일이 이렇게 되었다고 했다.

류성룡도 입돈음에 올랐다. 후사를 세우자는 발의는 자기가 해놓고 막상 임금이 노하니 입을 다물고 모르는 척했다고.

소문은 정철의 측근에서 나온지라 진상은 아무도 몰랐다. 그러나 확실한 것은 임금이 정철을 미워하기 시작했다는 사실이었다.

3월에 들어서자 반대파들은 우선 정철의 측근인 이조정랑 유공진(柳拱辰)과 검열 이춘영(李春英)을 건드려 보았다. 두 사람은 정철과 그 일당에 아부하여 못된 일을 많이 했으니 내쫓아야 한다고 임금에게 글을 올렸더니 임금은 그대로 파면해 버렸다.

용기를 얻은 그들은 정철 자신을 규탄하였다.

"정철은 성품이 괴팍한 것이 사당(私黨)을 만들어 권력을 마음대로 휘둘렀습니다. 국사를 그르치고 주색에 빠져 체통을 잃고 사람을 해치고 부박(浮薄)함이 이루 말할 수 없었으니 파직하소서."

임금은 한직으로 몰아냈던 정철을 그 한직에서조차 파면해 버렸다. 임금의 심정을 알아차린 동인들은 더 주저할 것이 없었다. 차례로 탄핵하여 정철과 가까운 서인들을 쫓아냈다.

정여립 사건으로 전국에서 1천여 명의 동인들이 화를 입었는데 그중에는 억울한 사람들이 태반이었다. 잘못은 정철에게 있다고 이제 보복이 시작된 것이다.

이 통에 정여립 사건의 연루자로 옥에 갇혔던 동인 허성도 무죄로 풀려났다.

황윤길, 김성일 등 일본에 갔던 사신들이 서울에 들어온 것은 전쟁의 소문과 정철 사건으로 이처럼 어수선한 3월이었다.

"일본의 답서도 보았고, 상사가 올린 장계도 잘 보았소. 역시 일본이 쳐들어올 것으로 생각하오?"

궁중에서 일행을 접견한 임금이 황윤길에게 물었다.

"그렇습니다. 반드시 올 것입니다."

그는 일본에 파다하게 퍼진 소문, 단련된 일본군의 실력, 상대한 일본 고관들의 언동을 낱낱이 설명하고 도요토미 히데요시는 어김없이 쳐들어올 터이니 대비책을 마련해야 한다고 역설했다. 듣기 좋은 소리는 아니었다.

"부사의 소견은 어떤고?"

양미간을 찌푸린 임금이 김성일을 향했다.

"히데요시는 그 거동에 조금도 위엄이 없는 인간이올시다. 심지어 신들을 만나는 날에도 아이를 안고 왔다갔다 수선을 떨 지경이었습니다. 신이 보기에는 미친놈이올시다. 그러므로 그가 하는 말은 일일이 사실이라고 믿을 것이 못 됩니다. 법도도 지략(智略)도 없는 어리석은 도둑에 불과한데 걱정할 것이 없습니다."

임금은 흡족한 얼굴이었다.

"서장관이 보기에는 어떤고?"

옥에서 나온 지 얼마 안 되는 허성은 길게 말하지 않았다.

"앞날을 어찌 알겠습니까마는 신의 생각으로는 상사의 말씀이 옳은 듯합니다. 대비책을 강구해 두는 것이 좋을 줄 압니다."

임금의 얼굴에서 웃음이 사라졌다.

"삼사의 의견이 이렇게 다르니 종잡을 수 없구만. 다른 이들의 생각은 어떻소?"

조정의 모든 신하들이 참석했으나 아무도 의견을 말하는 사람이 없었다. 그들도 어느 말이 옳은지 판단이 서지 않았다.

## 동인도 모르고 서인도 모르고

 당쟁이라면 복잡할 것이 없었다. 반대당의 의견에 반대하면 그만이었다. 그러나 도요토미 히데요시가 쳐들어오고 안 들어오고는 동인도 모르고 서인도 몰랐다. 판단이 서지 않기는 마찬가지여서 당론(黨論)이라는 것이 없었다.
 이 일만은 당론이 없기 때문에 서인 황윤길과 동인 김성일은 각각 자기 소신대로 말했고, 동인 허성은 소신대로 서인 황윤길에게 동조할 수 있었다.
 여태까지 만사 흑이 아니면 백이었다. 그런데 이것은 흑일 수도 있고 백일 수도 있었다. 임금도 난감하고 신하들도 난감했다.
 "히데요시는 어떻게 생긴 사람인고?"
 임금이 화제를 돌리자 황윤길이 대답했다.
 "눈에서 광채가 나는 것이 대담하고 지략이 있는 사람으로 보였습니다(其目光爍爍 似是膽智人也).”

그러나 김성일의 소견은 달랐다.

"아니올시다. 눈은 쥐를 닮은 것이 두려울 것이 없습니다(其目如鼠 不足畏也).”

좌중에는 웃음이 터지고 비로소 화색이 돌았다.

히데요시는 두려울 것이 없다 — 이것은 불안 속에 사람마다 고대하던 한마디였다. 그는 바다 건너 쥐새끼에 불과하고 더 이상 논의할 거리도 못 되었다(《선묘보감》).

사람들은 김성일에게 찬탄의 눈길을 보냈다. 높은 식견에 강직한 성품, 일본 사람들도 그에게는 꼼짝 못했다고 했겠다. 그의 눈에 어김이 있을 리 없었다.

반면에 황윤길과 허성을 번갈아 보는 눈에는 약간의 멸시가 없을 수 없었다. 듣자하니 일본에서는 겁에 질려 우습게 놀았다는 소문이었다. 어떻게 먹은 겁이길래 고국에 돌아온 지 한 달이 넘어서도 털어 버리지 못하는 것인가.

황윤길의 장계로 일어났던 전쟁의 공포는 김성일의 한마디에 저절로 녹아 버렸다.

좌의정 류성룡은 김성일과 친한 사이였고, 누구보다도 그를 믿었다.

"설사 히데요시가 침범해 들어온다 하더라도 그 행동거지의 이야기를 들으니 두려울 것이 못 되는 듯합니다. 하물며 답서의 언사는 겁을 주자는 데 지나지 않을 것입니다(設令秀吉犯順 聞其擧止似無足畏 況其書契之辭 要不過恐動).”

"나도 그렇게 생각하오.”

임금은 눈을 감고 생각하다 계속했다.

"명나라에 알리는 일은 어떻게 하는 것이 좋겠소?"

류성룡이 아뢰었다.

"만약 확실한 증거도 없이 곧바로 명나라에 알렸다가 쓸데없이 변경의 경비를 강화한다고 법석이라도 일어나면 극히 미안한 일입니다. 또 복건(福建)과 일본은 그다지 멀지 않습니다. 우리가 명나라에 알린 내용이 일본 사람들의 귀에 들어가면 저들의 의심을 사서 분란을 자초하지 않는다고 보장할 수 없습니다. 다 같이 이로울 것은 없고 해만 있으니 결단코 알려서는 안 됩니다."

일본의 침략이 없다고 생각한 것은 류성룡뿐이 아니고 대세였으나 명나라에 알리는 문제에 대해서는 의견이 갈라졌다. 얼마 전 대사헌에서 호조판서로 옮긴 윤두수를 비롯하여 알려야 한다는 사람도 적지 않았다. 명나라에서 먼저 알고 시비를 걸면 대답할 말이 없다는 의견에 임금도 동조했다.

"이러저러한 이해는 논할 것이 못 되고 의리상 어찌 알리지 않을 수 있겠소?"

임금이 이렇게 나오는 이상 알리지 않을 수 없었다.

부제학 김수(金睟)가 제의했다.

"부산에 머물고 있는 일본 사신들이 곧 올라올 것입니다. 그들의 이야기를 듣고, 또 선위사의 의견도 들은 연후에 결정하는 것이 좋을 듯합니다."

우리 통신사 일행과 함께 부산에서 배를 내린 일본 회례사 겐소 등은 계속 부산 왜관에 머물고 있었다. 법도상 서울에서 선위사가 내려가기 전에는 마음대로 움직일 수 없게 되어 있었다.

이번에 선위사로 지명되어 부산으로 내려간 것은 전한(典翰) 오억령(吳億齡)이었다. 쫓겨난 정철의 측근으로 서인이었으나 신중한 인품에 남다른 식견이 있어 당파를 초월하여 신망이 두터운 인물이었다. 그가 일본 사람들과 접촉한 결과를 보고해 오면 더욱 정확한 판단이 설 것이었다.

"그것도 좋은 생각이오마는 어떻든 이 사실은 명나라에 알려야 할 터이니 글을 준비해 두시오."

임금은 한마디 남기고 안으로 들어갔다.

이날부터 조정에는 화기가 돌고 기쁜 소식은 거리로 퍼져 나갔다.

"전쟁은 없다."

일손을 놓았던 사람들은 가슴을 쓰다듬고 술 한잔 없을 수 없었다. 취하면 으레 김성일의 당당함과 황윤길·허성의 비굴함을 입에 올리고 평화를 구가했다.

그렇지 못한 사람들도 없는 것은 아니었다. 통신사의 군관으로 일본에 다녀온 황진(黃進) 등 몇 사람은 반드시 전쟁이 일어난다고 역설하고 다녔으나 웃음거리밖에 되지 않았다.

"쓸 만한 무인인 줄 알았더니 황진도 겁병(怯病)에 걸린 모양이다."

류성룡은 사석에서 다시 한 번 김성일에게 물었다.

"김 형 말씀이 황윤길과 다른데 만일 전쟁이 일어나면 어떻게 할 작정이오?"

"나라고 일본이 끝까지 움직이지 않는다고 단언할 수야 있겠소? 다만 황윤길의 이야기가 너무 지나쳐서 안팎이 놀라 어찌할 바를 모르니 이것을 풀어 주려고 한 말이오."

벼슬은 류성룡이 월등 높았으나 김성일은 퇴계 문하의 선배로, 나이도 4세나 연상이었다. 이 선배가 국가 대사에 허튼소리를 할 리는 없고, 류성룡은 의심하지 않았다.

허튼소리는 도요토미 히데요시가 하고 있는 것이다.

그러나 부산에서 오억령의 긴급 보고가 올라왔다.

겐소가 분명히 말하기를 내년에는 조선에 길을 빌려 명나라에 쳐들어간다고 합니다(玄蘇明言 來年將假道 入犯上國).

그는 일본 사신들의 언동을 상세히 기록하고 자기가 보기에는 이것은 공연한 협박이 아니고 반드시 전쟁이 일어날 것 같다고 결론을 맺었다.

오억령은 원만한 인물이었다. 평생 누구 하나 다친 일이 없고 모난 말 한마디 하는 일이 없는 침착한 사람이었다. 그런 오억령이 이렇게 긴급 보고까지 올린다는 것은 예삿일이 아니었다.

"정말 전쟁이 일어나는 것은 아닐까."

조정의 대신들은 또다시 가슴이 싸늘했다.

일어난다, 안 일어난다, 갑론을박으로 떠들썩했다. 그러나 전쟁은 생각만 해도 기가 막혔다. 더구나 아무리 보아도 도요토미 히데요시와 원수진 일은 없고 따라서 그가 쳐들어올 까닭도 없었다. 전쟁이 없기를 바라는 다수의 소망은 소수의 염려를 압도하였다.

"오억령까지 저들의 협박에 넘어갈 줄은 몰랐다."

다수는 약간의 조소를 섞어 가며 한탄했다.

"겁에 질린 사람을 그대로 선위사로 두었다가는 엉뚱한 소문을 퍼드려 혼란이 일어날지도 모른다."

사람들은 오억령을 성토하고 결단을 내렸다.

"선위사를 바꿔야 한다."

그리하여 줏대가 있기로 이름난 응교(應敎) 심희수(沈喜壽)를 임금에게 천거하여 허락을 받았다.

오억령이 돌아오면 교체하라.

윤3월. 일본 회례사 겐소, 야나가와 시게노부 일행이 오억령의 인도로 서울에 들어와 동평관에 짐을 풀었다.

오억령은 일본 사신들과 이야기를 나눈 문답록(問答錄)까지 제출하고 역설했다.

"사태가 심상치 않습니다. 십중팔구 전쟁이 일어날 듯하니 대비책을 강구해야 합니다."

"알아들었네."

대신들은 달가운 눈치가 아니었다.

"대비책은 서 있습니까?"

"그것은 자네가 걱정할 일이 아니고, 수고했으니 집에 가서 푹 쉬게."

은근히 무안을 주었다.

"선위사를 바꿨다는 소문이 들리던데 사실입니까?"

"응, 바꿨지. 심희수로 바꿨으니 자네는 그에게 인계하고 명나라로 갈 채비를 하게."

"명나라요?"

"5월에 하절사(賀節使)가 떠나기로 되었는데 자네는 질정관(質正官)으로 발탁되었지. 지금 자네를 덮을 문장가가 어디 있는가? 성상께서는 자네가 아니고는 보낼 사람이 없다고, 누누이 말씀을 하시지 않겠는가. 영광이지. 그래서 일이 끝나지 않았는데도 선위사를 면하고 질정관으로 임명된 것이네."

설명이 약간 길었다.

질정관은 글자 그대로 모르는 것을 물어보는 직책이었다. 중국 고전이나 예법에 의문 나는 대목이 있으면 모아 두었다가 명나라에 사신이 갈 때에 따라가서 그 나라의 이름난 학자들이나 관리들에게 문의하여

유권해석을 받아 오기로 되어 있었다.

　오억령은 각 관청에 연락하여 질문사항을 모으면서 돌아가는 물세를 지켜보았다. 대신들도 생각이 있을 터인데 자기는 공연히 걱정으로 지새운 것이 아닐까, 의문도 생겼다. 그러나 어느 구석에도 전쟁의 대비는 고사하고 염려하는 기미조차 보이지 않았다.

　알 만한 사람들을 찾아 이야기를 되풀이했으나 동조하는 사람보다 비웃는 사람이 태반이었다.

　"하늘이 무너질까 걱정은 안 되는가? 그런 것을 기우라고 하네."

　그는 마지막으로 비변사(備邊司)의 가까운 친구들을 찾았다.

　"일본 사신들이 동평관에 있지 않는가? 내가 쓸데없는 걱정을 한다 치고, 사람을 보내 저들의 진의를 한번 알아본다고 손해될 것은 없지 않은가?"

　비변사의 건의를 받은 임금은 황윤길과 김성일을 불렀다.

　"사사로이 연회를 베풀어 환대하면서 저들의 속을 떠보라."

　동평관에서는 잔치가 벌어졌다. 사연(私宴)이기 때문에 악사도 기생도 없었으나 음식은 푸짐하고, 형식을 떠난지라 분위기도 부드러웠다. 피차 전부터 안면이 있는 데다 함께 일본까지 다녀와서 터놓고 이야기할 처지도 되었다. 술잔이 오가고 한창 기분이 좋을 무렵, 김성일은 겐소에게 눈짓을 하여 옆방으로 옮겨 앉았다.

　"스님, 우리 솔직히 이야기합시다."

　통역 한 사람만 동석한 자리에서 김성일이 먼저 입을 열었다.

　"좋소. 나도 그러기를 바라오."

　겐소도 이런 기회를 기다리고 있은 눈치였다.

　"도대체 관백이 조선을 거쳐 명나라를 들이친다는 것은 무슨 소리요?"

　겐소는 속삭이듯 다정하게 나왔다.

"이야기는 간단하오. 명나라는 오랫동안 우리 일본의 조공을 받아 주지 않았소. 관백은 이것을 분하게 여기는 동시에 수치로 생각하고 있소. 그러니 조선에서 먼저 명나라에 교섭해서 우리가 조공을 바칠 길을 열어 주신다면 모든 것이 잘될 것이오. 생각해 보시오. 전쟁이 일어나면 조선이나 명나라 백성들만 고생이겠소? 우리 일본 백성들도 마찬가지란 말이오. 그러니 우리 합심해서 전쟁을 막아 봅시다."

조공을 바치기 위해서 쳐들어간다는 것은 역사에 없는 일이었다.

김성일은 정색을 했다.

"일본이 조공을 바치는 데 왜 우리를 끌어들이는 것이오? 옛날처럼 바다를 건너 영파(寧波)에 상륙해 가지고 거기서 육로로 북경까지 가면 될 것이 아니오?"

"그야 합의가 된 연후에는 그렇게 하지요. 지금 형세가 급박하니 조선에서 우선 주선해 달라는 것이 아니겠소? 명나라에서 먼저 손을 내밀어 주면 전쟁을 막을 수 있단 말이오."

"전쟁, 전쟁 하는데 나는 도무지 알아듣지 못하겠소."

"그래요?"

겐소의 얼굴에서 웃음기가 사라졌다.

"도대체 전쟁 할 이유가 어디 있단 말이오?"

김성일의 언성이 높아지자 겐소는 주먹으로 방바닥을 내리쳤다.

"모르겠소? 옛날 고려는 원나라 군대를 인도해서 일본을 들이치지 않았소? 그 원수를 갚을 것이오."

"허, 참."

김성일은 코웃음을 쳤다. 세상에 3백 년도 더 되는 조상 때의 원수를 갚겠다고 나서는 맹꽁이가 어디 있는가? 역시 씨가 먹지 않은 소리였다.

"내 분명히 말해 두겠소. 우리 일본은 내년에 반드시 조선을 들이칠 것이오."

겐소는 못할 소리가 없었으나 김성일의 귀에는 도무지 말 같지도 않았다.

"불법에서는 살생을 금한다는데 스님은 왜 말끝마다 전쟁을 쳐드시오?"

"하아 이런, 살생을 막기 위해서 이처럼 발버둥치는 것이 아니오?"

"대의(大義)로 봐서도 전쟁은 안 되오."

"대의고 뭐고 현실을 똑바로 보시오. 전쟁이 일어난다니까."

"더 얘기해야 소용없겠소."

김성일은 털고 일어섰다.

"겐소는 여전히 협박이올시다."

이튿날 대신들도 있는 자리에서 임금에게 자세한 보고를 드렸다. 그러나 일단 전쟁이 없다고 단정한 사람들에게는 다른 소리는 귀에 들어오지 않았다.

"그따위 서툰 으름장에 누가 넘어갈 것이냐."

마음 같아서는 보기도 싫은 일본 사신들을 그대로 쫓아 버리고 싶었으나 명색 사신이라는 사람들을 임금에게 인도하지도 않고 쫓는다는 것은 분란을 자초하는 일이었다.

실지로 겐소는 새로운 국서를 가지고 왔으니 속히 임금을 뵙게 해달라고 졸랐다. 이 새로운 국서의 사본(寫本)은 이미 예조에 들어갔는데 내용은 별것이 없었다.

앞서 보낸 답서는 창졸간에 만들다 보니 통신사를 보내주신 호의에 감사도 못 드리고 실례되는 점이 없지 않았다. 이 호의는 가슴 깊이 새겨 둘 것이다. 명나라에 쳐들어가겠다고 한 것도 딴 뜻은 없고, 조공을 바치자는 것이니 조선에서 주선해 달라. 이 일이 성사되지 못하면 부득이 동병(動兵)할 수밖에 없다.

같은 내용이었으나 언사가 부드러웠다. 그리고 끝에 가서 이렇게 덧붙였다.

표류인(漂流人)의 송환을 요망하시는 대왕의 뜻을 전해 듣고 신민을 사랑하시는 대왕의 인자하심에 새삼 감동되었습니다. 이에 전국에 영을 내려 9명을 찾아 돌려보내는 터인즉 받아 주십시오. 예전에 조선에서는 세 포구를 열어 우리 일본 사람들의 내왕을 허락하셨습니다. 중간에 불행한 일로 염포(鹽浦)와 제포(薺浦)는 폐쇄되고 지금은 부산 한 군데만 남아 사신의 내왕에 여간 불편하지 않습니다. 차제에 염포와 제포를 다시 열어 주시면 두 나라의 정의는 더욱 두터워질 것입니다.

불량무식한 전번의 답서에 비하면 제법 예절을 갖추었으나 씨가 먹지 않기는 마찬가지였다. 더구나 부산 포구 하나만으로도 골치가 아픈데 두 포구를 다시 열어 달라는 것은 말도 안 되는 소리였다.

얼른 임금을 뵙게 하고 쫓아 버리는 것이 상책이었다.

그렇다고 서둘러 임금이 그들을 접견하는 것도 체모 없는 일이었다. 우리 통신사 일행은 일본 수도 교토에 들어가서도 3개월 반이나 기다린 후에 겨우 도요토미 히데요시를 만나지 않았는가.

그러나 꼭 같이 3개월 반을 기다리게 할 수는 없었다. 겐소는 만나는 관원마다 붙잡고 내년에는 일본의 대군이 쳐들어온다고 큰소리였다. 겐소뿐만 아니라 그를 따라온 20여 명의 졸개들도 동평관의 일꾼이며 지나가는 사람을 붙잡고 허튼소리를 토해 냈다.

"옛날 고려 때 느으들은 원나라 군대와 함께 우리 일본을 들이쳤지? 내년에는 우리가 쳐들어와서 원수를 갚고야 말겠다."

소문은 은근히 퍼지고 민심이 흔들려서 길게 천연할 수 없었다.

한 달 남짓 지난 4월 29일. 창덕궁 인정전에서는 문무관 2품 이상이 참석한 가운데 익선관에 곤룡포로 정장한 임금이 일본 사신들을 접견하였다.

국서를 바친 다음 일본 사신들은 예조판서 정탁(鄭琢)의 인도를 받고 문무관의 뒤를 따라 당상으로 올라갔다.

임금에게 잔을 올리는 의식이 시작된 것이다.

서차에 따라 정1품 영의정 이산해를 비롯한 3정승으로부터 종2품의 육조(六曹) 참판에 이르기까지 한 사람씩 어전에 나가 잔을 올리면 임금은 받아서 마시는 시늉만 하고 물렸다.

조정 신하들의 헌작이 끝나자 일본 사신 겐소가 정탁의 인도로 앞으로 나가 잔을 바쳤다. 임금은 잔을 받고 도승지 한응인을 시켜 말씀을 전했다.

"옛날 우리 두 나라는 서로 내왕함에 있어서 예법에 어긋남이 없었다. 이제 다시 일본과 옛날 같은 우호를 맺으니 한집안이나 다름없이 되었다. 이에 특별히 그대들에게 내 친히 술을 내리는 것이니 내 뜻을 헤아려 주기를 바란다."

손수 잔을 내리고 시립하였던 승지 정창연(鄭昌衍)이 술을 따랐다.

"황공하오이다."

겐소는 받아 마시고 서툰 조선말로 감사를 드렸다. 이 기회를 놓치지 않고 한 말씀 드리려고 했으나 정탁은 틈을 주지 않았다. 말석으로 인도하여 세워 놓고 야나가와 시게노부를 어전으로 데리고 갔다.

임금은 또 한응인을 시켜 말씀을 전했다.

"옛날에는 일본 부사(副使)가 잔을 올리는 법이 없었다. 그러나 그대는 다른 사신들과는 달리 우리 조선과 특수한 인연이 있은즉 내 특별히 그대만은 잔을 올리도록 하는 것이니 그대는 내 뜻을 저버리지 말라."

조선말에 능통한 야나가와 시게노부는 잔을 올리고 큰절을 했다.

"성은이 망극하오이다."

임금은 계속했다.

"연래로 그대는 우리 조선을 위해서 근로(勤勞)함이 지극하였은즉 특히 종2품 가선대부(嘉善大夫)를 제수할 것이니라."

승지 정창연이 미리 준비하였던 직첩을 전했다.

직첩을 받은 야나가와 시게노부는 네 번 절하여 사은숙배를 드렸다.

"거듭되는 성은에 신은 오직 감읍할 따름입니다."

의식이 끝나자 임금이 자리를 뜨고 신하들은 서차대로 물러 나왔다.

전같이 일본 사신들을 위한 연회는 없었고, 사신으로서의 대접도 없었다. 조선 신하들의 꼬리에 붙어 임금에게 잔을 올렸을 뿐이다.

더구나 임금의 말씀대로라면 두 나라 사이에는 아무런 문제도 없고 천하는 태평하였다. 잔뜩 벼르고 왔던 겐소는 물러 나오면서 이 사람 저 사람 붙잡고 말을 걸었다.

"제 말씀을 좀 들어 주시오."

대개 못들은 양 외면하고 정면으로 마주친 사람들은 마지못해 응대하였다.

"훗날 봅시다."

그러나 여러 날이 가도 보자는 사람은 없었다.

5월 5일. 조정에서는 일본에 보낼 답서를 놓고 의논한 끝에 병조판서 겸 대제학 황정욱(黃廷彧)이 지은 문안을 확정하였다.

귀국 사신이 오매 편히 계심을 알고 매우 다행으로 생각합니다. 두 나라가 서로 믿고 먼 바닷길을 넘어 피차 제때에 사신을 교환하여 폐지되었던 예(禮)를 다시 닦고 옛날의 우의가 더욱 굳어지니 만세의 복이올시다. 보내주신 예물(鞍馬, 器械, 甲冑, 兵具)들은 심히 많을 뿐더러 정교하게 만든 것들입니다. 선물하신 정성이 심상하지 않으니 지극히 감명이 깊었습니다. 그러나 전후 두 번의 편지를 받아 보니 사연이 장황한 가운데 멀리 상국(上國 : 중국)으로 들어가는 일에 우리나라도 가담하기를 바란다고 하셨습니다. 어찌하여 이런 말씀이 나오게 되었는지 알 수 없습니다. (……) 이것은 이웃 간에 서로 사귀는 도리가 아님을 감히 지적하여 두는 것이니 양해하시기 바랍니다. 우리나라는 예절과 도리를 다하는 터로 중국에서도 오래전부터 이를 알아주었고, 지금의 명나라에 이르러서는 혼연히 한집안같이 되어 있습니다. (……) 일이 있을 때에는 반드시 먼저 알리고, 어려운 때에는 서로 도우니 한가족이나 부자 사이와 같은 친분이 있습니다. 이 같은 사실은 귀국도 일찍이 들었을 것이고, 천하가 다 아는 터입니다. 가만히 생각건대 귀국이 오늘날 분히 여기는 것은 중국으로부터 배척을 당한 지 오래되어 예의를 다하여도 보람이 없고 관시(關市)가 불통하여 조공을 바치는 여러 나라의 축에 끼지 못하는 것을 수치로 여기기 때문입니다. 귀국은 어찌하여 그 원인을 스스로 반성하고, 스스로 도리를 다할 생각은 아니하고 오직 천박한 꾀를 생각하는 것입니까? 그러므로 귀국은 너무도 생각이 부족하다고 할밖에 없습니다. 두 포구를 개방하는 일은 선조(先朝)에서 이미 약정하여 금석(金石)같이 굳은 바 있습니다. 만약 한때 사신의 내왕에 좀 불편하다 하여 가벼이 이를 고친다면 피차 다 같이 이것을 선례로 삼을 것이니 어찌 옳은 일이라 하겠습니까?

변변치 못한 예물의 목록은 별지와 같습니다. 바야흐로 날씨가 무더워지는 철이오니 만강하시기를 바라며 이만 줄입니다(《재조번방지》).

동평관에서 선위사 심희수로부터 답서를 받은 겐소는 험상궂은 얼굴이 되었다.

"이 답서를 이대로는 못 가지고 가겠소."

"어디가 잘못 됐소?"

"처음부터 끝까지 일본을 꾸짖고 있으니 이런 국서가 어디 있소?"

"말인즉 구구절절이 옳지 않소?"

"그러지 말고 우리 좀 부드럽게 합시다."

"어떻게 말이오?"

"일본도 명나라에 조공을 바치겠다고 하니 조선에서 주선할 생각이 있다. 그쯤 한마디 넣어 주시오."

"우리가 왜 당신네 심부름을 하오?"

말이 차츰 거칠어졌다.

"그것도 심부름이오? 이웃 간에 그 정도 못할 건 무엇이오?"

"귀찮은 일에 끼어들기 싫소. 배를 타고 직접 명나라로 가시오."

"그러면 사신이 명나라로 들어갈 수 있도록 조선을 통과하는 것을 허락해 주시오."

"뱃길로 직접 가라니까."

"조선과는 달리 명나라는 먼 바다를 건너야 하오. 위험해서 부탁하는 것이오."

"옛날에는 뱃길로 잘 가서 조공을 바치더니 지금 와서 무슨 딴소리요?"

"정말 이렇게 나오면 내년에는 틀림없이 관백이 쳐들어올 것이오."

"우리는 예(禮)와 의(義 : 도리)로 사는 나라요. 한 가지라도 일본에 예나 의에 어긋난 일이 있으면 말해 보시오."

"말끝마다 예니 의니 하는데 그런 걸로 전쟁을 막을 수 있소?"

"잘못이 없는데 무슨 연고로 남의 나라에 쳐들어온다는 것이오?"

"하여튼 헛수고를 하는 셈 치고 내 뜻을 조정에 고해 주시오."

심희수는 돌아와 대신들에게 고했으나 핀잔만 돌아왔다.

"저들에게 녹녹하게 보였군. 답서는 한 자도 못 고친다고 일러요."

국서를 전했고 선물도 마련되었으니 이 성가신 자들을 더 이상 서울에 둘 필요가 없었다.

겐소 이하 일본 사람들은 심희수에게 끌리다시피 부산으로 내려가 배에 올랐다.

"당신네는 참으로 이상한 사람들이오."

헤어지면서 겐소가 묘한 소리를 했다.

"무어가 이상하오?"

심희수도 곱지 않게 받았다.

"관백이 쳐들어온다고 그렇게도 역설하는데 아니라고 태평세월이니 말이오."

"부질없는 소리 작작하고 편히 가시오."

5월의 잔잔한 바다.

심희수는 멀어져 가는 돛배를 바라보면서 앓던 이를 뺀 기분이었다.

이 평화로운 천지에 전쟁이란 미친 인간의 잠꼬대일시 분명했다.

# 명으로 간 통지문

　명나라에 이 사실을 알리느냐 마느냐. 일본에 갔던 통신사가 돌아온 직후에 나온 이 문제는 일단 알리기로 결정되어 명나라 황제에게 보내는 글까지 마련하였었다. 그러나 이론도 있어 최종적으로 결말을 본 것은 일본에 보낼 답서를 확정하던 5월 초였다.

　5월 4일 미시(未時:오후 2시). 첫여름의 화창한 날, 신록이 우거진 창덕궁 선정전(宣政殿)에서는 새들이 우짖는 속에 임금에게 드리는 오후 강의[夕講]가 시작되었다.
　여러 신하들이 배석한 가운데 부제학 김수(金睟)는 강목(綱目)의 동진원제기(東晉元帝記)를 강의하여 드리고 물러나 제자리에 앉았다. 실수 없이 잘했으나 긴장한 탓으로 두 손바닥에는 땀이 배어 있었다.
　오늘의 이 강의를 주관한 병조판서 겸 대제학 황정욱이 강목을 펼쳐 놓고 노자(老子)가 나오는 대목을 짚으면서 아뢰었다.

"일전에 성상께서는 선비들이 과거를 볼 때에 노장(老莊)의 용어(用語)를 쓰는 것을 금하셨습니다. 참으로 지당한 일이십니다. 그러나 우리나라에서는 문장가로 이름난 사람들도 널리 책을 보지 못하였고, 더구나 노장의 서적을 보는 사람은 더욱 희귀합니다. 그런데 노장의 용어는 여기저기 많이 나옵니다. 많이 나와도 모두들 그 출처를 알지 못한 채 쓰고 있습니다. 옛날 선비들도 많이 썼으니 이것을 일일이 금하기는 매우 어렵겠습니다. 노장의 도(道)를 믿지 못하게 함은 합당한 일입니다마는……."

"듣고 보니 그렇겠소. 다만 내 뜻은 딴 데 있는 것이 아니라 이단(異端)이 섞여 들어 성학(聖學 : 유교)을 해칠까 걱정한 것이오. 이 천지간에 옳은 것은 성학뿐이고 다른 것은 다 잡음에 불과하다는 것은 대제학도 아는 바가 아니오?"

"그렇습니다."

"그래 우리나라에도 노장의 도를 믿는 사람들이 있소?"

"신이 알기로는 한 사람도 없습니다."

"그렇다면 안심이 되는구만."

"모든 것이 성학을 숭상하시는 전하의 덕화(德化)의 소치올시다."

임금은 대답은 없었으나 빙긋이 웃는 품이 기분은 과히 나쁘지 않은 얼굴이었다.

이 기회에 방금 강의를 마친 김수가 앞으로 나와 명나라에 일본의 동정을 알리는 일에 이의를 제기하고 나섰다. 그는 류성룡의 부탁을 받고 이 일을 위해서 강의 당번인 교리(校理) 심대(沈岱)와 교대해서 일부러 나왔었다.

"히데요시는 정신 나간 일개 필부에 지나지 않고 그가 하는 소리는 남에게 겁을 주자는 데서 나온 것입니다. 이같이 실없는 소리를 명나라 조정에 알리는 것은 참으로 온당치 못한 일입니다."

잠자코 듣고 있던 임금이 황정욱을 돌아보았다.

"병조판서의 생각은 어떤고?"

"부제학의 말씀은 매우 옳지 못합니다. 차마 듣지 못할 이런 말을 듣고 어찌 아무렇지도 않은 양 알리지 않을 수 있겠습니까?"

황정욱이 반대했으나 김수는 지지 않았다.

"도리로 말하자면 물론 그렇습니다. 그러나 일본 국서의 언사가 이처럼 황당하고, 삼사(三使)의 소견도 같지 않으니 이것이 실없다는 증거가 아니고 무엇이겠습니까?"

그러나 임금은 황정욱과 같은 의견이었다.

"삼사가 모두 쳐들어올 리가 없다고 말하더라도 국서의 내용이 이런즉 당연히 알려야 할 것이오. 하물며 어떤 사람은 반드시 쳐들어온다 하고, 어떤 사람은 그런 일은 만무하다고 했소. 가만히 앉아 있을 수는 없는 것이오."

김수는 굽히지 않았다.

"일에는 곧이곧대로[經] 처리할 경우와 임시방편으로[權] 처리할 경우가 있습니다. 조금도 의심할 여지가 없다면 지체 없이 알려야 하지요. 그러나 실상을 알지 못하는 처지에 서둘러 알렸다가 공연한 소동이라도 일으킨다면 후회막심하지 않겠습니까?"

황정욱이 반박했다.

"그 주장도 옳지 못합니다. 만일 나라에 복이 있어 히데요시가 큰소리만 치고 행동을 하지 않는다면 우리나라나 명나라나 해로울 것은 없고 국방을 튼튼히 하는 이득이 있을 것입니다. 가만히 있다가 만에 하나라도 국서에 적힌 대로 히데요시가 별안간 쳐들어온다면 그때 가서 후회한들 무슨 소용이 있겠습니까?"

김수는 지지 않았다.

"명나라의 복건(福建) 지방은 바다를 사이에 두고 일본과 접해 있어 장사꾼들이 내왕하고 있습니다. 우리가 명나라에 알리면 저들이 모를 리 없습니다. 알렸는데 쳐들어오지 않고 잠잠하다고 합시다. 명나라에서는 웃음거리가 될 것이고, 일본으로부터는 원한을 사서 훗날 이루 말할 수 없는 화를 당할 것입니다. 신은 이것을 걱정하는 것입니다."

그래도 임금은 황정욱의 편이었다.

"복건 지방이 일본과 가깝고 장사꾼들이 내왕한다면 일본이 우리에게 그런 국서를 보냈다는 사실도 복건 사람들의 귀에 들어갔을 것이고 복건 사람들은 자기네 조정에 알렸다고 보아야 하지 않겠소? 그렇다면 일본의 원한을 사더라도 명나라에 알리는 것이 나을 줄 아오. 어찌하여 일본의 원한을 사는 것만 걱정하고 국서의 내용이 이미 명나라에 누설되었으리라는 점은 걱정하지 않소? 만일 명나라에서 우리가 일본과 공모하여 자기네를 치기로 하고 시침을 떼고 있었다 ― 이렇게 시비를 걸어 오면 변명의 여지가 있겠소? 전일에 윤두수(尹斗壽)도 이것을 걱정했고, 오늘 병조판서의 진의도 여기 있는 것이니 알리지 않을 수 없소."

사실은 황정욱도 미리 윤두수와 합의를 보고 자기의 주장을 강력히 내세우고 있었다.

김수는 한풀 꺾였다.

"도리상 알려야 한다는 것은 신인들 어찌 모르겠습니까? 국가의 이해가 걱정되어 마침 강의를 드리는 마당이라 우연히 말씀드리게 된 것입니다. 부득이 알린다 하더라도 출병의 시기는 언급하지 않는 것이 좋겠습니다."

"왜 언급하지 말아야 하는고?"

"분명치 못한 것을 언급함은 온당치 못하기 때문입니다. 또 알리는 내용도 어떤 사람들한테서 들었다고 하는 것이 좋겠습니다. 우리가 일본과 국서를 주고받은 사실을 그대로 알린다면 일본과 몰래 내통했다는 의심을 받을 것이니 이런 점도 고려해야 할 것입니다."

임금이 좌승지(左承旨) 유근(柳根)을 돌아보았다.

"승지의 생각은 어떤고?"

유근은 두 손으로 방바닥을 짚었다.

"신이 일전에 우연히 좌의정 류성룡을 만난 자리에서 이 이야기가 나왔습니다. 좌상은 이렇게 말했습니다 ― 도리상으로는 알리지 않을 수 없으나 국가의 이해도 생각하지 않을 수 없다. 히데요시가 아무리 정신 나간 인간이라 할지라도 명나라를 들이치지는 못할 것이다. 사신으로 일본에 다녀온 사람의 말을 들으니 일본은 전혀 움직일 기색이 없고, 움직인다 하더라도 두려울 것이 없다고 하였다. 실없는 소리를 알려서 명나라를 소란케 하고 이웃 나라의 원한을 산다면 이로 말미암아 히데요시의 분노만 싹트게 할 것이다. 일본과 국서를 주고받은 일만 하더라도 명나라가 그 곡절을 캐고 든다면 난처하게 되지 않겠는가? 부득이해서 반드시 알려야 한다면 일본에 붙들려갔다 도망쳐 돌아온 사람들로부터 들은 이야기라고 하는 것이 좋을 듯하다 ― 이런 의견이었습니다."

임금이 반문했다.

"내가 물은 것은 좌상의 의견이 아니고 승지의 의견이오."

유근은 머리를 숙였다.

"황공합니다. 신의 생각에도 도리상 알리지 않을 수 없습니다. 그러나 사실대로 일일이 알렸다가는 난처한 일이 벌어질까 걱정이오니 전문(傳聞)이라고 해서 가볍게 알리는 것이 좋겠습니다."

임금은 동석한 수찬(修撰) 박동현(朴東賢)을 돌아보았다.

"그대의 소견은 어떻소?"

박동현은 긴 말을 하지 않았다.

"알려야 합니다. 다만 알리는 내용은 서둘러 결정할 것이 아니고, 대신들로 하여금 널리 의논토록 해서 결정하는 것이 합당하겠습니다."

임금은 고개를 끄덕였다.

"그 말이 옳소."

그리고 유근에게 일렀다.

"승지는 이 자리에서 나온 이야기를 빠짐없이 적어두었다가 내일 아침 일찍 대신들에게 보이고, 의논해서 그 결과를 나한테 알리라고 하시오."

긴 해도 이미 저물었다. 신하들은 어둠 속으로 물러나고, 유근은 승정원으로 직행하여 촛불을 켜놓고 붓을 놀렸다.

5월 5일. 영의정 이산해, 좌의정 류성룡, 우의정 이양원 등 3정승은 의논한 결과를 가지고 어전에 나갔다.

"어떻게 결론이 났소?"

임금이 묻자 이산해가 아뢰었다.

"어제 경연(經筵)에서 오고 간 말씀을 적은 것은 잘 보았습니다. 김수가 걱정한다는 것은 깊은 생각에서 나온 것이기는 합니다마는 명나라를 친다는 말을 듣고 어찌 알리지 않을 수 있겠습니까. 이에 대해서는 이미 명나라에 보낼 문안이 작성되어 있습니다. 그러나 이 문안 중에는 그 조사(措辭 : 표현)를 십분 고려하지 않으면 훗날 난처한 일이 생길 대목도 있습니다. 유근이 가벼운 모양으로 알리자고 한 의견은 매우 이치에 닿는 듯합니다. 전에 일본에 잡혀 갔다 송환되어 온 김대기(金大璣) 등이 전한 풍문이라고 하는 것이 온당하겠습니다."

임금은 두말이 없었다.

"좋겠소. 그대로 하오."

이리하여 황제에게 직접 보내려던 문안[奏文]은 버리고, 명나라 예부(禮部)에 보내는 통지문[咨文]으로 형식이 바뀌었다. 자연히 히데요시가 말한 출병의 시기도 통신사의 내왕에 대한 언급도 없었다.

그것도 일부러 보내는 사신은 아니고 정기적으로 가는 하절사(賀節使) 김응남(金應南) 편에 보내기로 되어 있었다. 알리느냐 마느냐에 의견이 갈라졌을 뿐 실지로 전쟁이 터진다고 생각하는 대신은 아무도 없고 따라서 급할 것이 없었다.

떠나기에 앞서 김응남은 비변사(備邊司)로 불려 갔다. 비변사는 문무관 2품 이상으로 구성된 국가 최고의 정책심의기관이었다. 대신들은 예부에 보내는 통지문을 전하면서 번갈아 속삭였다.

"알아듣겠소? 자는 아이를 일부러 깨울 것은 없소. 압록강을 건너 명나라에 들어가거든 은근히 알아보시오. 명나라에서 이 일을 알고 있으면 편지를 전하고, 모르고 있으면 전하지 말고 일체 입 밖에 내지 마시오."

그는 서장관 황치경(黃致敬) 이하 3백여 명의 일행을 거느리고 길을 떠났다.

질정관으로 김응남을 따라가기로 되었던 오억령은 병으로 가지 못하고 집에 누워 탄식했다.

"한심한 자들이로구나."


시끄럽던 5월이 가고 6월이 오니 새로운 세월을 맞은 듯 머리가 가벼웠다. 이제 나라 안으로 눈을 돌려 미진한 문제를 처결할 차례였다. 우선 세자를 세우려다 좌의정에서 쫓겨난 서인(西人) 정철(鄭澈)의 문제가 있었다.

남의 목을 조르는 자는 자신의 목도 졸리게 마련이고, 남을 치는 자는 자신도 맞게 마련이다. 이런 일을 언제까지 되풀이할 것이냐? 정철이 벼슬에서 쫓겨났으니 그 정도로 그치자.

아니다. 정철은 앞서 정여립 사건을 기화로 우리 동인(東人)들을 수없이 사지에 몰아넣었으니 그 일당은 용서할 수 없다. 뿌리를 뽑아야 한다.

같은 동인도 의견이 대립하여 둘로 갈라졌다. 세상에서는 온건한 의견을 내놓은 좌의정 류성룡 등을 남인(南人)이라 하고, 강경하게 나오는 영의정 이산해 등을 북인(北人)이라 불렀다.

온건파는 인정에 호소하고 소극적인 반면, 강경파는 이론을 내세우고 적극적이어서 이기게 마련이었다. 이 경우에도 적극적으로 나서 임금을 움직인 강경파가 이겼다.

"간사하고 음흉한 정철과 그 일당은 귀양을 보내야 합니다."

"아뢴 대로 하라."

정철과 가깝던 사람들은 경흥(慶興), 경원(慶源), 삼수(三水) 등 함경도 변경으로 귀양살이를 떠났다. 정철 자신은 명천(明川)으로 결정되었으나 정승을 지낸 사람이라 하여 임금의 특명으로 경상도 진주로 변경되었다. 귀양이라는 것은 혼이 나보라는 것이지 산수 좋은 고장에서 노닥거리라는 것이냐? 들고 일어나는 바람에 진주로 가던 정철은 도중에서 발길을 돌려 평안도 강계(江界)로 향하였다. 무슨 소리를 들었는지 임금이 한술 더 떴다.

"그 간특한 인간이 잡인들과 내왕하여 어떤 흉모를 꾸밀지 알 수 없다. 위리안치(圍籬安置)하여 엄하게 경계하라."

위리는 집 주위에 가시덤불을 둘러 출입을 통제하는 벌이었다. 싸움에 혈안이 된 사람들의 눈에는 동지 아닌 자는 모두 적이었다. 서인들뿐만 아니라 온건한 동인, 즉 남인들도 입돋음에 오르고 적지 않은 사람들이 벼슬에서 쫓겨나 고향으로 돌아갔다.

당쟁은 이제 동서의 대결에서 동서남북의 난전(亂戰)으로 변모해 갔다. 어수선한 공기 속에서 임금이 불쑥 물었다.

"정여립의 잔당은 아주 없어졌는고?"

## 짙어 가는 전운

정여립의 잔당이라면 이미 죽은 이발(李潑)의 82세 난 노모 윤씨(尹氏), 10세 난 아들 명철(命哲)과 그 아우 효동(孝童), 그리고 어린 조카 3명이 있었다. 이들은 모두 사건 당초에 끌려온 후 지난 2년 동안 옥살이를 하고 있었다.

세상에 이들이 죄가 있다고 생각하는 사람은 없었다. 그렇다고 석방하자고 감히 임금에게 말씀드리는 사람도 없는지라 노인과 어린아이들은 잊혀진 존재로 옥중에서 세월을 엮어 왔다.

그런데 느닷없이 임금이 정여립의 잔당을 입에 올렸다. 인정으로 말하면 잔당은 없다고 하고 싶었다. 그러나 임금을 속이는 것[欺君]은 사죄(死罪)에 해당하는지라 자기 목숨과 바꿀 수는 없었다. 그들이 갇혀 있는 의금부(義禁府)에서 명단을 바쳤다.

"도대체 무엇들을 하는 것이오?"

성난 임금은 좌중을 훑어보고 우의정 이양원을 지목했다.

"우상은 위관(委官 : 조사관)으로 저들의 죄를 철저히 밝혀내시오!"

이양원은 의금부에 나가 옥을 살펴보았다. 풀어헤친 백발에 뽀얗게 먼지가 앉은 노파, 그 주위에 어린아이들 5명이 앉기도 하고 눕기도 하고 모두가 축 늘어진 것이 살았다면 살았고 죽었다면 죽은 듯이 기척이 없었다. 누워 있는 2명은 병이 위중하다고 했다.

"저들을 끌어내라!"

뼈에 가죽만 씌운 듯 앙상한 얼굴에 땟국이 흐르는 군상, 제 발로 걷지 못하고 모두가 사람들에게 들려 나왔다. 흙과 땀으로 뒤범벅이 된 입성은 여러 갈래로 찢어져 너풀거리는 것이 옷이라고 할 수는 없고 누더기 조각들이었다. 좋게 말해서 거렁뱅이들이고 약간 심하게 말하면 귀신들이었다. 그나마 병든 두 어린아이는 들려 나와서도 몸을 가누지 못해 땅바닥에 누워 숨을 할딱거렸다.

이양원은 쭈그리고 앉은 노파를 가리켰다.

"이실직고하렸다!"

"배가 고프냐고?"

노인은 쥐어짜듯 반문했다. 옥리들의 말로는 노망이 들어 대소변도 가리지 못한다고 했다.

이양원은 제일 나이 든 10세짜리 명철을 불렀다.

"명철아, 너 왜 옥에 들어왔는지 알지?"

"몰라요."

힘없이 대답했으나 제법 똑똑한 녀석이었다. 만으로 2년, 햇수로는 3년 전인 7세에 들어왔다. 이양원은 잠자코 내려다보았다. 다른 아이들은 그보다도 어린것들, 이들을 상대로 이러니저러니 한다는 자체가 말이 될 수 없고 처량한 일이었다.

"저들을 다시 옥에 가둬라."

그는 한마디 남기고 궁중으로 들어갔다.

"전하, 82세의 노파 한 명과 10세 이하의 철부지 5명이올시다. 아무리 물어도 나올 것이 있음 직하지 않습니다."

놓아주라는 말이 나올 줄 알았으나 내려다보는 임금의 눈초리가 날카로웠다.

"저들은 역적이오."

"네……."

"우상은 입으로 묻기만 하고 고문은 안 했지?"

"차마 못했습니다."

"악으로만 빚어 만든 것들인데 묻는다고 순순히 댈 것 같소? 자복할 때까지 일률로 고문을 해요."

"네……."

"듣자 하니 그 명철인가 하는 역적은 당돌한 놈이라지?"

"영리한 듯합니다."

"그놈은 압슬형(壓膝刑)을 가해요."

압슬형은 무릎을 틀에 넣고 부수는 형벌이었다.

"네……."

"그 윤씬가 하는 노파는 여우요. 노망이 든 체 능청을 떠는 것이니 속지 말고 매우 쳐서 자복을 받아요."

"네……."

"우상은 어째서 그렇게 희미하오? 늙었다고 보아주고 어리다고 보아주고, 역적을 그렇게 다룬다면 나라는 어떻게 되는 것이오?"

"황공하오이다."

이튿날 이양원은 다시 의금부에 나가 고함을 질렀다.

"이 늙은 것아, 조화를 부리지 말고 사실대로 말해라!"

"내 아들 4형제는 모두 효자였는디……. 아이고, 모두 어디루 갔관디."

"저것을 매우 쳐라!"

매우 칠 것도 없었다. 사령이 엎어 놓고 몽둥이를 한 번 놀렸는데 등뼈가 부러진 듯 그대로 늘어져 버렸다. 임금의 말씀대로 정말 능청을 떠는 것은 아닐까? 이양원은 가까이 가보았다.

눈을 가느다랗게 뜨고 입을 헤벌린 것이 숨은 이미 끊어져 있었다.

"오늘은 이만하지."

그는 한마디 남기고 궁중으로 들어갔다. 팔십이 넘은 노인을 때려 죽였다는 죄책감에 말을 떠듬거렸으나 보고를 받은 임금은 달랐다.

"악이 차서 죗값을 받은 것이지."

이 핑계 저 핑계로 여러 날을 끌다 임금의 독촉에 못 이겨 명철에게 압슬형을 가했다. 임금은 포악한 성품이 아니었으나 어찌 된 영문인지 정여립 관계라면 사생결단이었다.

"아저씨…… 살려 줘요."

무릎이 부서지면서 헉헉거리던 소년은 차츰 숨소리가 약해지고 마침내 잠잠해졌다.

"내 그럴 줄 알았소. 나머지도 빨리 자복을 받으시오."

임금은 기를 썼다.

사람을 잡는 일, 더구나 어린것을 잡는 일에 흥이 날 리 없었다. 이양원은 가뭄에 콩 나듯이 의금부에 나갔고 몽둥이를 처들 때마다 어린 생명이 하나씩 꺼져 갔다. 이발의 조카 만생(晩生)과 순생(順生)은 이렇게 해서 몽둥이에 맞아 죽고, 그의 또 한 아들 효동은 병으로 죽었다.[1]

임금과 신하들은 밖에 대해서 아랑곳할 것은 없고 집안에서 열심히 팔뚝질을 일삼고 있었다. 그러나 밖에서는 전쟁의 비구름이 각각으로 짙어 가고 있었다.

5월 초 부산에서 배를 타고 쓰시마에 돌아온 일본 사신 겐소(玄蘇) 일행은 5개월 전에 떠날 때와는 판이한 공기를 피부로 느꼈다.

산에서는 아름드리 삼(杉)나무를 벌목하여 톱질을 하고 포구에서는 배들을 묶는다고 법석이었다. 여기저기 산기슭에서는 청년들이 수십 명씩 열을 지어 조총 사격의 훈련을 받고 있었다.

가네이시 성(金石城)에서 보고를 받은 젊은 도주(島主) 소 요시토시(宗義智)는 잠자코 히데요시의 편지를 내밀었다.

내년 봄에는 기필코 조선을 거쳐 명나라를 칠 터이니 쓰시마는 군사 5천 명을 내라. 이들을 실어 나를 군선은 스스로 마련할 것이며 그 밖에 나의 직할 수군에 사용할 대선(大船) 2척을 만들어 바치라. 특히 쓰시마는 각 군에 배정할 조선말 통역 60명을 언제든지 차출할 수 있도록 준비할 것이며 상세한 조선 지도를 그려 바치라. 조선 왕의 회답을 고대하는 터이니 가부간에 속히 알리라(덴리대학《조선학보》).

소 요시토시의 설명에 의하면 겐소가 조선으로 건너간 후 차례로 전국의 모든 제후(諸侯)들에게 그 역량에 따라 동원령이 내렸는데 가령 요시토시의 장인 고니시 유키나가에게는 7천 명, 가토 기요마사에게는 1만 명의 병력이 배정되었다. 바닷가에 있는 제후와 직할지(直轄地)의 대관(代官)들에게는 영토의 크고 작음에 따라 군선이 배정되고 전국의 모든 포구에서는 사공 5명 중 한 명씩 징발하기로 되어 있었다.

"전쟁은 이제 피할 수 없게 됐소이다."

소 요시토시는 내뱉듯이 한마디 하고 창문으로 바다를 내다보았다.

"하여튼 조선에 갔다 왔으니 그 결과를 고니시 도노(小西殿 : 고니시 유키나가)에게 말씀을 드려야 하지 않겠습니까?"

"그렇지요. 나도 함께 갑시다."

겐소는 도주 소 요시토시와 함께 바다를 건너 규슈 우토 성(宇土城)으로 고니시 유키나가를 찾았다.

"하기는 내가 조선 왕이라도 이렇게 나올 수밖에 없지."

조선의 답서를 읽고 난 유키나가는 혼잣말같이 중얼거리고 겐소에게 물었다.

"그러나 전쟁이 일어난다고 그렇게까지 힘을 주어 말해도 저들은 곧이듣지 않으니 그것은 어찌 된 영문이지요?"

겐소는 천천히 대답했다.

"조선은 유교라는 종교의 나라올시다. 임금은 교주(教主), 대신 이하 관리들은 신도들입니다. 유교에서 말하는 명분이 없는 전쟁은 생각할 수 없지요."

"……."

"조선은 임금이고 신하들이고 유교로 머리가 굳어 버렸습니다. 남들은 자기네와 생각이 다를 수 있다는 것을 이해하지 못하지요."

유키나가는 잠자코 듣기만 하다가 입을 열었다.

"내 이 이야기는 입 밖에 내지 않으려고 했는데……. 관백은 오래 살지 못할 것이오."

그는 침을 삼키고 계속했다.

"스님도 보셨지마는 관백은 빼빼 마른 체구에 살점이라고는 별로 없지요? 불우한 집에 태어나서 제대로 먹지 못하고 자랐고 장성해서는 싸움터를 쫓아다니느라고 비바람 속에서 갖은 고생을 다 했습니다. 체력을 거의 탕진했다고 할까요? 지금은 영화의 자리에 올라 호의호식하고 있지마는 여기 또 문제가 있지요. 후궁에 10대, 20대의 젊은 여자들이 10여 명 있습니다. 관백은 금년에 56세인데 그런 몸으로 밤낮 여색에 빠져 있으니 얼마 가겠습니까?"

"······."

"지난번에 제대로 된 사신이 왔다면 일본의 공기를 눈치 채고 최소한도 시일을 질질 끌어 그동안 전쟁 준비라도 하려고 들었을 것입니다. 같은 주자학이라도 옛날 일본에 왔던 정몽주나 신숙주 같은 사람들은 거기 사로잡히지 않고 사물을 넓게 보는 안목이 있었고 외교다운 외교를 했거든요."

"지금은 왜 조선에 그런 인물이 없을까요?"

소 요시토시가 물었다.

"조선이라고 인물이 없겠느냐? 앉을 자리에 앉지 못한 것이지."

"지난번에 왔던 황윤길이나 허성, 그리고 이번에 가서 만난 오억령 같은 사람은 현실을 옳게 보는 듯했으나 그들은 힘이 없어요. 내가 보기에는 이제 방책이 없습니다."

겐소가 잘라 말하자 유키나가는 고개를 끄덕였다.

"내 생각에도 그렇습니다. 그렇다고 이대로 앉아서 어리석은 전쟁에 끌려 들어갈 수는 없고······. 어떻게든 분명히 전쟁이 일어난다는 것을 저들에게 알릴 수는 없을까요?"

"기왕 전쟁을 할 바에는 저들이 모르고 있는 것이 오히려 다행이지요."

"그렇지 않습니다. 분명히 안다면 명나라에 알릴 것이고, 명나라는 손을 쓸 것입니다."

"더욱 안 될 일이지요."

"내 말씀 들어 보시오. 명나라는 전쟁을 원치 않을 것이고 무슨 명목을 붙여서든지 사신을 보낼 것입니다. 먼 고장이라 사신이 오고 가고 하느라면 몇 해 넉넉히 흘러가지 않겠습니까."

"그렇지요."

"우리도 주위에서 되도록 시일을 끌도록 노력하고."

"……."

"안된 이야기지마는 그럭저럭하는 사이에 관백이 세상을 떠나 주면 전쟁은 저절로 안 하게 되는 것이지요."

"제가 한번 나서 볼까요?"

24세의 소 요시토시가 한 팔을 걷어 올렸다.

"어떻게 말이냐?"

"조선에 건너가서 어김없이 쳐들어온다고 떠들지요."

"나는 스님에게 또 한 번 부탁하려고 했는데 그 편이 나을지도 모르겠다."

"그렇습니다. 중이 아무리 전쟁 운운해도 격에 맞아야지요. 안 들어 먹거든요."

겐소도 동조했다.

"천주님의 뜻이 전쟁에 있다면 몰라도 없다면 이번에는 저들도 알아들을 거예요."

소 요시토시는 약간 흥분했다.

"천주님의 뜻에 전쟁이라는 것은 없다. 믿음을 가지고 가거라."

유키나가는 힘을 주어 말하고 겐소를 돌아보았다.

"이 조선의 답서는 요시토시가 돌아올 때까지 내가 간수하지요."

이튿날 먼동이 트자 쓰시마 사람들은 길을 떠났다.

## 막후에서 움직이는 사람들

경상좌수사(慶尙左水使) 박홍(朴泓)은 난처했다. 동래부사에서 파견되어 고향으로 돌아가는 고경명(高敬命)을 전송할 것이냐 말 것이냐. 조정에서 내려온 조보(朝報)를 보니, 술이 과해서 목을 자른다고 했다.

> 고경명은 그 본성이 얼뜰한 자로 부임 이래 (……) 날마다 술만 퍼마시고 직무를 돌아보지 않으니 하루도 그 자리에 둘 수 없도다
> (高敬命性本疎脫 自到任之後 (……) 日以荒酒爲事 全廢職務 不可一日 在官:《선조실록》).

얼뜰하지 않았다. 일찍이 과거에 장원급제를 한 수재였고 청렴결백하고 유능하기로 정평이 있었다.

금년에 59세, 동래부사로 있을 사람도 아니었다. 좌의정으로 있다가

쫓겨난 정철이 과거를 볼 때에는 그 시험관으로 있었으니 별일만 없었다면 정승을 지내고도 남을 인물이었다. 도중에 벼슬을 그만두고 19년 동안 고향 광주(光州)에 파묻혀 있다가 정철이 권하는 바람에 다시 벼슬길에 나서 이제 겨우 동래부사였다.

옛날 문정왕후(文定王后)가 많은 선비들을 사지로 몰아넣을 때 정철의 부친과 형도 귀양을 가고 집안이 풍비박산이 된 일이 있었다. 어린 정철은 갈 곳이 없어 헤매다가 담양에 내려와 살게 되었다. 고경명은 3세 연하인 이 영리한 소년에게 정이 가서 함께 어울리다 보니 평생 친구가 되었었다.

그런 연고로 정철이 쫓겨났다는 소식에 심지가 편할 리 없고, 술을 마신 것도 사실이었다.

정철과 친한 사람은 모두 쫓겨나거나 귀양을 가는 판국이었다. 잡을 트집이 없으니 술로 트집을 잡았으리라.

내막을 아는 박홍은 생각이 많았다. 공연히 전송을 나갔다가 그의 일당으로 몰리지나 않을까? 나가지 않으려는데 주위에서 입을 놀렸다.

"그러시면 의리가 없다고 손가락질을 받습니다."

"나는 정3품의 수사다. 고경명은 종3품의 부사니 자기가 하직인사를 오는 것이 마땅하지 내가 전송을 나가야 한단 말이냐?"

"그렇지 않습니다. 벼슬이야 어떻든 그분은 대선배가 아니십니까?"

박홍은 마지못해 동래로 말을 달렸다.

역시 벼슬은 올라갈 것이지 떨어질 것은 아니었다. 전송 나온 사람은 불과 4, 5명이고 그중 자기가 제일 높았다. 안 올 것을 왔다고 머뭇거리고 있는데 고경명은 속도 모르고 다가와 두 손을 잡았다.

"이거 수사 어른, 나 같은 사람을 전송해도 괜찮소이까?"

"공연한 말씀을……."

"고맙소이다."

고경명은 짐도 없고 따라붙은 사람도 없이 홀로 나귀의 고삐를 잡고 있었다. 그대로 돌아서기도 멋쩍어 한마디 물었다.

"왜놈들이 쳐들어온다느니 안 온다느니 말들이 적지 않은 모양인데 영감의 생각은 어떻소이까?"

고경명은 반백의 수염을 비틀었다.

"쫓겨 가는 사람이 국사를 논할 것은 없고, 만사 튼튼히 대비한다고 손해될 것은 없겠지요."

그는 나귀에 올라 채찍을 내리쳤다. 뒤따르려는 사람들을 손짓으로 물리치고 홀로 멀어져 가는 모습을 지켜보다가 박홍도 말에 올랐다.

금년 6월은 유난히 무더웠다. 본영에 돌아와 꿀물을 한 사발 마시고 부채를 놀리는데 부산 포구의 관원이 달려왔다.

"소 요시토시가 와서 기다리고 있습니다."

"소 요시토시라니?"

"쓰시마 도주 말입니다."

예고 없이 도주가 바다를 건너온다는 것은 전례 없는 일이었다. 전례가 없으니 이런 때 어떻게 할 것인지, 엄두가 나지 않았. 오늘은 왜 성가신 일뿐이냐, 그는 화를 냈다.

"그까짓 놈, 쫓아 보내지 그랬느냐?"

"원래 부사 어른을 뵙겠다고 했는데 부사 어른이 안 계신다고 했더니 매우 중대한 일이라 수사 어른을 급히 봬야 한다고 막무가내올시다."

후임 부사 송상현(宋象賢)은 8월에야 부임한다고 했다.

"쫓아 보내라!"

그는 고함을 질렀다. 관원은 어깨를 늘어뜨리고 대문으로 나갔다.

가만 있자. 중대한 일이라는데 알아보지도 않고 쫓아 버렸다가 후환은 없을까? 만나더라도 앉아서 맞아들이고 싶었으나 군영에 외국인을 불러들이는 것은 법도에 어긋나는 일이었다. 그는 사령을 시켜 관원을 도로 불렀다.

"아무래도 내가 가야 그자가 물러갈 것 같다."

그는 10여 명의 기마병으로 위의를 갖추고 고개를 넘어 부산으로 달려갔다.

"이거 수사 어른 반갑습니다."

지척인 왜관에도 들지 않고 선창을 서성거리던 소 요시토시는 몇 번이고 머리를 숙였다. 박홍은 말에서 내리지도 않고 소리를 질렀다.

"중대한 일이란 뭐요?"

"하도 위급해서 간밤에 어둠을 무릅쓰고 뱃길을 이렇게 왔습니다."

"용건을 말하시오."

소 요시토시도 거칠게 나왔다.

"내 말을 귀담아 들으시오. 관백이 명나라에 조공을 바치자는데 조선에서는 왜 주선을 못하겠다는 것이오?"

"그런 걸 내가 어떻게 알겠소? 조정에서 알아서 할 일이지."

"당신네 조정은 알지 못한단 말이오."

"무얼 알지 못한단 말이오?"

"주선을 안 하면 전쟁이오!"

"전쟁이라니?"

"내년 봄에는 쳐들어온단 말이오."

박홍은 겁이 많은 사람이었다. 소 요시토시가 주먹을 쥐고 눈을 부릅뜨는 품이 정말 쳐들어올 것 같기도 했다. 그렇다고 당장 굽히는 것은 체모 없는 일이었다.

"그런 허튼소리, 누가 곧이듣겠소?"

"수사 어른, 내가 누군지 아시오?"

"당신, 쓰시마 도주 아니오?"

"내 말소리는 들리오?"

"들리오."

"멀쩡하구만."

"무슨 망측한 소리요?"

"눈과 귀가 제대로 박힌 사람들이 어째서 보고 싶은 것만 골라 보고 듣고 싶은 것만 골라 듣소?"

박홍은 염소수염을 한바탕 훑어 내리고 선언했다.

"공자님이 말씀하시기를, 예(禮)가 아닌 것은 보지도 듣지도 말라고 했소(非禮勿視 非禮勿聽)."

"답답하오."

"답답한 것은 당신네요. 밥 먹고 할 일이 그렇게도 없소? 무시로 바다를 건너와서 실없는 소리나 하고."

"당신과 얘기해야 소용이 없겠소. 당신네 조정에서 회답을 받기 전에는 안 돌아가겠소."

소 요시토시는 배에 들어가 버티고 앉았다. 그의 주위에는 수십 명의 칼 찬 왜인들이 앉기도 하고 서기도 하고, 알 수 없는 소리를 지껄이면서 어떤 자는 너털웃음을 치기도 했다.

박홍은 돌아와 서울에 급사를 띄웠다. 소 요시토시와 주고받은 내용을 소상히 알리고, 아무래도 수상하다고 몇 마디 덧붙였다.

8일 만에 조정의 회답이 왔다.

    도대체 일본에 통신사를 보낸 것부터 실수였다. 자금(自今) 이

후 이 문제를 입에 올리는 왜인들은 상종하지 않을 터이니 그대도 일체 상종하지 말라.

지시대로 상종을 하지 않았더니 배에서 버티던 소 요시토시는 전후 10여 일 만에 돌아가면서 중얼거렸다.
"두고 보면 알 것이다."

쓰시마로 돌아온 소 요시토시는 화공들을 독려하여 전부터 그려 오던 조선 지도를 완성하였다. 요코메(橫目)들이 정탐해 온 것을 종합하니 기대 이상으로 정밀한 지도가 되었다.

히데요시를 비롯하여 일본 장수들은 태반이 글을 모르는 무식쟁이들이었다. 더구나 한자는 십중팔구 까막눈이라 지명은 모두 조선 사람들이 발음하는 대로 '가나'로 적어 넣었다. 조선에서도 일반 백성들은 한자를 모르고 더구나 일본식으로 발음해서는 알아듣지 못할 것이다. 실제로 조선에 쳐들어가면 이렇게 해두는 것이 피차 편리하리라.

소 요시토시는 지도를 여러 벌 만들어 가지고 바다를 건너 우토 성(宇土城)의 고니시 유키나가를 찾았다.
"그렇게도 말귀를 알아듣지 못하더냐?"
보고를 받은 유키나가가 물었다.
"안 들으려고 작심했습디다."
"할 수 없지."
유키나가는 한숨을 내쉬고 지도를 칭찬했다.
"이거 애도 많이 쓰고 머리도 많이 썼군."
"관백에게 바쳐도 괜찮을까요?"

"더 이상 천연할 수 있어야지. 갖다 바쳐요."

소 요시토시는 다시 배를 타고 교토에 올라가 히데요시를 찾았다.

"그동안 조선 문제에 얽매여 조문을 못 드렸습니다. 야마토 다이나곤(大和大納言) 어른의 서거에 진심으로 애도를 드립니다."

야마토 다이나곤은 히데요시의 아우인 히데나가(秀長)였다. 야마토, 즉 나라(奈良) 일대에 봉토를 차지하고 대납언이라는 벼슬을 받고 있었다. 누구보다도 히데요시의 신임이 두터웠고 사람됨이 원만해서 히데요시와 신하들 사이를 잘 중재하여 중망도 있었다.

오랫동안 앓다가 조선 통신사가 본국으로 돌아간 지 한 달 후인 지난 1월, 병으로 죽었다. 히데요시의 슬픔은 이루 말할 수 없고, 그의 죽음으로 해서 히데요시의 집안도 한풀 꺾였다는 것이 중론이었다.

"고맙다."

히데요시는 한동안 잠자코 있다가 시무룩한 얼굴을 돌렸다.

"조선 왕의 세이시(誓紙 : 서약서)를 받아 왔느냐?"

"황공합니다. 세이시는 못 받고 이 국서를 받아 왔습니다."

소 요시토시가 조선 왕의 답서를 바치자 히데요시는 동석한 조타이 스님에게 쉬운 일본말로 풀어 읽게 했다.

"너, 큰소리를 치더니 고작 이거야?"

다 읽자 히데요시가 눈을 부릅떴다.

겁을 먹은 소 요시토시는 지도를 내놓고 엎드렸다.

"황공하오이다. 말씀하신 조선 지도는 지금에야 다 됐습니다."

"하아 — 역시 쓰시마는 쓸 만하다."

히데요시는 금세 태도가 달라졌다. 활짝 웃고 손가락으로 지도를 더듬었다.

"객샤도(경상도) …… 가안도(강원도) …… 히안도(피안도 : 평안도)

…… 에안도[永安道 : 함경도]라…… 조선의 지명은 요상하구나."

"요상합니다."

"그런데 말이다. 조선의 소출은 모두 합해서 얼마나 될까?"

소 요시토시는 별지에 적은 것을 내놓았다.

"저희 요코메들이 조사한 바로는 여기 겍샤도가 2백88만 7천7백90만 섬, 그 북쪽 가안도가 40만 2천2백89섬, 히안도가 (……) 팔도의 합계 8천1백91만 6천1백86섬이올시다."**2**

"하아 ― 굉장하다. 우리 일본의 네 배도 넘지 않느냐?"

히데요시가 전국적으로 실시한 토지조사 결과 일본의 총 소출은 1천8백만 섬이었다.

"네, 조선은 땅도 넓고 사람도 많고, 따라서 소출도 많습니다."

"조선만 먹어도 우리는 네 배 부자가 되는 것이 아니냐?"

"그렇습니다."

"너도 쓰시마에 쭈그리고 있을 것이 아니다. 전쟁이 끝나면 조선의 한복판을 큼지막하게 떼어 줄 것이다."

"고맙습니다."

소 요시토시는 다다미에 두 손을 짚었다.

"이리 가까이 오너라."

히데요시는 옆에 놓인 칼걸이[刀掛]에서 자기가 차던 칼을 내려 요시토시에게 주었다.

"전쟁이 벌어지면 너희 쓰시마는 할 일이 태산 같다. 더욱 충성을 다해라."

이것은 드문 영광이었다. 거기다 히데요시는 시종들을 불러 놓고 술자리까지 마련했다. 감격한 요시토시는 몇 번이고 머리를 조아리고 돌아오는 잔은 서슴없이 받아 마셨다.

"그런데 전하."

그는 술기운에 용기를 냈다.

"무어냐?"

히데요시의 눈이 웃고 있었다.

"조선도 조선이지마는 명나라는 일본의 수십 배지 수백 배지, 하여간 터무니없이 큰 땅이라고 들었습니다."

"그 소리는 나도 들었다."

말을 끊고 바라보던 히데요시의 얼굴에 찬바람이 지나갔다.

"그래서 겁이 난단 말이냐?"

"아니올시다. 겁이 날 리 있습니까?"

소 요시토시는 술이 확 깨는 기분이었다. 칼잡이들의 세계에서 겁쟁이로 지목되면 마지막이었다. 오그리고 앉았는데 히데요시는 다시 웃는 얼굴이 되었다.

"덩치만 크면 무얼 하느냐? 걱정할 것이 없다."

"하핫."

"너, 왕직(王直)을 아느냐?"

"네, 이름은 들었습니다."


왕직은 명나라 사람이었으나 왜구들과 작당하여 일본 규슈(九州)의 히라도(平戶)에 기지를 두고 자기 본국을 들이친 해적 두목이었다.

40년 전. 양자강 연변을 약탈하고, 한때 남경(南京)도 쑥밭으로 만든 일이 있었다. 일당은 차차 남하하여 복건(福建), 광동(廣東)의 해안 지방까지 휩쓸었다. 명나라는 대군을 동원하였으나 신출귀몰하는 이들을 당해 내지 못했다.

궁여지책으로 그의 노모와 처자를 잡아 가두고 속임수로 왕직을 유인해다 잡아 죽였다.

　부하들은 흩어졌고, 그중에는 일본에 피신하여 지금도 살아 있는 사람들이 몇 명 있었다. 히데요시는 이미 백발이 된 이들을 불러다 이야기를 듣는 것이 낙이었다.

　"왕직은 7년 동안 명나라의 반을 주름잡았다. 그 무리가 몇 명이었는지 아느냐?"
　히데요시는 소 요시토시를 내려다보았다.
　"알지 못합니다."
　"3백 명이다. 도둑 떼 3백 명도 당해 내지 못해서 여자들을 인질로 술책이나 부리는 것이 명나라다."
　"하핫."
　"너, 일본의 군사들이 용감하다는 것은 알고 있지?"
　"알고 있습니다."
　"나는 어떤 사람이냐?"
　"전하께서는 백전백승의 명장이올시다."
　"그런 내가 이 용감한 군사 30만을 끌고 명나라에 들어갔다고 하자. 어떻게 될 것이냐?"
　"아침 해에 이슬같이 녹아 버릴 것입니다."
　"너, 내 마음에 들었다."
　히데요시는 손수 잔을 내리고 계속했다.
　"그런즉 염려 말고 앞장서라."

　소 요시토시가 부산에 오기 전이었다. 명나라로 들어갔던 하절사 김응남으로부터 좋지 않은 기별이 왔다. 명나라 사람들이 무슨 눈치를 챈

듯하다고 했다.

조정에서는 말썽이 일어났다. 무엇 때문에 일본에 통신사를 보냈느냐? 쓸데없는 짓을 해서 명나라와 틈이 생기는 것은 아니냐? 통신사를 보내는 일에 찬동한 신하들은 숨을 죽이고 기를 펴지 못했다.

부산에서 소 요시토시가 무어라고 보채건 귀를 기울일 분위기가 못 되었다. 하루 속히 그를 쫓아 보내고 더 이상 명나라의 오해를 살 여지를 남기지 말아야 했다. 행여 오해가 도져 명나라가 쳐들어온다면 그야말로 큰일이었다.

소 요시토시가 돌아갔다는 소식에 대신들은 한숨 돌렸으나 김응남으로부터는 연속 불길한 편지만 날아들었다.

명나라 땅에 들어서면서부터 전과는 달리, 접하는 관원마다 태도가 쌀쌀하기 그지없습니다. 아무래도 일이 심상치 않습니다.

이어서 이런 편지가 왔다.

관원들뿐이 아닙니다. 시골길을 가다 외딴 집에서 냉수를 청해도 외면하고 응대가 없습니다. 백성들까지 이 지경이니 실로 알 수 없는 일입니다.

다음에 온 편지에서 내막이 밝혀졌다.

드디어 알았습니다. 도요토미 히데요시가 조선을 거쳐 명나라로 쳐들어온다는 것은 비밀도 아닙니다. 여기서는 그 소문으로 세상이 떠들썩하고 있습니다. 더구나 저들은 우리가 일본과 공모했다고 의심하고 있습니다. 하는 수 없이 바로 그 일을 알리러 가는 길이라고 했더니 태도가 달라지고 대접도 좋아졌습니다.

7월이 거의 갈 무렵 수도 북경에서 보낸 편지가 왔다.

　　명나라 조정의 오해는 대단했습니다. 어디서 들었는지는 알 수 없으나 우리가 일본과 손을 잡고 명나라를 침공하는 것으로 알고 있었습니다. 이 때문에 조선을 그냥 둘 수 없다는 것이 대세였습니다. 그러나 대신 중에 앞서 사신으로 조선에 왔던 허국(許國)이 극력 말렸다고 합니다. 조선은 왜국과 공모할 나라가 아니다, 기다리면 소식이 있을 것이라고 주창하는 바람에 우리의 동태를 두고 보는 길이었습니다. 신이 사신으로 오지 않았으면 진실로 큰 변이 일어날 뻔했습니다. 예부에 통지문을 바쳤더니 비로소 오해가 풀리고 황제도 기뻐하여 칙어와 포상을 내렸습니다(이상《연려실기술》).

조선에서는 이렇게 된 전후사정을 알 까닭이 없었다.

진중(陳中)이라는 복건 상인이 있었다. 지난 4월 배에 물건을 싣고 류큐(琉球)에 무역하러 갔다가 일본의 도요토미 히데요시가 명나라를 들이친다는 소식을 들었다.

그는 조공을 바치러 명나라로 가는 류큐 배에 친구 정동(鄭迥)을 태워 북경으로 보내 조정에 사실을 고하게 하고 자신은 배를 돌려 복건으로 돌아갔다. 돌아가는 즉시로 복건순무(巡撫 : 지방장관) 조삼로(趙參魯)에게 보고하고 조삼로는 또 북경의 조정에 알렸었다.

명나라까지 이렇게 떠들썩한다면 정말로 무슨 일이 터지는 것은 아닐까? 조정 일각에서는 동요가 일기 시작하고 누구보다도 임금이 염려하고 나섰다.
"전쟁은 없다, 없다 하다가 정작 터지면 어떻게 할 것이오?"
신하들을 불러 놓고 물었다.
"수삼 년 이래로 흉년이 계속되는데 전쟁이 일어나면 진실로 걱정이올시다."
대책 아닌 걱정을 내세우는 축이 있는가 하면 종전의 주장을 굽히지 않는 축도 있었다.
"헛소문이 명나라에까지 퍼진 것입니다. 히데요시는 그런 위인이 못 됩니다."
임금이 역정을 냈다.
"내가 듣고자 하는 것은 그런 소리가 아니오. 전쟁이 일어나면 어떻게 하겠느냐, 이것이오!"
"……."
날마다 읽는 사서삼경(四書三經)에 주자전서(朱子全書), 공자도 맹자도 그리고 주자도 전쟁을 어떻게 하는 것인지는 가르쳐 주지 않았다. 전쟁은 군자가 생각할 일이 아니었다. 생각하지 않았으니 대책이 나올 리 없었다.
"당장 비변사(備邊司)에서 의논해 가지고 대책을 세워요."
영의정 이산해 이하 3정승과 6조 판서 그리고 서울에 있는 2품 이상의 관원 등 비변사의 요인들이 한자리에 모였다.
여러 날을 토의한 끝에 7월 말에야 결론이 나왔다.

'일본은 섬나라다. 섬나라 사람들은 물에 익숙한즉 수전(水戰)

에 능할 터이니 바다에서 막는 것은 아예 단념할 수밖에 없다. 그러나 저들은 육지에 올라오면 맥을 쓰지 못할 것이니 육지에 올려 놓고 쳐부수는 것이 상책이다. 이를 위해서 영남과 호남의 성들을 수축하자(倭長於水戰 若登陸則便不利 請專事陸地防守 乃令湖嶺大邑城 增築修備 : 《선조 수정실록》).'

축성의 비용은 전국에 영을 내려 가가호호 베[布]와 곡식을 징발하여 충당하고 추수가 끝나면 영·호남의 백성들을 동원하여 크게 역사를 벌이고 역사가 끝나면 장정들을 징집하여 군사 훈련을 실시하기로 했다. 또 민가에서 만들 수 있는 활, 활촉 등 무기도 배정하였다.

보고를 받은 임금은 며칠 후 대사헌 홍여순(洪汝諄)을 불렀다.

"그대를 병조판서로 임명하는 터인즉 이 모든 일을 통괄하라."

홍여순은 이간질과 뇌물을 받는 데 능한 외에는 볼 것이 없는 인물이었다. 공명정대하기로 이름난 이원익(李元翼)은 '이런 사람을 썼다가는 나라에 화가 오겠다'고 한탄했으나 별수 없었다.

홍여순에게는 아름다운 누이동생이 있었다. 임금 선조의 후궁으로 들어가 1남 1녀(慶昌君珖, 貞正翁主)를 낳고 총애를 받아 정빈(貞嬪) 홍씨로 통하는 처지였다.

배경이 든든한지라 무슨 짓을 해도 거칠 것이 없었고 젊은 나이에 대사헌까지 올랐다. 이번에는 임금과 정빈이 이불 밑에서 속삭인 끝에 탄생한 병조판서였으나 아무도 드러내 놓고 무어라는 사람은 없었다.

## 오해와 변명

얼마 안 가 요양(遼陽)에 있는 요동도사(遼東都司)로부터 공문이 왔다. 만주 일대의 군사행정을 관장하는 명나라의 지방기관이었다.

일본이 명나라까지 침범한다는데 조선에서 모를 리 없고, 알면서도 알리지 않는 것은 무슨 까닭인가?

김응남의 보고를 받고 명나라의 오해가 풀린 줄 알았는데 알 수 없는 일이었다.

요동도사가 북경의 조정으로부터 조선에 알아보라고 지시를 받은 것은 김응남이 북경에 당도하기 전이었다. 요양을 지나가던 김응남으로부터 해명을 듣기는 했으나 조정으로부터 별다른 말이 없기에 지시대로 이런 공문을 보낸 것이었다.

그러나 사연을 알지 못하는 조선으로서는 생각이 없을 수 없었다.

하절사 편에 곁다리로 예부에 편지를 보낸 것이 실수가 아닐까? 정중하지 못했다. 진주사(陳奏使)라는 이름으로 특사를 보내 예부 아닌 황제에게 글을 올리는 것이 정도다. 이렇게 결론이 났다.

38세의 젊은 한응인(韓應寅)이 지명되었다. 2년 전 황해도 신천군수로 정여립의 음모를 적발한 후 그는 눈부신 승진을 거듭하였다. 군수에서 일약 호조참판(戶曹參判 : 재무차관), 도승지를 거쳐 지난 7월에는 예조판서로 올랐다.

이번에도 임금의 특지로 예조판서 자리를 권극지(權克智)에게 물려주고 명나라로 떠날 채비를 했다. 임금은 언제나 그가 믿음직했고 그라면 실수가 없을 것이었다. 노자도 넉넉히 주고 명나라에 보낼 예물도 푸짐하게 마련했다.

그동안 급사를 띄워 김응남에게도 은밀히 알아보았다. 오해는 이미 풀렸으나 진주사를 보내는 것은 잘하는 일이라는 회답이 왔다.

대신들이 모여 첨지 최입(崔岦)이 초안을 잡은 글을 검토하고 임금의 결재를 받았다.

금년 3월 일본국 쓰시마 주(州) 태수(太守) 소 요시시게(宗義調)가 왜구에게 붙들려 갔던 김대기(金大磯) 등을 송환하여 왔습니다. 그들이 일본 땅 하타케야마도노(畠山殿)라는 고을에서 들은 바에 의하면 일본 왕은 금년에 숱한 전함(戰艦)을 갖추고 대명(大明)을 침공한다고 했답니다. 이어서 금년 5월 중과 속인을 섞은 일본인 10여 명이 와서 이렇게 말했습니다.

'일본의 관백 다이라 히데요시(平秀吉)는 군사를 동원하여 여러 섬 60여 주를 통일하였고 류큐와 남만제국(南蠻諸國)도 모두 항복하여 왔다. 가정연간(嘉靖年間 : 1522~1566)에 조공을 바치려고 했으나 대명에서 거절하고 받아 주지 않아 우리는 대대로 원한을 품어 왔다. 이런 연고로 내년 3월 대명을 들이치려고 하는바 병선(兵船)이 통과할 때에 행여 귀국의 경계를 시끄럽게 할지도 모르겠다. 만약 대명이 화친을 허락한다면 무사할 수 있을 것이다.'

또 금년 6월 쓰시마의 소 요시시게가 그 아들 요시토시를 우리나라 포구에 보내 급한 일이 있다 하고 다음과 같이 말했습니다.

'일본 관백이 병선을 많이 만들어 가지고 장차 대명을 치려고 하니 귀국의 고을이 모두 화를 당할 것이다. 만약 귀국이 대명에 알려 화친할 수 있다면 이 화를 면할 수 있을 것이다.'

요시토시는 와서 도주 요시시게의 친아들이라고 하였습니다. 그러나 소(宗)씨와 다이라(平)씨는 성이 다른데도 불구하고 부자간이라고 억지를 씁니다. 생각건대 요시토시는 히데요시와 같은 다이라(平)씨올시다. 히데요시는 나라를 찬탈하고 요시토시는 섬을 찬탈하였습니다. 같은 집안끼리 짜고 반역과 사기[逆詐]를 일삼는 것입니다(《재조번방지》).

전후 사실을 적당히 배합하였고 통신사의 왕래에 대해서는 말하지 않았다. 조선에서는 소 요시시게가 이미 3년 전에 죽은 것을 모르고 있었다. 또 소씨의 본성이 다이라씨여서 경우에 따라 소씨라고도 하고 다이라씨라고도 하는 것을 알지 못했다.

10월 24일 한응인 일행은 백관이 전송하는 가운데 무악재를 넘어 북으로 떠나갔다.

11월 2일 명나라에 갔던 김응남이 돌아왔다. 도중에서 한응인을 만나 이러저러한 이야기를 해주었으니 만사 잘될 것이라고 했다. 큰일을 하고 돌아오는 사신은 개선장군이나 진배없었다.

임금은 친히 서대문 밖 무악재까지 마중 나가 그들의 공을 치하하고 이 기쁨을 같이하기 위해서 전국의 모든 관원들의 벼슬을 한 등씩 올렸다. 관원들만 기뻐할 것이 아니라 백성들도 이 기쁨에 동참할 필요가 있었다. 대사령(大赦令)을 내려 어지간한 죄인은 모두 풀어 주라고 했다.

그러나 크게 일 것으로 기대했던 기쁨의 물결은 조정 안팎에 그치고 백성들은 못 살겠다고 아우성이었다. 성을 쌓는다고 바치는 물건은 엄청났다. 토질에 따라 땅 1결(結 : 약 1만 평)에 베 17~18필, 쌀로 바칠 경우에는 4~5곡(斛 : 5말). 그나마 언제나 부족하다고 시비였다. 그 위에 활과 활촉, 갑옷과 투구도 바쳐야 하는데 검수하는 관원마다 길다 짧다 혹은 크다 작다, 의견이 달라 다시 만들어 바치기 일쑤였다.

이 밖에 해마다 내는 세공도 허리가 휠 지경이니 어떻게 살라는 말이냐? 견디다 못해 전토를 버리고 도망가는 백성들이 속출했다.

그러는 사이에도 물자는 쏟아져 영·호남으로 내려가고 백성들은 어린아이에서 60세 노인에 이르기까지 엄동설한에 돌을 나르고 성을 쌓아 갔다. 여기서도 못 살겠다고 아우성이었다.

부역이 끝나면 병정으로 나간다지? 도망치는 백성들이 하나 둘이 아니었다.

시골에 앉아 글줄이나 하는 선비들이 들고 일어났다. 중간에 바다가 가로막고 있는데 왜놈들이 날아서 건너온다는 말이냐? 건너오더라도 또 낙동강, 금강, 한강 같은 큰 강들이 얼마든지 있는데 그놈들이 무슨 재주로 이것을 가로지른다는 말인가? 무엇 때문에 쓸데없이 성들을 쌓아 백성들을 못살게 구느냐— 세금도 부역도 없는 것이 선비들이었으나 백성들의 아픔에 동참한다고 큰소리를 쳤다.

비변사에 모여 앉은 고관들은 마음이 흔들렸다. 명나라의 오해는 풀렸고 왜놈들은 올 것 같지 않고, 태평성대에 공연히 소동을 부리는 것은 아닐까?

역사를 중지하기로 합의하였다가 기왕 시작하였으니 마무리는 짓고 보자고 후퇴하였다.

김성일의 눈으로는 흐느적거리는 대신들의 태도가 볼 것이 못 되었다. 일본에서 돌아온 후 대사성(大司成)을 거쳐 부제학(副提學)으로 오른 그는 뜻을 같이하는 동료 3명과 공동으로 여러 차례 임금에게 글을 올렸다.

남해안의 변방은 몰라도 내륙의 깊숙한 곳까지 일본 사람들이 쳐들어 온다는 것은 있을 수 없는 일이다— 이것이 그의 변함없는 신념이었다.

국가에서 위험에 대비하는 일에 어찌 감히 불편하다고 말씀드리겠습니까마는 (……) 내지의 군현(郡縣)에는 일찍이 성과 못이 없었으나 오늘날까지 보전하여 왔습니다. (……) 백성이 원망하여 배반하면 진나라 같은 대국도 망하고, 인화로 뭉치면 작은 고구려도 수나라 같은 대국을 물리친 선례가 있습니다. (……) 지금 백성이 이와 같이 흩어졌으니 누구와 더불어 지키겠습니까? (……) 옛날부터 있던 곳은 해마다 잘 수리하여 튼튼하게 할 것이나 내지에서 아직 쌓지 않은 곳은 일체 정지하고 그만두어야 합니다. (……) 백성이 다 흩어지기 전에 살 길을 찾게 하는 것이 옳다고 생각합니다(《학봉전집》).

좌의정 류성룡은 그를 충신이라 칭찬했고 그의 생각이 옳다고 여기는 사람들도 적지 않았으나 공사는 계속되었다.

특히 부제학으로 있다 경상감사로 내려간 김수(金睟)는 열심히 독려하여 영천(永川), 청도(淸道), 삼가(三嘉), 대구(大丘), 성주(星州), 부산(釜山), 동래(東萊), 진주(晋州), 안동(安東), 상주(尙州)의 성들을 정비하였다.

본국에서 이렇게 떠들썩하는 동안에도 명나라에 들어간 진주사 한응인은 길을 재촉하여 마침내 북경에 당도했다.

우리 사신들의 전용 객관인 옥하관(玉河館)에 들어 짐을 풀었는데 대접이 융숭할 뿐 아니라 황제가 친히 만난다는 전갈이 왔다. 명나라 관원들은 전례 없는 일이라고 떠들고 돌아갔다. 황제 신종(神宗)은 별난 인물이어서 전례가 없는 것도 사실이었다.

## 대명 황제 주익균

성명을 주익균(朱翊鈞)이라고 부르는 명나라 황제는 금년에 29세. 묘한 취미가 있었다.

무덤을 파는 일이었다. 무덤이라도 황제인 자기가 죽어서 들어갈 내세의 궁궐이었다. 수십만 명을 동원하여 길을 닦고 땅을 파고 석재를 다듬고, 북경의 서북 교외에서 벌어진 이 거창한 공사는 6년 걸려 작년(1590)에 일단 완공을 보았다. 7대문, 5전각의 석조 지하궁전이었다.

그러나 이것으로 끝날 일이 아니었다. 죽어서도 생시와 마찬가지로 호화찬란하게 지내야 했다. 금은보화로 만든 가장집기가 있어야 하고 근사한 노리개도 더미로 갖추지 않고는 직성이 풀리지 않았다. 전국의 백성들은 산에 들어가 금은과 옥을 캐고 바다에 들어가 진주를 캤다. 이것을 손질해서 기기묘묘한 형상을 만들어 진상하느라고 밤에도 쉴 틈이 없었다.

지랄이다. 정신이 나간 것은 아닐까 — 뒤에서는 쑥덕공론이 그치지 않았으나 그의 귀에는 들어오지도 않았다. 고을에서 올라오는 이들 진상품을 감상하고 심심하면 지하궁전에 나가 한바퀴 돌아보는 것이 무엇보다도 낙이요 황제로서 매우 긴요한 과업이었다.

대궐에 돌아오면 연회가 기다리고 있었다. 물자가 풍부한 나라였다. 낮이나 밤이나 연회가 없는 날이 없고 악공들이 음악을 연주하는 가운데 이 사람 저 사람들을 번갈아 불러 놓고 먹고 마시는 일 역시 긴요하고 중대한 일과였다. 아새끼 돼먹지 않았다. 백성들은 손가락질을 마지 않았으나 그에게는 보이지도 들리지도 않았다.

또 하나 중대사가 있었다. 목욕이었다. 궁궐 안에 온천물을 끌어다 큼직한 욕실을 만들어 놓았다. 사철 알맞게 온도를 조절한 욕실, 후궁의 미인들 수십 명을 불러다 한꺼번에 물속에 들게 하고 자기도 알몸으로 들어가 그 속에서 어울려 자맥질을 하고 돌아갔다. 이것은 하루도 빠뜨릴 수 없는 신선놀음이었다.

이 세 가지만으로도 아주 바빴다. 그는 황제라는 자리가 이렇게 바쁠 줄은 몰랐다고 중얼거리고 가끔 짐이 무겁다고 투덜거렸다.

눈코 뜰 사이가 없는데 조정에 나갈 틈이 어디 있느냐? 그는 여러 해째 나가지 않았다.

연회 도중에 결재서류가 들어오면 볼 것도 없었다. 자기 이름자인 익(翊) 자를 하나 휘갈겨 써서 돌려보냈다. 목욕 중에 밖에서 환관이 긴급한 일이라고 외치면 짜증을 냈다.

"알아서 하라고 일러라!"

모두들 알아서 배를 채웠다.

조정에 나오지 않으니 대신들도 여간해서는 그의 모습을 볼 수 없었다. 하물며 외국 사신으로 그를 본 사람은 일찍이 없었다.

그런 주익균이 무슨 생각이 들었는지 한마디 했다.

"조선애들, 어떻게 생겼는지 한번 만나 볼까?"

만조백관이 놀랐다. 그들이 한응인을 붙잡고 전례 없는 일이라고 떠들고 돌아간 것은 결코 공치사가 아니었다.

자금성(紫禁城)의 정전인 황극전(皇極殿 : 후일의 太和殿)에 나간 한응인 일행은 뜰아래 엎드렸다. 이윽고 주악이 울리고 황제가 당상에 나타났다고 했다. 시키는 대로 정신없이 자꾸 절을 했다. 넓은 마당에 늘어선 문무백관, 그 뒤에 창을 짚고 도열한 수없는 병사들, 찬란한 광경에 추위도 잊고 절도 아홉 번을 했는지 혹은 실수를 해서 열 번을 했는지 통 기억이 없었다. 절을 했다 뿐이지 아득하게 멀기만 한 당상의 황제는 보이지도 않았다.

당상에서 인기척이 있고 늘어선 관원들이 구구전승으로 중얼거리더니 마지막으로 통역관 홍순언(洪純彦)이 속삭였다.

"당상에 오르시랍니다."

이것도 전례 없는 일이라고 수군거렸다.

일행은 관원들의 인도를 받고 무수한 층계를 하나하나 올라 어전에 이르자 또 아홉 번 절을 하고 엎드렸다.

"얼굴을 들어라."

얼굴을 들었으나 눈은 내리깔았다. 눈을 치뜨고 황제를 쳐다보았다가는 큰일 난다 — 예부 관원들로부터 경고를 받았었다.

한동안 바라보던 황제가 또 한마디 했다.

"너희들이 바친 주문(奏文)은 내 이미 읽었다. 정직해서 좋다."

"황공하오이다."

"너희들 생각에는 어떠냐? 왜인들이 명나라까지 침범할 것 같으냐?"

"왜인들이 어찌 감히 대명을 침범하겠습니까? 천만 없을 것입니다."

"하오(好). 그런데 어찌하여 왜왕 히데요시는 그렇게 떠들썩할까?"

"천한 것이 권력을 잡고 보니 우쭐해서, 한번 해보는 소리에 불과합니다."

"하오. 나도 그렇게 생각한다."

"황공하오이다."

"그런데 너희들 조선은 일본과 자주 내왕하느냐?"

순간 가슴이 뜨끔했으나 그럭저럭 대답했고, 홍순언이 그럴싸하게 통역했다.

"내왕이 있을 까닭이 없고 바다에서 폭풍을 만난 어부들이 가끔 표류해 오는 것을 돌려보냅니다. 그 밖에는 주문에서 아뢴 대로 근자에 괴상한 중과 괴상한 왜인들이 와서 허튼소리를 늘어놓는 것을 쫓아 보낸 일밖에 없습니다."

"띵하오(頂好)."

황제는 한마디 하고 홍순언을 가리켰다.

"너는 조선 사람이냐, 명나라 사람이냐?"

그는 중국말을 잘하기로 이름난 사람이었다. 연전에 변무사(辯誣使)를 보낼 때에도 여러 차례 내왕하여 일을 성공으로 이끌었다. 임금은 가상하다고 통역관에게는 예가 없는 군호(君號)를 내려 당릉군(唐陵君)이라 하였다.

말도 잘하고 명나라의 범절에도 밝은지라 앞서 왔던 김응남을 수행하였었다. 일행과 함께 돌아가는 것을 도중에서 만나 다시 여기까지 데리고 왔다.

"조선 사람입니다."

홍순언이 대답하자 황제는 고개를 끄덕였다.

"띵띵하오(頂頂好). 조선은 내 마음에 들었다. 너희들에게 모두 상을 내릴 것이다."

"망극하오이다."

"가만 있자. 너희들뿐이 아니다. 조선 왕과 대신들에게도 일률로 내릴 것이다."

"더욱 망극하오이다."

일행은 금은보화며 비단을 상으로 받아 가지고 물러 나왔다.

한응인이 중간에 곁눈질로 언뜻 보니 황제는 얼굴이 하얀 애송이였다. 한심한 생각도 들었으나 갓난아기도 그 자리에 앉으면 황제라, 애송이를 탓할 것은 못 되었다.

애송이건 말건 이제 어려운 고비는 다 넘겼다. 속히 본국에 이 사실을 알려 임금을 기쁘게 해드려야겠다. 옥하관으로 돌아오자 급사를 띄웠다.

다만 한 가지, 어떻게 명나라에서는 히데요시의 소문을 들었을까? 아무도 말해 주는 사람은 없었다.

중국 사람들은 속이 깊고 입이 무거운 족속이었다. 정보를 듣고도 어디서 들은 것인지 조선에는 말하지 않았고, 사신들을 치켜세우기만 했다.

진중 외에도 명나라에는 정보원(情報源)이 몇 갈래 있었다.

류큐(琉球)는 당시 동양 세계에서 제일가는 무역왕국이었다. 명나라와 동남아, 일본을 상대로 활발히 교역하였고, 어쩌다 조선에 오는 일도 있었다.

나라가 작은 만큼 대외적인 마찰은 애써 피했다. 명나라에도 조공을 바치고 히데요시가 큰소리를 치자 국왕이 직접 일본에 가서 충성을 맹세하였다. 명분이야 어떻든 사방 모두 친해 놓고 그 사이에서 무역의 실리를 취하여 국민은 그 이득으로 잘살았다.
 말로만 하는 항복이었으나 히데요시는 진정으로 알고 류큐에 가까운 사쓰마(薩摩 : 대체로 鹿兒島縣)의 실력자 시마즈 요시히사(島津義久)에게 그 관리를 맡겼다.
 조선 침공을 결정한 히데요시는 시마즈 요시히사에게 글을 보내 류큐군과 합쳐 혼성군을 편성하라고 명령했고, 요시히사는 류큐 왕에게 편지를 보냈다.

　조선을 치기 위해서 귀국과 우리는 1만 5천 명의 혼성부대를 만들라는 분부가 있었습니다(貴國當邦混而可爲一萬五千軍役). 그러나 류큐는 거리가 멀고 일본의 군법(軍法)에도 익숙지 않으므로 내 재량으로 군역을 면제합니다. 그 대신 7천 명의 12개월분 군량을 보내 주시오. 또 관백이 규슈에 본영을 설치하기로 되었으니 그 축성(築城)을 위한 부역도 나와야 할 것이나 이것도 금은미곡(金銀米穀)으로 대체하여 보내시오. (……) 특히 이 계획은 비밀을 지키고 다른 나라에 누설해서는 안 됩니다.

 류큐 조정은 회의를 열어 결론을 내렸다.
 "무엇 때문에 남의 전쟁에 끼어들 것이냐? 군량도 보내지 말자."
 태자 쇼네이(尙寧)를 명나라에 보내 이 사실을 알리고 어느 편에도 가담하지 않았다.³
 쇼네이가 북경에 들어간 것은 김응남이 그 고장에 있을 때였다. 그러나 명나라 사람들은 류큐의 보고도 조선의 보고와 일치한다고 말할 뿐 그 이상은 말이 없었다.

강서(江西) 태생으로 허의후(許儀後)라는 명나라 사람이 있었다. 친구 곽국안(郭國安)과 함께 왜구에게 붙들려 일본 규슈의 남단 사쓰마에 살면서 한방의원을 하였다. 세월이 흐름에 따라 일본말도 능통하고 의술도 신통해서 이 고장의 제후 시마즈(島津)씨 이하 실력자들의 신임이 두터웠고 무시로 그들의 집에 출입하였다.

10여 년 전(1577 : 선조 10)에 또 명나라의 청년 한 명이 왜구에게 잡혀 왔다. 허의후는 이국에서 적적하던 차에 동포가 왔다는 소식을 듣고 찾아가 보았다. 뒷짐을 묶인 청년은 겁에 질린 얼굴로 두리번거리고 있었다. 쓸모가 있으면 이용하고, 없으면 처치해 버리는 것이 왜구들의 습성이었다. 그는 다가서 물었다.

"이름이 무엇인고?"
"주균왕(朱均旺)이올시다."
"어쩌다가 이렇게 되었는고?"
"월남으로 무역하러 가다 바다에서 붙들렸지요."
"고향은?"
"강서성(江西省) 임천현(臨川縣)이올시다."

자기와 같은 고향이었다. 캐어물으니 서로 알 만한 집안이었다. 허의후는 돈도 쓰고 권력자들을 움직이기도 해서 주균왕을 구해 왔다. 그로부터 14년 동안 한약방 일을 돌보면서 함께 지냈다.

몇 해 전부터 히데요시가 동병하여 명나라를 친다는 소문이 퍼지더니 류큐가 항복해 오고 작년(1590)에는 또 조선 왕이 사신을 보내 항복해 왔다고 하였다. 시마즈씨 측근의 권력자들에게 물으니 사실이었다.

그는 조선 통신사 황윤길, 김성일 일행이 교토에 머물고 있던 작년 9월, 본국에 알리기 위해서 친구 곽국안, 주균왕과 몰래 배를 타고 바다에 나가려다 관원들의 감시가 심해서 실패하고 말았다.

그로부터 일 년 동안 애를 썼으나 여러 사람이 한꺼번에 움직이는 것은 남의 눈에 띄기 쉽고 잘하는 일이 못 되었다. 젊은 주균왕에게 충분한 노자를 주어 혼자 떠나보내기로 하고 곽국안과 연명으로 복건순무 조삼로에게 편지를 썼다.

작년(庚寅) 정월 (……) 관백은 말하기를 나는 바다를 건너 대명을 쳐야겠다 하고 히젠노가미(肥前守)에게 명령하여 배를 만들게 했습니다. (정월) 10일에는 류큐국이 중을 보내 조공을 바치니 관백이 금 1백 냥을 주면서 말하기를 나는 대당(大唐 : 중국)을 치고자 하니 너희 류큐는 인도하라고 했습니다.

또 왕오봉(汪五峰 : 王直)의 잔당을 불러 물으니 저들은 이렇게 대답했답니다. '우리는 일찍이 3백 명으로 일 년 동안 남경에서 복건까지 휩쓸고도 털끝 하나 다치지 않고 돌아왔습니다. 중국은 일본을 호랑이같이 무서워하는 터이니 중국을 쳐부수는 것은 여반장이올시다.' 이에 관백이 말했답니다. '나의 지혜로 나의 군대를 움직이면 큰물에 모래가 무너지듯, 날카로운 칼이 대[竹]를 치듯, 떨어지지 않는 성이 없고 망하지 않는 나라가 없을 것이다. 나는 중국의 제왕이 되리라.'

5월에 고려(조선)에서 조공을 바치니 관백은 류큐에 당부한 말과 같은 내용으로 당부하고 금 1백 냥을 주었습니다. 이리하여 고려는 작년부터 일본에 조공을 바치기 시작한 것입니다. 7월에는 광동의 호경(壕境) 사람이 중국 지도를 바쳤습니다. (……) 또 쓰시마 태수에게 명하여 장사꾼으로 가장하고 고려에 건너가 지세를 살피게 하니 12월 22일 돌아와 보고하였습니다. 고려 왕은 자국군을 20일 거리로 후퇴시키고 관백을 기다린다고 하며 금년(辛

卯) 7월에는 사신을 보내 인질로 삼고 관백더러 속히 결행하라고 독촉하였습니다. 명년 봄에 고려로 건너가 일본 백성들을 모두 그리로 옮기고 대명을 들이칠 기지로 삼는다고 합니다. 내년 임진(壬辰) 3월 1일 바다를 건너기 시작하는바 (……) 부자, 형제를 막론하고 한 사람도 집에 남아서는 안 됩니다. (……)[4]

주균왕은 이 편지를 가지고 단신으로 떠나 뱃길을 찾아 헤매다 다음 해인 1592년(선조 25 : 임진년) 1월 16일, 마침내 중국 무역선에 편승하여 2월 28일 밤 중국 땅에 올라갔다. 일본군이 부산에 상륙하기 43일 전이었다.

조삼로는 이 편지를 받고 즉시 북경에 보고하였다. 당시 조선 사신이 북경에 있었으나 명나라 조정은 아무도 알려 주지 않았다.

# 울부짖는 히데요시

임진왜란이 일어나기 10개월 전인 1591년(선조 24) 6월.

일본 교토의 주라쿠다이, 넓은 다다미방에 앉아 사람을 기다리던 도요토미 히데요시는 어린아이의 웃음소리에 밖으로 눈을 던졌다.

외아들 쓰루마쓰(鶴松)가 정원 한구석 오동나무 그늘에서 쫓기는 시늉을 하는 유모를 붙잡으려고 기를 쓰고 있었다.

두 돌을 지난 지 달포 남짓, 잔병이 많은 것이 걱정이었으나 근자에는 제법 활기를 찾았다. 재작년 5월, 54세에 처음으로 얻은 소생이었다.

그때까지는 눈먼 딸자식 하나 없었다. 거창한 사업을 이룩했는데 물려줄 후사가 없는 것이 한이었다. 양자를 들일 생각을 하고 있었는데 소실 요도기미(淀君)가 이 아이를 낳아 주었다.

못생긴 이 애비를 닮지 않고 에미를 닮아 의젓하게 생긴 것이 왕자의 풍모가 있었다. 그 위에 요즘 들어 부쩍 말솜씨가 늘었는데 듣기만 해도 총명기가 흘렀다.

"앞으로 17년……."

그는 혼자 중얼거렸다.

"네?"

옆에서 차를 따르던 요도기미가 얼굴을 들었다.

"앞으로 17년이면 쓰루마쓰가 스무 살이 된단 말이다. 그때까지만 살면 여한이 없겠다."

이것은 히데요시의 간절한 소망이었다. 성인이 된 쓰루마쓰가 대를 이어 권좌에 앉는 것을 보아야 안심하고 눈을 감을 것이다.

"앞으로 17년이라야 전하께서는 겨우 일흔세 살이세요. 팔십을 넘기는 노인들도 얼마나 많은데요."

"그렇기는 하지."

"더구나 전하께서는 남달리 건장하세요. 구십까지는 걱정 없을 거예요."

"하기는 이 히데요시는……."

대통운을 타고났다고 하려다 말끝을 흐렸다. 자기는 세상의 어중이떠중이들 하고 같은 운명일 수 없고, 수명도 어딘가 다를 것이다.

"전하께서 구십이면 쓰루마쓰는……."

요도기미는 부지런히 손가락을 놀렸으나 얼른 계산이 나오지 않았다.

"서른일곱 살이지."

머리가 빠른 히데요시가 일러 주었다.

"그때쯤 쓰루마쓰는 일본, 조선, 명나라 휘뚜루 주름잡는 관백이 되겠지요?"

"그럼."

"그때 가면 저는 쉰아홉 살이 되네요."

"그런가?"

"쉰아홉 살의 노파, 생각만 해도 끔찍해요."

"걱정 마라. 너는 안 늙을 테니까."

시동이 밖에서 내객을 알리고 요도기미는 물러갔다.

"내 기다리고 있는 길이지."

히데요시가 처다보는 가운데 절름발이 중년 사나이가 들어와 절을 했다.

"황공합니다."

사나이는 보자기를 풀고 문서를 꺼내 다다미 위에 펼쳤다. 쓰시마의 소 요시토시가 바친 조선 지도와 광동 상인으로부터 얻은 중국 지도였다.

"조스이(如水)의 생각은 어떤가?"

조스이는 그의 호였다. 성은 구로다(黑田), 이름은 요시타카(孝高). 히데요시보다 10세 연하로 금년에 46세, 일본 제일가는 전략가였다. 히데요시가 오다(織田信長)의 뒤를 이어 권력을 잡은 이면에는 그의 뛰어난 지모(智謀)가 있었다.

알 만한 장수들에게 조선을 칠 방책을 물었다. 창이 길어야 한다느니 조총이 많아야 한다느니 지엽적인 문제를 지적할 뿐 전반적인 전략을 내놓는 장수는 보지 못했다.

역시 절름발이 조스이밖에 없었다. 다 좋았으나 한 가지 언짢은 일이 있었다. 천주교 신자였다. 어떻게 된 영문인지 일본 사람들도 천준지 야손지 하는 서양 귀신을 믿으면 이름도 그네들 식으로 묘하게 고치는 습성이 있었다. 이 절름발이는 '돈 시메온'.

연전에 천주교 금령을 내린 후 깨끗이 버린 사람들도 적지 않았으나 속으로는 믿으면서 겉으로 안 믿는 시늉을 하는 축도 없지 않았다. 조스이도 그런 축이었다.

못마땅했으나 눈을 감아 왔다. 구태여 긁어 부스럼을 만들 것은 없었고, 특히 조스이의 경우는 그 머리가 필요했다.
"바로 이 강들입니다. 이 강들은 신불(神佛)이 이 일을 위해서 전하에게 내리신 길잡이올시다."
조스이는 지도의 강 표시들을 가리키고 서두를 떼었다.
"알아듣게 얘기해 봐요."
"보시는 바와 같이 조선의 강들은 대개 남으로 흐르거나 서로 흐르고 있습니다. 일본의 포구를 떠난 보급선들은 바다를 건넌 다음 그대로 이들 강을 거슬러 조선 팔도 어디나 닿을 수 있습니다."
제일 걱정이 보급이었다. 육로로 먼 길을 보급할 일이 막연했는데 이렇게 되면 보급은 저절로 해결되는 것이다. 히데요시는 고개를 끄덕였다.
"비상한 생각이오."
"다만 적의 수군이 걱정이올시다."
"조선의 수군이라는 것은 말이오……."
히데요시는 말을 끊고 두리번거리다 벽에 걸린 그림을 가리켰다.
"저 고기 이름이 뭐더라?"
"가자미올시다."
"옳아, 조선의 수군이라는 것은 물 위에 떠다니는 죽은 가자미로 생각하면 틀림이 없소."
"네……."
"못 들었소? 우리나라 도둑 떼가 배 몇 척만 끌고 가도 온 나라가 떠들썩하는 것이 조선이오. 그 수군이라는 건 보지 않아도 알조가 아니오?"
"하기는 그렇습니다."
"있다고도 하고 없다고도 하고, 희미한 것이 조선의 군대요. 보급만 제대로 되면 한 달 안에 여기까지 죽 밀고 올라갈 것이오."

히데요시는 지도의 압록강을 가리켰다.

"전하의 위덕으로 말하자면 안 될 리가 없습지요."

"조선은 먹었고, 다음 명나라를 들이칠 계책을 말해 봐요."

"명나라 지세 역시, 전하의 이 장거를 위해서 만들어 놓은 듯합니다."

조스이는 지도의 여기저기를 짚어 가면서 말을 이어 갔다.

"명나라의 강들은 우리가 점령할 조선의 서해를 향해서 이렇게 남이 아니면 동으로 흐르고 있습니다. 요하(遼河), 대릉하(大凌河), 황하, 양자강. 주력은 육로를 진격하고 일본과 조선을 떠난 보급선들은 아까와 마찬가지로 이들 강을 거슬러 올라가는 것입니다."

"으—ㅇ."

"이름을 붙이자면 수륙병진책(水陸並進策)이올시다."

"그렇지, 수륙병진이지."

"전하께서는 작년에 전국의 토지와 호구조사를 마치셨습니다. 일 년 소출은 1천8백만 섬, 인구는 1천2백만. 지난봄 전하께서 제후들에게 배정하신 병력은 도합 30만. 40명에 한 명씩이니 아직도 여유가 있습지요. 병정 한 명이 일 년에 2섬씩 먹는다 치고 군량은 60만 섬이면 족합니다. 1천8백만 섬에서 60만 섬은 아무것도 아닙니다."

"응."

"군수품은 대개 국내에서 장만할 수 있습니다마는 총알을 만들 연(鉛)과 화약이 부족합니다. 그러나 나가사키(長崎)에 와 있는 포르투갈 상인들은 이것을 팔지 못해 안달이고, 필요하면 우리 무역선들이 여송(呂宋 : 필리핀)에 가서 구해올 수도 있습니다. 사도(佐渡)에서는 금이 쏟아져 나오고 이와미(石見)에서는 은이 더미로 나오고 있으니 이것으로 값을 치르면 됩니다."

"그렇지."

히데요시는 맞장구를 치면서도 두려운 생각이 들었다. 이런 인물이 내가 죽은 후에 딴 마음을 먹으면 큰일이 아닌가?

전부터도 경계를 안 한 것은 아니었다. 전국을 통일하고 장수들을 제후로 봉할 때 그에게는 크게 맥을 쓰지 못하도록 규슈 동북부 나카쓰(中津)에 10만 섬의 땅을 봉토로 주었다. 공에 비해서 대접이 소홀하다. 1백만 섬은 되어야 한다는 말도 있었으나 못 들은 척했다. 칠공삼민(七公三民)이라 하여 1백만 섬을 생산하는 땅의 제후는 매년 70만 섬의 수입이 있었다. 막강한 군대를 양성할 수 있고 거기다 조스이의 지모와 이재의 능력을 보태면 무서운 세력이 될 것이다.

국가의 기밀에 참여시키는 것도 위험한 일이다. 이것을 마지막으로 슬슬 밀어내야 하리라.

"조선이고 명나라고 군대는 볼 것이 못 되고, 우리 일본은 일당백이올시다. 그 위에 이처럼 보급에 문제가 없으니 전하의 이 대업이 성공할 것은 불을 보듯 훤히 내다보이는 일입니다."

조스이는 결론을 내리고 지도를 도로 말았다.

"고마워. 나도 그렇게 생각하네."

히데요시는 가슴이 벅찼다.

7월 그믐, 쓰루마쓰가 몸져누웠다. 원래 병약한 아이여서 전에도 가끔 앓았다. 그때마다 히데요시는 바깥일을 전폐하고 곁에 붙어 앉아 시의(侍醫) 마나세 도산(曲直瀬道三)에게 몇 번이고 같은 다짐을 되풀이했다.

"괜찮을까?"

도산은 언제나 자신만만했다.

"염려 없습니다."

그러나 이번에는 그의 대답이 신통치 않았다.

"글쎄올시다."

어린아이가 눈을 감고 축 늘어진 것이 누구의 눈에도 예삿일이 아니었다.

히데요시는 이름난 의원들을 모두 불러들이고, 신하들은 사처에 달려가서 좋다는 약재는 다 구해 왔다. 도산을 중심으로 의원들은 의논을 거듭하고 이 약 저 약 써보았으나 차도가 없었다.

히데요시는 가슴에서 불이 일었다. 도통한 중들과 신주(神主 : 간누시)들을 모아 놓고 일렀다.

"부처님과 가미사마(神)에게 빌어 다오."

그는 금덩이와 은덩이를 안겨 보냈고 그들은 기도에 밤낮을 가리지 않았다.

그래도 안심이 안 되어 자기도 금은을 말에 싣고 도후쿠지(東福寺), 이어서 하치만구(八幡宮)에 나가 엎드렸다.

"이것을 받으시고 쓰루마쓰의 병을 낫게 해주소서. 낫게만 해주시면 곱으로 더 바치겠습니다."

히데요시는 돈을 모으는 데도 솜씨가 있었다. 광산과 외국 무역을 독점해서 오사카 성의 지하실에는 금덩이, 은덩이가 천장까지 쌓여 있었다.

기도의 선풍은 교토와 오사카에 그치지 않고 전국으로 확대되어 갔다.

인력으로 할 수 있는 일은 다 했다. 그러나 8월 5일, 할딱거리던 쓰루마쓰는 마침내 숨을 거두고 말았다.

히데요시는 넓은 다다미방을 데굴데굴 구르고 울부짖었다. 요도기미는 물론 신하들도 굴고 시녀들도 굴고, 온 요도 성(淀城)이 통곡소리로 진동했다.

다음 날 백관이 모인 가운데 도후쿠지에서 장례를 치렀다.

히데요시가 마당에 주저앉아 땅을 치고 통곡하자 다른 사람들도 그냥 있을 수 없었다. 주저앉아 땅을 쳐야 하고 통곡을 해야 하였다.

별안간 히데요시가 단도를 번뜩이더니 자기 상투를 잘라 던졌다.

"쓰루마쓰야, 극락으로 가거라아!"

모인 사람들 역시 그냥 있을 수 없었다. 스스로 상투를 잘라 집어던지고 저마다 외쳤다.

"와카기미 도노(若君殿 : 쓰루마쓰), 극락으로 가소서."

상투는 더미로 쌓였다.

장례가 끝나자 히데요시는 그 길로 기요미즈데라(清水寺)에 옮겨 사흘 낮과 밤을 물만 마시고 가슴을 쳤다.

"아이고 쓰루마쓰야!"

천황도 이 권력자의 불행에 앉아만 있을 수 없었다. 궁성 문을 닫아매고 신전(神前)에 명복을 빌었다.

백성들이라고 모르는 체할 수 없었다. 교토의 상가는 철시를 하고 민가는 문을 닫아걸고 숨을 죽였다.

크게 소동을 벌인 히데요시는 심신이 피로해서 요도기미를 데리고 오사카를 지나 아리마 온천(有馬溫泉 : 兵庫縣)으로 내려갔다.

"얘, 너 또 아이를 낳을 수 있을까?"

밤에 요도기미를 껴안고 물었다.

"저는 25세예요."

"그렇지."

"전하께서 어떠실는지······."

히데요시는 56세. 몸은 여전히 탄탄했다. 그러나 의문이 한 가지 있었다. 아이가 더 생길 수 있다면 쓰루마쓰가 태어난 후 지난 2년 3개월 동안 소식이 있어야 할 것이 아닌가?

그런데 소식이 없었다. 혹시 이 요도기미라는 여자의 배 속에는 더 이상 아이의 씨가 없는 것은 아닐까? 밤낮 붙어 떨어지지 않으면서도 문득 이런 생각이 머리를 스쳤다.

처량하고 울화가 치밀고 이대로는 마음을 잡을 수 없었다.

10여 일을 온천에서 보낸 히데요시는 생각을 가다듬고 길을 떠났다.

8월 23일. 오사카 성으로 들어온 히데요시는 제후들을 불러놓고 선언했다.

"내년 3월 1일을 기해서 조선으로 진격을 개시할 것이오."

여러 해를 두고 조선을 친다고 큰소리를 쳐왔으나 개전(開戰) 날짜까지 명시한 것은 이것이 처음이었다.

## 전쟁의 설계도

'이 잔나비가 미쳐 버린 것은 아닐까?'

설마 하던 제후들 중에는 이렇게 생각하는 사람들도 적지 않았다.

그러나 지난 달포 사이에 몰라보게 수척해진 얼굴에 사람을 잡아먹을 듯한 눈초리, 감히 반대하고 나서는 사람은 없었다. 가토 기요마사가 목청을 가다듬었다.

"전하, 참으로 일대 영단이십니다. 일본의 무위(武威)를 해외 만방에 떨칠 이 큰 사업을 전하 이외에 누가 감히 할 수 있겠습니까?"

다른 제후들도 엎드렸다.

"그렇습니다. 일본 역사에 없는 영단이십니다."

"영단이십니다."

"영단이십니다."

마음에야 있고 없고 끼어들지 않고는 배기지 못할 분위기였다.

오래간만에 함빡 웃음을 띤 히데요시는 옆에 대령한 비서들에게 일렀다.

"이 자리에 없는 제후들에게는 글을 보내서 오늘의 결정을 전해라."

그는 좌중을 둘러보고 고니시 유키나가를 지목했다.

"나는 전에 조선을 칠 경우에는 하카타(博多)에 본영을 설치할 생각이었다. 그러나 알아보니 하카타는 수심이 얕아 많은 배들이 한꺼번에 출입하기에는 불편하다고 한다. 그 서북 18리(조선 이수로 180리) 나고야(名護屋)가 합당하다고 들었다. 너는 내일 떠나 현지를 답사해라."

"하핫."

유키나가는 엎드리면서 머리가 아찔했다.

천주님이 용납하고 기뻐하시는 전쟁은 하나밖에 없었다. 십자군같이 이교도들을 토벌하고 주님의 복음을 전파하는 전쟁이었다. 그러나 이것은 주님을 거역한 이교도 도요토미 히데요시가 역시 이교도인 조선을 치는 전쟁, 주님을 섬기는 자가 끼어들 수 없는 이교도들끼리의 살상이었다.

때문에 이 전쟁을 막으려고 갖은 수단을 다 썼다. 히데요시도 속이고 조선도 속였다. 속임수라도 주님은 용서할 것이었다.

그러나 막지 못했다. 그렇다고 자기에게 히데요시와 맞설 용기는 없고, 도리어 앞장을 서게 되었다. 어쩔 것이냐?

식은땀을 흘리는데 히데요시는 눈길을 돌렸다.

"쓰시마의 소 요시토시."

"하."

"너에게는 군량 1만 섬, 은 1천 냥, 그 밖에 필요한 조총과 화약을 내린다. 조선으로 건너가는 모든 부대의 수로(水路)를 안내해라."

"하핫."

"나는 나고야에 잠시 머물다가 조선에 건너가서 친히 전쟁을 지휘할 것이다. 도중 쓰시마에 들르게 될 터이니 내가 유숙할 행영(行營)을 지어라."

"하. 쓰시마 후추(府中:嚴原)에는 시미즈야마(淸水山)라고, 명당자리가 있습니다. 거기 짓겠습니다."

히데요시는 옆에 앉은 고니시 류사(小西隆佐)를 돌아보았다.

"쓰시마 못미처 이키(壹岐島)에도 행영을 지어야겠다. 그 섬은 누구의 관내지?"

"히라도 번(平戶藩)의 마쓰라 시게노부(松浦鎭信)의 관내올시다."

"응, 그에게 편지를 보내 이키에 행영을 짓되 고토(五島)의 우쿠(宇久純玄) 등 섬의 제후들도 협력하라고 일러라."

히데요시가 들어갈 행영은 단순한 집이 아니고 거창한 성이라야 했다. 다음으로 그는 가토 기요마사를 향했다.

"기요마사."

"하."

"너는 축성에 솜씨가 있지?"

"황공합니다."

"유키나가가 현지답사를 마치면 너는 설계를 해라."

"하핫."

"내가 들어갈 행영 외에 총 30만 명을 수용할 수 있도록 각 제후별로 진영을 마련해야 한다."

"알겠습니다."

나고야는 가라쓰(唐津)의 제후 데라자와 히로다카(寺澤廣高)의 관내였다. 그는 히로다카를 가리켰다.

"그대는 기요마사가 설계를 끝내면 공사의 총감독이다."

히데요시는 좌중을 둘러보고 계속했다.

"이 중에서 규슈의 제후들은 공사를 맡아 주어야겠소. 막하의 군사들과 백성들을 동원하여 자기에게 할당된 구역의 공사를 책임지되 늦어도 내년 2월 안으로 공사를 마쳐야 하오."

모두들 히데요시로부터 술 한 잔씩 받아 마시고 물러 나왔다.

이제 전쟁은 공론이 아닌 현실로 다가왔다. 그들은 서둘러 짐을 꾸려 가지고 임지로 흩어져 내려갔다.

일본 전국은 떠들썩했다. 떠날 자와 남을 자를 구분하고 무기, 식량의 보급을 의논하고, 부족한 선박을 만들고, 부산하게 돌아갔다.

전쟁은 목숨을 거는 사업이었다. 더구나 바다를 건너가면 살아서 돌아오기는 어려우리라. 떠나기로 지명된 사람들은 처자식과 아쉬운 하루하루를 보내고 머리를 잘라 유발(遺髮)도 남겨 두었다. 그중 글을 아는 사람들은 유언을 써서 궤짝 속에 간수하는 것도 잊지 않았다.

10월 10일, 나고야에서는 돌과 목재를 나르고, 이것을 다듬고, 성을 쌓고, 집을 짓고, 우물을 파고 ― 수십만 명이 겨울의 바닷바람에 엎어지고 자빠지며 개미 떼처럼 움직이기 시작했다.

나고야는 북으로 바다에 면한 구릉지대로, 야산과 야산 사이에 깊숙이 들어온 바닷물은 수심이 깊어 물가에서 직접 배를 타고 내릴 수 있고, 수백 척의 배가 한꺼번에 정박할 수도 있었다.

여기는 일본 본토에서 조선에 이르는 최단거리로 부산까지 3백70리(150km). 개인 날에는 이키, 쓰시마는 물론 멀리 조선의 산도 눈에 들어왔다. 이들 섬을 징검다리로 날씨를 보아 가면서 배를 움직이면 대선단(大船團)도 폭풍의 위험을 피하고 바다를 건널 수 있었다.

여기 동서 20리, 남북 15리에 걸쳐 히데요시가 들어갈 주성(主城)을 비롯하여 1백3명의 제후가 들어갈 거성(居城)과 휘하 장병 30만 7천여 명이 유숙할 진영을 쌓아 갔다.

첫 대문은 40리 후방, 10리마다 대문을 하나씩 세우고 네 번째 대문에서 비로소 진영으로 들어가는 거창한 규모였다.

그동안 히데요시는 오사카 성과 교토의 주라쿠다이를 내왕하면서 전쟁의 구상에 골몰하였다. 이재에 밝은 고니시 류사의 건의에 따라 덩이째로 쌓아 두었던 금은을 실어내다 금화(金貨 : 花降金)와 은화(銀貨 : 石見銀)로 불렸다.

이것을 넉넉지 못한 제후들에게 보조금으로 나눠 주는 한편 48만 명의 일 년분 군량을 사들여 비축했다. 직할군(直轄軍)의 군량으로 쓰고, 경우에 따라서는 식량이 부족한 제후들에게 빌려 줄 생각이었다.

전쟁을 향한 막바지 준비는 순조롭게 진행되었다.

그러나 쓰루마쓰가 죽은 상처는 아물지 않았다. 재롱을 부리던 그의 모습을 꿈에 본 아침에는 더욱 쓸쓸했다. 무작정 말을 달려 산이고 들을 누비며 시름을 달랬다.

저승에 가면 그를 다시 무릎에 앉히겠지마는 이승에서 이룩한 이 엄청난 사업을 물려줄 후사가 없는 것이 한이었다.

다시 양자를 들일 생각도 했으나 직접 핏줄이 닿지 않은 후사는 허망한 노릇이었다. 허망할수록 그대로 있을 수 없었다.

그는 밤이면 젊은 후궁을 품에 안았고, 안을 때마다 정성을 다해 속삭였다.

"내 뒤를 이을 아들을 낳아라."

때로는 한밤에 2명, 3명을 번갈아 안고 낮에 안는 일도 드물지 않았다. 히데요시 못지않게 10여 명의 후궁들도 저마다 아이를 가지려고 기를 썼다.

그러나 아무에게서도 소식이 없었다.

12월, 쓰루마쓰가 죽은 지 넉 달이었다. 다른 후궁은 그렇다 치고, 아이를 낳아 본 요도기미도 가망이 없었다.

"무슨 기미가 안 보여?"

밤에 자리를 같이한 히데요시는 요도기미에게 물었다.

"부처님에게 아침저녁으로 비는데도……."

"이렇게 된 바에는 양자를 들여야 하지 않을까?"

"좀 기다려 보면 어때요?"

"기다릴 시간이 없지. 나는 새봄에는 전쟁에 나가야 하거든."

품에 안긴 요도기미는 사이를 두고 한숨을 내쉬었다.

"할 수 없지요."

다음 날 히데요시는 주라쿠다이로 조강지처 네네를 찾아 의논했다.

"그야 히데쓰구(秀次)밖에 있나요?"

네네는 즉석에서 대답했다.

히데쓰구는 히데요시의 누님 도모의 아들로 혈연으로는 가장 가까운 생질이었다. 쓰루마쓰가 태어나기 전까지만 해도 그를 양자로 마음에 두었고, 세상에서도 그렇게 지목하고 있었다.

도모는 히데요시와 같은 부모 사이에서 태어난 누님이었다. 히데요시가 잔나비라면 그는 메주같이 못생긴 추녀(醜女)였다.

하도 못생긴지라 출가했다가 친정으로 쫓겨 왔다. 친정이라야 어머니가 개가한 집이어서 의붓아비의 구박이 자심했다. 밭에 나가 풀을 뽑고 김을 매고 암소같이 일해도 사흘에 한 번은 매를 맞아야 했다.

"이 등신아!"

혹은,

"이 밥통아!"

의붓아비는 무조건 들고 쳤다.

몇 번이고 뒷산에 올라가 목을 맸으나 그때마다 어머니가 달려와 풀어 주었다.

"이것아, 모가지를 매지 말고 서방을 찾아라."

얼마 떨어지지 않은 바닷가에 남의 땅을 부치는 홀아비 농부가 있었다. 이름은 이야스케(彌助), 성도 없는 새까만 추남(醜男)이었다.

이야스케가 재취를 구한다는 소문이 돌자 의붓아비는 빗자루를 들고 도모를 쳤다.

"어서 가지 못해!"

도모는 어머니에게 끌려 그 집에 가서 동네 사람 4, 5명이 모인 가운데 탁주 한 잔씩 나누고 그의 처가 되었다.

어찌 된 영문인지 히데요시의 집안에는 자식이 귀했다. 히데요시 자신도 그렇고 이부제(異父弟) 히데나가(秀長), 그의 누이동생 아사히히메(旭姬)도 소생이 없었으나 이야스케에게 재가한 도모만은 아들 3형제를 두었다.

맏이가 히데쓰구였다. 둘째는 타고난 애꾸에 천치, 막둥이가 지난 1월에 죽은 히데나가의 양자 기노시타 가쓰토시(木下勝俊)로 지금 히데요시의 비서실에 있었다.

바닷가에서 소작을 부치던 추남, 추녀 부부는 히데요시가 나라를 틀어쥐는 바람에 어느 날 갑자기 영화의 정상에 오르고 말았다.

"형님, 제후가 되시오."

이리하여 소작농 이야스케는 껑충 뛰어 고향에서 멀지 않은 이누야마(犬山)에 봉토를 받고 10만 섬의 성주가 되어 버렸다. 이 통에 성이 없던 이야스케는 일본의 명문 미요시(三好)씨를 칭하고 이름도 야스나가(康長)로 근사하게 고쳤다. 도모는 닛슈(日秀)라 개명하고.

그의 소생들도 범연할 수 없었다. 특히 맏이 히데쓰구를 후사로 점을 찍은 히데요시는 어려서부터 그를 측근에 두고 가르쳤다.

공부도 시키고 싸움터에도 내보냈다.

그러나 하늘 아래 둘도 없는 둔물(鈍物)이라 제 구실을 할 까닭이 없었다. 그 위에 외숙의 후광을 믿고 하는 짓마다 못나게 노는지라 히데요시의 눈 밖에 났다. 이거 사람의 가죽을 쓴 소 새끼가 아닐까?

그렇다고 달리 후사로 삼을 혈연도 없고 참는 길밖에 없었다.

그러던 차에 쓰루마쓰가 태어났다. 차제에 히데요시는 고향 나카무라(中村)에 가까운 기요스 성(清洲城)을 중심으로 1백만 섬의 소출이 있는 땅의 제후로 삼아 측근에서 떼어 버렸다. 1백만 섬의 제후는 전국을 통틀어도 불과 몇 명 안 되는지라 히데쓰구의 체면도 서고 히데요시로서도 도리를 다한 셈이었다.

그 히데쓰구를 다시 양자로 들이라는 것이다. 달리 도리가 없는지라 네네의 제의에 히데요시는 동의했다.

"그래, 그 애밖에 없지."

12월 4일. 교토로 불려 온 히데쓰구는 히데요시 앞에 무릎을 꿇고 대령했다.

"너는 오늘부터 나의 양사자(養嗣子)로 성명은 도요토미 히데쓰구(豊臣秀次)다."

천황에게 이야기해서 벼슬은 관백 다음가는 내대신(內大臣)으로 하였다. 그러나 민퉁한 것이 고마운 얼굴도 아니었다.

"알았어요."

히데요시는 기가 찼다.

"너, 몇 살이더라?"

"숙부, 여태 제 나이도 몰라요?"

"몇 살이냐고 물었다."

"스물네 살이지요, 뭐."

히데요시는 한 대 쥐어박고 싶었으나 참았다.

24일 후인 12월 28일. 히데요시는 히데쓰구를 끌고 궁중에 들어가 천황 앞에 엎드렸다.

"일전에 말씀드린 대로 히데쓰구에게 관백의 자리를 물려주고 신은 전쟁에 전념할까 합니다."

미리 짜놓은 각본이라 허수아비 젊은 천황(後陽成 天皇)은 거침이 없었다.

"자고로 관백에서 물러난 대신은 태합(太閤)이라 칭하는 것이 관례인즉, 경은 차후로는 그렇게 칭할 것이며 관백에서 물러나더라도 국사는 그대로 보아 주어야겠소."

근사한 식전을 올리고 물러 나왔다. 그래도 히데쓰구는 흥미가 없는 얼굴이었다. 히데요시는 다시 히데쓰구를 끌고 주라쿠다이로 갔다.

"이 주라쿠다이도 장차 너에게 물려준다."

호화찬란한 주라쿠다이가 자기 차지라, 히데쓰구는 비로소 입이 벌어졌다.

"이거 괜찮은데요."

이제 신변정리는 끝났다.

히데요시의 머리는 다시 전쟁으로 가득 찼다.

# 칼을 가는 자들

해가 바뀌어 1592년(선조 25), 임진년 1월.

조선.

근년에 없이 밝은 새해였다.

이 몇 해 동안 정여립 사건, 일본 사신의 내왕 등으로 연거푸 어수선한 설날을 맞았으나 금년은 그렇지 않았다. 특히 북경에 들어간 한응인의 보고는 쓸 만했다. 행여 북방에서 무슨 사태가 벌어지지 않을까 걱정하였으나 명나라와의 관계는 오히려 더 좋아졌다.

신년의 회례연(會禮宴)은 어느 때보다도 푸짐하고 화기에 찬 분위기였다. 임금 선조는 인정전(仁政殿)에서 문무백관의 헌작(獻酌)을 받고, 왕비 박씨는 내전에서 내외명부(內外命婦)들의 절을 받고 약과를 들며 웃음소리가 그치지 않았다. 임금 41세, 왕비 38세.

고을은 고을대로, 수령(守令)들은 제각기 휘하의 관원들을 이끌고 임금이 계신 서울을 향해 망궐례(望闕禮)를 행하고, 이어서 임금의 만수무강을 위하여 축배를 들었다.

하늘 아래 어디나 평화가 충만하고, 전쟁은 생각조차 할 수 없었다. 행여 전쟁을 입에 올리는 자가 있더라도 잔걱정이 많은 졸장부로 웃음거리밖에 되지 않았다.

다만 이 평화를 더욱 다지기 위해 할 일이 남아 있었다. 선물을 무더기로 보내준 명나라 황제에게 감사를 드리는 일이었다.

신년의 축주에서 깨자 강원감사 신점(申點)을 사신으로, 수십 마리의 타마(駄馬)에 예물을 실어 북경으로 떠나 보냈다.

또 있었다. 평화를 위태롭게 한 자를 조지는 일이었다.

"김여물(金汝岉)을 옥에 가둬라!"

임금의 영이 떨어졌다.

발단은 한응인의 보고였다.

그는 지난번에 보낸 편지의 말미에 이렇게 적어 보냈었다.

　　북경으로 오는 도중에 요동의 탕주참(湯州站)을 지날 때였습니다. 명나라 관원들은 우리가 의주(義州)의 성을 수축하고 군사를 단련한 것은 무슨 연고냐고 시비를 걸어 왔습니다. 적당히 변명하여 무마하였습니다마는 신이 생각하기에도 이것은 오해할 만한 일입니다. 의주는 명나라 땅에서 빤히 건너다 보이는 고장입니다. 그런 데서 이런 일을 했으니 일본에 대비한 것이라고 해야 통할 리 없고 명나라를 적으로 삼았다고 해도 변명의 여지가 없습니다.

　　조사를 해보니 범인은 작년 9월 의주목사에서 쫓겨난 김여물이었다. 정철의 주구 노릇을 했다고(奴事鄭澈) 시비를 걸어 목을 잘랐는데 역시 잘한 일이었다. 집에 들어앉아 있는 김여물을 잡아 왔다.

"너 무엇 때문에 쓸데없는 짓을 했는고?"

위관(委官 : 조사관)들이 눈을 부라렸다.

"성은 무너졌으니 수축했고, 군사는 단련해야 제 구실을 하는 것이 아닙니까?"

"그렇게도 눈치가 없어?"

"무슨 말씀인가요?"

"성은 그렇다 치고 명나라의 코앞에서 군사를 단련했으니 말썽이 일어난 것이 아닌가?"

"의주에서 단련한 군사를 부산에서는 못 쓰는가요?"

"잔소리 마라."

무조건 옥에 쓸어 넣었다.

머리를 풀어헤치고 감방에 앉은 김여물은 심사가 편치 못했다.

"별꼴 다 보겠다."


같은 새해 1월.

일본.

5일. 신년 하례를 위해서 교토에 올라와 있던 제후들은 히데요시의 부름을 받고 주라쿠다이에 모여들었다.

"예정대로 3월 1일, 조선으로 진격할 것이오."

서두를 뗀 히데요시는 이시다 미쓰나리(石田三成)가 바친 문서를 받아 들고 읽어 내려갔다.

"지금부터 출전군의 편성을 발표하겠소. 제1군의 총지휘는 고니시 유키나가. 직할군 7천 명 외에 소 요시토시의 5천 명, 마쓰라 시게노부(松浦鎭信)의 3천 명, 아리마 하루노부(有馬晴信)의 2천 명, 오무라 요시

아키(大村喜前)의 1천 명, 우쿠 스미하루(宇久純玄)의 7백 명 — 도합 1만 8천7백 명이 이에 속한다. 제2군의 총지휘는 가토 기요마사. 직할군 1만 명 외에 나베시마 나오시게(鍋島直茂)의 1만 2천 명, 사가라 요리후사(相良賴房)의 8백 명 — 도합 2만 2천8백 명이 이에 속한다. 제3군의 총지휘는 구로다 나가마사(黑田長政). 직할군 5천 명 외에 오토모 요시무네(大友義統)의 6천 명 — 도합 1만 1천 명이 이에 속한다. 제4군의 총지휘는 모리 요시나리(森吉成). 직할군 2천 명 외에 시마즈 요시히로(島津義弘)의 1만 명, 다카하시 모토타네(高橋元種)의 2천 명 (……) 도합 1만 4천 명이 이에 속한다. 제5군의 총지휘는 후쿠시마 마사노리(福島正則) (……) 구루시마 형제(來島通之·通總)의 7백 명(……) 도합 2만 5천 명이 이에 속한다. 제6군의 총지휘는 고바야카와 다카카게(小早川隆景) (……) 도합 1만 5천7백 명이 이에 속한다. 제7군의 총지휘는 모리 데루모토(毛利輝元) (……) 도합 3만 명이 이에 속한다. 제8군의 총지휘는 우키타 히데이에(宇喜多秀家) (……) 도합 1만 명이 이에 속한다. 제9군의 총지휘는 하시바 히데카쓰(羽柴秀勝), 직할군 8천 명 외에 호소카와 다다오키(細川忠興)의 3천5백 명(……) 도합 1만 1천5백 명이 이에 속한다. 제1군부터 순서대로 부산에 상륙하여 내륙으로 진격한다. 이상 15만 8천7백 명을 제1선 전투부대로 투입하고 출전군 총사령관은 우키타 히데이에를 지명하는 터이니 그대들은 잘 보필하라.˝

　순간 제후들은 히데요시 가까이 상석에 앉은 히데이에에게 눈길을 던지고 서로 마주 보았다. 히데이에는 당년 19세의 미소년이었다.

　그는 10여 년 전 히데요시가 대권을 잡기 전에 좋아 지내던 과부의 아들이었다. 히데요시는 여자를 낚는 재간도 비상해서 죽은 남편의 장례를 치른 다음 날 이 여자를 손아귀에 넣고 그 집에서 잠자리를 같이했다.

　대단한 미인이었다. 어미에게 반한지라 당시 8세 된 그의 아들 히데이에를 돌보아 주었고, 나라의 주인이 된 후에는 양자로 삼아 10여 세밖에 안 된 것을 오카야마(岡山)에 봉하여 57만 4천 섬의 큰 제후로 삼았다.

국내에서는 이처럼 어린 소년을 총사령관으로 삼는 일이 가끔 있었다. 며칠 전에 관백으로 오른 히데요시의 생질 히데쓰구도 10대에 종종 총사령관으로 출전하였었다. 음식 투정이나 하고 앉았으면 부하 장수들이 알아서 하는 전쟁이라 큰 탈은 없었다.

그러나 이번에는 바다를 건너 수천 리 밖의 외국으로 쳐들어가는 전쟁이다. 애송이 히데이에를 떠받들고 어쩌란 말이냐? 그렇다고 히데요시가 자기의 양자를 내세우는 것을 마다했다가는 무슨 변이 일어날지 몰라 아무도 말하는 사람은 없었다.

이 일을 제외하고는 히데요시의 계획은 치밀했다. 전투부대가 지나간 후 후방경비를 맡을 병력 1만 2천 명도 따로 배정하였고, 수군 9천 명도 편성하였다.

또 예비병력 8만 8천8백60명은 히데요시의 전진기지인 나고야(名護屋)에 대기토록 되어 있었다. 이들은 도쿠가와 이에야스(德川家康) 등 주로 동부지역 제후들의 휘하 병력으로 제10군에서 제16군까지 7군으로 구분되어 있었다.

이상 병력 외에 특수부대까지 합치면 동원된 총병력은 28만 1천8백40명. 그 위에 배를 움직일 사공들과 국내에서 식량과 무기를 나르고 길을 닦는 인원까지 합치면 2백만 명도 더 동원되는 계산이었다.

히데요시는 끝으로 수송선의 배정, 식량, 병력, 군마(軍馬)의 양륙(揚陸) 순서에 이르기까지 소상한 지침을 내리고 나서 무서운 눈으로 좌중을 둘러보았다.

"전쟁은 죽고 사는 놀음이오. 출전하는 장수들은 일률로 그 처자식을 오사카에 보내서 충성을 다져야 하오."

히데요시의 거성(居城)인 오사카 성 주변에는 제후들의 저택이 있었다. 제후들은 국내에서는 소왕국의 군주들이었으나 전쟁에 나가면 군대를 지휘하는 장수들이었다. 오사카에 이들의 처자식을 묶어 두고, 멀리 떨어진 전장(戰場)에서 행여 있을 수 있는 배반에 대처하자는 것이었다.

"하핫."

제후들은 웃음기 없는 얼굴로 흩어져 나왔다.

히데요시는 그중에서 고니시 유키나가와 가토 기요마사를 뒤에 남으라고 일렀다.

"너희 두 사람은 어려서부터 내 측근에서 자랐고 나는 누구보다도 너희들을 신임한다. 그렇기 때문에 젊은 너희들에게 선봉을 맡겼으니 충성을 다해라. 누가 먼저 조선의 서울에 들어가는지 지켜볼 것이다."

"하핫."

히데요시의 분부에 두 사람은 머리를 숙였다.

유키나가 34세, 기요마사는 31세였다.

"전하, 이것이 지금 공사 중인 나고야의 성들입니다."

기요마사가 두루마리에 그린 그림을 바쳤다.

"호오— 내가 생각했던 것보다 몇 배 근사하구나."

히데요시는 만족했다.

제후들이 들어갈 1백여 개의 크고 작은 성들과 병사들이 들어갈 수 있는 많은 막사들은 큰 도시를 방불케 하는 일대 장관이었다. 그중에서도 한층 드높은 대지에 마련된 5층의 주성(主城 : 本丸), 히데요시가 들어갈 이 성은 오사카 성에 못지않은 찬란한 규모였다. 그 안에는 히데요시의 집무실과 가족의 처소, 황금으로 만든 다실(茶室)까지 갖추었다.

한군데만 있으면 갑갑하다 해서 부성(副城 : 二の丸)도 셋, 갖가지 오락시설도 있었다. 이에 그치지 않고 포로수용소도 있었고, 젊은 병사들

을 위한 유곽(遊廓) 시설까지 있었다.

만족한 히데요시는 궤짝에 접어 넣었던 길쭉한 천을 꺼내 펼쳤다.

'나무묘법연화경(南無妙法蓮華經).'

달필로 쓴 깃발이었다. 이 시대 일본에는 국기가 없었고, 장수들이 저마다 가지고 다니는 기는 네모반듯하지 않고 세로로 길었다.

"이것은 내가 옛날 나이후 도노(內府殿 : 織田信長)로부터 받은 깃발이다. 이것을 명나라의 수도 북경에 날려라."

감격한 기요마사는 엎드렸다.

"1백만 섬의 봉토를 받은 것보다도 더 영광이올시다."

히데요시는 유키나가에게 얼굴을 돌렸다.

"너는 무슨 기를 쓸 것이냐?"

잠시 생각하던 유키나가가 그를 쳐다보았다.

"저는 붉은 바탕에 둥글게 태양을 그린 깃발을 쓰겠습니다."

"응, 일본을 다스리는 이 히데요시가 태양의 아들이니 나를 보듯 그 깃발을 쳐다보며 전진해라."

이것이 일본에 일장기(日章旗)가 등장한 시초였다. 그러나 옆에 앉은 기요마사는 흰눈을 던지고 입 속으로 중얼거렸다.

"약봉지나 메고 갈 것이지."

히데요시의 귀에는 들리지 않았으나 유키나가는 들었다. 그의 집안이 약종상인 것을 빗대 놓고 이죽거린 한마디였다.

'두고 보자.'

유키나가는 속으로 다짐했다.

"더 할 말이 없느냐?"

히데요시가 물었으나 아무도 대답이 없었다.

유키나가는 이 기회에 한 말씀 드리려고 했으나 그만두었다. 기요마사가 무슨 훼방을 놓을지 알 수 없는 일이었다.

두 사람은 히데요시로부터 칼을 한 자루씩 받아 가지고 물러 나왔다.

며칠 사이에 교토에 모였던 제후들은 모두 흩어져 자기 봉토로 돌아갔다.

18일. 히데요시에게 면회를 신청하고 기다리던 유키나가는 소 요시토시를 데리고 주라쿠다이를 찾았다.

"전하 긴히 말씀드릴 일이 있습니다."

"무엇이냐?"

"마지막으로 조선에 한 번 더 교섭해 보는 것이 어떻겠습니까?"

"교섭?"

히데요시는 눈알을 굴렸다.

"그렇습니다."

"조선 왕은 작년 여름 너 소 요시토시가 갔을 때에도 거절했다지?"

"그렇습니다마는 저는 조선 사정을 잘 압니다. 어쩌면 들을 듯도 합니다."

소 요시토시가 머리를 숙이고 유키나가가 거들었다.

"조선에서 말을 들으면 총 한 방 쏘지 않고 그 땅에 상륙할 수 있을 뿐만 아니라 조선의 병력과 물자까지 동원해서 곧바로 명나라를 들이칠 수 있습니다."

"들을까?"

"조선은 재작년에 통신사를 보내 항복했다가 별안간 변심했습니다. 한 번 변심한 사람은 다시 변심할 수도 있지 않겠습니까?"

"응—."

"듣지 않더라도 우리 일본이 밑질 것은 없습니다."

히데요시는 사이를 두고 결론을 내렸다.

"늦어도 3월 안으로 결말을 내라. 더 이상 천연할 수는 없다."

"그렇게 해보겠습니다."

물러 나온 두 사람은 그 길로 사카이(堺)에 내려와 바다로 나갔다. 시일이 없었다. 돛을 올린 그들의 배는 순풍을 타고 서쪽으로 뱃길을 재촉했다.


1월 말, 조선.

작년 가을에 시작한 영·호남의 축성공사가 1월 말로 끝났다. 지난 연말 전라도 동복현감(同福縣監)으로 내려온 황진(黃進)은 서울의 모모한 고관들에게 편지를 보냈다.

성만 번듯하다고 국방이 되는 것은 아닙니다. 이를 지킬 군사를 시급히 모집하여 단련해야 합니다.

통신사의 군관으로 일본에 다녀온 후 반드시 전쟁이 일어난다는 것이 그의 주장이었다. 그에게 동조하는 사람들도 없지 않았으나 그들의 목소리는 폭풍에 모기소리 정도에 지나지 않았다. 전쟁은 없다. 임금과 대신으로부터 이름 없는 백성에 이르기까지 오랜 평화가 골수에 배어 전쟁을 생각할 능력을 잃고 있었다.

도대체 무엇 때문에 성을 수축했느냐? 평지풍파를 일으켜 숱한 사람들을 엄동설한에 떨게 한 자들은 용서할 수 없다. 아우성은 그칠 날이 없었다.

이런 판국에 가가호호 청년들을 뽑아 간다면 무슨 일이 일어날지 알 수 없었다. 모병을 주장하는 자가 있다면 대신이고 관원이고 십상팔구 맞아 죽을 것이다. 어차피 있을 것 같지도 않은 전쟁, 공연한 소동으로 인심을 잃을 것이 무엇이냐?
　황진은 일개 군인이다. 무엇을 안다고 떠드느냐? 대신들은 웃어넘기고 병정을 모집하는 일은 입 밖에도 내지 않았다.

## 사라진 왜인들

2월, 일본. 규슈 나고야의 기지 공사가 끝났다.

해동과 더불어 전국의 모든 포구를 발진한 배들은 인원과 물자를 싣고 서쪽 나고야를 향해 파도와 싸우며 밤낮을 가리지 않고 물길을 재촉했다.

뭍에서도 가족들과 헤어진 병사들은 장교들의 지휘 하에 깃발을 바람에 나부끼고 서쪽 방향으로 행진을 계속하였다. 살아서 다시 고국 땅을 밟기는 틀렸다. 그들은 몇 번이고 정든 산과 들을 돌아보고 소리 없는 탄식을 되풀이했다.

"아이고 내 팔자야."

같은 2월, 조선.

늙고 병든 경상우병사(慶尙右兵使) 조대곤(曺大坤)을 갈기로 합의를 보았다.

"이일(李鎰)을 보내는 것이 좋겠습니다."

좌의정 류성룡이 어전에 아뢰었으나 병조판서 홍여순(洪汝諄)이 반대하고 나섰다.

"일은 북에서 터질지 남에서 터질지 누가 알겠습니까? 명장은 서울에 있다가 어명을 받들고 일이 터지는 고장으로 직행해야 합니다."

이일은 신립과 더불어 나라의 명장으로 꼽히는 인물이었다. 그도 북방 두만강변에서 여진족을 물리치고 오랫동안 북병사(北兵使)로 국경을 수비한 장수였다. 듣고만 있던 임금이 홍여순에게 동조했다.

"옳은 말이오. 경상우병사의 후임은 김성일을 보내시오."

신하들은 놀라 서로 마주 보고 류성룡이 다시 아뢰었다.

"전하, 김성일은 문관이올시다. 글을 하는 선비지 군사들을 다스리는 장수가 아닙니다."

그러나 임금은 듣지 않았다.

"전쟁을 한다면 장수가 가야 하겠지요. 허나, 전쟁은 없을 것이니 김성일 같은 선비가 가서 무식한 것들을 깨우치고 기강을 바로잡는 것도 좋지 않겠소?"

일본에 다녀온 후 승진을 거듭하여 얼마 전 형조참의(刑曹參議)에 오른 김성일. 글을 잘하는 것은 사실이었으나 병마사는 아무래도 호수가 맞지 않는 인사였다.

"참으로 시의적절하신 조치올시다."

홍여순의 대답에 다른 사람들은 할 말이 없었다. 평온한 이때에 무지막지한 병정들에게 글을 가르치고 사람의 도리를 깨우치게 한다면 그것도 좋은 일이었다.

이어서 임금이 물었다.

"영·호남의 성들을 수축했는데 앉아서 보고만 받을 것이 아니라 현지에 장수들을 보내 잘되고 못된 것을 살펴보아야 하지 않겠소?"
홍여순이 엎드렸다.
"그렇습니다. 다만 경상도는 앞서 신도 가보았습니다마는 감사 김수(金睟)가 근로(勤勞)해서 흠잡을 데 없이 완벽하게 만들어 놓았습니다. 그런즉 경상도는 구태여 볼 것이 없고, 차제에 호남과 아울러 경기·황해·충청도를 살피는 것이 좋겠습니다."
"그렇게 하오."
한동안 김수의 뛰어난 업적을 찬양한 끝에 홍여순이 또 아뢰었다.
"근자에 들은즉 군영의 기강이 해이해서 창과 칼, 활촉이 녹슬어도 돌보지 않는 경우가 적지 않다고 합니다. 기왕 장수들을 보내는 터이니 무기도 살펴보는 것이 좋겠습니다."
"무기에 녹이 슬어서야 되겠소? 엄중히 살피라고 이르시오."
류성룡이 아뢰었다.
"군사에 관한 이야기가 나왔으니 한 말씀 드릴 것이 있습니다."
"……?"
"우리나라는 국초부터 진관법(鎭管法)을 써오다가 을묘년(乙卯年 : 1555), 전라도에 왜구가 쳐들어왔을 때 제승방략(制勝方略)으로 바뀌었습니다. 신이 생각하기에는 진관법으로 돌아가는 것이 좋겠습니다."
임금은 눈을 껌뻑이다 물었다.
"내 얼른 생각이 안 나서……. 진관법은 어떻게 하는 것이오?"
"가령 신의 고향 경상도로 말씀드리자면 김해, 대구, 상주, 경주, 안동, 진주의 6진이 있습니다. 경상도의 모든 병력은 이 6진에 분속되고, 적이 쳐들어오면 진마다 독립해서 싸울 수 있습니다. 설사 한 진이 떨어지더라도 다음 진들이 차례로 대적할 수 있으니 한 군데가 무너졌다고 경상도 전체가 일시에 무너지는 일은 없습니다."

"알아듣겠소. 제승방략은 어떤 것이오?"

"진관에 상관없이 대병력을 한군데 집결하고 중앙에서 장수들이 내려오기를 기다립니다. 장수들이 내려온 후에 이들의 지휘하에 비로소 싸움을 시작하는 것입니다. 장수 없는 군대가 먼저 들판에 모여 1천 리 밖에서 장수가 오기를 기다리는 것입니다(無將之軍 先聚於原野之中 以待將帥於千里之外). 급하지 않을 때는 그것도 무방하겠습니다마는 불시에 적이 쳐들어온다면 군사들은 놀라 흩어질 것이고, 한번 흩어진 군사들을 다시 모으기는 어려울 것입니다. 이런 때에 장수가 도착한들 어떻게 싸울 수 있겠습니까. 이것이 제승방략이올시다."

임금은 고개를 끄덕였다.

"옳은 생각이오. 그러나 고을에 알려 공론을 들은 연후에 결정하는 것이 좋겠소."

각도 감사에게 의견을 물었다. 찬반양론이 있는 가운데 성을 잘 수축해서 임금의 신임이 두터운 경상감사 김수는 반대였다.

"제승방략을 시행한 지 근 40년인데 갑자기 고치는 것은 옳지 못한 일입니다."

임금이 단을 내렸다.

"김수의 생각이 그렇다면 고치지 않는 것이 좋겠소."

당장 전쟁이 있을 것도 아니고, 진관법이나 제승방략이나 일장일단이 있는데 구태여 어느 쪽을 고집할 것은 없지 않으냐 – 의논은 이렇게 돌아갔다.

2월 중순, 동래.

부사 송상현(宋象賢)은 아무리 생각해도 알 수 없는 일이었다. 작년

8월 부임해서 제일 먼저 한 것이 쓰시마로 보낼 콩과 쌀을 모으는 일이었다. 세사미(歲賜米)라고 해서 옛날에는 해마다 2백 섬씩 주던 것을 도중에 반감하여 근년에는 1백 섬씩 주기로 되어 있었다. 그런데 그들은 이것을 받으러 오지 않았다.

세견선(歲遣船)이라고 하여 일 년에 무역선 25척, 그 밖에 특송선(特送船)이라는 이름으로 일이 있을 때마다 몇 척씩 오기로 되어 있었으나 이것도 오지 않았다.

더구나 해괴한 것은 부산의 왜관에는 언제나 일본 사람 수십 명이 들끓었는데 알게 모르게 빠져나가더니 새해에 들어서는 한 명도 남지 않고 왜관은 텅 비어 버렸다.

새봄에 쳐들어온다고 하더니 무슨 내막이 있는 것은 아닐까? 서울에 알렸더니 간단한 회답이 왔다.

조정에서 저들의 요구를 딱 잘라 거절한지라 우리의 위세에 눌려 겁을 먹고 물러갔으리라. 귀찮은 것들이 내왕을 끊었다니 차라리 잘된 일이다. 걱정할 것은 없다.

그렇게 생각할 수도 있었으나 어쩐지 마음에 걸렸다. 과연 이 봄을 무사히 넘길 수 있을까?

그런데 간밤에 예고도 없이 쓰시마 도주의 사신이 특송선을 타고 와서 동래부사를 만나자고 했다. 부산첨사(僉使) 정발(鄭撥)의 전갈을 받은 송상현은 동헌의 마당 한구석, 움이 트는 오동나무를 바라보면서 부임 이후 처음으로 대할 일본 사신을 기다렸다.

느닷없이 나타나는 사신, 예감이 좋지 않았다.

"영감, 안녕하십니까?"

정발 자신이 문으로 들어섰다. 여간해서는 자리를 뜨지 않는 그가 직접 20리 길을 왔다는 것은 전례가 드문 일이었다. 더구나 부산첨사는 같은 종3품인데다가 정발은 18세 연상이었다.

"어서 들어오십시오. 저는 왜인이 오는 줄만 알고."

송상현은 일어서 맞아들였다.

"왜인은 바깥채에서 기다리고 있습니다. 저야 일개 무부(武夫)에 불과한 것이 무엇을 알겠습니까마는 사신의 이야기를 들으니 일이 심상치 않습니다. 영감의 말씀도 들을 겸 함께 왔습지요."

"무슨 일인데요?"

"전쟁이 터질 모양입니다."

"전쟁?"

"하여튼 직접 들어 보시지요."

송상현은 의관을 갖추고 밖에 나가 쓰시마 사람을 맞아들였다.

"평조익(平調益 : 다이라 시게마스)이라고 합니다."

풍신이 좋은 40대 사나이는 조선말도 잘하고 인사성도 밝았다.

"평조익이라……. 평조신(平調信 : 야나가와 시게노부) 어른과는 어떻게 되시나요?"

"사촌입니다."

"하아 그러시군요. 모두들 무고하시고?"

"네. 간밤에 첨사 어른께는 말씀드렸습니다마는 하도 급해서 편지도 못 가지고 왔습니다. 도주께서 급히 가서 고하라는 바람에 정신없이 온 것이지요."

사나이는 두 손을 비볐다.

"말씀하시지요."

"지금 일본에서는 30만 군대가 쓰시마 저편 나고야라는 고장에 모여

들고 있습니다. 3월 1일을 기해서 바다를 건너온다는 것을 저희 도주가 극력 말려 3월 말일까지 연기를 했습니다."

"웅―."

송상현은 저도 모르게 신음소리가 나왔다.

"조선에서 급히 조치를 취하지 않으면 참변이 일어납니다."

다이라 시게마스는 긴장된 얼굴로 송상현을 쳐다보았다.

"어떻게 하면 전쟁을 피할 수 있겠소이까?"

"관백은 이 전쟁에 전심하기 위해서 생질에게 자리를 물려주고 지금은 태합(太閤)이라고 부릅니다. 태합에게 사신을 보내 명나라에 조공을 바치는 길을 열어 주시겠다고 하시지요. 부사께서 가신다면 제가 인도해 드리겠습니다……."

"가만, 순서대로 얘기합시다. 그렇게 하면 일본군은 안 올라온다는 말씀인가요?"

"지금 와서는 이미 때가 늦었고, 어차피 군대는 올라오게 됩니다. 그러나 조선과는 전쟁이 없을 것이고 피차 피를 흘리지 않을 것입니다."

"그 다음에는 어떻게 되는 것이지요?"

"압록강까지 가도록 명나라에서 조공을 받아 주지 않으면 명나라를 들이칠 것입니다."

"……."

"그러니 조선에서는 태합에게 사신을 보내는 동시에 명나라에도 급사를 보내 주십시오. 그래야 전쟁을 막고, 많은 생명도 구할 수 있겠습니다."

이야기를 들으니 남의 땅을 자기 집 안방 드나들 듯이 하겠다는 속셈이었다. 그러나 중대한 사태를 피부로 느낀 송상현은 감정을 나타내지 않았다.

"일부러 이렇게 알려 주시니 고맙기 이를 데 없습니다. 아시다시피 이것은 지방관이 뜻대로 처결할 수 있는 일이 아닙니다. 조정에 고해서 하회를 기다려야겠습니다."

"시일이 촉박하니 급히 아뢰어 회답을 받아 주십시오."

다이라 시게마스는 초조한 눈치였다.

"그렇게 합시다."

"저는 부산 왜관으로 돌아가 기다리고 있겠습니다."

시게마스가 일어섰으나 송상현은 시종 말없이 앉아 있던 정발과 속삭이고 나서 만류했다.

"귀한 손님을 거저 보내서야 쓰겠습니까? 점심이라도 같이 드십시다."

그는 시게마스를 객관에 모셔 놓고 돌아왔다.

"첨사 어른의 생각은 어떠신가요?"

과묵한 정발은 오래도록 생각하고 나서 천천히 대답했다.

"왜인들이라고 할 일이 없어 저렇게 달려오겠습니까? 사실일 것입니다."

"저도 그렇게 생각합니다. 아무 마련도 없는데 전쟁이 터지면 무슨 수로 감당하지요?"

"조정에서도 생각이 있겠지요."

정발은 담담하게 대답했다.

송상현은 사령을 불러 점심을 준비하라 이르고 붓을 들어 장계를 써 내려갔다.

그는 일생을 무인으로 변방을 돌아다닌 정발과는 달리 생각이 많았다. 조정에도 있어 보았고, 지금 국정을 요리하는 사람들도 잘 알고 있었다. 돌아올 대답은 보지 않아도 짐작이 갔으나 올리지 않을 수 없는 장계였다.
　초안이 끝나자 붓을 놓고 정발에게 읽어 주고 의견을 물었다.
　"오늘 있은 대화를 그대로 적었습니다. 혹시 빠뜨린 것은 없는지요?"
　"빠뜨린 것은 없습니다마는."
　"마음에 있는 대로 말씀해 주시지요. 아무래도 이 장계는 영감과 저의 연명으로 올리는 것이 좋겠습니다."
　"그러시다면 한마디 넣어 주시오. 전쟁은 피치 못할 것 같다고 말입니다."
　송상현은 한 줄 더 써넣고 봉했다. 급히 서울로 보내고 두 사람은 객관으로 나와 다이라 시게마스와 함께 점심상을 받았다.
　"조선의 태도가 달라졌다기에 걱정했는데 이처럼 융숭한 대접을 해 주시니 감사합니다."
　시게마스는 술과 음식을 들면서 정말 감사하는 것이 역력했다. 수하 사람들이 알아서 성찬을 갖춘 것도 사실이었다.
　송상현은 일본의 실정을 캐어묻고 시게마스는 서슴없이 대답하고는 끝에 가서 이런 말도 했다.
　"우리는 피로 말하면 일본 사람들입니다마는 조선의 은혜로 살아 가는 백성이올시다. 그 은혜를 잊지 못해 이렇게 와서 알리는 것이니 허튼 소리라고 웃어넘기지 말아 주십시오."
　점심이 끝나자 송상현은 자기가 타는 말을 끌어내다 그를 태워 정발과 함께 부산으로 보냈다.

　날마다 손꼽아 기다렸으나 2월이 다 가도록 서울에서는 소식이 없었다.
　"도주께서 학수고대하고 있으니 가봐야겠습니다."

2권 전쟁의 설계도　183

다이라 시게마스가 찾아와서 하직인사를 했다.

"회답도 안 받고 가시나요?"

송상현은 말릴 수도 없고 난처했다.

"사정만 허락하면 다시 오겠습니다."

"부디 그렇게 해주시오. 다음에 오시면 조정의 회답이 기다리고 있을 것입니다."

그는 문밖 멀리까지 다이라 시게마스를 전송했다.

# 군사 검열

3월, 조선.

대장 신립은 경기도와 황해도, 이일은 충청도와 전라도, 2월 말 서울을 떠나 3월 한 달 동안 군사 검열을 실시하였다.

오랫동안 두만강변 여진족을 상대하여 온 두 장수는 성에 대해서는 말이 없고 무기와 인원을 주로 보았다. 그들의 머리에는 야전(野戰)이 있을 뿐 성의 공방전은 안중에 없었다.

"이 활촉에 녹이 슬었구나!"

호령이 한번 떨어지면 결코 무사할 수 없었다. 책임 군관은 끌려 나와 볼기를 맞거나 운수가 불길하면 목이 떨어지는 경우도 드물지 않았다.

고을마다 무기에는 정수가 있고 병정에는 정원이 있었다.

무기의 숫자는 별로 걱정할 것이 없었다. 북방의 여진족과 남방의 왜구들이 가끔 소동을 부렸으나 변경의 일시적인 분란에 지나지 않았고,

평화는 2백 년 계속되었다. 조상 대대로 내려오는 무기가 있고 작년 가을에서 겨울까지 백성들을 독려해서 만들어 놓은 활과 활촉, 갑옷과 투구가 즐비했다. 그래도 부족한 것은 야장들을 동원해서 두드려 맞추면 되었다.

문제는 병정의 숫자였다.

"병정으로 나갈 것이냐, 군포(軍布)를 바칠 것이냐?"

어쩔 수 없는 빈민을 제외하고는 베나 광목을 군포로 바치고 병정에는 나가지 않았다. 오랜 평화 속에 쓸데없는 병정을 모아다 밥을 먹이는 것보다 군포를 받아들이는 것이 실속이 있는지라 나라에서도 환영했다.

물물교환 시대에 베나 광목은 무엇이나 바꿀 수 있는 화폐였다. 관원들은, 병정은 될수록 나오지 않도록, 군포는 될수록 많은 사람들이 바치도록 권장했다.

그러나 어떻게 된 영문인지 법도상 병정의 정수는 줄어들지 않았다. 자연히 병정은 문서상으로만 있고 실제는 없었다.

검열에는 문서와 실제가 맞아야 했다. 관원들은 이 동네 저 동네 돌아다니면서 농민들을 휘몰아다 늘어세웠다.

그래도 모자라면 이웃 고을에서 빌려 오고, 그쪽이 모자라면 이쪽에서 빌려 주었다.

검열은 엄격하였다.

특히 신립은 임금의 신임이 두터울 뿐더러 상하가 모두 나라의 기둥으로 우러러보는 명장이었다. 그가 있는 한 걱정할 것이 없었다. 일본이 쳐들어올 리도 없겠지마는 설사 쳐들어와도 귀신같이 막아 낼 것이었다.

그 위에 그는 임금이 총애하는 인빈(仁嬪) 김씨의 소생 신성군(信城君)의 장인이었다. 임금의 눈치로 보아 그 신성군은 세자로 책봉되어 장차 나라님이 되리라는 것이 중론이었다.

자연히 신립의 권세는 세상에 덮을 자가 없었다.

그가 가는 곳마다 지방관도 떨고 백성들도 떨었다. 권세가 대단한 데다 불같은 성미로 사소한 잘못에도 용서가 없었다. 좋게 말하는 사람들은 법대로 시행하는 엄숙한 장수라 하고, 나쁘게 말하는 사람들은 잔인하다, 혹은 포악하다고 뒷공론이 적지 않았다.

지방관들은 백성을 동원하여 길을 닦고 진수성찬으로 그를 맞이하니 대신의 행차도 무색할 지경이었다. 그러나 그의 눈으로는 성에 차는 일이 드물었다. 가는 고을마다 군법을 시행하여 한두 사람은 목이 잘리게 마련이었다.

같은 3월, 일본.

총 동원병력 28만 1천8백 명 중 제1선 전투부대 15만 8천7백 명은 2월 말로 나고야에 집결을 완료하였다.

쓰시마까지 와서 기다리던 고니시 유키나가는 다이라 시게마스의 보고를 받았다.

"알 수 없는 것이 조선 조정의 속셈입니다."

"하여튼 더 두고 보자."

유키나가는 쓰시마에서 양성한 통역 수십 명을 거느리고 급히 나고야로 돌아왔다. 그대로 쓰시마에서 시일을 보내다가는 본토에서 무슨 일이 벌어질지 알 수 없었다. 그중에서도 항상 자기를 '약장수'라고 빈정거리는 가토 기요마사가 어떻게 나올지 안심이 안 되었다.

"조선에서는 무슨 일이든지 결정하는 데 시일이 걸립니다. 3월 말까지는 좋은 소식이 있을 것입니다."

그는 교토에 있는 히데요시에게 사람을 보내 중간보고를 하고 쓰시마에서 데리고 온 통역들을 장수들에게 배정하였다.

일선부대의 지휘관에게는 한 명 내지 2명, 히데요시 정권의 장관격인 봉행(奉行 : 부교)들에게는 3명 내지 4명씩 돌아갔다. 통역은 도합 55명. 그중 고니시 유키나가와 함께 제일 먼저 조선에 상륙할 쓰시마의 소 요시토시는 10명의 통역을 거느리게 되었다.

이 밖에 연전에 다치바나 야스히로(橘康廣)가 부산에서 몰래 끌고 온 조선 사람 5명이 있었다. 이들은 특히 중요한 인물들에게 배정하였다.

고니시 유키나가(小西行長) 이 통사(李通事)
이시다 미쓰나리(石田三成) 박 통사
오타니 요시쓰구(大谷吉繼) 은 통사
마시타 나가모리(增田長盛) 김 통사

미쓰나리, 요시쓰구, 나가모리는 모두 히데요시 정권의 장관으로 고니시 유키나가의 친구들이었다. 이들에게는 이미 쓰시마 사람이 2명 내지 3명씩 배정되었으나 특히 조선 사람을 한 명씩 더 주었다.

나머지 한 명, 박 통사는 히데요시의 신임이 두터운 중 안코쿠지 에케이(安國寺 惠瓊)에게 주었다. 히데요시가 집권하는 데 공이 있는지라 중이면서도 시코쿠(四國)에 6만 섬의 봉토를 받아 제후가 되었고, 이번 전쟁에도 출전하였다. 그도 고니시 유키나가와 가까운 사이였다.

이렇게 배정된 데는 연유가 있었다. 유키나가가 이들을 이끌고 쓰시마를 떠나는 전날 밤이었다.

"말씀드릴 일이 있습니다."

5명이 한꺼번에 그의 숙소로 찾아와서 제일 연장인 이 통사가 대표로 말문을 열었다. 쓰시마로 건너온 지 5년, 일본말은 유창했으나 여전히 조선옷에 갓을 쓰고 있었다.

"말씀해 보시오."

유키나가는 핏발이 선 그들의 눈초리에 긴장했다.

"저희들은 비록 본국에서 햇빛을 보지 못하는 처지라도 역시 조선 백성이올시다."

"……."

이 통사는 반백의 수염을 움씰하고 계속했다.

"두 나라의 친선에 보탬이 된다고 해서 여태까지 조선말을 가르쳐 왔습니다. 그러나 지금 와서 보니 고국을 침범하는 적의 통역을 기른 결과가 되었습니다."

"……."

유키나가는 할 말이 없었다. 이들에게는 사실을 말하지 않았었다.

"이것은 나라에 대한 반역이올시다."

"……."

"그 위에 또 저희들을 앞장서라고 하시니 이것은 차마 못할 노릇입니다."

"……."

"차라리 저희들의 목을 치고 가시지요."

이들은 밥만 먹으면 되는 사람들이 아니었다. 글줄이나 했고, 명분이 필요한 사람이었다. 생각 중인데 이 통사가 물었다.

"도노사마(殿樣 : 유키나가)께서는 천주님을 아주 버리셨나요?"

그렇지. 이들은 천주교 신자였다. 소 요시토시에게 출가하여 온 딸 마리아로부터 들은 일이 있었다.

"버리지 않았소. 나는 여전히 당신들과 같은 교우요."

그의 분명한 대답에 긴장되었던 이 통사의 얼굴이 누그러졌다.

"그러시다면 터놓고 말씀드릴 수 있겠습니다. 어찌하여 주님을 거역하는 이런 전쟁에 반대하지 않고 앞장을 서시지요?"

"나 혼자 반대한다고 이 전쟁이 막아지겠소?"

이 통사는 대답을 못하고 유키나가는 말을 이었다.

"반대하다가 값없이 죽는 것보다는 평화를 위해서 계속 노력하는 것이 주님의 뜻에 부합될 것이오."

"전쟁은 이미 터지게 되었는데 무엇을 계속 노력하시지요?"

"하루 속히 끝장을 내도록 노력하는 것이오."

"……."

"당신들이 안 간다고 해칠 생각은 없소. 그러나 나가서 원통한 죽음을 하나라도 구하는 것이 옳지 않겠소?"

"옳은 말씀입니다마는 일개 통역으로 붙어 다니는 우리들에게 그런 힘이 있겠습니까?"

"나도 아까부터 생각을 많이 했소. 우선 이 통사는 나하고 같이 갑시다. 그리고 나머지 분들은 내 친구들과 행동을 같이하도록 하지요. 전쟁에 나가면 이들은 다 같이 생사여탈의 권한을 가진 장수들이오. 마음이 통하면 그런 권한을 빌려 죽는 사람을 살릴 수도 있을 것이오."

"……."

"당신네는 일본 사람이라면 모두 전쟁에 찬동하는 줄 알지마는 그렇지 않소. 힘이 부족해서 말을 못했다 뿐이지 반대하는 사람들이 태반이오. 내 친구들도 그런 사람들이니 함께 다니면서 안으로부터 화평의 기운을 북돋는 것도 뜻이 있는 일이 아니겠소?"

조선 사람들은 옆방에 나가 자기들끼리 의논하고 돌아왔다.

"도노사마의 말씀을 믿고 나가기로 하지요."

이리하여 그들도 나고야로 건너왔었다.

3월 4일. 가토 기요마사의 진영이 웅성거렸다. 배를 타고 바다를 건너간다고 했다. 고니시 유키나가는 달려갔다.

"여보시오. 태합께서 3월 말까지는 동병하지 말라고 하시지 않았소?"

유키나가의 항의에 기요마사는 그를 아래위로 훑어보고 내뱉었다.

"이 약장수가!"

"약장수라니?"

"너 재간을 부리고 있지?"

"재간을 부린다?"

"죽는 것이 두려워 요 핑계 조 핑계 하지마는 세상이 네 뜻대로 될 줄 알아?"

"말이면 다 하는 줄 알아?"

"3월 말까지 조선에 들어가면 안 된다고 했지, 쓰시마에 건너가는 것까지 안 된다고 누가 그랬어?"

이것은 억지는 아니었다. 그러나 유키나가도 할 말이 있었다.

"이봐. 태합의 지시에 제1군부터 차례로 바다를 건너라고 했는데 왜 제2군부터 설치는 거야?"

"허, 제1군이 비겁해서 오금을 못 펴니 제2군이라도 먼저 나갈 수밖에."

"비겁?"

"너 같은 겁쟁이부터 처치해야겠다."

기요마사가 칼을 빼려는 것을 주위에서 뜯어말리고 유키나가도 사람들에게 끌려 자기 진영으로 돌아왔다.

날씨가 흐리고 파도가 심했으나 기요마사는 부득부득 부하들을 이끌고 바다로 나갔다.

이렇게 되니 선봉을 맡은 유키나가도 그냥 있을 수 없었다. 휘하에 동원을 명하고 바다에 나가 배에 올랐다.

기요마사의 선단과 앞서거니 뒤서거니 앞길을 재촉했으나 파도가 하도 높아 몇 번이고 죽을 고비를 넘겼다.

도중 이키에서 여러 날 순풍을 기다린 끝에 3월 12일에야 쓰시마의 후추(府中:嚴原)에 상륙하였다.

기요마사의 부대도 그 선봉이 같은 시기에 당도하니 좁은 섬은 일시에 4만여 명의 인원과 많은 군마로 들끓었다.

쓰시마는 들이 없고 산투성이였다.

병정들은 봉우리와 골짜기에 흩어져 꿩이며 토끼를 쫓아다니는가 하면 어느 집이고 닥치는 대로 들어가 닭이고 개고 마구 잡아먹었다.

며칠이 지나자 쓰시마에는 새벽이 와도 닭의 울음소리가 들리지 않고, 사람이 지나가도 개 짖는 소리를 들을 수 없었다.

13일. 교토에서 고니시 유키나가의 보고에 접한 도요토미 히데요시는 나고야에 급사를 보내 전군에 진격명령을 내렸다.

"고니시 유키나가의 교섭은 믿을 것이 못 되고 될 것 같지도 않다. 모든 부대는 서차에 따라 바다를 건너라."

하순. 히데요시의 명령이 나고야 현지에 전달되었다.

육지에서는 수십만 명의 인원이 웅성거리고 바다에서는 1천여 척의 배들이 줄을 이어 나고야와 쓰시마 사이를 내왕하며 이들을 실어 날랐다.

쓰시마 후추.

"조선에 가서 회답을 받아 오너라."

고니시 유키나가와 소 요시토시의 지시를 받은 다이라 시게마스는 돛을 올리고 부산으로 떠나갔다.

26일, 교토.

히데요시는 생질 히데쓰구를 불러 앉혔다.

"오늘로 이 주라쿠다이를 너에게 넘기고 나는 전쟁에 나간다."

"하아."

"이제부터 내 가족은 오사카 성으로 옮긴다."

"하아."

"너는 나라를 다스리는 관백이다. 언동을 조심하고, 여색을 삼가고, 물자를 아끼고, 신불(神佛)을 공경하고……."

내리 엮다 보니 히데쓰구는 하품을 깨물고 있었다. 정이 떨어진 히데요시는 일어서 시녀들이 받쳐 든 비단 전포(戰袍)에 두 팔을 꿰고 전립(戰笠)을 쓴 다음 끈을 죄어 맸다.

"나는 간다."

칼을 차고 활까지 둘러멘 히데요시는 밖에 나와 대령하고 있던 말에 올라탔다.

그 길로 그는 궁성으로 말을 달렸다.

오늘의 장관을 보려고 천황(後陽成 天皇)과 상황(正親町 上皇)은 궁문 다락에 평상(平床)을 만들어 놓고 거기 앉아 기다리고 있었다.

히데요시는 두 사람 앞에 큰 소리로 출전보고를 하고 격려의 술을 한 잔씩 받아 마신 다음, 밑으로 내려와 다시 말에 올랐다.

온 교토의 시민들이 쏟아져 나와 구경하는 가운데 보기(步騎) 3만 명의 호위를 거느린 히데요시의 행렬은 악대의 선도를 받으며 요란한 행진을 계속하다가 차츰 속도를 더하여 남으로 사라져 갔다.

오사카를 거쳐 나고야로 간다고 했다.

## 쓰시마를 탓하지 말라

4월, 조선.

남산과 인왕산, 자하골과 북한산. 진달래가 만발한 시냇가에는 수십, 수백 명씩 청년들이 어울려 술판이 벌어졌다. 술이 취하면 북을 치며 굿을 하고, 춤을 추고, 때로는 대성통곡을 하다가도 합창하듯 알 수 없는 무당의 축원을 외쳤다.

  영정(迎淨) 가망에 부정(不淨) 가망
  들니도 영정에 날니도 부정에
  외상문(外喪門) 부정에 내상문 부정에
  말 잡아 대마(大馬) 부정
  소 잡아 우마 부정
  (……)

아침부터 밤늦게까지, 때로는 밤을 새워 가면서 광란은 멈추지 않았다.
그런가 하면 이 봄에 유행하기 시작한 민요를 부르며 손뼉을 치고 돌아갔다.

이 팔자(此八字)
저 팔자(彼八字)
×할 팔자(打八字)
지린내 나는 봉사(自利奉事)
고린내 나는 첨정(高利僉正)[5]
(……)
(《선조실록》)

정체를 가늠할 수 없는 이 광란극을 세상에서는 등등곡(登登曲)이라고 불렀다.

패거리마다 두목이 있었다. 두목은 난봉꾼으로 이름난 정효성(鄭孝誠), 백진민(白震民) 등 30여 명의 명문거족의 자식들이었다. 누구 하나 손을 대는 사람이 없었고, 감히 댈 엄두도 못 냈다.

덩달아 백성들도 놀아났다. 《정감록》을 보면 오래지 않아 세상은 망한다고 했다. 전국 어디서나, 산과 들에서는 백성들이 술을 마시고 춤과 노래(高歌醉舞)로 하루해가 기우는 줄을 몰랐다.

1일, 서울.

고을의 군사 검열을 마치고 서울로 돌아온 대장 신립은 임금에게 보고하고 좌의정 류성룡을 찾아 인사를 드렸다.

"그동안 수고가 많았소이다."

대문까지 마중 나온 류성룡은 사랑채에 맞아들여 술상을 마주하고 앉았다.

우람한 체구의 신립은 검게 탄 얼굴에 미소를 잃지 않고 권하는 술을 받아 마셨다.

"이번에 돌아보신 결과는 어떻습디까?"

류성룡이 묻자 신립은 간단히 대답했다.

"쓸 만합디다."

"일본이 쳐들어온다고 큰소리를 쳤는데 그것을 믿을 사람은 없지요. 그러나 만에 하나라도 쳐들어온다면 장군이 앞장서 막아 내야 할 터인데 괜찮을까요?"

"걱정할 것이 못 됩니다."

"일본에는 조총이라는 것이 있다는데······."

신립은 잔을 비우고 안주를 집으면서 가볍게 넘겼다.

"조총이라는 것이 있다고 합시다. 쏜다고 다 맞겠습니까?"

그는 자신만만했다.

일찍이 북방 두만강 연변에서 여진족의 침입을 물리쳐 나라를 보전한 명장, 류성룡은 그가 믿음직했다.

6일, 부산.

"왜놈들이 또 허튼수작이다. 상종도 하지 말라는데 무엇 때문에 쫓아 보내지 않고 꾸물거리는 것이냐?"

수영(水營)으로 경상좌수사 박홍(朴泓)을 찾은 첨사 정발(鄭撥)은 불같은 호령에 말머리를 돌려 부산으로 달렸다.

지난 2월에 왔던 쓰시마의 다이라 시게마스(平調益)가 간밤에 다시 와서 회답을 달라고 했다. 당시 정발은 동래부사 송상현(宋象賢)과 합동으로 조정에 장계를 올렸으나 여태 소식이 없었다. 고향에 갔다 돌아온 박홍은 자기의 허락 없이 장계가 다 무어냐고 호통이었고, 왜놈들은 상종도 하지 말라고 다짐했었다.

정발은 말을 달리면서 생각을 달리해 보았다.

저들의 사신이 내왕하고, 이쪽 사신도 다녀오고, 조정에서는 일본 사정을 소상히 알고 있을 것이다. 허튼소리로 치부하는 데는 그만한 연유가 있을 것이고 지난번에 올린 장계에 회답이 없는 것도 까닭이 있는 것이 아닐까. 그러나 가슴은 여전히 개운치 않았다.

그는 부산에 돌아오는 길로 왜관에 들렀다.

"일개 변장(邊將)인 나로서는 할 말이 없소이다."

텅 빈 집에서 동행 5, 6명과 하룻밤을 지낸 다이라 시게마스는 옷을 차려입고 기다리고 있었다.

"경상감사를 뵙게 해주시오."

"안 되지요."

"동래부사는 말이 통하는 분이더군요. 그분이라도 좋습니다."

"그것도 안 되겠습니다."

다이라 시게마스는 잠자코 선창에 나가 배에 올랐다.

"무슨 참변이 일어나더라도 우리 쓰시마를 탓하지는 말아 주시오."

그는 배에 돛을 올리고 바다로 나갔다.

같은 4월, 일본.

전국의 농촌과 어촌은 전에 없이 부산하게 돌아갔다. 남녀노소는 동이 트기 전에 일어나 동네 신사(神社)로 달려가서 손뼉을 치는 일로 하루 일과가 시작되었다.

"전쟁에 나간 우리집 산스케(三助)가 죽지 않고 병신도 되지 않도록 지켜 주소서."

간혹 전쟁과는 무관한 집이 있어도 편치 못하기는 매일반이었다. 전쟁에 나간 사람들의 몫까지 밭을 갈고 고기를 잡아야 했다.

그것으로 그치지 않았다. 육지에서는 군량미를 지어 날라야 하고, 바다에서는 이것을 실은 배들을 몰고 멀리 서쪽 나고야까지 가야 했다.

"죽을 지경이다."

고달픈 백성들은 신세를 한탄했으나 신불도 이들의 호소를 들어줄 귀는 없었다.

2일, 쓰시마.

고니시 유키나가는 오우라(大浦)에 진을 치고 쓰시마 도주 소 요시토시는 와니우라(鰐浦)에 진을 치고, 바다를 건널 준비에 바빴다.

유키나가는 소 요시토시를 불러다 놓고 포구를 메운 숱한 배들을 가리키고, 이어서 산과 들을 온통 뒤덮고 웅성거리는 병정들을 돌아보았다.

"알았지? 무슨 수를 써서라도 우리가 먼저 바다를 건너야 한다. 먼저 가서 우리가 조선 대표와 만나야지 기요마사가 앞질러가서 만나면 큰 탈이 난다. 여태까지의 행적이 탄로 날 것이고, 우리는 태합의 손에 죽을 것이다."

"모두가 평화를 위한 노력이었는데 천주님은 알아주실 것입니다."

젊은 소 요시토시가 한마디 했으나 유키나가는 바다에서 눈을 떼지 않고 계속했다.

"그것은 모르겠고, 지금 필요한 것은 배다. 될수록 많은 배를 끌어모아라. 기요마사의 배를 뺏어도 좋다."

"기요마사는 후속 부대가 제때에 오지 않아 안달입니다. 풍랑 때문에 일부는 이키에서 지체하고 일부는 나고야를 떠나지 못했답니다."

"주님이 도우신 게다. 하여튼 방심 말고 배를 끌어모아라."

선창에서 왁자지껄 병정들이 떠들썩했다.

"이 쓰시마의 꼴뚜기 새끼들아!"

본토에서 온 유키나가의 병정들과 소 요시토시의 쓰시마 병정들 사이에 편싸움이 벌어졌다.

"허, 배때기는 부르고 할 일은 없고 날마다 저 지랄이라……."

유키나가가 푸념을 하자 소 요시토시가 칼을 빼어 들고 내달았다.

"저에게 맡기십시오."

그는 맞붙어 싸우는 병정들 가운데서 본토 병정과 쓰시마 병정 한 명씩 끌어내다 목을 쳤다.

"이래도 싸울 것이냐!"

병정들은 흩어져 도망쳤다.

7일.

조선에 건너갔던 다이라 시게마스가 돌아왔다.

"역시 헛수고였습니다."

엎드린 다이라 시게마스를 오래도록 바라보던 유키나가가 물었다.

"부산의 방비는 어떻더냐?"

"방비랄 것은 아무것도 없습니다."

"지난 2월에 비해서 달라진 것은 없더냐?"

"없습니다."

"알았다."

"맡은 일을 제대로 하지 못하고 돌아와서 죄송합니다."

"어차피 전쟁은 피치 못하게 되었다."

"……."

"싸움을 앞두고 너는 척후로 적정을 살피고 왔다고 생각하면 된다. 푹 쉬고 바다를 건널 때에는 앞장을 서라."

"고맙습니다."

벼락이 떨어질 줄 알았던 다이라 시게마스는 물러 나와 크게 한숨을 쉬었다.

12일(조선력 13일).⁶

오전 8시(辰時). 고니시 유키나가가 지휘하는 일본군의 선봉 1만 8천 7백 명은 마침내 7백여 척의 군선(軍船)에 분승하여 쓰시마의 오우라(大浦)를 떠났다.

쾌청한 날씨에 잔잔한 바다. 유키나가는 멀리 아지랑이 속에 가물거리는 조선의 산들을 바라보고 떠들썩하는 병정들의 이야기에 귀를 기울였다.

"조선놈들은 사람도 아니다."

"짐승이다."

"옛날 몽고놈들과 손을 잡고 쳐들어왔을 때에는 지나는 곳마다 사람의 씨를 말렸다지?"

"우둥불을 피워 놓고 사람을 볶아 먹었단다."

"이제야말로 원수를 갚을 날이 왔다!"

이를 가는 축도 있었다.

"옛날 우리 조상들은 조선에서 크게 망신을 당했다."

도중에 끼어든 젊은 중은 다섯 손가락을 꼽아 계산하고 나서 말을 이었다.

"지금으로부터 9백29년 전이다. 우리 일본은 백제를 구하려고 군함 1백70척에 2만 7천 명의 군사를 보냈다가 백촌강(白村江 : 금강) 하구에서 몰살을 당했단 말이다. 이 수모도 잊어서는 안 된다. 이런 일 저런 일을 합쳐서 곱빼기로 원수를 갚아야 한다."

유키나가는 자기 선실로 돌아와 스님들을 불렀다. 유키나가뿐만 아니라 장수들은 누구나 조선말 통역 외에 종군승(從軍僧)을 몇 사람씩 거느리고 있었다.

현지에서는 필담(筆談)을 하거나 대외적인 문서를 꾸밀 일도 생길 것이고, 그러자면 한문을 아는 사람이 있어야 했다. 그런데 한문으로 글을 쓸 수 있는 사람은 스님들 외에는 천황 측근의 귀족들이 몇 사람 있을 뿐이었다.

귀족을 끌고 올 수는 없고 제후들은 각기 자기 영내의 절간에서 글줄이나 하는 스님들을 끌고 왔다.

글이라고는 별로 아는 것이 없는 히데요시는 원래 이 계획에 반대였다.

"조선이고 명나라고 이로하(일본 가나)를 가르치면 될 것이다. 골치 아픈 한문을 쓸 것은 무엇이냐?"

측근의 이시다 미쓰나리가 머리를 조아렸다.

"지당한 말씀이십니다. 그러나 저들이 이로하를 익힐 때까지는 한문을 쓰지 않을 수 없습니다."

"통역이 있지 않으냐?"

"통역도 모르게 저들과 교섭해야 할 일도 있을 것입니다."

"……."

"그뿐이 아닙니다. 전쟁에 나가면 반드시 죽는 사람이 있게 마련입니다. 장례를 치를 때 경을 욀 스님이 있어야 합니다."

"……."

"또 있습니다. 스님들은 대개 의술에 능합니다. 부상한 자들을 고치자면 스님들이 가야 합니다."

"알아들었다. 스님도 종군하라고 해라."

이리하여 종군승 제도가 생겼는데 고니시 유키나가와 그 휘하의 소 요시토시는 누구보다도 많은 스님을 거느리고 있었다. 전에 사신으로 조선에 다녀온 덴케이(天荊)와 겐소(玄蘇), 산겐(三玄), 그리고 소이쓰(宗逸).

유키나가는 이들과 함께 주먹밥으로 점심을 들면서 말문을 열었다.
"스님들은 대개 조선 사정에 익숙하고, 특히 겐소 스님은 이 전쟁을 막으려고 여러 번 걸음을 하셨습니다. 그러나 전쟁은 터졌고 아마 오늘 안으로 부산에 상륙하면 살상이 시작될 것입니다. 어쩔 수 없이 마음에도 없는 전쟁에 내몰려 죽이고 살리는 놀음에 앞장서게 되었으니 생각할수록 기가 막히는 일입니다. 어떻게 하면 이 어리석은 살상에 끝장을 낼 수 있을 것인지 말씀해 주시오."

스님들이라고 별다른 방책이 있을 리 없고, 침묵이 흐른 끝에 늙은 덴케이가 제의했다.

"무어니 무어니 해도 화평의 문은 항상 열어 놓는 것이 좋겠습니다."

"나도 그 생각을 해왔습니다. 그러나 실지로 어떻게 할 것인지 통 생각이 나지 않는군요."

"방법이야 생각하면 나오겠지요. 어쨌든 만나서 이야기하자고 기회 있을 때마다 적에게 알리는 것이지요."

겐소가 끼어들었다.

"거저 이야기하자고 해서는 우리를 얕볼 염려가 있습니다. 위세도 보일 필요가 있지요."

"두 분이 의논해서 방법을 생각해 주시오."

스님들은 물러가고 유키나가는 다시 갑판에 나왔다.

오후 4시 지나(申尾) 선단의 선봉은 절영도(絶影島 : 영도)를 눈앞에 보면서 부산 포구로 항진을 계속하고 있었다.

## 마침내 전쟁

고니시 유키나가의 일본군 선봉이 쓰시마의 오우라를 떠날 무렵, 부산첨사 정발은 절영도 근해에서 해상훈련을 하고 있었다.
그의 휘하에는 병선(兵船)으로 큰 배(大猛船 : 정원 80명) 한 척, 중간 배(中猛船 : 정원 60명) 2척, 작은 배(小猛船 : 정원 30명) 6척 — 도합 9척이 있었는데 작은 배 중 한 척은 무군선(無軍船)이라 하여 병정들이 타지 않는 예비선이었다. 병력은 모두 3백50명.[7]
작은 배들은 사후선(伺候船 : 척후선)이나 연락선으로 쓰일 뿐 실지 전투에 전함(戰艦)으로 쓸 수 있는 것은 큰 배 한 척과 중간 배 2척을 합해서 3척이었다.
정발은 이들 3척에 병력을 싣고 첫새벽에 바다에 나와 훈련을 시작했다.
배는 쉬지 않고 움직이는 물체였다. 움직이는 물체에서 역시 움직이는 적선의 적병들을 쏘아 맞힌다는 것은 쉬운 일이 아니었다. 한 척을 적선으로 가상하고 그 위에 늘어세운 허수아비들을 활로 쏘는 훈련은 오정까지 계속되었다.

해가 중천에 오르자 절영도에 올라갔다.

어려운 훈련이었으나, 여러 달을 두고 반복한지라 병사들의 솜씨에는 많은 진전이 있었다. 그는 흡족한 마음으로 함께 보리밥덩이를 씹으면서 칭찬했다.

"그만하면 됐다. 이제 날짐승을 쏘아 맞히면 더 바랄 것이 없겠다."

그는 숲에서 날아오르는 장끼와 까투리 한 쌍을 바라보면서 말을 이었다.

"어쩌면 왜구들이 장난을 칠지 모르겠다."

다이라 시게마스가 다녀간 후로 그는 예감이 좋지 못하고, 무슨 일이 일어날 것만 같았다. 조정에서 전쟁은 없다고 하니 큰일은 없겠지만 심통 사나운 자들이라 몇 척 혹은 몇십 척으로 쳐들어와서 분풀이라도 하지 않을까? 정발은 이것이 걱정이었다.

점심을 마치고 한참 쉬고 나서 꿩 사냥을 시작했다. 말들을 방목(放牧)할 뿐 사람이 살지 않는 절영도에는 꿩들이 우글거리고 수십 마리씩 떼를 지어 날아다니는 것도 드문 일이 아니었다.

한쪽에서 창으로 숲을 쑤시고 지나가면 살을 재고 기다리던 병사들은 일제히 활을 당겨 허공에 솟아오르는 꿩들을 쏘았다.

꿩도 많고 쏘아 올리는 살도 많은지라 해가 서쪽 바다로 기울 즈음에는 수십 마리가 잡혔다.

'오늘 저녁에는 병정들을 푸짐하게 먹일 수 있겠다.'

생각하면서 정발은 무심코 남쪽바다에 눈길을 던졌다.

5, 6척의 돛단배들이 다가오고 있었다. 그는 눈을 떼지 않고 바라보

았다.

　조선 배는 아니고 분명히 일본 배였다. 쓰시마에서 오는 세견선(歲遣船 : 무역선)인가 보다. 작년 여름 발을 끊은 후 처음으로 나타나는 세견선, 토라졌던 그들이 생각을 달리한 모양이다.

　그런데 이상한 것은 배에 나부끼는 깃발이었다. 전에는 백기였는데 멀리 세로로 길게 펄럭이는 것은 붉은 색이었다.

　'나도 이제 늙었구나. 눈이 이렇게 아물거리니 저승으로 갈 날도 멀지 않았다.'

　그는 옆에서 방금 활을 당긴 병정의 어깨를 잡았다.

　"너, 저것이 보이느냐?"

　"왜선들이네요."

　병정은 놀란 목소리였다.

　"깃발이 보이느냐?"

　"붉은 깃발이네요."

　자기의 눈에 틀림이 없었다. 붉은 깃발이라면 쓰시마의 세견선은 아니고 분명히 어느 고장의 왜구들일 것이다. 정발은 병정들을 이끌고 바다에 나가 배에 올랐다.

　급히 배들을 일렬횡대로 돌려 전투태세로 전환하고 적선을 향해 돌진하였다.

　배에 탄 사람들의 모습이 완연히 보이기 시작했다. 활에 살을 재고 이쪽을 노려보는 자들이 있는가 하면 몽둥이 같은 것을 어깨에 대고 움직이지 않는 자들도 있었다.

　별안간 콩 볶듯이 천지를 진동하는 소리가 울리고 적선에서는 검은 연기가 송이송이 올랐다. 조약돌을 무더기로 던지듯 물속에 떨어져 숱한 파문을 일으키고 일부는 뱃전에 맞고 튕겼다.

일찍이 듣지 못하던 엄청난 음향에 병사들은 기가 죽고 어쩔 줄을 몰라 했다.
"쏴라!"
정발은 북을 치고 깃발을 흔들며 외쳤다. 병사들은 정신을 가다듬고 저마다 활을 당겼으나 살은 적선 훨씬 못미처 물속으로 사라지곤 했다.
적은 다가들어 연거푸 총을 쏘고 화약 냄새가 사방에 퍼져 코를 찔렀다.
풍문에 듣던 조총이리라. 이쪽에도 그와 비슷한 승자총통이 몇 자루 있었다. 그러나 승자총통은 활보다도 사정거리가 짧은 데다 화약이 귀한지라 오늘 연습에는 가지고 나오지 않았었다.
그런데 적의 이 총통은 화살보다도 몇 배의 거리를 날아왔다.
"저, 저걸 보시오!"
옆에서 활을 겨누던 병정이 떨리는 목소리로 외쳤다.
수평선에 수없는 적선들이 나타났다. 온 바다를 덮을 듯 무수한 돛과 깃발들, 일찍이 상상조차 하지 못한 어마어마한 적선들이 몰려오고 있었다.
이것은 왜구가 아니다. 일본이 전 국력을 기울여 쳐들어오고 있는 것이다.
무엇보다도 급한 것이 이 사실을 고을에 알리고 조정에 알리는 일이었다. 눈앞의 적 사후선 몇 척을 무찌르건 말건, 대세를 좌우할 일이 못되었다.
"배를 돌려라!"
물길에 익숙한 병사들은 재빨리 뱃머리를 돌려 부산 포구로 향했다. 적의 사후선들은 계속 쫓아오면서 총알을 퍼부었으나 활로 대항하면서 후퇴를 거듭하였다. 몇 번이고 전복의 위기를 극복하고 마침내 포구에 당도하자 정발은 외쳤다.

"배들을 가라앉혀라!"

그냥 내리면 배는 적의 수중에 들어갈 것이고, 가라앉히면 적의 상륙에 방해가 될 것이었다.

병사들은 배에 구멍을 뚫고 돌을 처넣으니 배는 순식간에 물속으로 자취를 감췄다.

정발은 병사들을 지휘하여 급히 성내로 달려 들어왔다.

마구간에서 말을 있는 대로 끌어내어 병사들에게 배정하고 일렀다.

"전쟁이다. 너희들이 본 대로 가서 고해라."

편지를 쓸 겨를이 없었다. 직속상관인 경상좌수사 박홍을 비롯하여 두모포(豆毛浦), 다대포(多大浦), 해운포(海雲浦) 등 가까운 수군영(水軍營)에 급사를 보내고 거제도 가배량(加背梁)에 있는 경상우수사 원균(元均)과 동래부사 송상현에게도 급보를 전했다.

이어서 그는 병사들을 성벽 위에 배치하는 한편, 장정들을 동원하여 무기를 운반하고 방전태세로 들어갔다.

부산성은 3백 호의 작은 고을이었으나 둘레가 1천6백89척의 석성(石城)이었다. 높이는 13척 — 정발은 이 성에서 버틸 작정이었다.[8]

적은 붉은 바탕에 노랗게 원을 그린 깃발을 앞세우고 상륙을 시작했다. 포구에 가라앉힌 배에 걸려 몇 척 쓰러지기는 했으나 해안선이 길어 아무 데나 배를 대고 마구 올라왔다. 그 뒤에는 끝없이 꼬리를 물고 다가오는 배와 배들.

상륙을 끝낸 선봉 약 5천 명이 대오를 정제하고 서서히 접근하여 먼 발치로 성을 포위하기 시작했다. 적중에서 말을 탄 자들이 10여 명 앞으로 나왔다. 그중 대장으로 보이는 자는 어김없이 쓰시마 도주 소 요시토시, 그 옆에 붙은 것은 바로 6일 전에 다녀간 다이라 시게마스였다.

"첨사 어른, 우리 만나서 이야기합시다."

시게마스가 서툰 조선말로 외쳤다.

정발은 대답 대신 병사들과 함께 화살을 퍼부었다. 한 명이 말에서 떨어져 곤두박질하고 나머지는 말머리를 돌려 수십 보 후퇴하였다.

보졸 한 명이 달려 나오더니 힘껏 활을 당겼다. 살은 흰 종이를 펄럭이며 허공에 높이 솟았다가 성내 느티나무 가지 사이에 떨어졌다.

우리는 조선과는 싸울 생각이 없소. 명나라에 들어가는 길을 빌려 주시면 피차 피를 흘리지 않아도 되는 것이오.

병사들이 집어온 시문(矢文)에는 이렇게 적혀 있었다. 정발은 몇 자 적어 화살에 날려 보냈다.

물러가라. 우리는 임금의 명령 외에는 듣지 않는다.

적은 연거푸 총을 쏘고 사이사이로 화살을 퍼붓다가 오후 8시(初更) 어둡기 시작하자 물러가 다시 배에 올랐다. 배에서 밤을 지낼 모양이었다.

정발은 황혼이 깔리는 바다에서 희미하게 움직이는 적선들을 바라보면서 오늘밤이 중대한 고비라고 생각했다. 적들이 이 밤을 무사히 넘기고 새날에 뭍으로 쏟아져 올라오면 대적할 길이 없을 것이다. 적은 잘 단련된 강병인데다 적어도 4분의 1은 조총으로 무장하고 있었다.

그는 부장(副將)에게 성을 맡기고 수영으로 말을 달렸다.

"영감, 어떻게 하시렵니까?"

경상좌수사 박홍은 저녁 무렵 정발로부터 소식을 들은 즉시로 서울 조정에 급보를 전하고는 간부들을 모아 놓고 여태까지 회의 중이었다.

"글쎄, 아까부터 의논 중인데 방책이 서지 않는단 말이오."

"나라의 흥망이 오늘밤에 달려 있습니다. 이 근방에 있는 모든 군선들을 동원해서 적의 선단을 야습(夜襲)해야 합니다."

"그럴 듯한 소리요. 허나 배가 있고 병정이 있어야 야습도 할 것이 아니오?"

수사의 본영인 수영에는 큰 배 2척, 중간 배 7척, 전투 능력이 없는 작은 배 8척을 합쳐도 17척밖에 없었다. 병력은 7백80명.

"가까운 만호영의 군선들을 합치면 2, 30척에 1천여 명은 될 것입니다. 오늘밤 야습을 하고 계속해서 적을 혼란에 빠뜨리노라면 관내 10진(鎭)의 모든 수군이 모여들 것이고 우도(右道) 수군, 다음에는 전라도 수군들도 모여들지 않겠습니까?"

"턱도 없는 소리요. 우리 좌수영의 수군을 모두 합쳐도 큰 배 14척, 중간 배 22척, 도합 36척이오. 작은 배는 유군선 64척, 무군선 14척으로 78척 있으나 소용에 닿지 않소. 병력은 얼마요? 5천9백80명이오. 그나마 가까운 다대포에서부터 수백 리 떨어진 축산포(丑山浦:寧海)까지 흩어져 있소. 적이 낮잠을 자지 않는 바에야 어느 해가에 모을 것이며 무슨 수로 수천 척의 적선, 수십만 적군과 대적할 것이오?"

그동안 의논을 거듭한 듯 흥분해서 경을 외듯 내리엮었다.

"적은 많아 보이지마는 1천 척 미만에 병력도 2, 3만입니다."

정발은 그의 흥분을 가라앉히려고 애썼다.

"1천 척에 2, 3만이라고 합시다. 필시 이것은 선봉일 것이고 그 뒤에 또 올 것이오. 오늘밤 기껏 긁어모아야 2, 30척에 1천여 명으로 어떻게 야습을 하지요? 더구나 적은 조총이라는 비상한 무기를 쓴다지 않소?"

"조총이 있는 것은 사실입니다. 그러나 가만히 보니 적은 대포가 없고 우리는 있습니다. 적의 조총은 3백여 보, 우리의 천자총통(天字銃筒)은 1천여 보까지 쏠 수 있습니다. 지금 나가서 바다에 몰려 있는 적 선단에 대고 쏘아붙이면 막대한 손해를 입힐 수 있습니다."

수영에는 돌이며 쇳덩이, 큰 화살 등을 날릴 수 있는 각종 대포가 있었다.

"피아를 가리지 못하는 야밤중에 혼란만 일어날 것이오."

"오늘은 13일, 달이 밝습니다."

"수영에는 천자총통이 두 문(門)밖에 없소. 두 문으로 1천여 척의 적선을 어떻게 한단 말이오?"

"천자총통만이 총통은 아닙니다. 지자(地字), 현자(玄字), 황자(黃字) 등 모든 총통으로 달려들면 승산이 없는 것도 아닙니다."

"하 저런. 화약이 있어야지. 불과 10여 근밖에 없소."

그럴 리가 없었다. 그러나 없다는 데는 정발도 할 말이 없었다.

"여기 일은 내가 알아서 처리할 터이니 돌아가 성이나 굳게 지키시오."

박홍은 외면했다.

"영감, 저는 부산진의 작은 성만 지켰다고 소임을 다하는 것은 아닙니다."

첨사, 정식으로는 첨절제사(僉節制使) 정발은 낙동강 이동 경상도 해역에서는 보통 수사라고 부르는 경상좌도수군절도사(慶尙左道水軍節度使) 박홍 다음가는 고위 장성이었다.

"무슨 뜻이오?"

외면했던 박홍이 고개를 돌려 그를 쏘아보았다.

"저에게 맡겨 주십시오. 화약은 한 근도 좋고 10근도 좋습니다. 배들을 끌고 나가 오늘밤 야습을 감행할 것입니다. 저는 내년이면 환갑이올시다. 이미 늙었고 살 만큼 살았으니 여한도 없습니다."

"주장은 나요. 돌아가 성을 지키라고 했소."

박홍은 자리를 박차고 나가 버렸다.

정발은 밖으로 나와 말에 올랐다.

'수사는 싸울 생각이 없구나.'

해안선을 따라 부산으로 달리면서도 눈은 바다에서 떨어지지 않았다. 멀리 달빛 아래 파도와 더불어 넘실거리는 무수한 적의 군선들. 엄청난 힘을 간직한 이 괴물들이 내일 요동을 치고 육지로 확산하여 퍼져 오르면 모든 것이 끝장일 것이다. 사람도 나라도.

부산성의 군영에 들어서자 그는 부장을 불렀다.

"적진에 별다른 움직임은 없소?"

"적진에는 이상이 없습니다마는 아무리 둘러보아도 우리를 도우러 올 사람은 있을 것 같지 않습니다."

"옳게 보았소."

"외로운 성은 지탱하기 어렵습니다. 잠시 피했다가 후일을 기하시는 것이 어떻겠습니까?"

"나에게는 기할 후일이 없소."

정발은 발길을 돌려 집에 들렀다. 문간에서 기다리던 애향(愛香)이 달려 나와 말없이 맞아 주었다.

애향은 18세 소녀였다. 부친이 죄를 쓰고 폐가처분을 당한 집안의 고명딸로 관가에 끌려와 기적(妓籍)에 오른 것을 소실로 맞아들였다. 그것이 이 가엾은 소녀에게 베풀 수 있는 유일한 호의였고, 보호책이었다.

"애향아, 술이나 한잔 다오."

그는 툇마루에 걸터앉았다.

## 살육전은 시작되고

빈속에 소주 몇 잔 들어가니 긴장했던 몸도 마음도 녹아내리는 기분이었다. 정발은 보름이 가까운 달을 바라보다 애향에게 눈길을 던졌다.
"너는 고향으로 돌아가라."
"고향으로요?"
툇마루 끝에 앉은 애향의 얼굴은 달빛 아래 유난히 앳되게 보였다.
"응."
"저는 돌아갈 고향이 없어요."
"어디든지 좋다. 지금 곧 떠나 이 성에서 멀리 떨어져야 한다."
"……."
"말하지 않아도 알 것이다. 우리에게는 이것이 마지막 밤이다."
"영감님은요?"
"나는 여기서 할 일이 있다."

"진지는 누가 해드리지요?"

"아마 진지는 필요 없을 게다."

애향은 흰 옷고름을 만지작거리고 말이 없었다.

"평시 같으면 병정을 한 사람 딸려 보낼 수도 있겠지마는 지금은 그럴 형편이 못 된다. 집을 나서면 피란 가는 사람들이 있을 게다. 어울려 가거라."

"좀 생각하게 해주세요."

정발은 밥을 한 그릇 다 비우고 옆에 벗어 놓았던 칼을 집었다.

"맛있게 먹었다."

그는 전복(戰服)을 털고 일어서 애향의 어깨에 손을 얹었다.

"영감님은 같이 가시면 안 되나요?"

"할 일이 있다니까."

"여기 계시면 위험하잖아요."

"……."

"외진 곳에 가서 조용히 살면 안 되나요?"

"사람이 살다 보면 앉을 자리가 따로 있고 설 자리가 따로 있지 않으냐? 마찬가지로 죽을 자리도 있는 법이다."

"……."

"나는 다 살았고, 너는 이제부터다. 어서 가거라."

정발은 그를 품에 안아 주고 대문을 나섰다.

구름이 오락가락하는 달밤, 죽은 듯이 조용하던 바다의 적은 달이 지고 어둠이 덮인 후에도 기척이 없었다.

어둠은 그대로 사신(死神)인 양 사람들의 마음을 천 갈래로 찢어 성 위의 상번(上番)이나 성 밑의 하번(下番)이나 병사들은 뜬눈으로 밤을 지새웠다.

　기대는 하지 않았으나 행여나 하는 마음에 어두운 바다 동편을 가끔 주시했으나 아무런 움직임도 보이지 않았다. 수사 박홍은 끝내 나오지 않을 모양이었다.

　"날이 새면 원군이 올 것이다."

　정발은 빈말인 줄 알면서도 죽음 앞에 갈피를 잡지 못하는 병사들을 위로하지 않을 수 없었다.

　육십 평생에 싸움도 많이 치렀다. 북에서는 오랑캐들과 싸웠고, 남에서는 바다의 왜구들과 싸웠다. 죽을 고비도 한두 번이 아니었다. 그러나 반드시 이길 것이고, 살아남으리라는 확신이 있었다.

　그러나 이번은 달랐다. 적은 대략 2만, 이쪽은 3백50. 거기다 우리는 고작 활인데 적은 두세 배도 더 가는 조총이라는 신무기로 무장하고 있다. 털끝만 한 승산도 보이지 않는 전쟁, 정발은 오늘이 가면 내일이 오듯이 어김없이 다가오는 죽음을 피부로 느끼고 있었다.

　흔들린다는 것은 이럴 수도 있고 저럴 수도 있을 때의 일이었다. 여지가 없고 보니 차라리 마음이 편하고 깨끗했다.

　후회 없는 일생이었다. 이제 이승을 마감하고 영원한 저승길을 떠날 날이 왔다. 저승에도 이승과 같은 세계가 있다면 역시 무인의 외길을 가리라.

　새날은 4월 14일.

　먼동이 트는 오전 4시(寅時), 적은 마침내 우암동(牛巖洞) 일대로 쏟아져 올라오기 시작했다.[9]

　"장군!"

　성벽 위에서 잠시 눈을 붙였던 정발은 파수병이 잡아 흔드는 바람에 눈을 떴다. 오래전에 돌아가신 어머니가 개울 건너에서 손짓으로 부르는 꿈이었다. 하얀 옷에 백발의 어머니 — 다시 눈을 감으려는데 파수병이 또 외쳤다.

"장군!"

"뭐냐?"

파수병은 대답 대신 손을 쳐들어 바다를 가리키고, 정발은 일어섰다.

적의 인마(人馬)가 성난 파도같이 바닷가에 넘쳐흐르고 이어서 각각으로 다가왔다. 그 선두에서 새벽 공기를 뚫고 종횡으로 달리며 알 수 없는 소리를 외치는 군관들.

"북을 쳐라!"

정발이 외치자 사처에서 북소리가 울리고 성내는 술렁이기 시작했다. 성 밑의 하번 군사들도 뛰어 일어나 성벽으로 달려 올라왔다.

누구 하나 입을 여는 사람은 없고 기침 소리도 들리지 않았다.

오전 6시(卯時), 적은 드디어 삼면으로 성을 포위하고 죄어들어 왔다. 그러나 성벽에는 사람의 그림자 하나 보이지 않고 인기척도 없었다. 적 중에는 활을 가진 자들이 훨씬 많았으나 이들은 뒤에 처지고 총을 가진 자들이 앞장서고, 무작정 쏘며 다가왔다.

적이 지근거리에 이르자 성가퀴에 숨었던 병사들은 일제히 화살을 퍼부었다. 겹겹으로 몰려오던 적은 일시에 10여 명이 쓰러지고 엎치락 뒤치락 적진은 아우성이었다.

겨눌 것도 없었다. 쏘기만 하면 개미 떼처럼 바글거리는 적중에서 한 사람은 맞게 마련이었다. 병사들은 때를 놓치지 않고 연속 활을 당겼다.

적은 사상자들을 끌고 화살이 닿지 않는 안전거리로 물러갔다. 줄잡아도 1백 명은 살상했으리라. 성 위에서는 북소리가 울리고 병사들은 함성을 질렀다. 개중에는 일어서 춤을 추는 자도 여기저기 눈에 띄었다.

물러간 적은 다시 대열을 정비하고 총을 쏘기 시작했다. 그러나 성가퀴에 몸을 의지한 병사들을 맞힐 길은 없고 총알은 석벽(石壁)에 부딪쳐 튀어 나갔다.

적진이 웅성거리더니 주력이 서쪽 고지로 이동하였다. 부산성은 서쪽에 야산을 끼고 있기 때문에 이 고지 마루턱에 오르면 성내를 한눈에 내려다볼 수 있었다.

정발은 여기 부임하면서부터 이것이 걱정이었다. 그러나 이미 쌓아 놓은 성을 어찌할 길이 없었다. 그는 간밤에 여기 숲 속에 복병(伏兵) 30명을 매복하여 두었었다.

복병들은 잘 싸웠다. 숲을 헤치고 접근하는 적에게 화살을 퍼붓다 나중에는 창으로 대항하여 백병전이 벌어졌다.

그러나 엄청난 적 앞에 오래 지탱할 수는 없었다. 결국 전멸을 당하고 고지는 적의 수중에 들어가고 말았다.

조총도 화승총(火繩銃)이었다. 한 방 쏘고 나면 다시 총알을 재는 데 시간이 걸렸다. 그러나 적은 여기서 묘한 전술로 그와 같은 틈도 주지 않았다.

숱한 총수(銃手)들이 일제히 사격을 퍼붓고 나면 그보다 몇 배 되는 궁수(弓手)들이 총수들의 사이사이를 뚫고 나와 연속 화살을 퍼붓고, 끝나면 또 총수들이 총격을 가해 왔다.

이 일을 되풀이하니 연속부절로 비 오듯 쏟아지는 총알과 화살 아래에서 우군은 숨을 돌릴 겨를도 없었다.

더구나 서산이 적의 수중에 들어가고 보니 온 성내가 적에게 노출되고 몸을 의지하던 성가퀴도 소용없이 되었다. 병사들은 여기저기에서 푹푹 쓰러져 갔다.

이쪽에 사상자가 속출하여 사격이 뜸해지자 적은 성벽을 기어오르기 시작했다.

　서문 다락에서 지휘하던 정발은 이제 종말이라고 생각하면서 활을 당겼다. 말을 달려오던 적장이 비명과 함께 땅으로 떨어졌다.

　전통(箭筒)에 손을 가져갔으나 화살이 없었다. 옆에 쓰러진 병사의 전통을 더듬는데 뒤에서 속삭이는 소리가 들렸다.

　"조반을 드세요."

　애향이 보자기를 펼치고 주먹밥을 내밀었다.

　"너, 안 갔구나!"

　쪼그리고 앉은 애향은 말없이 방긋 웃었다.

　"빨리 내려가라!"

　애향은 못 들은 양 죽은 병사의 활을 끌어당겨 자기도 살을 쟀다.

　"내려가라니까!"

　정발이 소리를 질렀으나 애향은 그대로 활을 당겼다. 성벽을 오르던 적병이 길게 고함을 지르고 떨어졌다.

　적은 사방에서 성벽을 오르고 뛰어넘었다.

　정발은 화살이 떨어졌다. 칼을 빼어 들고 내닫는 순간 가슴에 충격이 오고 그대로 쓰러지고 말았다.

　"아, 애향아……."

　달려온 애향의 품속에서 정발은 희미하게 입술을 놀리다 그대로 늘어졌다.

　성벽에 오른 적병들이 창을 꼬나들고 다가왔다.

　애향은 그들에게서 눈을 떼지 않고 품속을 더듬어 단도를 빼어 들었다.

　그리고 천천히 입 속에 물고 별안간 앞으로 고꾸라져 피를 토하였다.

　적병들은 겹으로 쓰러져 마지막 숨을 몰아쉬는 남녀에게 창을 꼬나박고 흙발로 짓밟았다.

뒤따라 달려온 군관이 외쳤다.

"비켜라!"

군관은 피로 범벅이 된 두 시체에 칼탕을 치고 목을 잘랐다.

"고노야로(이놈아)!"

"고노아마아(이년아)!"

오전 8시(辰時), 마침내 부산성은 떨어졌다.

성내에서는 대학살이 벌어졌다. 몇 명 안 남은 병사들은 창으로 대항하다 그들의 손에 죽고, 백성들은 골목으로, 집안으로 쫓기고, 적은 이리 떼같이 달려들어 치고 찌르고 목을 쳤다.

여자들은 곤욕이 하나 더했다. 처처에서 윤간(輪姦)을 당하고는 그들의 흙발에 짓밟혔다.

3백 호밖에 없는 좁은 성내에 뒹구는 1천여 명의 시체. 적병들은 아귀다툼 속에 머리를 잘라 허리둘레에 꿰어 찼다. 머리가 많을수록 상도 많을 것이었다.

수많은 깃발을 앞세우고 말을 몰아 성내에 들어온 일본 장수들은 외쳤다.

"양곡을 끌어내라!"

병정들은 관고(官庫)와 사가를 가리지 않고 몰려 들어가 쌀이며 콩 부대들을 끌어내다 성 밖에 더미로 쌓아올렸다. 겸하여 비녀와 가락지, 광목과 비단 ― 값진 물건을 차지하려고 여기저기에서 멱살잡이가 벌어졌다.

그들은 가토 기요마사에게 선봉을 뺏기지 않으려고 식량을 제대로 싣고 오지 못했었다. 양곡 부대들을 바라보던 장수들은 흡족한 얼굴로 다시 외쳤다.

"이 성을 아주 없애 버려라."

병정들은 가가호호 불을 지르고 나머지는 닥치는 대로 통나무들을 끌어다 성을 허물었다.

어떻게 할 것이냐? 가슴을 죄며 궁리로 밤을 지새운 경상좌수사 박홍은 날이 밝자 수십 명의 호위병을 거느리고 뒷산 봉우리에 올라 멀리 부산성을 바라보았다.

성을 에워싼 숱한 깃발들, 콩 볶듯이 울리는 총성에 가슴이 떨리고 눈앞이 아물거렸다. 이제 망했다! 호위병이 내미는 호상(胡床)에 앉아 눈을 감았다. 생각할수록 죽는다는 것은 어리석은 일이었다. 장수는 지는 싸움에 값없이 죽을 것이 아니라 후퇴하여 훗날의 승리를 기해야 한다.

"성이 떨어진 모양입니다. 적은 깃발을 앞세우고 성내로 들어가는 중입니다."

옆에 선 병정이 속삭이자 박홍은 정신을 가다듬고 눈을 비볐다. 그렇게 보아서 그런지 부산 성내는 온통 붉은 깃발로 파도치고 있었다.

"더 볼 것이 없다. 내려가자."

그는 병정들을 끌고 산을 내려 수영으로 달려갔다.

"불을 질러라!"

병정들은 그가 손가락질하는 대로 무기와 식량이 쌓인 창고에 불을 지르고, 이어서 바다에 달려 나가 정박 중인 배들을 태웠다.

박홍은 방에 뛰어들어 떨리는 손으로 적어 내려갔다.

(……) 신이 멀리서 바라본즉 부산성에는 적의 깃발이 충만했습니다. 부산첨사 정발은 원래 용렬한 장수로 맥없이 항복한 것이 분명합니다.

여기까지 쓰고 나니 더 할 말이 없었다. 더구나 금시라도 적이 들이닥칠 것만 같고 가슴이 뛰었다. 그는 서둘러 봉하고 대문간에 서 있던 파수병 2명을 불렀다.

"조정에 올리는 장계다. 너희들은 이것을 가지고 즉시 서울로 떠나라!"

두 병정은 밖에 나가 버드나무에 매어 있던 말에 올라타고 채찍을 내리쳤다. 어제에 이어 두 번째 보내는 장계였다.

박홍은 안방으로 들어갔다.

"채비는 됐겠지?"

옷을 차려입고 기다리던 젊은 소실은 봇짐을 안고 일어섰다.

"그러문입쇼."

박홍은 소실의 손목을 끌고 뒷문으로 빠져나왔다. 문 밖에서 그는 말에 뛰어오르고, 소실은 심복 종의 부축으로 당나귀에 올랐다.

"가자!"

그들은 사방을 두리번거리며 오솔길을 재촉했다.

## 무인지경의 이리 떼

　전투 개시 세 시간 만에 부산성을 짓밟은 적은 서진(西進)하여 서평포(西平浦:지금의 沙下), 이어서 다대포를 공격하였다.
　서평포는 별다른 저항 없이 함락되고 다대포도 앞장서 싸우던 첨사 윤흥신(尹興信)이 전사하자 병사들이 흩어지는 바람에 간단히 적의 수중에 들어가고 말았다.
　적병들은 저마다 창끝에 사람의 머리를 꿰어 메고 다시 동으로 방향을 바꾸어 진격을 계속하였다.
　고니시 유키나가, 소 요시토시 등이 지휘하는 주력은 이미 점령한 부산성으로 진입하고 선봉은 그대로 전진하다가 날이 어둡자 동래 못미처 5리 지점에서 야영으로 들어갔다. 이로써 4월 14일의 살육전은 끝나고 부산 일대는 밝은 달 아래 밤의 고요를 되찾았다.

동래부사 송상현은 13일 오후 늦게 정발로부터 급보를 받는 즉시로 울산에 있는 경상좌병사(慶尙左兵使 : 慶尙左道兵馬節度使) 이각(李珏)에게 급사를 보내고 인근 고을에도 알렸다.

제도상 고을의 수령들도 군직을 겸하여 부윤(府尹)은 첨사(僉使 : 僉節制使), 부사(府使)와 군수는 동첨절제사(同僉節制使), 현감은 절제도위(節制都尉)라고 불렀다. 경상좌병사는 낙동강 이동의 경상도 육군사령관으로 이들을 총괄하였고, 동래부사도 전시에는 동첨절제사로 당연히 그의 지휘하에 들어가기로 되어 있었다.

왜구를 염려하여 영남과 호남 해안 일대의 수군(水軍)은 어느 정도 정비되어 있었으나 육군은 그렇지 못했다. 지난가을부터 연초에 이르기까지 백성들을 동원하여 성들을 수축하였으나 있을 것 같지도 않은 전쟁에 공연한 소동을 부렸다는 것이 세상 공론이었다. 성은 손을 보았으나 이것을 지킬 병사들은 모집하지 않았다.

이리하여 내륙에는 압록강과 두만강 연변에서 여진족에 대비하는 군대가 기천 명 있고, 병마사(兵馬使)의 본영인 병영(兵營)에 기백 명, 고을의 관가에서 심부름을 들고 죄인을 잡아들이는 인원이 약간 명씩 있을 뿐, 법으로 규정된 20만 국방군은 어디에도 없었다.

동래라고 예외일 수는 없었다.

일이 터지자 부사 송상현은 관원들을 동래성 안팎, 농촌의 구석구석까지 파송하였다. 제대로 기동하지 못하는 노인을 제외하고, 남자라고 이름이 붙은 자들은 닥치는 대로 끌어 왔으나 하룻밤 사이에 모을 수 있는 인원에는 한계가 있어 1천 명에도 미치지 못했다.

대개가 농부들이었다. 달밤에 늘어세우고 활쏘기 연습을 시켰으나 스스로 생각해도 한심한 일이었다. 이들을 가지고 성을 지킨다는 것은 될 일이 아니었다.

고을의 수령들이 달려올 것이나 그들 역시 황망 중에 농민 기십 명을 거느리고 오는 것이 고작이리라.

믿을 것은 울산에 있는 좌병사 이각이었다. 그에게는 기백 명이나마 단련된 병사들이 있었다.

다행히 동래성은 부산성의 거의 배가 되는 석성이고 식량의 비축도 있었다. 이각의 병사들이 잘 싸워 주면 농민들도 힘을 얻을 것이고, 합심해서 항거하면 10여 일은 버틸 수 있지 않을까? 그 사이에는 조정에서도 방책이 설 것이다.

적이 부산성으로 몰려들던 14일 새벽. 동래에는 양산군수(梁山郡守) 조영규(趙英圭)가 장정 50여 명을 이끌고 제일착으로 달려왔다. 지리적으로 가깝기도 하고 평소에 절친한 친구 사이여서 누구보다도 먼저 달려왔다.

양산은 산 고을인지라 장정들 중에는 평소 사냥을 업으로 삼아 활을 잘 쏘는 사람들이 적지 않았다. 두 사람은 이들을 성벽 위의 빈자리에 배치하고 함께 동헌으로 들어왔다.

"과히 염려 마시오. 부산에서 좀 난동을 부리다 물러가겠지요."

조영규는 송상현을 위로했다. 예전의 왜구 정도로 생각하는 모양이었다.

"아니오. 이번에 온 것들은 전 같은 도둑들이 아니고 일본 왕의 군사들이라, 변경의 한때 난동이 아니고 전쟁이오."

송상현의 얼굴에는 웃음이 없었다.

"일본 왕의 군사라?"

"저들의 대장은 고니시 유키나가라는 도요토미 히데요시의 심복이고, 쓰시마 도주도 부장(部將)으로 따라왔다오."

"……."

"거기다 1천여 척에 기만 명이라니 이것은 고을의 도둑일 수 없고 일본 왕의 군대일시 분명하오."

"그렇군요."

단아한 얼굴의 조영규는 입을 다물고 생각하다 말을 이었다.

"큰일이구만. 나라에 아무 방비도 없으니 무인지경에 이리 떼가 들이닥친 형국이 아니오?"

"그렇지요."

"조정의 대신들은 무얼 하는 사람들이길래 나라를 이 지경으로 끌고 왔단 말이오?"

"지금 와서 말해 무엇 하겠소. 그보다도 자당께서는 강녕하시오?"

조영규에게는 팔십 노모가 있었다. 송상현은 그 집을 찾을 때마다 아들처럼 대해 주던 이 자상한 노인을 잊을 수 없었고, 영규 또한 외로운 어머니에게 극진한 효자였다.

"강녕하시오."

조영규는 길게 말하지 않았다.

밖에서 군사 3명이 뛰어들었다. 금련산(金蓮山)까지 나가 바다의 적을 감시하던 파수병들이었다.

"사또, 왜놈들이 올라옵니다."

"……."

두 사람은 동시에 일어섰다.

"첫새벽에 바다에서 올라오더니 구름같이 떼를 지어 부산으로 가는 중입니다."

"알았다. 돌아가 계속 눈을 박아 보되 무슨 일이 있으면 즉시 알려라."

보고를 받았으나 부산으로 도우러 갈 형편은 못 되었다. 파수병들이 돌아가자 조영규가 물었다.

"적이 여기까지 오려면 얼마나 걸릴 것 같소?"

"정발은 용장이고 또 수사(水使)도 나가 싸울 터이니 며칠 여유는 있을 것이오."

조영규는 몇 번이고 망설이다 다시 입을 열었다.

"나한테 오늘 하루 시간을 줄 수 없겠소?"

"왜?"

"양산에 돌아가 군사들을 더 모집해 와야겠소."

"그렇게 하시오."

조영규를 보내고 나서 잠시 눈을 붙이려고 사랑채로 들어가려는데 모퉁이에서 기다리던 김섬(金蟾)이 따라 들어와 자리를 깔았다. 간밤을 뜬눈으로 보내고 나니 잠이 저절로 쏟아졌다.

송상현은 전에 북병사(北兵使) 이일(李鎰)의 휘하에서 평사(評事)로 근무한 일이 있었다. 임지인 함경도 경성(鏡城)으로 가는 길에 함흥(咸興)을 지나다 우연히 만난 여인이 김섬이었다.

당자들은 평생 입을 열지 않았으나 기생으로 팔려 가다 성천강(城川江)에 몸을 던진 것을 송상현이 구했다는 소문이었다. 이것이 인연이 되어 김섬은 송상현의 소실로 들어왔고 2천 리 떨어진 이 경상도 끝까지 따라오게 되었다.

"영감."

목침을 베고 눈을 감으려는데 문간에 비껴 앉은 김섬이 속삭이듯 불렀다. 청이 있을 때의 목소리였다.

"뭐냐?"

"마님은 어떻게 하시지요?"

송상현의 정실부인 이씨도 동래에 내려와 아이들과 함께 안채에 살고 있었다. 피란을 시킬 생각도 해보았으나 자기가 먼저 가족을 빼돌리면 성내에는 혼란이 일어나서 싸우기도 전에 성은 저절로 무너질 것이다.

그는 단념하고 있었다.

"급할 것이 없다."

도로 눈을 감으려던 상현은 불쑥 일어나 앉으면서 문밖을 내다보고 손짓을 했다.

"너 이리 오너라."

마당을 지나가는 청지기 신여로(申汝櫓)를 부르고 있었다. 30대 초반의 청년이 걸음을 멈추고 툇마루 저쪽에 두 손을 모아 쥐고 섰다.

"너는 고향에 돌아가 어머님을 모셔라."

신여로는 밀양에 홀로 사는 모친이 있었다.

"천천히 가겠십니더."

우직한 청년은 햇볕에 그을린 얼굴에 난처한 표정을 지었다.

"지금 곧 떠나거라."

"네······."

그는 머뭇거렸다.

"시키는 대로 해라!"

상현은 전에 없이 언성을 높였다.

"그라문 갔다가 또 올김니더."

신여로는 땅에 무릎을 꿇고 절했다. 상현은 그의 거동을 지켜보다 사립문 밖으로 사라지자 도로 자리에 누워 코를 골기 시작했다.

그러나 오래 눈을 붙일 겨를이 없었다.

부산성이 떨어졌다는 소식에 온 성내가 떠들썩하고 사람들은 길가에 쏟아져 나와 갈피를 잡지 못하고 아우성이었다.

군중을 헤치고 남문 다락에 오른 송상현은 서남으로 부산 방향을 주시하였다. 적어도 2, 3일은 지탱할 줄 알았던 부산성이 순식간에 떨어지고 만 것이다.

이어서 수영에서는 수사 박홍이 도망쳤다는 소식이 왔다.

다음은 이 동래일 것이고, 방비라고는 아무것도 없었다. 부산보다도 더 쉽게 떨어지리라. 저 백성들을 어떻게 할 것이냐? 도무지 판단이 서지 않았다.

밀양부사 박진(朴晉)이 1백여 명의 장정들을 이끌고 성내로 들어왔다. 그는 원래 무관으로 기골이 있는 장수였다. 송상현은 달려가 두 손을 잡고 반겼다.

"우리 병사(兵使)는 이름난 장수로, 계책이 있을 것입니다. 곧 들어오실 터이니 과히 걱정 마시오."

송상현의 설명을 들은 박진은 이렇게 말했다.

병사 이각은 힘이 장사요, 늠름한 체구에 보기만 해도 믿음직한 장수였다. 그 위에 대포도 잘 쏘았다. 전에 대포로 수마석(水磨石)을 날리는데 백발백중으로 맞춰 임금의 칭찬을 받고 병사로 발탁된 인물이었다.

송상현도 그에게 기대를 걸었다.

이각의 본영인 경상좌병영(慶尙左兵營)은 울산 북교에 있었다. 13일 밤늦게 잠자리에 들려던 이각은 송상현의 편지를 받고 군복으로 갈아입었다.

"겁이 많아서 틀렸단 말이다."

"누구 말이에요?"

옷시중을 들던 소실 오월(五月)이 눈을 치떴다.

"정발이고 송상현이고 모두 겁쟁이들이다."

"전에는 인물이라고 극구 칭찬이시더니만."

"왜놈 몇 마리 쳐들어왔다고 이 소동이니 겁쟁이가 아니고 무엇이냐?"

"몇 마리라니요? 지금 편지에는 1천여 척에 기만 명이라고 하지 않았어요?"

"사람이 겁에 질리면 10척도 1천 척으로 보이고, 1백 명도 1만 명으로 보이는 수가 있다."

"그렇겠네요."

"내 사람을 잘못 보았다. 생각하면 알 일이지. 쪽발이 왜놈들이 무슨 수로 1천여 척을 만들고, 기만 명의 군사가 다 뭐냐 말이다."

"혹시 가슴이 떨려 십(十) 자를 천(千) 자로, 백(百) 자를 만(萬) 자로 헛갈려 쓴 것은 아닐까요?"

"그럴 수도 있지."

"시시한 사람들이네요."

"이번에 적을 쓸어버리고 돌아오면 조정에 말씀드려서 두 인간 다 몰아내야겠다."

이각은 문간에 나와 신발 끈을 죄어 매고 일어섰다.

"언제쯤 돌아오시나요?"

"내일이 아니면 모레는 돌아올 게다."

"그렇게 빨리요?"

"나는 오십 평생을 싸움으로 보낸 사람이다. 적을 물리치는 데 이틀 이상 걸린 일이 없다."

평생은 과하고, 함경도 갑산에서 3년 동안 국경을 지키는 사이에 압록강을 넘어온 여진족과 몇 번 싸운 일이 있었다. 수십 명씩 떼를 지어 도둑질을 하고는 그날 안으로 도망쳐 돌아가니 이틀을 넘기지 않았다는 것은 헛말이 아니었다.

"왜놈들, 장군이 나타나시기만 하면 혼비백산해서 내뺄 거예요."
"고럼."
오월은 발돋움을 하고 이각의 목에 팔을 감았다.
"난 장군 없이는 못 살아요."
무성한 수염을 헤치고 입술을 빨고는 그대로 매달려 두 발을 대롱거렸다.
이각은 새삼 삶의 보람을 느꼈다. 오월을 번쩍 들었다 허공에서 한 바퀴 돌리고는 문을 열고 어둠 속으로 나섰다.
동헌에 나온 이각은 가까운 고을에 기마병들을 보내 동원을 명하고 우후(虞候 : 참모장) 원응두(元應斗)를 불렀다.
"자네는 어떻게 생각하는가?"
"하늘이 장군께 내린 기회라고 생각합니다."
"무슨 소린가?"
"제가 보기에는 적어도 조선 팔도에서는 장군을 덮을 장수가 없습니다. 별것도 아닌 인간들이 명장으로 행세하는 세상에 진정한 명장이 그 빛을 발할 때가 온 것입니다."
원응두는 이각이 발바닥을 핥으래도 핥을 처지에 있었다.
"그럴까?"
이각은 싫은 얼굴이 아니었다.
"여부 있겠습니까?"
"당장 모을 수 있는 병력은 얼마나 되지?"
"3백 명이올시다."
여기저기 흩어진 군영에서 잠자던 병사들을 모으고, 짐을 꾸리고, 말들을 끌어내다 안장을 얹는 데 시간이 걸렸다. 또 다른 고을은 동래로 직행하라고 했으나 가까운 울산 고을은 그럴 처지가 아니었다.

울산에 사람을 보내 늘어지게 잠자는 군수 이언함(李彦誠)을 두드려 깨우고 장정들을 긁어모으다 보니 날이 밝고 아침 해가 솟았다.
 이럭저럭 이각이 휘하 3백 명을 거느리고 울산 병영을 떠난 것은 14일 아침 진시(辰時 : 8시), 부산에서는 정발이 전사하고 성이 적에게 짓밟힐 무렵이었다.

## 고독과 분노

 동해에 오르는 아침 해를 좌로 끼고 남으로 달리는 이각은 가슴이 부풀었다. 우후 원응두의 말마따나 하늘이 내린 기회요, 잘만 되면 명장으로 이름을 떨치고 영화를 누리게 되는 것이다.
 밭에서 일하던 남녀 백성들은 허리를 펴고 일어서 일행을 바라보았다.
 모래밭에 물이 스미듯 불길한 소문은 밤사이에 이 일대까지 퍼져 왔으나 2백 년의 평화에 젖은 백성들은 막연한 불안은 있어도 전쟁의 실감은 오지 않았다. 그들의 눈에는 흙먼지를 날리고 남으로 사라져 가는 5, 6기(騎)의 이각 일행과 그 뒤를 잇는 보졸 3백 명의 행렬은 장관이요, 믿음직했다.
 이각의 부대가 지나가자 사이를 두고 울산군수 이언함이 활을 멘 장정 30명의 선두에 당나귀를 타고 다가왔다. 길게 늘어진 반백의 수염을 내리 쓰다듬는 그의 모습은 장중하고 무게가 있었다.

"부산의 왜놈들을 바다에 쓸어 넣고도 남을 것이다."
백성들은 가슴의 불안을 털어 버리고 다시 쟁기를 잡았다.

이각 일행은 달리다가도 말을 멈춰 세우고 도보로 쫓아오는 보졸들과 이언함 이하 장정들을 기다려야 하고, 그때마다 불평이 터져 나왔다.
"굼벵이 같은 것들!"
기장(機張)에서 늦은 점심을 들고 쉬는데 남에서 관원 2명이 말을 달려 왔다.
"사또, 부산성이 떨어졌습니다."
말에서 내린 관원들은 숨을 허덕이고 공포에 질린 얼굴들이었다. 너럭바위에 걸터앉았던 이각이 일어섰다.
"너, 지금 한 말 다시 해봐."
"오늘 아침 진시에 부산성이 떨어지고 성안에 있던 사람들은 몰살을 당했습니다. 사또 어른에게 여쭈러 오는 길입니다."
관원은 동래부사 송상현의 편지도 전했다.
"으－흥."
편지를 읽어 내려가는 이각의 손이 희미하게 떨리고 있었다.
"정발은 죽었다더냐?"
편지를 읽고 난 이각이 두 관원을 번갈아 보았다.
"모르겠습니다."
"늙은 것이 필시 항복했을 게다."
"……."
"으－흥."
"……."
"적이 기만 명이라는 것은 사실이냐?"

"사실입니다."

"어떻게 아느냐?"

"이 눈으로 보았습니다."

"보았다?"

"산에서 파수를 섰습니다."

이각은 가슴이 내려앉았다. 기만 명에 3백 명. 우등불에 뛰어드는 하루살이나 진배없었다.

발길을 돌려 울산으로 돌아가야 하겠는데 휘소리를 친 것이 후회스러웠다. 왜놈들이란 원래 발바닥의 때 정도로 생각하면 틀림이 없었는데 이번에는 그게 아니었다.

"알았다고 전해라."

그는 관원들을 돌려보내고 너럭바위에 도로 앉으면서 원응두에게 물었다.

"이대로 나가는 것은 무모하지 않겠소?"

옆에 서 있던 원응두는 두 손을 비볐다.

"그러문입쇼. 원래 주장(主將)은 본영에 계셔야 하는 법이 아닙니까? 본영에 돌아가 좌도(左道)의 군사들을 모두 모아 가지고 대비하는 것이 좋겠습니다."

"그렇지."

"주장이신 영감께서 동래부사가 무어란다고 움직이신 것부터 실수가 아닌가 합니다."

"그 말을 왜 진작 하지 않았소?"

"죄송합니다."

이각은 조금 떨어져 앉은 조방장(助防將) 홍윤관(洪允寬)의 눈치를 살폈다. 전부터 영·호남의 병영에는 조정에서 파견된 조방장이 한 명씩 있었다. 지휘권이 없는 보좌관이었으나 그가 조정에 대고 입을 잘못 놀리면 큰일이고 자연히 눈치를 보게 되어 있었다.

그러나 얌전한 홍윤관은 들었는지 못 들었는지 건넛산을 바라보고 말이 없었다.

그런데 역시 홍윤관의 눈치를 보던 이언함이 이각의 턱 밑으로 다가앉았다.

"영감."

"뭐요?"

이각은 그를 돌아보았다.

"동래를 구하지 않고 여기서 돌아가심은 장수가 취할 태도가 아닙니다."

"나는 동래로 간다고 약속한 일이 없소."

"동래부사와 그 휘하 군사들은 모두 영감의 부하가 아닙니까?《전국책(戰國策)》에 이르기를, 장수는 부하들의 어버이로, 약속하지 않아도 마음이 통하고, 의논하지 않아도 믿음이 있고, 일심동력하여 죽어도 발길을 돌리는 법이 없다고 했습니다(將帥爲父母 不約而親 不謀而信 一心同力 死不旋踵)."

"……"

"더구나 부산이 떨어지고 영감께서도 도와주시지 않는다면 동래는 완전히 고성(孤城)이올시다. 우물에 빠지는 어린아이 같은 신세인데 이런 경우 맹자(孟子)께서는 무어라고 말씀하셨습니까? 사람은 누구나 불인지심(不忍之心)이 있는지라 자신의 위험을 생각할 겨를도 없이 우물에 뛰어들어 빠지는 아이를 구하게 마련이라고 하셨습니다. 성상께서는《맹자》에 통달하고 계십니다. 이 일을 들으시고 영감은 불인지심조차 없다고 힐책하시면 무어라고 답변하시겠습니까?"

이각은 이언함의 문자를 당할 재주가 없고 홍윤관 앞에서 무안을 당했다. 문자로 말하자면 조정에는 그를 뺨칠 인간들이 얼마든지 있었다. 이언함 한 사람도 못 당하는 터에 훗날 그들이 개미 떼처럼 달려들어 문자를 토하고 임금이 가세한다면 살아남지 못할 것이다. 그는 일어섰다.

"옳은 말이오."

다시 길을 떠난 이각은 전같이 활기는 없었으나 그럭저럭 동래를 향해 움직여 가고 있었다.

"서평포가 떨어졌습니다."

이어서,

"다대포가 떨어졌습니다."

도중에서 연거푸 달려오는 동래부 관원들과 마주쳐도 별다른 반응을 보이지 않았다.

"알았다."

한마디뿐, 전에 없이 골똘히 생각하였다. 입만 까진 이언함, 그리고 홍윤관, 이것들을 어떻게 털어 버린다?

해질 무렵, 성 밖 멀리까지 나온 송상현의 마중을 받으며 그들은 성안으로 들어왔다. 불안에 떨던 백성들도 거리에 달려 나와 이 장엄한 행렬에 가슴을 내리 쓰다듬었다.

"걱정할 것 없소."

남문 다락에 올라 송상현으로부터 설명을 들은 이각이 호상에 앉으면서 던진 첫마디였다.

그는 서남으로 20리, 적의 수중으로 들어간 부산 방향을 바라보면서 계속했다.

"섬나라 오랑캐들은 물개나 다름없소. 물에서는 좀 보채겠지요. 허나, 뭍에서야 제까짓 것들이 어쩔 것이오?"

턱없이 적을 얕보는 것일까, 아니면 안심시키느라고 해보는 소리일까, 송상현은 판단이 서지 않았다. 어느 쪽이든 시비할 계제는 못 되었다.

"영감의 눈에 어찌 틀림이 있겠습니까? 다만 적은 우리에게 없는 조총을 쏘는데 그 기세가 대단하답니다."

"하, 저런. 조총이 어떤 것인지 보지는 못했소마는 돌로 쌓은 이 성도 뚫는답디까?"

이각은 어깨를 펴고 송상현은 수그러들었다.

"그럴 리야 있겠습니까······."

"부사는 이 성의 주장이오. 잔걱정은 말고 어떻게 지킬 것인지 그 계책을 들어 봅시다."

키가 훤칠한 송상현은 손을 들어 성을 빙 둘러 가리키면서 그동안 생각한 바를 털어놓았다.

"이 성은 둘레가 3천90척이올시다. 6척 간격으로 군사들을 배치하자면 5백15명이 필요합니다. 밤낮 싸울 수는 없으니 3교대로 하면 1천5백45명이면 되겠습니다."

이각은 무릎을 쳤다.

"치밀한 계책이오. 그런데 지금까지 모은 장정은 얼마지요?"

"1천 명이올시다."

이각은 손가락을 꼽아 보고 나서 그를 쳐다보았다.

"충분하겠군."

"네?"

"내 오랜 전장경험으로 보아 군사들을 너무 촘촘히 늘어세우는 것은 위험한 일이오. 적이 눈을 감고 활을 당겨도 맞게 되거든."

"그렇겠군요."

"그런즉 10척에 한 명씩 배치하시오."

"네……."

"10척에 한 명씩, 3천90척이면 3백9명, 그 세 배는 9백27명이 아니오?"

"그렇습니다."

"사상자가 좀 날 것을 계산에 넣더라도 1천 명이면 충분하단 말이오."

"네……."

"식량은 얼마나 있소?"

"1천 섬가량 있습니다."

"성안의 백성들까지 먹인다 해도 석 달은 넉넉하겠군."

송상현은 이각의 명쾌한 계산에 더 할 말이 없었다. 이렇게 똑똑한 장수가 지휘한다면 성은 오래 버틸 수 있을 것이고, 그러노라면 조정의 원군도 올 것이다.

"영감의 말씀을 들으니 가슴에 끼었던 구름이 걷히는 심정이올시다. 이제 객관으로 내려가 식사를 드시지요."

"하, 저런. 전쟁을 하는 마당에 어찌 온돌방에 앉아 노닥거린단 말이오. 여기서 간단히 요기나 합시다."

병정들이 식사를 날라 왔다. 송상현은 이각, 원응두, 홍윤관, 이언함, 그리고 그들보다 앞서 당도한 박진 등 객장(客將)들에게 술을 한 잔씩 권하고 한숨을 지었다.

"그러나저러나 부산의 정 첨사가 걱정이올시다. 혹시 잘못되지나 않았는지."

"잘못된 편이 낫지, 적에게 항복이라도 했다면 무슨 망신이오?"

박진이 응대하자 이각이 고개를 끄덕였다.

"옳은 말이오. 장수의 각오는 그래야 하는 것이오."

식사를 시작하려는데 부산 방향에서 척후들이 말을 달려 왔다.

"적의 선봉이 이리로 몰려옵니다."

이각이 숟가락을 던지고 일어서자 모두들 따라 일어섰다. 해가 떨어지고 어둠이 깔리는 들판을 바라볼 뿐 아무도 입을 여는 사람은 없었다.

"언제든지 출격할 수 있도록 군사들을 북문 밖에 모으시오."

잠자코 서 있던 이각이 원응두를 돌아보고 일렀다. 마침내 전쟁이다. 층계를 달려 내려가는 원응두의 뒷모습에 사람들은 새삼 긴장했다. 이각이 휘하 병력을 끌고 나가 적과 맞부딪치면 드디어 이 동래성에서도 살육전이 벌어질 것이다.

"술이나 한잔 더 하시지요. 저는 성을 한바퀴 돌고 오겠습니다."

송상현이 돌아서려는데 이각이 불러 세웠다.

"송 부사, 내 아무리 생각해도 이대로 있어서는 안 되겠소."

"출격하시려구요?"

"적정도 모르면서 어둠 속에 출격하는 것은 병법을 모르는 장수나 하는 짓이오."

"네……."

"소산역(蘇山驛 : 동래구 선동)에 나가 진을 치고 있다가 적이 성에 달라붙으면 달려와서 쳐부술 것이오."

"영감, 소산역은 북으로 15리올시다."

"멀찌감치 나가 복병을 해야 적의 눈에 띄지 않고, 띄지 않아야 기습을 할 수 있소."

"이 성은 어떻게 지키지요?"

"하, 저런. 아까 계산해 보지 않았소? 부사의 수하에 있는 1천 명이면 충분하고도 남는단 말이오."

"단련된 병정은 한 사람도 없고 모두가 어젯밤과 오늘 사이에 끌려온 농부들이올시다. 저는 영감의 군사들을 주축으로 성을 지킬 생각이었습니다."

"적이 아무리 영악하더라도 이 돌성을 어쩐단 말이오? 장정들을 성가퀴에 늘어세우고 활만 당기면 되는 것이오."

"……."

"부사는 병법을 몰라서 그러는데 단련된 군사들은 성안에 두는 법이 아니오. 바람같이 나타나 적진을 짓밟고 바람같이 사라졌다 또 나타나야 하는 것이오. 말하자면 안팎에서 적을 협격하는 전법이오."

"영감, 영감은 경상좌도를 책임진 장수로, 이 동래도 영감의 관할이올시다. 아무 힘도 없는 관하 백성들을 적의 도륙에 내맡기고 몸을 피하실 작정이십니까?"

"부사는 말이면 다 하는 줄 아시오? 피하다니? 밖에 나가 적과 사생결단을 내려는 주장을 보고 그런 말버릇이 어디 있소?"

"죄송합니다."

송상현은 사과하는 수밖에 없었다.

이각은 홍윤관을 향했다.

"울산에서 온 군사들 중에서 20명을 줄 터이니 조방장은 남아서 부사를 돕는 것이 어떻겠소?"

"2백 명이 아니고 20명인가요?"

홍윤관이 반문했으나 이각은 못 들은 양 돌아서 박진을 손가락질했다.

"밀양부사도 나와 함께 갑시다."

박진은 머뭇거리다가 이각의 뒤를 따라 층계를 내려갔다.

"병사 어른, 저는 어떻게 할까요?"

울산군수 이언함이 뒤를 쫓아 내려가면서 외치는 소리가 들렸다.

"당신은 남아서 동래부사의 절제를 받아요."

이각의 대답도 들렸다.

층계를 오르는 그림자들이 있었다.

"적의 선봉은 5리 떨어진 연지동(蓮池洞)에 진을 치기 시작했습니다. 이 밤은 거기서 지낼 모양입니다."

적을 감시하던 척후들이었다.

14일의 둥근 달이 밝아 오기 시작했다. 송상현은 북문을 벗어나 차차 멀어져 가는 이각의 일행을 바라보면서 천지간에 홀로 버림받은 듯 고독과 분노를 가눌 길이 없었다.

## 다가드는 죽음

온 성내 백성들이 웅성거리고 성벽 위에 배치된 장정들도 일어서 북으로 사라지는 군상을 바라보고 있었다. 송상현은 바다의 썰물과도 같이 뭇사람들로부터 기운이 빠져나가는 것이 눈에 보이는 듯했다.

"영감."

홍윤관이 다가섰다.

"이거 아무래도 싸움이 될 것 같지 않습니다."

그러나 송상현은 대답이 없고, 홍윤관은 계속했다.

"병마사는 싸울 생각이 없고 성에는 지킬 군사가 없으니 무엇으로 대적을 맞아 싸우겠습니까?"

송상현은 그를 돌아보았다.

"그렇다고 달리 방책이 있어야지요."

"차라리 성을 버리고 뒷산에 오르는 것이 어떨까요? 험준해서 지킬 만합니다."

"앉아 죽으나 서서 죽으나……."

송상현은 말끝을 흐렸다. 성이고 산이고 어차피 지탱하지 못할 것이다. 그의 얼굴에는 모든 것을 체념한 자의 평화로움이 있었다.

"하기는 그렇지요."

홍윤관도 동의했다. 태산이 무너지는데 작은 계책으로 막을 길은 없고 차라리 여기서 모든 것을 청산하는 것이 좋을 듯싶었다.

떠들썩하면서 이언함이 층계를 올라왔다.

"이런 변이 있나. 부사 영감, 어떻게 하실 작정이오?"

송상현은 한동안 그를 지켜보다가 입을 열었다.

"조용히 해주시오."

"조용히?"

"적을 맞아 싸울밖에 있소?"

"싸우다니? 무얼 가지고 싸운단 말이오?"

"……."

이언함은 삿대질을 했다.

"영감은 요행을 바라고 있소. 《중용(中庸)》에 이르기를 군자는 순리로 행동하여 운명을 기다리고, 소인은 모험을 해서 요행을 바란다고 했소(君子居易以俟命 小人行險以徼幸)."

거인 송상현은 말없이 그를 내려다보고, 홍윤관이 나섰다.

"어떻게 하면 되겠소?"

"하, 조방장까지 이러시누만. 되지도 않을 싸움을 하겠다는 것부터 요행을 바라는 것이 아니고 무엇이오? 이 자리를 피해야지요."

"되고 안 되고는 싸워 봐야지요."

"그럼 조방장은 이 싸움에 이긴단 말씀이오?"

"나는 이길 것을 알고 있소."

"하, 공부자(孔夫子)께서 무어라고 말씀하셨소? 사람은 누구나 자기가 지혜로운 줄 알지마는 그물이나 함정에 쓸어 넣으면 벗어날 줄을 모른다고 하셨지요(人皆曰予知 驅而納諸罟 獲陷穽之中 而莫知辟也)."

"……."

"이게 바로 그런 경우요. 저 숱한 적이 몰려와서 이 성을 빙 둘러싸고 그물을 치면 무슨 수로 벗어날 것이오? 공연히들 지혜가 있는 척하지 마시오."

"……."

"성현의 말씀에는 한 치도 어김이 없소."

어깨가 딱 벌어진 홍윤관은 그의 멱살을 잡아 흔들었다.

"당신은 문자를 좋아하는데 위급한 때에 도망이나 치려고 배운 문자요?"

"하……."

"도망치겠거든 혼자나 치시오."

홍윤관은 그를 구석에 내동댕이치고 층계를 내려갔다.

"부사 영감, 내가 그래 도망칠 사람으로 보이오?"

홍윤관의 발자국 소리가 멀어지자 이언함이 털고 일어섰다.

"다 일을 잘해 보자는 것이겠지요."

송상현은 그를 호상에 앉혔다.

"나는 대의를 위해서 노심초사했소. 도중에서 돌아가려는 병마사를 대의로 설득해서 여기까지 오게 했고……."

그는 말문이 막히고 주먹으로 가슴을 쳤다.

재주가 승한 것도 병이었다. 송상현은 이 불치의 재사를 성 밖으로 내쫓으려다 마음을 고쳐먹었다. 성내에는 지휘관이 부족했다.

"이 군수, 나와 함께 여기서 싸울 생각이 있소?"

"있다마다."

"십중팔구는 죽을 것이오."

"내가 혼자 살려고 안달하는 줄 알았소?《맹자》에 이르기를, 생(生)도 내가 바라는 바요, 의(義)도 내가 바라는 바다. 두 가지를 다 얻을 수 없을진대 생을 버리고 의를 취하겠노라, 하시지 않았소(生亦我所欲也 義亦我所欲也 二者不可得兼 舍生而取義者也)?"

또 문자가 나왔다. 아무래도 믿음성이 없었으나 쫓아 버리면 그러지 않아도 이각의 도망으로 떨어진 장정들의 사기가 더욱 말이 아닐 것이다.

"장하오. 좌위장(左衛將)으로 동문을 지켜 주시오."

"이 이언함의 눈에 흙이 들어가기 전에는 동문은 안심하시오."

그는 어깨를 좌우로 흔들며 층계를 내려갔다.

조방장 홍윤관은 이각이 남긴 병정 20명을 4분하여 동서남북의 각 문에 5명씩 배치하고 돌아왔다.

"급한 대로 이렇게 하는 수밖에 없습니다."

그들을 핵심으로 성을 지킬 작정이었다. 그러나 동문에 이언함을 배치한 외에는 나머지 문을 맡을 장수가 없었다.

송상현은 홍윤관과 함께 성벽 위를 돌면서 의논 끝에 비장(裨將 : 참모) 송봉수(宋鳳壽)를 서문에 배치하고 북문은 홍윤관, 자기는 남문을 맡기로 했다. 무너지는 집을 거미줄로 얽은 듯 허술한 모양새였으나 달리 어쩔 수 없었다.

성벽의 장정들은 지나가는 그들을 힐끗 쳐다볼 뿐 말이 없었다.

"조총이라는 것은 소리만 요란했지 별것이 못 된다. 마음을 가라앉히고 활을 당겨라. 한 사람이 두 놈만 거꾸러뜨리면 2천 명을 잡는다. 2천 명만 쓰러지면 적도 물러갈 것이다."

송상현은 전에 없이 여러 말을 했으나 장정들은 시큰둥해서 허공을 쳐다보았다.

"병마사 어른은 어디 가셨지요?"

이상한 투로 묻는 장정이 있었다.

"적이 오면 밖에서 치신다."

이렇게 대답하는 수밖에 없었다.

남문으로 돌아온 송상현은 관원들에게 일렀다.

"소와 돼지를 있는 대로 잡고 술도 몇 독 내다 장정들에게 대접해라."

각각으로 다가드는 숱한 죽음 앞에 그가 베풀 수 있는 단 하나 정성이었다.

달이 중천에 오르고 김섬이 하인과 함께 식사를 날라 왔다.

"내가 잊었구나. 너는 어떻게 할 생각이냐?"

송상현은 바구니를 내려놓고 비껴 앉은 김섬에게 물었다.

"……."

김섬은 마룻바닥을 내려다보고 대답이 없었다. 이 박복한 여인의 짧은 생애에는 햇볕이 든 날이 없었다. 이제 그 생애마저 참변 속에 막을 내리게 한다는 것은 차마 못할 일이었다.

그러나 그는 명색 자기의 소실이었다.

"알아서 처신해라."

김섬은 대답 대신 잠자코 술을 따랐다. 송상현은 천천히 잔을 비우고 하인을 향했다.

"너, 혼자서 청주(清州)까지 찾아갈 수 있겠느냐?"

고향 청주에서 데리고 온 더벅머리 소년이었다.

"있습지요."

소년은 두 손을 모아 쥐었다.

송상현은 부친 복흥(復興)에게 편지를 쓰려고 붓을 들었다. 황해도 송화현감(松禾縣監)을 거쳐 사헌부 감찰(司憲府監察)을 끝으로 고향에 돌아와 노후를 보내고 있는 중이었다. 그러나 막상 쓰려고 생각하니 사연이 구차할밖에 없었다.

그는 종이를 물리고 하늘의 달을 바라보다가 옆에 있는 부채를 펼쳐 들었다.

　　무리진 달 아래 외로운 성
　　이 진영 구할 길 없사온데
　　군신의 의리는 무겁고
　　부자의 정의는 가볍소이다
　(孤城月暈 大鎭不救 君臣義重 父子恩輕)


붓을 놓고 지내 온 세월을 생각하니 눈앞이 흐리고 가슴이 메었다.
그는 침을 삼키고 부채를 접어 하인에게 넘겼다.
"이 길로 청주에 가서 이 부채를 아버님께 전해라."
층계를 내려 뜀박질로 멀어져 가는 소년을 지켜보던 송상현은 주먹밥을 집으면서 김섬에게도 권했다.
"우리 같이 들자."
전에 없던 일이었으나 김섬은 스스럼없이 다가앉았다.
달을 바라보며 밥덩이를 씹던 김섬이 양치질을 하고 비로소 입을 열었다.
"고마웠어요."
그의 얼굴에는 미소가 있었다.
"함흥으로 돌아가겠느냐?"

김섬은 대답이 없고 바구니에 그릇을 챙겨 가지고 일어섰다.

"동행을 붙이지 못해 미안하다."

천천히 층계를 내려가는 김섬의 등 뒤에 한마디 던졌다.

이제 마지막으로 마음에 걸리던 김섬의 일도 해결되었다. 깨끗한 심정으로 죽음을 맞을 수 있을 것이다.

호상에 앉은 채 잠시 눈을 붙이려는데 말굽소리가 울리고 이어서 눈앞에 그림자가 나타났다. 오늘 새벽 양산으로 돌아갔던 조영규였다.

"아, 오셨구만."

송상현은 일어서 그의 두 손을 잡았다. 보내면서도 이 죽음의 구렁으로 다시 오리라는 믿음은 별로 없었다. 그런데 그는 약속대로 돌아왔다.

"미안하게 됐소."

조영규는 송상현이 권하는 대로 호상에 앉으면서 손바닥으로 얼굴의 땀을 훔치고 말을 이었다.

"부산성이 떨어졌다는 소식을 듣고 그냥 달려왔구만. 졸지에 군사를 더 모집할 겨를도 없고."

그는 죽으러 온 것이다. 송상현은 그가 고맙기 이를 데 없었다.

이각으로 해서 조각이 났던 인간에 대한 믿음이 되살아났다.

"군사 몇 명 더 있고 없고 문제가 아니오. 그래, 자당은 어떻게 하셨소?"

"어머님께 하직인사를 드리러 갔다 온 셈이 됐소."

그에게는 어린 외아들 정로(廷老)가 있었다. 노모와 아들을 고향 장성(長城)으로 피란을 떠나보내고 돌아왔다고 했다.

"그래 영감의 가솔은 어떻게 했소?"

조영규가 물었다.

"아버님은 고향에 계시니 그 걱정은 없소."

"부인과 자녀들 말이오."
"저기 내아(內衙 : 관사)에 있는가 보오."
송상현은 동헌에 붙은 내아를 눈으로 가리켰다.
"저런, 빨리 피하게 해야지요."
조영규가 일어섰으나 송상현이 손을 잡고 말렸다.
"그냥 두시오."
"그냥 두다니?"
"이 송상현은 동래성의 주장이오. 백성들을 그냥 두고 자기 가솔부터 피하게 해서야 쓰겠소?"
"백성들도 같이 피란시키지요."
"그러면 졸지에 긁어모은 장정들도 다 흩어질 것이오. 성을 비워 놓고 적을 맞아들이는 격이 되지 않겠소?"
"이것 참, 턱없이 피를 흘리게 됐구만."
"그렇게 됐소. 허나 피를 아낄 판국이 아니오."
"자녀들만이라도 피란을 시킵시다. 아니면 영감은 절대(絶代)를 한단 말이오."
"나는 뭇사람을 사지에 몰아넣는 운명을 타고났소. 핏줄은 깨끗이 없어져야 그 죗값을 할 것이오."
조영규는 그의 기세에 눌려 더 이상 권하지 못했다.
송상현은 말머리를 돌렸다.
"영감에게 부탁이 있소. 사람이 없어 내 비장을 우위장으로 서문에 배치했는데 영감이 대신 맡아 줄 수 없겠소?"
조영규는 웃었다.
"놀러 오지는 않았으니까."
이로써 남문은 송상현, 동문은 이언함, 북문은 홍윤관, 서문은 조영규로 방비태세를 갖춘 셈이었다.
　조영규는 일어서 한 발 내디디다 돌아섰다.
　"이별주 한잔 없겠소?"
　"있소."
　그들은 김섬이 남기고 간 호리병을 기울여 한 잔씩 나눴다.
　"다음에는 아마 저승에서 만나게 되겠구만."
　한마디 남기고 조영규는 층계를 내려갔다. 달 아래 능숙한 솜씨로 말을 달려 가는 그의 뒷모습을 바라보면서 송상현은 속으로 생각했다.
　'조영규는 대장부다.'
　그는 팔짱을 지르고 깊은 잠에 빠져들었다.

## 조선의 인물 송상현

　새날은 4월 15일. 하늘에 구름이 오락가락하는 초여름의 포근한 날씨였다.
　남문 다락 호상에 앉은 채 잠이 들었던 동래부사 송상현은 요란한 소리에 잠을 깼다.
　바로 성 밑 초가에서 첫닭이 울고 있었다. 그는 주위를 둘러보았다.
　먼동이 트는 하늘 아래 성 위의 장정들은 잠을 이루지 못한 듯 부스럭거리고 있었다. 그는 일어서 천천히 성벽 위를 돌기 시작했다.
　"사또 어른, 집에 잠깐 다녀오면 안 됩니꺼?"
　12, 3세의 앳된 얼굴이 쳐다보았다.
　"집이 어딘데?"
　송상현은 발을 멈췄다.
　"요 너머 반송골(盤松洞)이라요. 이 약을 엄마한테 갖다 줄락캅니더."

소년은 불룩한 주머니를 안고 있었다.

"약이라……."

"울 엄마는 이 약을 달여 묵어야 낫는 기라요."

병든 과부의 외아들, 약을 지으러 갔다 돌아오는 길에 마구잡이로 끌려온 것일까?

"가보아라."

"휘딱 뛰어갔다 올 김니더."

소년은 일어서 허리띠를 졸라매고 주머니를 어깨에 걸쳤다.

"돌아올 것 없다."

상현은 속삭이고 발길을 돌렸다.

오전 6시[卯時]. 소수 병력을 수비군으로 남기고 부산성을 떠난 일본군의 주력 1만 8천여 명은 고니시 유키나가, 소 요시토시 등의 지휘하에 동래성을 향해 진격을 개시하였다.

추수가 멀지 않은 보리밭에는 제비들이 가로 세로 허공을 가르고 산과 들에 신록(新綠)이 짙어 가고 있었다.

한량없는 이 자연의 고요에 유키나가는 평화를 갈구하는 하늘의 뜻이 가슴에 사무치고 주님을 등진 자기의 모습이 눈에 보이는 듯했다. 본심이야 어떻든 자기는 지옥의 길을 가고 있는 것이다.

어제 부산성에서는 도무지 예측하지 못한 일이 벌어졌다. 일본군은 짐승이지 인간이 아니었다.

성내에 몰려 들어간 장병들은 알 수 없는 소리를 외치며 노인이고 어린아이를 막론하고 무조건 치고 짓밟았다.

"사라미를 죽여라!"

치마를 두른 여자들은 늙고 젊은 구분이 없었다. 집안이고 길바닥을 가리지 않고 덮쳤다.

"사라미란 무엇이냐?"

조선말 같은데 동행한 이 통사(李通事)는 집 모퉁이에 주저앉아 두 손으로 얼굴을 가리고 대답이 없었다.

"조선말로 인간을 사라미라고 합니다."

옆에 선 야나가와 시게노부(柳川調信)가 대답했다.

'사라미'는 개나 돼지에 비길 것도 못 되었다. 개, 돼지는 때를 가려 먹기 위해서 잡는 것이었으나 이것은 그것도 아니었다. 그저 잡는 것이다.

일본 국내에서도 여러 차례 전쟁에 나간 일이 있었다. 군사들끼리 싸웠고 승부가 결정되면 그것으로 끝이었다. 백성을 다치는 것은 비겁한 일, 있을 수 없는 일이었다. 그러나 이번에는 그렇지 않았다.

장교와 졸병의 구분도 없었다. 산에서 처음 인간 세상에 내려온 짐승들같이 한데 엉켜 무작정 날뛰고 돌아갔다. 눈에 핏발이 선 그들을 막을 자는 아무도 없고, 피는 강물처럼 흘렀다.

소동이 지나간 후 성내를 돌다 시체 더미에 숨어 있는 조선 백성이 눈에 들어왔다. 동행한 병정들이 '사라미'를 외치며 달려들어 창을 겨누는 것을 막아섰다.

"이것들은 내게 맡겨라. 물을 것이 있다."

사라미는 모두 3명이었다. 뒷짐을 묶어 배로 압송하면서 심복에게 속삭였다.

"틈을 보아 방면해라."

1천여 명의 생명 중에서 겨우 3명을 구했다. 그것이 무슨 소용이냐? 오늘의 이 범죄는 영원히 하늘나라에 기록될 것이다. 유키나가는 크게 한숨을 내쉬었다.

"스님 지금 몇 시나 되었을까요?"

멀리 동래성이 눈에 들어오자 그는 말고삐를 틀고 옆을 달리는 겐소에게 물었다.

"진시(辰時 : 오전 8시)쯤 되는가 봅니다."

겐소는 해가 솟아오른 동녘 하늘을 바라보고 대답했다.

송상현은 동래에서 부산에 이르는 20리 길에 산모퉁이마다 척후를 매복해 두었었다. 이른 아침부터 금정산의 봉수대(烽燧臺)에서는 검은 연기가 오르고 척후들이 차례로 달려왔다.

"적이 구름같이 몰려오고 있습니다."

성을 한바퀴 돌아온 상현은 남문으로 향하다가 발길을 돌려 내아로 들어갔다. 이 며칠 동안 만나지 못한 가족들, 이승을 하직하기 전에 얼굴이라도 보리라.

"이제 오시나요."

중문을 밀자 부인 이(李)씨가 두 손을 모아 쥐고 서 있었다. 두 눈에 살기가 서린 품이 밤을 지새운 모양이었다.

"아이들은 어디 갔소?"

"자고 있어요."

상현은 신발을 신은 채 안방으로 들어갔다. 어린 남매가 이불을 걷어찬 채 세상모르고 잠들어 있었다. 그는 안막이 흐려 오고 할 말도 없었다.

눈길을 천장으로 던지고 한동안 쳐다보다 그대로 돌아섰다.

"어떻게 할까요?"

이씨가 옷자락을 잡았다.

"당신은 사대부의 아내요. 생사시지 간에 깨끗해야 하지 않겠소?"

"깨끗도 좋지마는 저 아이들을 어떻게 하지요?"

결혼한 지 근 30년에 처음으로 말대꾸 비슷한 것이 울렸다. 그렇다고 지금 이 마당에 방책이라고 있을 수 없었다.

"말씀을 해주세요."

이씨는 치맛자락을 얼굴로 가져가고 흐느꼈다.

"나는 지아비로도 또 어버이로도 쓸모없는 인간이었소. 알아서 해주시오."

그는 부인의 두 어깨에 손을 얹었다 돌아섰다.

대문을 나서는데 함경도 고향으로 돌아간 줄 알았던 김섬이 울타리 옆에서 기다리고 있었다.

"저도 함께 남문에 가면 안 되나요?"

"너, 으응…… 안 되지."

상현은 볼멘소리를 남기고 말에 올라 남문으로 달렸다.

"웬일이냐?"

어제 밀양으로 돌려보낸 청지기 신여로가 서성거리고 있었다.

"그저예."

그는 머리를 긁적거렸다.

"여기가 어디라고. 빨리 돌아가 어머님을 모셔라!"

"괘않십니더."

신여로는 물통을 들고 우물로 성큼성큼 걸어갔다.

적은 동래성을 에워싸고 서서히 다가왔다.

"저게 무얼까요?"

비장 송봉수가 속삭였다. 남문 밖, 약간 높은 취병장(聚兵場) 언덕에 몰려선 적병들이 큰 글씨가 적힌 판자를 높이 쳐들고 그 옆에는 가사를 걸친 중들이 목탁을 두드리고 있었다.

'싸울 테면 싸우자. 싸우지 않으려거든 길을 빌리자(戰則戰 不戰則

假道).'

바라보던 송상현은 도끼로 다락 한구석 판자를 찍어다 붓으로 써 내려갔다.

'싸워서 죽는 것은 아무것도 아니다. 길은 빌리지 못한다(死易 假道難).'
그는 붓을 놓고 일어섰다.

"이것을 쳐들어요."

송봉수는 적들이 잘 볼 수 있는 성벽 위에 나가 판자를 쳐들고 외쳤다.
"이 날강도들아!"

그의 고함소리에 힘을 얻은 장정들도 외쳤다.

"이 짐승들아!"

"이리들아!"

적은 북을 치며 조총을 쏘아붙이고 성 위에서는 하나 둘 피를 토하고 쓰러졌다. 일찍이 듣지 못하던 엄청난 폭음에 장정들은 성가퀴에 움츠리고 머리를 들지 못했다. 송상현은 얼굴에 미소를 머금고 진영을 돌았다.

"잘한다. 그렇게 숨어 있다가 적이 가까이 오면 느긋한 마음으로 활을 당겨라."

그는 활을 들어 성벽에 달라붙는 적병을 연거푸 쏘아 거꾸러뜨렸다.
"봐, 왜놈들 아무것도 아니다."

힘을 낸 장정들은 잘 싸웠다. 삼중으로 포위한 적은 일진이 물러가자 이진이 달려들고 이진이 물러서자 북이 울리고 공격을 멈췄다. 장수들이 큰 깃발 아래 모여드는 품이 계책을 바꿀 모양이었다. 송상현은 사방을 둘러보았다. 서문과 동문, 그리고 북문 쪽도 잘 싸우는 듯 이상이 없었다.

이런 때 소산역으로 물러간 이각이 달려오면 얼마나 좋을까. 적을 배후에서 공격하면 판세를 뒤집을 수도 있을 것이다.

　행여나 하는 마음에 북쪽을 바라보았으나 아무 기척도 없었다.

　공격을 멈췄던 적의 주력이 동북으로 이동을 시작했다.

　동래성은 동북이 산에 걸쳐 있었다. 고지에서 성내를 내려다보고 다시 공격할 모양이다. 북문의 홍윤관은 용장이니 믿음직했으나 동문의 이언함이 아무래도 안심이 안 되었다.

　송상현은 송봉수에게 남문을 맡기고 동문으로 말을 달렸다.

　"영감, 피곤하시면 내려와 쉬시오. 내가 대신하리다."

　다락을 쳐다보고 외치자 갑옷을 입은 이언함이 난간으로 상반신을 내밀었다.

　"이 이언함을 어떻게 보고 하는 말씀이오?"

　"내가 실언을 했소. 좀 도와드리리다."

　"당신의 남문이나 똑똑히 지키시오."

　상현은 말머리를 돌렸다.


　그가 사라진 후 이언함은 눈앞이 아물거렸다. 동문 밖에는 엄청난 적이 몰려오고 북문에도 개미 떼처럼 달려들었다.

　총알이 날아왔다. 정말 우박같이 쏟아져 기둥이라는 기둥은 성한 틈이 없고 옆에서는 장정들이 연거푸 나동그라졌다. 도무지 싸움이 되지 않았다. 이런 때 장수 된 자가 한마디 호령이 없을 수 없었으나 오금을 펼 수 없었다. 그는 반이나 굴러 층계를 내려왔다. 이리저리 두리번거리다 성 밑 노송(老松) 그루에 머리를 박고 엎드렸다.

　'대의(大義).'

　가슴이 두근거리는 가운데서도 항용 입에 올리던 대의가 머리에 떠올랐다.

"그렇지, 선비는 대의에 죽어야 한다."

성가퀴에 움츠리고 그의 거동을 지켜보던 장정들이 키[箕]에서 쌀이 쏟아지듯 성 밑으로 쏟아져 뿔뿔이 흩어졌다.

사이를 두고 장작을 패듯 날카로운 음향에 이어 동문이 부서지고 함성과 함께 적이 몰려 들어왔다.

순간, 이언함의 머리에서는 대의가 사라지고 문자가 솟아올랐다.

'죽어서 대접을 받음은 살아서 괄시를 받음만 같지 못하니라(好死不如惡活).'

그는 일어서 두 손을 번쩍 들었다.

"사라미!"

적병들이 고함을 지르며 빙 둘러싸는 것을 갑옷을 입은 자가 창대로 가로막았다.

"너, 모양새로 보니 장수 같구나."

그는 통역을 불러 세우고 물었다. 이언함은 땅바닥에 눌어붙었다.

"장수가 아니옵고 하아, 울산군수 이언함이올시다."

"군수? 딴 짓 하다가는 토막을 내버린다!"

오랏줄에 묶인 이언함은 적병들에게 엉덩이를 채이면서 성 밖으로 끌려 나갔다.

북문에서 홍윤관과 몇 마디 주고받은 송상현은 서문으로 말을 달리다 적의 함성에 고개를 돌렸다. 동문이 뚫리고 적이 밀려들고 있었다.

그는 급히 남문으로 돌아왔다. 동문으로 들어온 적은 성난 파도같이 함성을 지르며 사처로 퍼지고 있었다. 여태까지 그럭저럭 버티던 성 위의 장정들은 입을 벌리고 바라보다 활을 팽개치고 땅으로 뛰어내려 숨을 구멍을 찾고 돌아갔다.

'아, 마지막이다.'

송상현은 층계를 내려 신여로에게 일렀다.
"너 집에 달려가 조복을 가져오너라."
기다리는 동안에도 적은 각각으로 밀려오고 있었다. 그는 신여로가 안고 온 붉은 단령을 갑옷 위에 껴입고 북쪽을 향해 네 번 절하였다.
나라에 하직을 고한 상현은 다시 층계를 올랐다. 이제 남문은 적의 홍수 속에 무너지다 남은 섬 같은 형국이었다.
마침내 남문도 뚫리고, 끝까지 지키던 4, 5명의 장정들은 적을 물어뜯다 그들의 칼에 맞아 모두 쓰러지고 말았다. 남은 것은 다락의 송상현과 송봉수, 그리고 신여로 세 사람이었다.

적병 4명이 층계로 몰려 올라왔다. 세 사람은 칼을 빼어 들고 적과 혼전이 벌어졌다. 한 명, 두 명, 내리쳤으나 신여로, 다음에는 송봉수가 피를 뿜고 쓰러졌다. 송상현은 칼을 옆으로 휘두르고 이어서 연거푸 내리쳐 남은 두 명을 쓰러뜨렸다.
"영감."
뒤이어 층계를 올라온 것은 얼마 전에 특사로 왔던 쓰시마의 다이라 시게마스(平調益)였다. 그는 뽑았던 칼을 칼집에 도로 꽂으면서 비켜섰다. 피하라는 눈짓이었다.
"이것이 이웃 간의 도리인가?"
상현은 호상에 좌정하고 외쳤다.
"영감……."
머뭇거리던 시게마스가 말을 이었다.
"성은 이미 떨어졌습니다. 얼른 피하시지요."
송상현은 둘러보았다. 북문과 서문에 불길이 오르고 성내 곳곳에 검은 연기가 치솟고 있었다. 홍윤관도 죽고 조영규도 죽었으리라.

끝없는 나락에 떨어지는 심정이었고, 일순의 삶도 이렇게 역겨울 수가 없었다.

층계가 떠들썩하면서 5, 6명의 적병이 몰려 올라왔다. 그들은 시게마스를 밀치고 상현에게 달려들어 칼을 쳐들었다.

눈을 감고 호상에 앉은 상현은 팔짱을 지른 채 꼼짝하지 않았다.

둘러선 적은 연거푸 칼탕을 퍼부었다.

"이 노—ㅁ."

쓰러졌던 송상현은 몸을 일으키려다 재차 퍼붓는 칼탕에 피를 토하고 다시는 움직이지 못했다. 42세.

"야—ㅅ."

괴수로 보이는 곰보 장수가 함성과 함께 내리치는 칼날에 상현은 목이 잘리고 머리가 마룻바닥에 뒹굴었다. 상투를 낚아챈 곰보는 피가 흐르는 머리를 대롱거리며 층계를 내리달리고 나머지 병정들은 뒤를 따랐다.

"호— 적의 주장이라."

남문 밖 취병장에서 전투를 지휘하던 고니시 유키나가는 호상에 걸터앉아 거적 위에 놓인 송상현의 머리를 내려다보았다. 헝클어진 두발과 수염 사이로 부릅뜬 두 눈. 그는 머리를 돌려 곰보 이하 병정들을 칭찬하고 화강금(花降金 : 金貨) 한 닢씩 주어 물러가게 했다.

"이것이 네가 전에 말하던 동래부사 송상현이냐?"

유키나가는 아직도 문루에서 서성거리던 시게마스를 불러 물었다.

"그렇습니다."

유키나가로서는 화평을 논할 상대를 잃은 아쉬움이 있었다. 자기의 힘으로도 어쩔 수 없는 일이었으나 송상현은 조선의 인물이다. 조선 사람들의 마음을 누그러뜨릴 필요가 있었다.

"이 머리는 태합(太閤 : 히데요시)에게 보낼 것이 없다. 친척을 찾아 장사를 지내라."

시게마스는 통역들을 풀어 송상현의 친척을 수소문했으나 혼란 중에 찾지 못하고, 제 발로 걸어온 동래부의 관원 송백(宋伯)과 종 두 사람, 철수와 매동(鐵壽, 邁同)을 만났다.

"우리는 죽어도 좋으니 사또 어른을 장사 지내게 해주시오."

시게마스는 그들과 함께 송상현의 시체를 수습해서 성 밖 밤나무 숲에 매장하였다. 따라간 중 겐소는 목탁 소리와 함께 경을 외고 나무를 찍어 묘표(墓標)도 세웠다.

'조선 충신 송공상현지묘(朝鮮忠臣宋公象賢之墓).'

## 충성과 배신

　동래성의 전투는 반나절로 끝나고 성내는 쫓는 자와 쫓기는 자의 수라장으로 변했다.
　김섬은 대문으로 들이닥치는 적을 피해 울타리를 넘어 뛰었다. 남문 송상현의 옆에 가서 죽으리라. 그는 상현이 이미 죽은 것을 알지 못했다.
　"고노 아마아(이 가시나)!"
　모퉁이에서 부딪친 적병이 그의 손목을 낚아채고 나머지들이 저마다 한마디씩 했다.
　"벳핀다나(미인이구나)."
　"고리야 모케모노다(이거야말로 횡재로다)."
　머리채를 끌려 적진으로 간 김섬은 오욕 속에서도 사흘 낮과 밤을 항거하다가 그들의 칼에 맞아 죽었다. 그래도 가긍하게 생각하는 적병들이 있어 성 밖 송상현의 무덤 옆에 묻히는 신세가 되었다.

적이 몰려오자 상현의 부인 이씨는 아이들 남매를 벽장에 숨기고 문을 막아섰다.

"이러지 말아 주시오."

"이건 뭐냐?"

흙발로 들이닥친 적병들은 어미와 아이들의 멱살을 잡아끌고 갔다.

"얀반노 아마아니 가키도모다(양반의 여편네에 새끼들이다)."

상이 내릴 것이었다.

온 성내는 적의 호통과 죽어 가는 남녀의 울부짖음이 뒤범벅이 되어 산과 들을 진동하였다.

이 4월 15일, 동래에서 죽은 적병은 1백 명, 조선 사람은 3천여 명이 학살을 당하였다. 살아서 그들에게 붙들린 남녀는 5백 명, 끌려서 부산으로 향했다.

배를 타고 일본으로 간다고 했다.

"왜 빨리 빨리 못 걸어 했소까?"

끌고 가는 일본 병사들은 무시로 창을 휘둘러 내리쳤다. 사람들은 고꾸라졌다가도 다시 일어서 걸음을 재촉했다.

"이것들, 굼벵이가 아냐?"

그래도 뒤에 처진 노인들이 있었다. 적병들은 엎어 놓고 굽은 허리를 짓밟아 도랑에 차넣었다.

"우루사이조(시끄럽다)!"

어머니의 손에 끌려가면서 다리가 아프다고 앙탈하는 어린아이를 잡아채어 길가 논바닥에 거꾸로 처박았다.

양쪽에 하나씩 남매의 손목을 잡고 가던 송상현의 부인 이씨는 얼른 하나를 업고 하나는 품에 안았다. 그리고는 땀을 물처럼 흘리면서도 용케 따라갔다.

"이제 죽었구나."

대열에 끼어 종종걸음을 치던 이언함은 눈앞이 캄캄했다. 옛날 성현은 이런 때 무어라고 했지? 문자가 샘솟듯 하는 그로서도 정신이 혼미해서 통 생각이 나지 않았다.

해질 무렵, 부산까지 반은 왔을 성싶은데 뒤에서 말 탄 장수가 달려오면서 무어라고 고함을 치더니 옆을 가던 병정이 그의 어깨를 잡아채었다.

"이리 나와!"

그는 말 탄 장수의 뒤를 따라 오던 길을 다시 더듬어 동래 방향으로 뛰었다. 목을 치는 것일까, 아니면 조르는 것일까?

성내에는 이미 어둠이 깔리고 동헌에서는 적병들이 돌아다니며 촛불을 켜고 있었다.

장수들과 중들이 뒤섞인 가운데 상좌에 앉은 젊은 대장은 고니시 유키나가라고 했다.

"당신이 울산군수에 틀림없소?"

바라보던 유키나가가 늙수그레한 통역을 옆에 앉히고 물었다.

"그렇소이다."

뒷짐을 묶인 이언함은 무릎을 꿇고 머리를 조아렸다.

"우리 군사들이 몰라 뵙고 실례가 막심했소."

유키나가의 눈짓으로 주위에 있던 사람들이 포박을 풀었으나 이언함은 머리를 숙인 채 쉬지 않고 눈알을 굴렸다. 거동을 지켜보던 유키나가가 계속했다.

"편히 앉으시오. 우리 일본은 조선과 싸울 생각은 추호도 없소. 명나라에 조공을 바치러 가는 길을 빌려 주십사 하는 것인데 이웃 간의 정의로 보아서도 못할 것이 무엇이오? 대수롭지도 않은 일로 이런 참변을 자초하는 조선 조정의 심사를 알 수 없단 말이오. 영감의 생각은 어떻소?"

이언함은 굽실했다.

"빨리 화평을 해야 합지요."

"옳은 말씀이오. 내가 거느린 이 숱한 군사들은 선봉에 불과하고 백만 대군이 뒤이어 올라올 것이오. 백만이 올라오면 어떻게 될 것 같소?"

"사방 삼면전에 십실구가공이 되겠습지요(四方三面戰 十室九家空)."

"무슨 말씀이지요?"

통역이 되물었다.

"옛사람의 시올시다. 사방에 전쟁이 일어나서 10호 있는 마을이라면 9호는 빈집이 되어 버린다는 뜻입니다."

"허허…… 무식해서. 문장가는 문장가라야 말이 통하겠구만. 겐소 스님을 아시오?"

"사신으로 여러 번 서울에 오신 분이지요. 존함은 들었습니다."

"내가 겐소요."

아까부터 한쪽에서 지켜보던 낫살 먹은 중이 유키나가와 눈짓을 하고 일어섰다.

"나하구 조용히 이야기합시다."

그는 대답을 기다리지 않고 앞장서 옆방으로 들어갔다. 이언함은 전부터 소문을 듣고 있었다. 겐소는 글줄이나 하는 중으로 시도 제법 짓는다고 했다. 말이 통하겠다고 생각했으나 그렇지 않았다.

"당신 아까 뭐랬소? 10호 중에 9호가 빈다고?"

단둘이 마주 앉자 겐소는 그를 아래위로 훑고 필담(筆談)을 시작했다. 이언함은 겁이 났다.

"그건 제 생각이 아니고 왕안석(王安石)의 시온데……."

겐소는 가로막았다.

"10호 몽땅 잿더미가 돼버릴 것이오."

"……."

"인간이란 인간은 멸종될 것이오."

"……."

"오늘 성내에서 보았지요? 우리는 항복했다고 살려 주지 않소."

이언함은 가슴이 내려앉았다.

두 눈을 세모꼴로 치켜뜬 이 중이 사람을 잡을 기세였다.

"그, 그러면 나는 어떻게 되나요?"

"죽지요."

"아 스님, 자하(子夏)가 말씀하기를 사해 안은 모두 형제라고 했습니다(四海之內 皆兄弟也). 어찌 이럴 수 있습니까?"

"이덕형(李德馨)을 아시오?"

"알기는 압니다마는……."

전에 겐소가 일본 왕사로 서울에 왔을 때 이덕형이 그를 상대했다는 소리는 듣고 있었다. 그때 무슨 앙심을 품은 것은 아닐까?

"내가 만난 사람은 모두 벽창혼데 이덕형만은 이야기가 통하는 인물이었소."

"아다마다요. 이만저만한 사이가 아닙지요."

"우리는 마지못해 싸우고 있소. 지금도 뜻은 화평에 있는데 어떻소? 당신은 군수라니 조정에 이 뜻을 전할 수 있겠소?"

"전하다마다요."

"내 고니시(小西) 장군에게 특청을 드려 당신을 방면해서 서울로 보내기로 했소."

"감사합니다."

이언함은 반쯤 일어섰다 앉았다.

"우리는 이달 25일 상주(尙州)에 당도할 것이오. 서울에 가거든 이덕형, 그분에게 이르시오. 그날 상주에서 나하고 만나 화평을 의논하자구 말이오."

병정들이 저녁상을 날라왔다. 밥덩이와 국뿐인 소찬이었으나 소주병도 들어왔다.

이언함은 술이 몇 잔 들어가니 오그라들었던 가슴이 풀리고 살 것 같았다.

그는 권하는 대로 밥덩이도 사양 않고 씹었다.

"도무지 알 수 없는 일이오. 우리가 쳐들어온다고 그렇게도 누누이 이야기했는데 방비라고는 아무것도 없으니 당신네 조정은 정신이 빠진 것이 아니오?"

"……."

"하기는 조선에서는 엎어져도 시, 자빠져도 시라, 그럴 틈이 없었겠지요."

"《사략(史略)》에 이르기를 유문사자(有文事者)는 필유무비(必有武備)라 문무를 겸해야 하는 것인데 승평(昇平 : 태평) 이백 년에 무를 잊었다는 말이외다. 성인의 말씀을 삼가지 않았으니……."

겐소는 하품을 하고 일어섰다.

"피곤한데 우리 눈을 붙여 볼까요?"

밖으로 나간 그는 밤이 새도록 다시는 나타나지 않았다.

이튿날 북문 밖까지 전송 나온 겐소는 편지 두 통을 건네주고 일렀다.

"조정에 이 편지를 전하고 영감도 화평을 위해서 힘써 주시오."

"쓰다마다요."

한 통은 겐소가 이덕형에게 보내는 사신, 또 한 통은 겉봉에 '예조대인각하(禮曹大人閣下)'라고 쓴 고니시 유키나가의 공문이었다.

일본군이 내준 나귀를 타고 한참 가다 생각하니 이것은 보통 일이 아니었다.

적을 친다고 나간 자가 적의 편지를 들고 돌아다닌다? 모양부터 안 되었고 조정에서 적과 내통했다고 몰아세워도 할 말이 없지 않을까?

아니, 조정까지 갈 것도 없고 행여 도중에서 어느 누구의 눈에 띄어도 말썽을 면치 못할 것이다.

그는 큰길을 버리고 오솔길을 가면서 생각을 가다듬었다. 역시 편지는 우환덩이였다.

외진 대목에서 나귀를 내려 사방을 두리번거리다 숲 속으로 들어갔다. 소나무 가지를 꺾어 땅을 파고 주위를 살폈으나 뻐꾹새가 울 뿐 인기척은 없었다.

편지를 갈기갈기 찢어 구덩이에 집어 넣고 묻어 버렸다. 일어서 둘러 보았으나 역시 사람은 그림자도 보이지 않았다.

다시 길에 내려서니 원귀를 털어 버린 듯 가슴이 후련했다.

그는 상투를 풀어헤치고 얼굴에 흙먼지를 문질렀다. 그리고는 나귀에 올라 머리칼을 바람에 나부끼며 북으로 달렸다.

구사일생으로 적진을 탈출해 왔다면 포상도 있을 것이다.

《연책(燕策)》에 이르기를 지혜 있는 자는 화를 복으로 전환하고 실패를 성공으로 이끈다고 했겠다(智者之擧事也 轉禍而爲福 因敗而成功).

용기와 충성, 배신과 비겁, 전쟁은 인간이 타고난 온갖 미(美)와 추(醜)가 동시에 분출하는 소용돌이였다.

이대수(李大樹)와 김효우(金孝友)는 밀양부사 박진을 따라온 젊은 군관들이었다. 동래성이 적에게 포위되어도 소산역에서 꼼짝하지 않는 이각에게 달려갔다.

"장군, 적을 배후에서 쳐야 하지 않겠습니까?"

호상에 앉은 이각은 턱을 쳐들었다.

"아직 병기(兵機)가 아니다."

마침내 동래성이 떨어지자 그들은 또 달려갔다.

"우리 모두 적중에 뛰어들어 사생결단을 내는 것이 어떻겠습니까?"

"하, 그런 무모한 짓이 어디 있느냐? 후일을 기해야지."

"후일을 기하다니요?"

"울산 본영으로 후퇴해서 태세를 정비해야겠다."

"당신도 장수요?"

이대수가 그의 멱살을 틀어잡자 김효우는 주먹으로 양미간을 후려쳤다. 황급히 달려온 박진이 뜯어말렸다.

"이런 법이 없다."

두 군관을 자기 진영으로 돌려보낸 박진은 사과했다.

"모든 것이 저의 불찰이올시다."

이각은 찢어진 옷깃을 여미고 발을 굴렀다.

"군법을 시행할 것이다!"

박진은 두 손을 모아 쥐었다.

"그래야 합지요. 그러나 지금 당장 시행하시면 무슨 불측한 사태가 벌어질지 알 수 없습니다. 싸우는 시늉이라도 해야 할 때입니다."

"……."

"싸우지도 않고 물러섰다면 조정에서도 용서하지 않을 것입니다."

"내가 언제 싸우지 않는다고 했소?"

이각이 눈알을 굴렸다.

"장군께서도 생각하시는 바가 있으시겠지요. 허나 동래가 떨어진 마당에 이 소산마저 적의 수중에 들어가면 영남 전체가 저절로 무너질 것입니다. 사수해야 하지 않겠습니까?"

"그렇다고 무슨 방책이 있겠소?"

"저는 저 앞 골짜기에 복병을 매복하고 적이 오면 기습공격을 감행할 작정입니다. 장군께서는 이 산기슭에 그대로 계십시오."

"될까?"

"만약 제가 위기에 빠지면 장군께서 도와주시지요. 장군의 휘하는 모두 강병들이니 바람같이 공격하고 바람같이 사라질 수 있을 것입니다. 저에게 혈로(血路)만 열어 주시면 됩니다."

"좋은 생각이오."

고개를 끄덕이던 이각이 별안간 삿대질을 했다.

"저 못된 군관놈들은 어쩔 것이오?"

"싸움이 끝나면 제 손으로 목을 치겠습니다."

박진에게는 밀양에서 이끌고 온 군사와 밤사이에 이 근방에서 긁어모은 장정들을 합해 5백 명의 병사들이 있었다. 그는 이대수, 김효우를 주축으로 이들을 골짜기의 길 양쪽 숲 속에 배치하고 자신은 50명의 작은 부대를 이끌고 고개를 넘어 동래 방향으로 남진하였다. 복병의 함정으로 유인해다 짓밟아 버릴 생각이었다.

동래성을 점령한 적의 일부, 언뜻 보아 2, 3천 명이 깃발을 앞세우고 북문을 나서는 길이었다.

박진의 부대는 북을 치고 내달려 활을 쏘다가도 후퇴하고 산모퉁이로 사라졌다가도 다시 나타나 적을 유인하였다. 적은 가끔 전진을 멈추고 주위를 살피면서 조심조심 다가왔다.

고갯마루에서 적을 기다리는데 이변이 생겼다. 멀리 산기슭에 포진하고 있던 이각이 사방을 두리번거리더니 재빨리 말에 올랐다. 그리고는 부하 3백 명을 끌고 북으로 도망치기 시작했다.

이어서 골짜기에 복병으로 포진했던 병사들이 하나 둘 빠지더니 마침내 무더기로 그 뒤를 따라 뛰었다. 삽시간에 공포의 바람이 휘몰아친 듯 걷잡을 수 없는 혼란이 벌어졌다.

박진은 얼른 말고삐를 틀어 채찍을 퍼부으며 그들을 추격했다.

"멈춰라!"

고함을 질렀으나 일단 뛰기 시작한 병사들의 귀에는 들리지도 않았다. 그들은 뿔뿔이 흩어져 산으로 뛰었다. 박진은 기를 쓰고 말을 달려 이각을 따라잡았다.

"장군, 어찌 된 일이오?"

"아무래도 안 되겠소. 울산까지 후퇴해야겠소."

"이 마당에 후퇴라니요?"

"나도 생각이 있소. 자네도 울산까지 함께 가지."

"또 도망인가요?"

박진은 허공에 쳐든 주먹을 부르르 떨었다.

노려보던 이각은 별안간 말에 채찍을 내리쳤다. 말갈기에 얼굴을 파묻고 총알같이 북으로 빠져 달아났다. 바라보고 있는데 김효우와 함께 이리저리 말을 달려 흩어진 병사들을 수습하던 이대수가 달려왔다.

"저 물건부터 처치해야겠습니다."

고삐를 틀어 달리려는 것을 막아섰다.

"내버려 둬."

박진은 침을 뱉고 이를 갈았다.

"놈의 새끼!"

그는 두 군관과 함께 서둘러 남은 병사들을 긁어모았다.

"빨리 이 소산 지역에서 벗어나십시오. 제가 뒤에 남아 적을 감시하지요."

김효우는 소매로 이마의 땀을 훔치고 박진을 쳐다보았다.

"그래, 수고해 줘요."

박진은 양산가도를 북으로 20리를 달려 시야가 확 트인 고개에서 뒤를 돌아보았다. 적의 모습은 보이지 않고 병사들은 아무렇게나 쓰러져 땅 위에 사지를 뻗었다.

이대수와 함께 세어 보니 남은 병력은 3백 명이었다. 2백 명을 잃은 것이다.

해는 서산으로 기우는데 병사들은 지치고 허기져 더 이상 움직일 기운이 없었다. 새벽에 밥덩이를 하나씩 씹었을 뿐 점심을 걸렀고 갑자기 흩어지는 바람에 가졌던 식량도 팽개치고 왔다. 식량뿐만 아니라 무기도 내동댕이친 오합지졸이었다.

박진은 무엇보다 급한 것이 적의 예봉을 피하는 일이었다. 우선 옆길로 빠져 산으로 들어가자. 숨을 돌리고 다음 일을 생각하리라. 궁리하고 있는데 뒤에 남았던 김효우가 말을 달려 왔다.

"적은 소산에서 방향을 바꾸어 동쪽으로 향했습니다. 아마 기장(機張)을 칠 모양입니다."

소산에서 기장까지는 30리로, 왕복 60리. 오늘 안에는 적이 추격해 올 염려가 없었다.

박진은 병사들을 이끌고 북으로 10여 리, 양산으로 향했다.

황혼이 깔리는 성내에는 사람의 기척은 없고 주인을 잃은 개들이 한참 짖다가 어둠 속으로 사라졌다.

그는 도끼로 관고의 문을 부수고 안으로 들어갔다. 식량도 있고 무기도 있었다. 병사들에게 밥을 지어 먹이고 무기를 나눠 주었다.

이튿날 일찍 양산성을 나온 박진은 곧바로 북상하여 밀양 못미처 작원(鵲院)에 포진하였다. 험한 산이 낙동강변에 바싹 다가섰고 한 줄기 좁은 길은 강과 벼랑 사이를 지나고 있었다.

박진은 벼랑 위 숲 속에 병사들을 배치하고 일렀다.

"적이 바로 이 밑에 올 때까지 숨을 죽이고 꼼짝 말라. 적이 오면 내가 북을 칠 터이니 활을 쏘고 바위를 굴리고, 아주 몰살해 버리자."

대개가 엊그제까지 땅을 파던 농부들이라 활을 당기는 것은 서툴러도 바위를 굴리는 데는 익숙한 사람들이었다. 병사들은 자신이 생긴 듯 흩어져 큼직한 바위를 굴려다 각기 자기 앞에 늘어놓았다.

이틀을 기다렸으나 적은 오지 않았다. 적중에서 도망쳐 오는 백성들에게 물으니 15일 동래와 소산을 점령한 적은 16일 기장과 좌수영(左水營)에 들어갔고, 17일 양산까지 올라왔다고 했다.

18일. 해가 중천에서 서쪽으로 기울 무렵, 양산 방면에 나갔던 김효우가 달려왔다. 고니시 유키나가가 지휘하는 1만 8천여 명의 적의 본대(本隊)가 다가온다고 했다.

"기침을 해도 안 되고 감쪽같이 숨어 있어야 한다."

박진은 숲 속을 돌며 다시 한 번 다짐을 했다.

말을 탄 적의 척후 5, 6명이 남쪽 고갯마루에 나타났다. 박진은 진영을 훑어보았다. 적의 출현에 긴장한 병사들은 무시로 잔기침을 하고 부스럭거리고 있었다.

## 도망 또 도망

 졸병들은 흰 상·하의에 허리를 질끈 동여맨 것이 군복이었다. 이 산의 짙은 초록에 흰색은 선명한 대조를 이루는데 그것이 움직이면 유달리 적의 눈에 띄지 않을까. 박진은 이것이 걱정이었다.
 "움직이지 말라."
 구구전승으로 온 진영에 속삭였으나 단련되지 못한 병사들은 긴장할수록 더욱 움씰거렸다. 복병처럼 고도의 단련이 필요한 것도 없는데 이것은 내 실수가 아닐까.
 그러나 남쪽 고개의 척후들은 둘러앉아 점심을 먹기 시작했다.
 눈치를 채었다면 저러지는 못하리라. 걱정하던 박진은 좀 더 기다려 보기로 했다.
 해가 서산에 너울거리는데 별안간 뒤편 산꼭대기에서 콩 볶듯 총소리가 울리면서 총알이 쏟아졌다.

박진은 놀라 뒤를 돌아보았다.

적은 온 산을 뒤덮고 총을 쏘며 삼면으로 죄어들고 있었다. 앞은 절벽, 빠질 구멍이 없었다.

염려한 대로 모르는 사이에 노출되었고 배후로 우회한 적에게 포위된 것이다. 높은 데서 흰 병사들을 겨누고 쏘는 적의 사격은 정확하고, 우군은 수없이 쓰러져 피를 토하였다.

활은 맥을 쓰지 못했다. 아무리 쏘아도 대개 나뭇가지에 걸리는 반면, 적의 총알은 숲을 뚫고 그대로 날아왔다. 그 위에 적은 바위까지 굴리니 어쩔 도리가 없었다.

"가자, 가서 물어뜯자!"

박진은 고함을 치고 북을 울렸다. 퇴로를 잃은 병사들은 숲을 헤치고 산으로 기어올랐다. 그러나 부감(俯瞰)을 당하는 위치에서 움직이는 병사들은 더욱 노출되어 마구 쓰러져 뒹굴었다.

땅거미 질 무렵에는 3백 명이 거의 몰살을 당했다. 싸움이 아니고 도살이었다.

적중에 뛰어든 김효우가 칼을 휘두르며 좌충우돌로 적병들을 휘몰아치는 것이 눈에 들어왔다.

박진은 내달렸다. 순간, 김효우가 적탄을 맞고 외마디 고함을 지르며 벼랑을 굴러 낙동강으로 떨어졌다.

"야아―."

고함은 산에 울려 길게 꼬리를 끌었다.

박진은 큰 바위 뒤 후미진 대목에 비껴섰는데 이대수가 다가와 속삭였다.

"조금 있으면 어둡습니다. 빠져나갈 수 있을 것입니다."

"너는 빠져나가라. 나는 죽어야겠다."

"죽어요?"

"죽어야지."

"끝까지 살아서 이겨야지요."

이대수는 언제나 여유가 있는 사나이였다.

살아남은 병사들이 하나 둘 숲 속을 기어 왔다. 모두 5, 6명.

어둠이 깔리자 이대수가 선두에 나섰다. 숲을 헤치고 한 걸음 두 걸음 서북 방향으로 전진하는데 앞에서 적이 소리를 질렀다.

"다레카(누구냐)?"

불쑥 내달린 박진과 이대수는 칼을 휘둘러 늘어선 적병들을 치고 그 틈에 나머지 병사들은 어둠 속으로 자취를 감췄다.

두 사람은 달려드는 적을 후려치고 다시 전진하였다.

멀리서 적의 대부대가 총을 쏘며 뒤쫓아 왔다.

옆을 달리던 이대수가 총을 맞고 앞으로 고꾸라졌다. 박진은 얼른 한쪽 겨드랑이를 끼고 계속 뛰었다.

"버리고 가시오."

이대수는 가까스로 중얼거리고 축 늘어졌다. 박진은 그를 내려놓고 가슴에 손을 넣었으나 심장은 이미 멎어 있었다.

업고 몇 걸음 뛰었다. 그러나 이대수는 체구가 장대하고 박진은 그렇지 못했다. 휘청거리다 쓰러졌다.

적은 쫓아오고 힘은 부치고 어쩔 도리가 없었다. 그는 이대수를 끌어다 느티나무 고목 밑에 누이고 일어섰다. 다시 뛰면서 희멀건 밤하늘에 치솟은 부채 모양의 나무를 가슴에 새기려고 몇 번이고 되돌아보았다.

밀양성에 돌아온 박진은 동녘에 뜨기 시작한 달을 바라보고 다락에 올라 종을 쳤다. 이 밀양 땅에서 밤중에 종이 울린 것은 신라가 삼국을 통일한 이후 처음 있는 일이었다.

그렇지 않아도 전쟁 소식에 잠을 이루지 못하던 백성들은 남녀노소 동헌 밖으로 달려왔다.

"나를 따를 사람은 따르고 그렇지 못한 사람들은 어디든지 피하시오. 끝까지 살아서 이 원수를 갚아야 하오."

그는 관고의 문을 열어 식량을 나눠 주고 원하는 사람들에게는 무기도 주었다.

이고 지고, 아이들의 손목을 잡은 백성들이 성 밖으로 사라지자 박진은 자기를 따르는 장정 10여 명과 함께 관고에 불을 지르고 길을 떠났다.

"왜놈들, 다시 한 번 보자!"

소산역에서 울산 본영으로 돌아온 경상좌병사 이각은 문간까지 마중 나온 소실 오월의 겨드랑이를 끼고 안으로 들어갔다.

"왜놈들 넋이 떨어져 도망쳤지요?"

자리에 앉자 오월은 생긋 웃었다.

"잔말 말고 술이나 한잔 줘!"

이각은 눈알을 굴리고 오월은 부엌에 나가 간단한 안주에 술병을 들고 들어왔다.

말없이 잔을 기울이던 이각이 크게 한숨을 내쉬었다.

"다 망했다."

"망하다니요?"

"망했다."

오월은 그의 소매를 잡았다.

"무슨 일인데요?"

"왜놈들이 곧 이리로 몰려올 것이다."

오월은 희미하게 손을 떨고 그의 턱 밑으로 다가앉았다.
"어떡하지요?"
"죽었지 도리가 없다."
"난 못 죽어요."
"나라님도 죽고 정승들도 죽고, 조선은 한 달 안에 망한다."
오월은 한걸음 물러앉았다.
"그렇다면 생각을 달리해야지요. 나라님이고 정승들이고 다 없어진다면 눈치를 볼 것이 있나요? 무슨 짓을 해서라도 살아야지요."
모든 것이 나라가 있고 나라님이 있은 연후의 일이다. 다 없어지는 판국에 충성이고 체면이고 우스운 이야기가 아닌가? 오월의 말대로 생각을 달리해야겠다.
궁리 중인데 오월이 또 신통한 소리를 내뱉었다.
"돈만 있으면 염라대왕도 녹인다는데 왜놈쯤 못 녹이겠어요?"
"그렇지."
이각은 오월과 함께 밖으로 나와 동헌 마당에서 지나가는 진무(鎭撫)를 불러 세웠다.
"광목 1천 필을 내다 말이고 나귀고 잡히는 대로 주워 실어라."
물물교환 시대에 광목은 화폐 구실을 했다.
"무엇에 쓰실 것입니까?"
"내 쓸 데가 있다."
젊은 진무는 오월에게 힐끗 눈길을 던지고 물었다.
"아부인(亞夫人 : 소실)께서 소용되시는 것입니까?"
이각은 이런 경우 항용 하듯이 씩 웃기만 하고 대답은 하지 않았다.
"10필이면 몰라도 1천 필이면 안 됩니다."
"안 돼?"

"절대로 안 됩니다."

이각은 칼을 뽑아 들었다.

"어느 안전이라고 입을 나불거리느냐?"

"이거 너무하시지 않습니까?"

"너 말이 많다."

이각이 내리치자 진무는 고꾸라지면서 외쳤다.

"이 도척아!"

이각은 연거푸 칼탕을 퍼부었다.

달려 나온 우후 원응두가 창고문을 열고 병정들을 지휘하여 광목을 끌어내다 말, 나귀, 노새 닥치는 대로 실었다.

이각은 오월을 나귀에 태우면서 속삭였다.

"고향에 가서 기다려라. 나도 틈을 보아 따라갈 것이다."

색동저고리 오월은 타마(駄馬 : 짐 싣는 말) 행렬을 끌고 가면서 속삭였다.

"빨리 와요, 응."


울산에는 경상도 북부 13고을의 군사 3천여 명이 모여들었다.

4월 19일. 적은 양산을 거쳐 언양(彦陽)을 점령하고, 울산의 태화강(太和江)까지 당도했다. 가토 기요마사 휘하 적의 제2군 2만 2천여 명이었다.

이각은 자기의 직속 3백 명에 안동에서 내려온 석전군(石戰軍) 1백 명까지, 4백 명을 이끌고 동문으로 나왔다. 문을 지키던 안동판관(安東判官) 윤안성(尹安性)이 막아섰다.

"어디 가십니까?"

"저 서산(西山)에 나가 진을 치고 적이 오면 성내와 호응하여 협격할 것이다."

동래에서 하던 방식 그대로 나왔다.

"안 됩니다. 서산에는 다른 장수를 보내더라도 주장은 성내에 계셔야 합니다."

"네가 무얼 안다고 이래라저래라 시비냐?"

그는 채찍으로 윤안성을 후려치고 말을 몰아 성문을 빠져나갔다. 그의 뒤를 따라 나가려던 원웅두는 윤안성에게 덜미를 잡혔다.

"너도 도망이냐?"

무안을 당한 원웅두는 성내로 다시 들어왔다가 다른 문으로 빠져 서산의 이각과 합쳤다.

적이 태화강을 건너오자 서산에서 바라보던 이각은 원웅두에게 속삭였다.

"중과부적이오."

그가 말에 채찍을 내리치자 원웅두도 자기 말에 뛰어올랐다. 두 사람은 앞서거니 뒤서거니 말을 달려 산모퉁이로 사라져 버렸다. 바라보던 병사들은 엎어지며 자빠지며 산에서 쏟아져 내려와 뿔뿔이 흩어졌다.[10]

성내의 병사들은 이각이 성문을 빠져나가면서부터 이미 풀이 죽어 있었다. 눈은 적을 보는 것이 아니라 그가 있는 서산으로 향하고 있었다.

이각과 원웅두가 사라지고 그의 병사들이 흩어지는 것을 바라보던 성내의 군사들도 움직이기 시작했다. 5, 6명이 성벽을 내리뛰어 도망치자 봇물이 터지듯 성문으로 몰려나온 병사들은 산이고 들이고 무작정 뛰었다.

적은 장난삼아 공포를 쏘며 빈 성으로 들어와서 중얼거렸다.

"도망치는 데는 도사들이다."

같은 4월 19일. 적이 김해(金海)에도 몰려왔다.

김해는 둘레가 4천6백83척의 석성으로 동래보다 큰 성이었고 높이도 15척으로 2척이 더 높았다. 작년 가을 부실한 대목을 수축하고 주위에 호도 둘러 영남에서는 쓸 만하다고 손꼽히는 성이었다.

그러나 지킬 만한 병력이 없었다.

난리가 터지자 부사 서예원(徐禮元)은 관원들을 사방에 보내 장정들을 끌어들이고 가까운 고을에 도움을 청했다. 그러나 겁을 먹은 백성들이 도망쳐 숨는 바람에 겨우 2백 명의 장정들을 긁어모아 성 위에 늘어 세웠다.

돕겠다고 달려온 것은 초계군수 이유검(李惟儉) 한 사람이었다. 주위를 훑어보고 서예원에게 물었다.

"영감, 적은 1만 명도 넘는다는데 이 핫바지 기백 명으로 막아 낼 수 있겠소?"

"나도 걱정이오."

성내에는 피란 가지 못한 백성들이 적잖이 있었다. 또 성내를 안전지대로 잘못 알고 들어온 백성들도 없지 않았다. 이들을 합치면 1천 명은 되었으나 노인과 부녀자들이어서 전쟁에는 쓸모가 없었다.

"이런 줄 알았으면 안 오는 건데."

이유검이 투덜거리자 서예원이 한 눈을 찡긋하고 두 사람은 의미 있는 미소를 교환했다. 그들은 전부터 가까운 사이였다.

여기 뛰어든 것이 함안(咸安) 땅에 사는 이영(李伶)이라는 선비였다. 금년에 52세. 낮에는 땅을 파고 밤에는 책을 읽으며 자기가 태어난 고장에서 1백 리 밖으로 나가 본 일이 없는 사람이었다.

난리가 일어나고 김해도호부(都護府)에서 병정을 모집한다는 소식은 그의 고장에도 왔다.

이영은 성현의 말씀을 그림으로 그린 듯한 사람이었다. 나라에 걱정이 있으면 앞장서 나가는 것이고 싸워서 죽는 것은 대단할 것도 없는 일이었다. 그는 아들 명화(明和)를 데리고 동네를 돌아다니며 장정 50명을 모아 가지고 김해로 달려왔다.

"고맙소."

부사 서예원은 두 손을 잡고 반겼으나 이유검과 주고받는 눈초리가 심상치 않았다. 시골뜨기라고 업신여기는 것이 하나, 남들은 도망가는 판에 제 발로 지옥에 뛰어드는 얼간이로 치부하는 것이 하나 ―. 이영은 묻지 않아도 그들의 속이 들여다보였다.

두고 보자. 그는 가슴에 접어 두었다.

"동문을 맡아 주시오."

이영에게 이렇게 부탁한 서예원은 이유검을 서문에 배치하고 자신은 남문을 맡았다.

괴나리봇짐을 풀고 함께 온 장정들과 보리밥덩이를 씹는데 적이 온다고 했다. 그들은 손바닥에 붙은 밥알을 핥으며 성벽으로 뛰어 올라갔다.

적은 낙동강을 배로 올라왔다. 안골포(安骨浦)에 이른 적은 배에서 내리는 대로 떼를 지어 성으로 다가와 빙 둘러쌌다. 구로다 나가마사(黑田長政)가 지휘하는 적의 제3군 1만 1천 명이었다.

한동안 바라보던 적은 흩어져 들에 좌악 깔렸다. 저마다 무성하게 자란 보리를 한 짐씩 베어다 호를 메우기 시작했다. 그들은 숫자가 많은지라 호는 얼마 안 가 메워지고 보리더미는 성의 높이와 맞먹게 되었다.

적은 그 위에 올라 조총을 쏘아붙였다.

그러나 성가퀴에 몸을 숨긴 우리 장정들도 쉬지 않고 활을 당겼다. 그 중에서도 적의 주력과 대치한 동문의 이영 휘하 장정들은 산에서 곰을 잡던 솜씨라 사격이 능숙했다. 적은 하나 둘 고꾸라졌다.

성은 끄떡없고 날이 어둡자 사격은 저절로 멎었다.

"초계군수를 못 보았소?"

밤중에 서예원이 동문에 나타났다.

"아 — 니, 초계군수야 서문에 있을 것이 아닙니까?"

"아니오. 벌써 전에 순찰을 나간다고 성 밖으로 나갔는데 안 돌아온다는 말이오."

이영은 머리에 스치는 것이 있었다. 포위된 성 밖으로 순찰이라는 것도 이상하고, 아까 낮에 본 그들의 태도에도 얄궂은 데가 있었다.

도망을 간 것이다.[11]

그는 속으로 단정하고 서예원을 눈여겨보았다.

"사람이 없어졌으니 찾아야 하지 않겠소?"

한걸음 다가선 서예원은 매우 걱정하는 말투였다.

"찾아야 합지요."

"내 지금부터 나가 찾아볼 터이니 그동안을 부탁하오."

이영은 다짜고짜 그의 멱살을 틀어잡았다. 큰 몸집은 아니었으나 농사와 사냥으로 단련된 주먹에는 자신이 있었다.

"너 도망갈 구실을 찾는 거지?"

"오, 오해요."

"적중에 나가 누구를 찾는다는 거야?"

주먹으로 턱을 쥐어박았다.

"정말 아니오. 허지만 할 수 없지. 내가 안 나가면 오해는 풀릴 것이 아니오?"

"주장이 도망치면 이 성은 어떻게 되지? 한 걸음이라도 나가다가는 모가지를 잡아 뺀다."

그는 서예원을 땅바닥에 내동댕이쳤다. 털고 일어선 서예원은 한 걸음 내디뎠다.

"너 어디 가지?"

"남문에 가서 제자리를 지켜야지요."

이영은 잠깐 생각하다 함안에서 함께 온 장정 3명을 딸려 보냈다.

"잠시도 떨어지지 마라."

긴장 속에서도 쏟아지는 잠을 주체할 길이 없었다. 이영은 자정 가까이 성가퀴에 기대고 잠이 들었는데 흔들어 깨우는 사람이 있었다.

"놓쳤십니더."

서예원을 따라갔던 장정들이었다.

"놓치다니?"

이영은 그들을 쳐다보았다.

"뒷간에 가신다기에 내사 마 방심했다 아인교."

그는 일어서 사방을 둘러보았다.

이유검에 이어 서예원마저 사라지니 성내에는 장수가 없었다. 희미한 달 아래 사람들은 웅성거리고 서문 쪽에서 하나 둘 성을 넘어 자취를 감추는 광경도 눈에 들어왔다. 걷잡을 수 없는 혼란이 벌어지고 있는 것이다.

"주인은 도망가고 객만 남았으니 우리 처지가 야릇하지 않십니꺼?"

장정들은 불평이었으나 이영은 한마디로 가로막았다.

"나랏일에 주인이고 객이고 없다."

"하지만 신명이 나야 싸우지예."

맥이 빠진 장정들, 그들의 처지로는 무리가 아니었다.

"함께 가입시더. 서쪽에는 빠져나갈 구멍이 있답니더."

장정들이 조르고 아들 명화도 가세했다.

"아버지 헛일입니다. 가십시다."

잠자코 듣기만 하던 이영은 피 묻은 옷을 벗어 아들에게 넘겨주었다.

"내가 죽었다는 소식을 들으면 이 옷으로 장사를 지내라."

"아버지를 두고 제가 가요? 그렇게는 못합니다."

이영은 둘러선 장정들을 돌아보았다.

"너희들은 가라. 나는 남아서 할 일이 있다."

그의 독촉에 장정들은 못 간다고 앙탈하는 명화를 끌고 서문 쪽으로 사라져 갔다.

그래도 6명의 장정이 남았다.

"노인을 혼자 둘 수 있십니꺼."

성내의 혼란은 적에게도 전달되었다. 그들은 수비 없는 성문들을 밀고 몰려들었다. 이영 이하 7명은 동문을 막아섰다.

그들은 문을 부수고 물밀 듯이 쏟아져 들어오는 적중으로 뛰어들어 종횡무진으로 칼을 휘둘렀다. 적과 함께 우리 장정들도 하나 둘 고꾸라져 비명을 질렀다.

"이제 잠시다. 모든 것이 끝나리라."

이영은 5명까지 무찔렀다. 다시 칼을 쳐드는 순간 옆에서 날아온 총알에 가슴을 맞고 쓰러졌다. 고향 함안의 땅과 하늘이 거꾸로 핑 돌고 모든 것이 캄캄해졌다. 그들의 시체를 짓밟고 성내로 밀려든 적은 남녀노소 1천여 명을 학살하고, 불을 질러 김해성을 잿더미로 만들어 버렸다.[12]

## 임금은 주무시고

　엄청난 적침 앞에 조선은 싸울 준비도 각오도 되어 있지 않았다.
　낙동강 이동을 책임진 해군사령관인 경상좌수사 박홍과 육군사령관인 경상좌병사 이각은 처음부터 도망을 쳤다.
　낙동강 이서를 책임질 신임 육군사령관인 경상우병사 김성일은 부임 도중 충주에서 전쟁 소식을 듣고 임지 창원(昌原)으로 가는 중이었다. 전임 조대곤(曺大坤)은 노인이었다. 이삿짐을 싸다가 적이 온다는 소식을 듣고 앉아 뭉개기만 하고 어찌할 바를 몰랐다. 같은 지역의 해군사령관(慶尙右水使) 원균(元均)은 거제도 가배량(加背梁)의 본영에 불을 지르고 배를 타고 바다로 빠져나갔다.
　장수들이 이런 형편이니 그 휘하 장졸들이 도망쳐 흩어지는 것은 어쩔 수 없는 형편이었다.
　군인들이 도망치는 판국에 백성들은 더욱 공포에 떨었다. 살 길을 찾

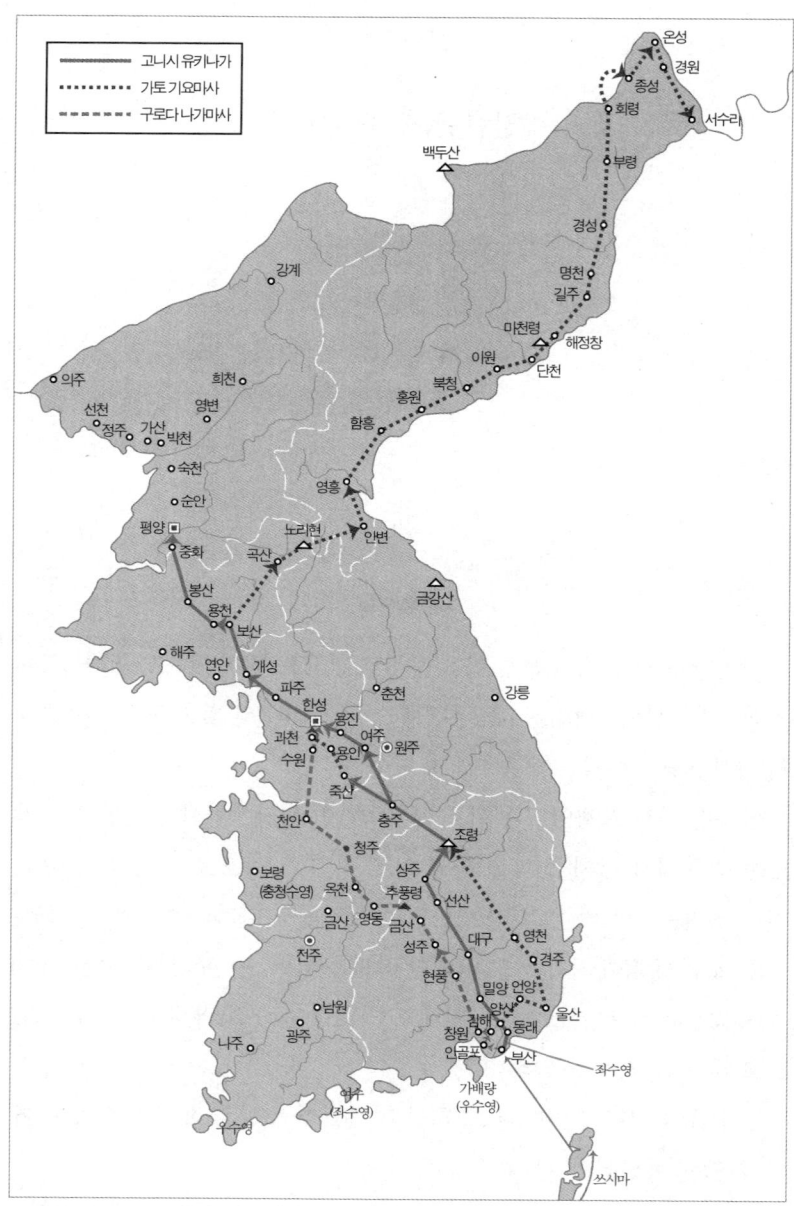

초기의 적 침공로(1592년 여름 현재)

아 무작정 흩어져 뛰었다.

이런 가운데 제일 먼저 상륙하여 부산 동래를 점령한 적의 제1군 1만 8천여 명은 고니시 유키나가의 지휘하에 동래, 양산, 밀양, 대구, 선산, 상주, 충주를 잇는 중로(中路)를 북상하였다.

4월 18일에는 가토 기요마사가 지휘하는 적의 제2군 2만 2천8백 명이 부산에 상륙하여 양산, 울산, 경주, 문경, 충주를 잇는 동로(東路)를 올라오기 시작했다.

4월 19일에는 구로다 나가마사가 지휘하는 적의 제3군 1만 1천 명이 낙동강구에서 멀지 않은 안골포(安骨浦)에 상륙하여 김해, 창원, 성주, 김천, 추풍령, 영동, 청주를 잇는 서로(西路)를 북상하기 시작했다.

이로부터 적은 부산 웅천(熊川), 그리고 낙동강구에 아무 저항 없이 차례로 상륙하여 제1군부터 제9군까지 15만 8천여 명의 전투 병력은 무인지경을 가듯 내륙으로 밀고 올라왔다.

경상도의 육해군 총사령관인 경상감사 김수(金睟)는 진주에서 적침 소식을 들었다. 각 고을에 출전명령을 내리고 현지로 향했으나 부산, 동래가 떨어지고 고을마다 책임자들이 도망치는 현실 앞에 달리 도리가 없었다.

"백성들은 깊은 산속으로 피하라."

그는 도중에서 영을 내리고 자신도 함안 땅으로 뛰었다.

일본군이 3월 초에 출동명령을 받고 나고야(名護屋)에 집결하였다가 쓰시마를 거쳐 4월 중순 우리 땅에 상륙하기까지는 한 달 반이 걸렸다.

이 한 달 반 동안 서울의 우리 조정에는 막중한 국가 대사가 있었다. 예를 갖추어 한 여인의 장례를 치르는 일이었다. 창경궁에서 불경을 외며 독수공방을 달래던 순회세자(順懷世子)의 부인 덕빈(德嬪) 윤씨가 세상을 떠난 것이다.

　순회세자는 전 임금 명종(明宗)의 외아들로 1563년(명종 18) 12세로 10세 난 윤씨에게 장가를 들었다. 세월이 그대로 갔다면 세자는 당연히 명종의 뒤를 이어 임금이 되었을 것이고 윤씨는 왕후가 되었을 것이다. 따라서 세자의 사촌동생인 지금의 임금 선조는 별것도 아닌 왕족으로 일생을 마쳤을 것이다.

　그러나 순회세자는 장가를 든 다음 해에 13세로 세상을 떠나고 11세의 윤씨는 과부가 되어 버렸다.

　3년 후에는 명종 또한 세상을 떠나고 선조는 생각지도 않던 왕위에 올랐다. 왕후가 될 뻔하다가 못 된 어린 과부 윤씨는 창경궁 한구석에 파묻혀 29년 동안 부처님을 섬기다 지난 3월 3일 40세로 세상을 하직했다.

　선조는 그 인생이 가련도 하고 미안한 생각도 들어 영을 내렸다.

　"왕후에 버금가는 융숭한 예로 장례를 치를 것이니 만조백관은 정성을 다하라."

　도성의 서북 순회세자의 묘역(지금의 西五陵)에 묻기로 하고 대대적인 역사가 벌어졌다. 도성에서 묘지까지 상여가 지나갈 길을 닦고 좁은 대목은 넓혀야 했다. 부실한 다리는 다시 놓고 보기 흉한 집들은 철거했다.

　의논도 많았다. 상복은 무슨 색깔로 할 것이며 임금과 왕후도 복상할 것이냐, 말 것이냐. 종친은 어디까지 참여할 것이며 고을에서는 망곡(望哭)을 어떻게 할 것이냐. 제상에는 소를 올릴 것이냐, 양을 올릴 것이냐.

　그중에서도 가장 중대한 문제가 시호(諡號)를 바치는 일이었다. 망자(亡者)의 생전의 행적을 두 글자로 표현하여 찬양하는 것이 시호였으나 그 두 글자를 골라내는 것은 쉬운 일이 아니었다.

　윤씨는 생전에 왕실의 인자한 어른으로 궁중에서 비빈(妃嬪)들에게 글을 가르치는 스승이었다. 천성이 깨끗하고 행실도 맑아 친정식구들이 궁중에 출입하는 것조차 일체 금지하고 고고하게 살았다. 부처님 앞에 돌아간 남편 순회세자의 명복을 빌면서 평생을 정결하게 보냈다.

그 고결한 행적에 어울리도록 다시없는 시호를 지어 바치라. 임금의 간곡한 분부가 있었다.

유식한 신하들은 인(仁)이니 정(貞)이니 효(孝)니 혜(惠)니 저마다 좋은 글자들을 내세우고 고금에 걸친 해박한 지식을 동원하여 그 오묘한 진리를 피력하였다. 서로 양보가 없으니 입씨름은 한 달 반이나 되어도 끝이 없고 결말이 나지 않았다.

시호에 결말을 보지 못했으니 장례 날짜도 잡을 수 없었다.

4월 17일.

3정승 이하 중신들은 아침 일찍 창경궁 환경당(歡慶堂)에 누워 있는 윤씨의 시신 앞에 곡을 하고 상식(上食)을 올린 다음 창덕궁의 빈청(賓廳 : 궁중의 회의실 겸 대기실)인 비궁당(匪躬堂)에 모여들었다. 오늘이야말로 시호에 결말을 보리라.

또 말이 많았으나 영의정 이산해(李山海)의 중재로 타협안이 나왔다. 북인(北人)들이 주장하는 글자 중에서 공(恭) 자, 남인(南人)들이 주장하는 중에서 회(懷) 자를 택하여 '공회(恭懷)'로 하면 어떻겠느냐? 그러면 돌아간 윤씨는 공회빈(恭懷嬪)으로 부르게 되는 것이다.

양측이 다 아주 만족한 것은 아니었으나 반은 자기들의 주장이 통했고, 더 이상 싸울 기운도 없었다.

타협이 되었으니 임금의 윤허를 얻으면 되는 것이다. 큰 시름을 벗은 대신들은 예년에 없는 가뭄 걱정을 하면서 임금이 부르기를 기다리는데 경상좌수사 박홍의 급사가 뛰어들었다. 일본이 쳐들어왔다는 것이다.

도승지 이항복(李恒福)이 박홍의 장계(狀啓 : 보고서)를 읽어 내려가자 말이 많던 좌중은 물을 끼얹은 듯 조용해졌다. 공포의 바람이 소용돌이

치고 입을 떼는 사람은 아무도 없었다.

"빨리 성상을 뵈어야지요."

한참 후에 이산해가 중얼거리고 승전색(承傳色 : 환관)을 불러 안으로 들여보냈다.

그러나 전각 모퉁이로 사라졌던 승전색은 돌아와 두 손을 모아 쥐었다.

"아직 기침을 아니하셨습니다."

간밤에는 총애하는 인빈(仁嬪) 김씨의 처소에 들었고, 밤늦게까지 김씨와 대작을 하셨으니 기침은 늦으리라는 뒷공론이었다.

누구보다도 급한 것이 군사책임자인 병조판서 홍여순(洪汝諄)이었다. 그는 이산해의 소매를 잡았다.

"대감, 어떻게 하지요?"

이산해는 가느다란 손가락으로 수염을 배틀었다.

"주무시는 상감을 깨우는 것은 황공한 일이고ㅡ."

모두들 겁에 질린 얼굴로 멍청히 앉아 있는데 이항복이 선뜻 나섰다.

"제가 들어가 보지요."

인빈의 처소인 영화당(映花堂)까지 성큼성큼 걸어온 이항복은 승전색에게 장계를 주어 울타리 안으로 들여보냈다.

"급히 뵈었으면 좋겠다고 아뢰어라."

그는 숲 속에서 우짖는 참새소리에 귀를 기울이고 서성거렸다. 많은 시간이 흐른 연후에야 툇마루에 나선 인빈의 찢어지는 목소리가 울렸다.

"국상 중에 이른 아침부터 이 무슨 소동이냐? 변방에 왜구들이 좀 침범했기로서니 응, 가서 전해라. 상감께서는 심기가 매우 불편하시다."

이항복은 승전색을 기다리지 않고 발길을 돌려 빈청으로 돌아왔다.

"하기는 그렇소. 왜구 몇 마리 멀리 부산에서 보챈다고 주무시는 전하를 공동케 해드렸으니 이런 황공한 일이 어디 있겠소?"

"그렇지요. 명나라에 조공을 바치겠다는 것을 들어주지 않았으니 심술이 난 것이지요."

"그런 걸 가지고 큰일이라도 난 듯이 온 조정이 이처럼 흔들리는 것은 체모 없는 일이외다."

"하루 이틀 화풀이를 하다 물러갈 것입니다."

공론은 이렇게 돌아갔고, 그렇게 생각하니 별것도 아니었다. 대신들은 화제를 바꾸어 돌아간 윤씨의 덕을 칭송하는 데 입을 모았다.

"사십 평생에 언성을 높이신 일 한번 없으시고."

"10세에 입궁하신 후로는 궐 밖에 납신 일조차 없으시고."

"정숙하시고."

"인자하시고."

"……."

점심때가 되자 칭송도 시들해서 하나 둘 일어서기 시작했다. 여태까지 구석에 앉아 한마디도 말이 없던 동지중추부사(同知中樞府事) 이덕형이 앞으로 나와 좌의정 류성룡에게 속삭였다.

"전에 일본 왕사 겐소(玄蘇)를 대해 보고 아무래도 심상치 않다고 생각했습니다. 물론 저의 짧은 소견일 것이고, 여러 어른께서 말씀하시는 대로 큰일은 없을 줄 압니다. 그러나 만일을 생각해서 대책을 강구해 두는 것이 옳지 않을까 쓸데없는 걱정을 해보았습니다."

그는 32세의 젊은 나이였으나 얼마 전에는 대사헌(大司憲)까지 지냈고, 임금의 신임이 두터운지라 그의 말에는 무게가 있었다. 옆에 있던 그의 친구 이항복도 동조했다.

"그렇습니다. 적이 장난을 치다 스스로 물러가면 다행이고, 그렇지 않을 경우도 있을 수 있으니 대책은 강구해 두는 것이 좋겠습니다."

류성룡은 무거운 입을 열었다.

"별일은 없을 것이오. 허나 대책을 강구했다고 손해될 것은 없을 것이오."

그의 주창으로 일어서려던 사람들은 도로 앉고 의논이 시작되었으나 대수롭게 생각하는 사람은 흔치 않았다. 조정에서 장수를 한 사람 내려보내 현지 관원들을 독려하면 된다는 정도였다.

"신립(申砬)을 보내자."

"아니, 이일(李鎰)을 보내자."

의견이 약간 대립되었으나 그보다도 급한 것이 점심이었다.

"신립은 나라의 첫째가는 명장이다. 그를 보낼 것까지는 없고, 다음가는 명장 이일을 보내면 족하다."

곧 타협을 보고 몇 자 적어 임금에게 들여보냈다. 그러나 기다려도 임금은 응답이 없고 시장기가 동한 신하들은 헤어졌다.

해질 무렵에 임금의 부름을 받고 헤어졌던 신하들은 창덕궁의 선정전(宣政殿)으로 다시 모여들었다.

"무엇이 급하다고 쉬고 있는 나한테 장계를 들여보내고 글을 올리고 법석들이오?"

임금은 첫마디부터 언짢았고 신하들은 엎드리는 수밖에 없었다.

"황공하오이다."

"나라의 기본이 되는 것은 무엇이오? 그것은 법도요."

"지당하오이다."

"법도 중에서도 제일 기본은 예법이오. 돌아가신 분이 아직도 지척에 계신데 이 무슨 무례한 소동들이오?"

"황공하오이다."

"예가 무너지면 법도 전체가 무너지고, 법도가 무너지면 나라가 무너지는 법이오."

"지당하오이다."

"영상(領相), 지금 나라의 가장 큰 일은 무엇이오?"

영의정 이산해가 머리를 조아렸다.

"돌아가신 덕빈 윤씨에게 시호를 바치는 일인 줄로 압니다."

"알기는 아는구만. 그래 시호는 합의를 보았소?"

"네. 공회로 정하면 어떨까 의논을 모았습니다."

"공회라?"

코를 벌름거리는 품이 역시 심상치 않았다. 신하들은 구구전승으로 속삭여 이덕형을 내세웠다. 마지못해 나온 이덕형이 엎드렸다.

"시법(諡法)에 이르기를, 삼가 윗사람을 섬기는 것을 공(恭)이라 하고, 인자하고 행실이 지혜로움을 회(懷)라 하였습니다(敬事供上曰恭 慈仁哲行曰懷)."

"……."

"이것은 신 등의 좁은 소견에서 나온 것이옵고 성상께서는 영특하신 생각이 있으실 줄로 믿습니다."

"아니오, 아주 좋소."

임금은 손을 내젓고 예조판서 권극지(權克智)를 지목했다.

"예조에서는 내일 당장 시호를 바칠 수 있도록 절목(節目)을 준비하오."

끝으로 생각이 난 듯 장내를 둘러보았다.

"이일을 보내는 일은 아뢴 대로 시행하오. 변방을 한번 돌아보는 것도 해롭지는 않을 것이오."

임금은 침을 삼키고 계속했다.

"거듭 일러 두지마는 예법은 만사의 근본이오."

이때 또 급사가 당도했다.

## 안이한 희망

'부산성이 떨어졌습니다.'

박홍의 두 번째 장계였다.

임금 선조는 입술을 떨었다.

"정발이라는 자는 어떤 인간이길래 싸우지도 않고 적에게 성을 내줬단 말이오?"

숨 가쁜 침묵 끝에 홍여순이 아뢰었다.

"정발은 늙은 것이 원래 시원치 않은 인물이었습니다. 갈려고 하던 차에 이런 변을 당했습니다."

임금은 앞에 놓인 탁자를 두드렸다.

"그 경상도에서 왔다는 군사를 이리 불러요. 내 친히 알아봐야겠소."

위사(衛士)들에게 끌리다시피 모퉁이를 돌아온 시골 병정이 층계 밑에 엎드렸다.

"네가 보기에는 부산에 들어온 적은 얼마나 될 것 같더냐?"

임금은 열어젖힌 문으로 내다보고 승지 한 사람이 층계로 나와 대화를 중계했다.

"십만인지 백만인지 어림이 가지 않십니다."

"너 십만이 얼마나 많은지 아느냐? 이 도성 인구도 십만이 될까 말까 하다."

"하여튼예, 바다고 육지고 왜놈들이 좌악 깔려 버렸십니다."

겁 없이 한 팔을 핑 돌렸다.

"정발은 어떻게 됐다더냐?"

"칵 죽었을 깁니더."

"그 고장 소문은 어떻더냐? 왜놈들은 곧 물러갈 것이라고 하더냐?"

"어디예. 경상도, 충청도 싸악 쓸어버리고 이 서울까지 올라올 끼라요."

대화를 중계하던 승지가 마침내 역정을 냈다.

"너, 여기가 어디라고 함부로 입을 놀리는 것이냐, 응?"

그러나 임금은 너그러웠다.

"옷과 먹을 것을 주어 돌려보내라."

병정이 물러가고 내시들이 돌아다니며 초롱을 달고 불을 켜는 동안 아무도 입을 여는 사람이 없었다. 부산성이 떨어졌으니 바닷가에서 잠시 소동을 부리다 물러가기를 바라던 희망은 사라졌다. 이제 소망은 왜놈들이 부산에서 며칠 노닥거리다 조용히 물러가 주는 일이었다.

그러나 이 소망도 조각이 났다. 또 경상도에서 사람이 달려온 것이다.

부산이 떨어지고 적의 대군이 각각으로 이 동래에 다가오고 있습니다. 이 성도 지탱하기 어려울 것입니다. 저들이 조선에 길을 빌어 명나라에 들어간다(假道入明)고 한 것은 헛소리가 아니었습니다. 결코 변방의 한때 분란이 아니오니 백방으로 주선하사 나라를 보전하시기를 바랍니다.

송상현이 생전에 보낸 장계였다.
"이 일을 어, 어찌한단 말이오!"
임금이 소리를 질렀으나 신하들은 고개를 떨어뜨린 채 대답을 못했다.
홍여순이 엎드렸다.
"듣건대 일본은 섬나라로, 그 군사들은 수전에는 능해도 육전은 서투르다고 합니다. 그런 까닭으로 중종조에 일어난 삼포왜변(三浦倭變)에도 저들은 포구에서 난동을 부렸지 내륙으로는 들어오지 못했습니다. 송상현은 지레 겁을 먹은 것이 분명합니다. 적은 부산에서 더 깊이는 오지 못할 것입니다. 경상도의 군사들을 모아 반격하면 곧 물러갈 것으로 압니다."

듣고 보니 그럴 듯했다. 섬에서 자란 왜놈들은 물고기나 진배없고, 뭍에 올라오면 말라 죽을 것이다. 명장 이일이 경상도 군사들을 휘몰고 가면 별로 힘을 안 들이고 쓸어버릴 수도 있음 직했다.

안심은 안 되었으나 그렇게 믿고 싶었다.

그러나 변방에 일이 생기면 꼬리를 물고 사람이 달려와 각각으로 변하는 정세를 알게 되어 있었다. 오늘도 벌써 급사가 세 번 들이닥쳤다. 다음에는 또 어떤 소식이 올까?

"하여튼 좀 기다려 봅시다."

임금은 맥없이 한마디 하고 술상을 들이라고 일렀다.

"넓은 바다가 있습니다. 그 험한 파도를 헤치고 건너 봐야 얼마 건너왔겠습니까. 적을 얕보는 것도 탈이지마는 너무 크게 보는 것도 탈이지요."

술이 돌아가자 시름은 희망으로 바뀌고 비상한 계책도 나왔다.

"우리 수군이 물길을 끊어 버리면 독 안에 든 쥐라, 몰살을 당했지 별 수 있겠습니까."

자정까지 기다리면서 많은 말이 오고 갔으나 결국 적은 부산에서 뭉개다가 이일의 칼에 맞아 풀잎처럼 쓰러져 버린다는 데 합의를 보았다.

화색이 돌아온 임금은 좌중을 둘러보고 예조판서 권극지에게 일렀다.

"변방의 일도 중요하지마는 그에 못지않게 중요한 것이 예에 어긋남이 없이 대사를 치르는 일이오. 특히 공회빈은 국모나 다름없는 분이 아니겠소? 백관은 목욕재계하고 내일 아침 진시(辰時 : 오전 8시) 빈전(殯殿) 뜰 앞에 모이도록 하시오. 예관은 서둘러 시책(諡冊)을 마련토록 하고."

"전하, 시책에 글을 새기려면 진시는 촉박한 듯합니다."

권극지가 아뢰었다. 시책은 시호를 바치는 글을 새긴 옥책(玉冊) 또는 죽책(竹冊)이었다. 글은 당장이라도 쓸 수 있었으나 새기는 데는 시간이 걸렸다.

"그렇겠군. 공회 두 글자는 아침에 맑은 정신으로 내 친히 써서 내릴 터이니 시책이 마련되는 대로 나한테 알리시오."

임금이 일어서고 신하들도 배웅하려고 따라 일어섰다.

밖에서 인기척이 나고 위사가 달려와 외쳤다.

"경상좌병사의 장계요."

이어서 낯선 군관이 층계 밑에 다가와 봉서를 전하고 엎드렸다.

적의 대군이 순식간에 동래성을 짓밟고 북상 중입니다. 적은 소향무적(所向無敵)의 강병으로 우리 조선의 전 강토를 집어삼킨다고 기세가 대단합니다.

이각이 소산역에서 도망치기 전에 올린 장계였다.

임금이 주저앉고 신하들도 앉았다.
"어찌하다가 나라가 이 지경이 되었소?"
뭇사람들의 가슴에 또다시 공포의 전율이 울리고 고개를 떨어뜨린 신하들은 대답이 없었다.
"나라를 그르친 자는 김성일이로다!"
임금은 두 주먹을 부르르 떨었다.
"일본에 다녀온 사신들은 모두 저들이 쳐들어온다고 역설하는데 혼자 똑똑한 체 안 온다고 우겼지? 나라에서 축성(築城), 모병(募兵)을 하는 데 발 벗고 나서 반대한 것도 김성일이지? 그놈은 무슨 억하심정으로 국사를 이토록 그르쳤단 말이오?"
신하들은 대개 김성일에 동조하여 전쟁 준비를 마다한 사람들이었다. 행여 자기를 그의 무리로 지목하지 않을까. 지목만 되면 목이 떨어지는 판국이다. 숨소리를 죽이고 떨었다.
"그놈을 당장 끌어오라. 내 친히 국문하여 능지처참하리로다!"
금부도사가 나졸들을 이끌고 달이 밝은 전정(殿庭)을 가로지르자 임금은 크게 한숨을 내쉬었다.
"어떻게 하면 좋겠소?"
눈을 감고 고개를 떨어뜨린 신하들의 머리에는 남도의 처량한 풍경이 그림같이 떠올랐다. 문서상으로는 고을마다 진영이 있고 병사들이 있어 적이 들어오면 일제히 일어서 싸우기로 되어 있었다. 그러나 감사(監司 : 도지사)니 부사(府使), 군수(郡守)니 하는 문관들이 사령관을 겸하였고, 이들은 군사를 알지 못할 뿐더러 관심도 없었다.
직함뿐인 이들 사령관 밑에 병사들은 아무도 없었고, 대대로 땅을 파는 관내의 농부들이 있을 뿐이었다. 쟁기로 땅을 갈고 호미로 김을 맨 일은 있어도 한번 칼을 잡아본 일도 없는 허약한 백성들이었다.

아무리 생각해도 방책이 없었다.

그런데 이조판서 이원익(李元翼)의 조용한 목소리가 울렸다.

"신이 나가지요."

금년에 46세. 평소에 큰소리 한번 치는 일이 없고 언제나 웃는 얼굴로 사람을 대하는 선비였다. 사람들은 놀라 돌아보고 임금이 물었다.

"나가다니?"

"10명의 장정으로 결사대를 꾸밀 생각입니다. 이들을 끌고 적중에 뛰어들어 그 장수의 목을 베면 저들의 기세도 꺾이지 않겠습니까. 그 사이에 태세를 정비해서 적을 맞아 싸우도록 하시지요."

"참으로 기막힌 계책이오."

임금이 감격하고 좌중을 둘러보았다.

"그런 결사대를 1백 개만 꾸미면 가히 적을 물리칠 수 있을 것이오. 적이 아무리 대군이라도 장수가 1백 명을 넘기야 하겠소? 높고 낮은 장수를 모조리 없애 버리면 적은 무장지졸(無將之卒)이라 저절로 흩어질 것이오."

신하들은 숨을 죽였다. 1백 개를 만든다면 이 자리에 있는 사람들이 모두 하나씩 맡아도 태부족이었다. 허리가 아프건 다리를 삐었건 상당한 이유 없이는 빠질 구멍이 없었다.

그런데 임금은 한술 더 떴다.

"나도 나가겠소."

가슴이 철렁했다. 설사 한번 해보는 소리라 할지라도 임금이 이렇게 나오면 어지간한 잔병으로는 안 되고 앉은뱅이 외에는 피할 길이 없었다. 이원익은 어쩌자고 그런 허튼소리를 내뱉었느냐?

살벌한 침묵 끝에 상좌에 앉은 정승들끼리 속삭이더니 영의정 이산해가 두 손을 짚었다.

"신 등 3정승이 앞장서겠습니다."

"호오, 다른 사람들은 어떤고?"

임금이 훑어보는데 그냥 있을 수 없고, 모두 엎드렸다.

"나가겠습니다."

"나가다 뿐이겠습니까."

"……."

"내 경들의 충성을 어찌 잊을 수 있겠소."

임금이 목멘 소리를 하는데 이산해가 또 머리를 숙였다.

"그러나 성상께서는 나라님이십니다. 황공한 말씀이오나 적중에 거둥하셨다가 만일의 사태라도 일어난다면 태조대왕께서 창시하신 이 나라는 그날로 없어지는 것입니다. 나라님이 없는 나라가 어찌 제구실을 하겠습니까? 송(宋)나라 휘종(徽宗)과 흠종(欽宗)의 선례도 있으니 통촉하시기를 바랍니다."

휘종과 흠종은 금(金)나라에 포로로 잡혀 간 임금들이었다. 다른 신하들도 입을 모았다.

"통촉하소서."

그러나 임금은 듣지 않았다.

"반드시 죽기를 기하고 싸우면 살 길이 열리고, 요행으로 살기를 바라면 죽는다고 하지 않았소?(必死則生 幸生則死)"

임금은 침을 삼키고 계속했다.

"그런즉 우리 군신, 모두 나가 싸웁시다."

그러나 이산해는 능수능란했다.

"《맹자》에 이르기를 농사는 농부에게 물으라고 했습니다. 전쟁의 일은 장수에게 물어 시행하심이 옳은 줄로 압니다."

임금은 신립을 돌아보았다.

"신 장군 어찌 생각하오?"

좌중의 모든 시선이 집중되는 가운데 신립이 아뢰었다.

"자고로 군왕이 친정(親征)을 한 예가 적지 않으니 성상께서 나가실 수도 있습지요."

임금도 신하도 안색이 변했다. 어쩌자는 것이냐?

신립은 사이를 두고 말을 이었다.

"그러나 이것은 전쟁의 문제가 아니라 체통의 문제올시다. 변방에 왜놈 몇 마리 나타났다고 성상께서 나가신다면 나라의 체통이 서겠습니까? 일본 왕이 왔다면 몰라도."

웃음기를 잃었던 임금의 얼굴에 화색이 돌았다.

"듣고 보니 그렇기도 하구만. 정승들이고 판서들이고 모두 나간다는데 이것은 어찌 생각하오?"

모든 눈이 그의 입술에 쏠렸다. 뭇사람의 운명이 이 입술에 달려 있었다.

신립은 천천히 둘러보았다. 이원익, 이덕형, 이항복……. 정말 나갈 사람은 몇 명 안 되고 나머지는 대개 나귀조차 경마를 잡히지 않고는 타지 못하는 위인들이었다.

"이것은 적을 기쁘게 하고 전하를 슬프게 해드리는 계책이올시다."

"무슨 말인고?"

임금이 눈을 크게 떴다.

"평생을 붓으로 보낸 분들입니다. 신같이 칼을 놀릴 사람은 따로 있습니다. 자칫하면 전하께서는 만조백관을 잃고 슬퍼하시게 되지 않을까 걱정입니다. 그만큼 적은 기뻐할 것이고."

"그것도 그렇군……. 그러면 어떤 계책이 좋겠소?"

"적은 아무리 기를 써도 경상도 지경을 벗어나지는 못할 터이니 이일을 보내면 족할 것입니다."

시들었던 신하들은 기운을 되찾고 이원익에게 눈총을 보냈다.

"얼빠진 소리나 내뱉고."

의논 끝에 이일의 직함을 경상도순변사(慶尙道巡邊使), 즉 경상도방위총사령관으로 결정했다.

다만 경상도에서 서울로 올라오는 길은 세 갈래 있었다. 적이 어느 길로 올지 모르니 부사령관으로 장수가 2명 더 있어야 했다.

성응길(成應吉)을 좌방어사(左防禦使)로 좌도(左道), 조경(趙儆)을 우방어사로 우도(右道)로 각각 내려가게 하는 데 합의를 보았다. 또 별동대장으로 조방장의 직함을 주어 유극량(劉克良)은 죽령(竹嶺), 변기(邊璣)는 조령(鳥嶺)을 지키도록 했다.

출전할 장수들의 인사에 결말을 보자, 예조판서 권극지가 물었다.

"전하, 이미 새날이 왔습니다. 시책을 바치는 일은 어떻게 하오리까?"

"내 머리가 혼미해서. 후일로 미룹시다."

새벽 2시(四更), 임금이 자리를 뜨고 신하들도 흩어져 나왔다.

## 종이 속 20만 병사

　순변사로 지명된 이일은 광화문 앞 병조(兵曹 : 현재 정부종합청사 남쪽)로 말을 달렸다.
　"대감은 안 계신데요."
　모여 앉아 잡담을 하던 관원들이 일어섰다.
　"안 계셔?"
　"급한 일입니까?"
　"급하다."
　"새벽까지 궁중에서 회의가 있었다고 들었으니 아마 늦으실 겁니다. 급하시면 댁에 가보시지요."
　이일은 안국방 홍여순의 집으로 말을 달렸다.
　"대감은 궁중에 계실 겁니다."
　빗자루로 대문간을 쓸던 하인이 허리를 펴고 쳐다보았다. 이일은 말머리를 틀어 창덕궁으로 향했다.

돈화문 앞에서 말을 내린 이일은 인정전 못미처 내병조(內兵曹)로 들어갔다. 내병조는 궁중의 경비, 의장(儀仗)을 맡아보는 병조의 출장소 같은 관청이었다.

"대감은 주무시는데요."

숙직 관원 한 명이 하품을 깨물고 일어섰다.

"깨울 수 없을까?"

"첫닭이 울어서야 자리에 드셨는데……."

"내가 급히 뵙잔다고 일러라."

"주무시는 걸 깨웠다가는 저는 죽습니다."

이일은 할 수 없이 대청에 앉아 기다렸다.


"당신 아직도 안 떠났소?"

해가 중천에 떠서야 기침한 홍여순은 역정부터 냈다. 55세의 이일은 10년도 더 연하인 이 경망한 사나이를 물끄러미 바라보고 응대를 하지 않았다.

"새벽에 직첩을 보냈는데 못 받았소?"

"받기는 받았습니다."

그는 천천히 대답했다.

"즉시 떠나라고 했는데 왜 안 떠났소?"

"대감, 직첩으로 적을 막을 수 있습니까?"

"그러면 무엇이 있어야 하오?"

"병정이 있어야지요."

"병정이 그렇게도 없소?"

"병정이 있고 없는 것이야 대감이 아실 일이지, 제가 어떻게 압니까?"

"……."

"대감은 병조판서올시다."

"그러면 다른 장수들도 안 떠났소?"

"못 떠났지요. 저희 집에서 기다리고 있습니다."

홍여순은 양미간을 찌푸렸다.

"장수라는 사람들이 그렇게도 머리가 돌지 않는다는 말이오? 내려가면서 고을마다 모집해 가지고 가면 되지 않소?"

"모집하는 것도 손발이 있어야지요. 장수라는 사람들이 가가호호 돌아다니면서 사람을 뽑으라는 말씀인가요?"

"몇 명이 필요하오?"

"제가 1백 명, 좌우방어사가 각각 1백 명, 도합 3백 명은 있어야겠습니다."

"오후에 비변사(備邊司)에 나오시오. 3백 명을 줄 터이니 다른 장수들도 함께 와야 하오."

이일은 돌아섰다.

비변사는 창덕궁의 정문인 돈화문 바로 앞에 있었다.

이일은 궁중에서 물러 나오는 길에 비변사 문간에 말을 세우고 안을 들여다보았다.

"장군이야!"

"한 수 무르자."

"일수불퇴로 하지 않았어?"

4, 5명의 관원들이 대청에 둘러앉아 장기를 두는 길이었다. 훈수꾼들이 물러 주라거니 안 된다거니 옥신각신이 벌어졌다.

높은 관원들은 아무도 보이지 않았다. 모두들 간밤의 궁중회의에 참석했다가 아직 집에서 나오지 않은 모양이었다. 이일은 한마디 하려다 그만두고 말머리를 틀어 남촌(南村) 자기 집으로 돌아왔다.

성응길, 조경 이하 장수들과 점심을 마친 이일은 전립에 전복 차림으로 함께 대문을 나섰다. 그 길로 경상도로 떠날 참이라 가족들이 멀리까지 전송을 나오고 아들과 조카들은 비변사까지 따라왔다.

"좀 기다리시오."

대청에 앉아 문서를 뒤적이던 홍여순이 처다보았다. 서리(書吏) 한 사람이 두 손을 모아 쥐고 옆에 서 있을 뿐 넓은 비변사의 뜨락에는 달리 사람의 그림자는 보이지 않았다.

이일은 마루 끝에 걸터앉고 나머지 장수 4명은 마당을 서성거리다가 나무 그늘에 쪼그리고 앉아 무탈한 이야기를 주고받았다.

"동네 이름만 있고 통호(統戶 : 번지)가 없으니 어찌 된 일이냐?"

홍여순이 묻고 서리는 굽신했다.

"제가 쓴 것이 아닙니다."

"누가 썼느냐? 서울 장안에서 최 서방 찾기지."

"저는 모르겠습니다."

"잘못된 것은 모른다. 잘된 것은 자기가 했다. 이래 가지고 어떻게 한단 말이냐?"

홍여순은 문서를 내동댕이쳤다.

문서는 선병안(選兵案), 즉 징병 대상자들의 성명, 연령, 주소를 적은 대장이었다.

지켜보던 이일이 물었다.

"병정들은 얼마나 기다리면 올까요?"

"지금 관원들이 성내에 좌악 퍼져 있으니 곧 데리고 올 거요."

홍여순은 마루에 뒹구는 선병안을 힐끗 보고 한 손을 빙 돌렸다.

단련된 병정들을 준다는 것이 아니라 대장에 등록된 백성들을 끌어다 준다는 것이다.

"당장 쓸 만한 병정이 3백 명도 없단 말씀입니까?"

"하 저런, 있으면 말해 보시오."

공연한 소리를 했다. 대궐을 지키는 병정들이 몇십 명 있을 뿐 서울에도 군대는 없었다. 여러 관서에 군인이라는 이름으로 장정들이 몇 명씩 있었으나 활을 한 번 당겨 본 일이 없는 심부름꾼들이었다. 그나마 이들을 끌어내면 당장 관청의 일이 마비될 것이다.

홍여순이 한마디 더 했다.

"걱정 마시오. 3백 명이겠소? 3만 명도 순식간에 모을 수 있소."

그는 한쪽 벽에 쌓인 선병안을 턱으로 가리켰다.

그동안에도 경상도에서는 연거푸 사람이 달려왔다.

"경상감사 김수의 장계요."

"밀양부사 박진의 장계요."

"김해부사 서예원의 장계요."

"……."

모두가 도망치기 전에 올린 보고였고 죽는다고 아우성이었다.

홍여순은 앉았다 일어섰다 갈피를 잡지 못했다.

"굼벵이들인가, 왜 이렇게 더디지?"

그는 인왕산에 기우는 해를 바라보다가 일어섰다.

"나는 입궐해서 어전에 아뢰야겠소."

홍여순은 장계를 모아 가지고 대문으로 나가 버렸다.

"할 수 없지, 내일 아침 일찍 이리 모입시다."

이일 이하 장수들은 흩어져 집으로 돌아갔다.

저녁 무렵부터 궁중에서는 또 회의가 열렸다.

"그래 이일은 떠났소?"

장계를 하나하나 훑어본 임금이 홍여순에게 물었다.

"병정들을 모으는 중이라 아직 떠나지 못했습니다."

"무슨 일들을 그렇게 하오? 이대로 가다가는 그 흉악한 왜적들이 이 도성까지 밀고 올라오지 않겠소?"

임금 선조는 가끔 큰소리를 치는 버릇이 있었으나 겁이 많은 사람이었다. 어제에 이어 오늘도 좋은 소식은 하나 없고 장계마다 죽었다, 졌다, 뺏겼다는 소리뿐이라 금시라도 큰일이 벌어질 것만 같았다.

"황공하오이다."

홍여순은 그 이상 할 말이 없었다.

"이거 안 되겠소. 팔도에 영을 내려 군사들을 모으게 하오. 도성 이남의 군사들은 경상도에 내려가서 적을 막게 하고, 북도의 군사들은 와서 도성을 지키게 하란 말이오."

임금은 문서상으로만 있는 20만 군대가 실지 있는 것으로 착각하고 있었다. 그렇다고 없다는 말은 나오지 않고 홍여순은 엎드렸다.

"성지대로 거행하겠습니다."

임금은 한층 목청을 가다듬었다.

"3정승은 비변사의 도제조(都提調 : 위원장)가 아니오? 또 이·호·예·병·형조(吏·戶·禮·兵·刑曹)판서는 다 같은 제조(提調 : 위원)들인데 어째서 병판에게만 맡기고 모른 척하시오? 병판 혼자서 애쓰고 돌아가니 일이 되겠소?"

"황공하오이다."

신하들은 머리를 숙였다.

"모두들 협력해서 내일은 무슨 일이 있어도 이일을 떠나보내시오."

물러 나온 대신들은 내병조에 들러 홍여순을 둘러쌌다.

"병조판서로 앉아서 3백 명의 군졸도 모으지 못한단 말이오?"

"졸지에 일손이 있어야지요. 낮에 병조의 관원들을 몇 명 내보냈으나 아프다, 제사를 지내러 갔다는 바람에 빈손으로 돌아왔구만요."

"도성의 장정들이 모두 아프고, 제사를 지내러 갔단 말이오?"

모든 관서의 사령들을 홍여순에게 보내 모병을 철저히 시행하기로 하고 헤어졌다.

홀로 비변사에 버티고 앉아 기다리던 홍여순은 자정이 지나 1백여 명의 사령들이 모이자 방별(坊別 : 동네별)로 된 선병안을 한 권 쳐들고 외쳤다.

"성내 49방(坊)에 각각 2명씩 배정한다. 여기 이름이 오른 자들은 모조리 이 비변사로 끌어오너라."

그러나 달빛 아래 모여선 사령들은 자기들끼리 웅성거리고 응대가 없었다.

"왜 대답이 없느냐?"

아무도 말이 없는 가운데 더벅머리를 질끈 동여맨 녀석이 앞으로 나와 손을 비볐다.

"소인들은 글을 모르는뎁쇼."

"천한 것들은 할 수 없구나."

홍여순이 탄식하자 낫살 먹은 서리가 아는 체를 했다.

"대감, 어느 동네에나 글을 아는 사람이 한두 명이야 없겠습니까? 물어 보면 됩지요."

"역시 너는 머리가 좋다."

홍여순은 씩 웃고 마당을 향했다.

"들었지? 글을 아는 자를 한 명씩 찾아내라. 끌고 다니면서 이 책에 오른 자들을 빠짐없이 끌고 와야 한다. 빠지면 당자는 물론 너희들도 무사하지 못할 것이다."
    사령들은 대문으로 빠져 사방으로 흩어져 뛰었다.

    경상도에서는 밤이나 낮이나 사람들이 달려오고, 새벽에도 왔다.
    적과 대치한 지방관의 보고도 있고, 소문만 듣고 적어 보낸 것도 있었다. 같은 것도 있고 상치되는 것도 있어 종잡을 길이 없었으나 엄청난 적이 무서운 기세로 몰려오고 있는 것만은 분명했다.

## 대책 없는 대책

천 리 밖에서 일어난 일이라 불안은 하면서도 크게 마음을 쓰지 않던 백성들도 이제 전쟁은 남의 일이 아니었다.

관원들이 도성 안팎에 퍼져 집집마다 대문을 두드리고 윽박지르고 사람을 끌어 가고 — 전쟁의 바람은 삽시간에 서울까지 휘몰아쳤다.

힘 있는 자는 앉아서 버티고, 없는 자는 도망치고, 어중간한 자는 연줄을 찾아 하소연했다.

"배앓이 3년에 죽어 가는 사람이올시다. 면할 길은 없을까요?"

기골이 있는 선비들 중에는 관원들을 보고 호통을 치는 축도 없지 않았다.

"목이 말라서야 우물을 파는 격이지 이게 무슨 꼴이냐?"

어수선한 거리를 지나 이일은 또 비변사에 나타났다. 어제와는 달리 넓은 마당은 끌려온 사람들로 발 디딜 틈이 없고 당상에는 3정승을 비롯하여 판서들도 여러 명 보였다.
 그러나 일은 단순치 않았다.
 관원들이 이름을 부를 때마다 앞에 나간 사람들은 저마다 할 말이 있었다.
 "이걸 보시오. 소생은 작년에 과거를 본 유생이올시다. 병정으로 나갈 사람은 아니지요."
 도포에 갓을 쓴 청년은 시권(試券 : 과거 응시자들이 제출한 답안지 혹은 채점지)을 내놓았다.
 "기가 막혀서. 저는 내수사(內需司)의 아전이올시다. 왜 제 이름이 선병안에 올랐는지 모르겠습니다요."
 사나이는 머리에 얹은 평두건(平頭巾)을 가리켰다. 평두건은 아전들만 쓰는 감투였다.
 "나로 말하면 임해군(臨海君)을 모시는 백도(白徒)요. 어째서 나 같은 사람을 선병안에 올렸소?"
 별난 채색 옷을 입은 사나이는 어깨를 폈다. 백도는 과거를 보지 않고 벼슬에 오른 사람이었다.
 법으로 군역(軍役)이 면제된 사람들은 그들대로 항변하고 혈수할수 없는 백성들도 말이 많았다.
 "소인은 금년에 쉰두 살입네다."
 "소인은 꼽추올세다."
 "아저씨, 저는 열두 살이에요."
 "삼대독자올세다."
 당상에서 지켜보던 홍여순이 휭 하고 달려 내려오더니 구석에서 작대기를 집어 들었다.
 "이 빌어먹을 놈의 새끼들아!"

그는 무작정 패고 돌아갔다.

다리가 부러졌다, 허리를 풀쳤다, 갓이 깨졌다. 마당의 군상은 죽는다고 야단이었다.

당상에 앉은 좌의정 류성룡은 옆 좌석의 이산해에게 속삭였다.

"아무리 둘러보아도 일은 틀렸습니다. 다시 해야겠지요?"

"그러게 말입네다."

불면 날아갈 듯 가냘픈 이산해는 머리를 흔들었다.

두 사람은 의논 끝에 옆에서 기다리고 있는 이일을 돌아보았다.

"해가 이미 기울었으니 부득이하오. 순변사는 우선 장수들만 거느리고 가시오. 뒤따라 3백 명을 추려 보내리다."

이일은 시무룩한 얼굴로 하직인사를 하고 성응길, 조경 등 5명의 장수들을 이끌고 떠나갔다.


이일이 떠났다는 보고를 받은 임금은 안색이 달라졌다.

"그래, 도성에 군사가 3백 명도 없단 말이오?"

"추후에 모집해서 보내기로 했습니다."

류성룡이 대답했다.

"모집해서?"

"……."

"어떻게 된 나라가 이 모양이오?"

그는 비로소 현실에 눈을 뜨는 모양이었다.

"황공하오이다."

처지가 딱할 때에는 이처럼 편리한 대답도 없었다. 임금은 고개를 들지 못하는 신하들을 바라보다가 중얼거렸다.

"옛날 이율곡(李栗谷)이 10만 양병(養兵)을 주창할 때 그대로 시행하는 건데."

신하들은 숙인 고개를 더욱 숙였다. 군대 양성을 주창하는 이율곡을 무슨 죄인이라도 되는 듯이 몰아세운 것은 바로 그들이었다.

국고의 비축미가 2백만 섬도 넘었으니 마음만 있으면 안 될 것이 없었다.

그러나 성학(聖學)을 실천한다 하여 예법에 규정된 나라의 제례(祭禮)는 갈수록 거창하여지고, 왕실의 혼례다 생신이다 하는 것도 세월과 더불어 사치를 더해 갔다. 국고의 비축미는 강물처럼 흘러갈 수밖에 없었다.

상벌이 해이해서 걸핏하면 땅과 곡식을 상으로 내리니 그것도 엄청난 액수였다.

근년에는 이리저리 탕진하고 보니 국고에 남은 것은 50만 섬에 지나지 않았다. 그나마 요긴하게 쓴다면 10만 정도의 군대를 기르지 못할 바도 아니었으나 그런 데 생각을 돌리는 대신은 아무도 없었다.

임금이 물었다.

"병정들을 단련했다고 옥에 가둔 사람이 있지? 이름이 뭐더라?"

서로 얼굴을 마주 보고 눈치를 살피는 가운데 도승지 이항복이 엎드렸다.

"전 의주목사 김여물(金汝岉)이올시다."

"어떤 사람인고?"

"담략(膽略)이 있는 인물입니다."

"아직도 옥에 있는고?"

"있습니다."

임금은 입맛을 다시다가 사이를 두고 일렀다.

"그거 참, 당장 풀어 줘요."

"아니 됩니다. 그자는 역적 정철(鄭澈)의 당이올시다."

한구석에서 목청을 돋우는 소리가 울렸으나 임금이 흰눈으로 노려보는 바람에 더 이상 군소리가 나오지 못했다.

"윤두수(尹斗壽)는 지금도 연안(延安)에 있는고?"

호조판서를 지낸 윤두수는 정철이 강계로 귀양 간 후 그의 일당으로 몰려 함경도 홍원(洪原)으로 쫓겨 갔다가 요즘은 황해도 연안으로 옮겨 귀양살이를 하고 있었다.

"그렇습니다."

이항복이 대답하자 임금은 오래도록 생각하다가 말을 이었다.

"이율곡은 생전에 윤두수를 큰 인물이라고 했지. 지금 생각하면 처음에 일본과 말이 오고 갈 때부터 윤두수는 앞을 내다보았어."

"……."

"그런 인물을 쫓아냈으니 무슨 일이 되겠소? 풀어 줘요."

윤두수는 서인(西人)의 거물이었다. 정여립의 옥사로 기가 죽었던 동인(東人)들은 정철 사건을 계기로 보복에 나서 서인들을 거의 조정에서 몰아냈다. 권력을 독점하자 남인, 북인으로 갈라섰으나 서인은 공동의 적이었다.

"아니 됩니다."

신하들은 합창하고 일제히 엎드렸다.

"안 된다니?"

"윤두수는 국사를 그르친 흉악한 역적이올시다."

임금이 벌떡 일어서 한마디 내뱉고 안으로 들어가 버렸다.

"그 입방아에는 이제 신물이 났소. 윤두수뿐만 아니라 이러저러한 구실로 쫓아낸 사람들은 모두 기용할 것이며, 친상으로 벼슬을 그만두고 집에 있는 사람들도 기복(起復)할 것이니 지금 당장 관원들을 보내서 불러오시오."

할 수 없었다. 시키는 대로 영을 내렸고, 관원들은 밤을 새워 각처로 뛰었다. 다만 정철은 서인의 괴수로, 임금도 언급이 없으니 모르는 척해 두었다.

## 죽을 자리

4월 20일.

밀양이 떨어지고, 적은 낙엽을 밟듯 여러 고을을 짓밟고 폭풍같이 북상한다는 보고가 들어왔다.

"어떻게 할 것인지 말들을 해보시오!"

임금이 두 주먹을 허공에서 떨었으나 모여 앉은 신하들은 대답이 없었다.

"붕당(朋黨)의 싸움질이라면 그렇게도 말이 많던 사람들이 국가의 존망이 목전에 다다른 이때 어째서 말이 없소?"

말석에 앉았던 대사헌 이헌국(李憲國)과 대사간 김찬(金瓚)이 귓속말로 속삭이다가 함께 엎드렸다.

"난리가 일어나면서부터 대간(臺諫 : 司憲府와 司諫院)에서 논의가 있는 일입니다마는 대신 한 명을 현지에 파송하는 것이 좋겠습니다."

정확히 말하면 6조의 판서들은 대신에 끼지 못하고, 영의정, 좌의정, 우의정의 3정승을 대신이라고 불렀다. 세 사람 중의 한 사람은 전쟁판에 뛰어들어야 한다는 소리였다.

해당자인 이산해, 류성룡, 이양원(李陽元)은 서로 마주 보고 좌중의 시선은 그들에게 집중되었다.

대책에 궁하던 차에 임금은 신기한 듯 귀를 기울였다.

"자세히 이야기해 보시오."

"충청도와 경상도 지경까지만 해도 기를 쓰고 말을 달려야 하루 종일 걸립니다. 무슨 일이 있을 때 서울까지 와서 조정에 아뢰고 의논 끝에 윤허를 얻고 돌아가 시행하려면 아무리 빨라도 사흘은 걸리게 마련입니다. 경상도 초입이 이러하온데 그 이남은 4, 5일이 걸리기 십상입니다. 적이 성난 파도같이 밀려오는 판국에 이래 가지고는 일을 그르칠까 걱정입니다."

"옳은 말이오."

"그런즉 대신 한 사람을 골라 생사여탈의 전권을 주십사 하는 것입니다. 현지에 내려가서 전하를 대신하여 장수들을 독려하고 백성들을 지휘해서 모든 일을 제때에 처결한다면 만사에 실기(失機)하는 일이 없고, 전하께서도 짐을 덜게 되실 터이니 두루두루 편할까 합니다."

임금은 고개를 끄덕였다.

"알아듣겠소. 모든 직책에는 이름이 있는 법인데 무어라고 하지요?"

"옛글에 이르기를, 굽어서 아랫사람들의 사정을 생각하고 백성의 고통을 몸소 살핀다고 했습니다(俯念下情 體察民隱). 그런즉 체찰사(體察使)라고 하는 것이 좋겠고, 모든 것을 통괄한다는 뜻으로 도(都) 자를 하나 더 붙여 도체찰사로 하면 더욱 좋을 듯합니다."

임금이 좌중을 둘러보았다.

"다른 이들의 생각은 어떤고?"

반대할 명분이 없었다.

"아주 합당한 계책이올시다."

만장일치로 동의하였다.

"나도 그렇게 생각하오. 3정승 중에 한 사람이 가야 할 터인데, 영상(領相), 누가 좋겠소?"

영의정 이산해에게 묻자 이산해는 두 손으로 방바닥을 짚었다.

"신은 백관을 지휘하는 영의정으로 잠시도 전하의 곁을 떠날 수 없고 우상(右相 : 李陽元)은 서울 태생으로 현지 사정에 어둡습니다. 좌상은 안동 태생인데다 연전에 경상감사를 지내서 누구보다도 경상도 사정에 밝으니 가장 적임인가 합니다."

좌의정 류성룡을 지칭했다.

"내 생각에도 좌상이 적임인데 갈 만하오?"

임금의 물음에 류성룡은 잠시 생각하다 머리를 숙였다.

"어딘들 못 가겠습니까?"

"충신이로다."

임금은 일어서려다 도로 앉았다.

"가만 있자. 도체찰사가 내려간다면 어디로 가지요?"

문경, 상주, 대구 등 여러 고을이 거론되었으나 이 안을 내놓은 대간의 의견이 채택되었다.

"추풍령 넘어 성주(星州)가 좋겠습니다. 성주는 적에게 너무 멀지도 가깝지도 않고 또 산세가 험고해서 적이 함부로 범접을 못할 고장입니다."

임금은 류성룡에게 눈길을 돌렸다.

"좌상은 오늘 당장 떠나시오. 경상도에 내려가거든 성주에 좌정하고 적을 아주 몰살해 버리시오."

류성룡은 눈앞이 캄캄했으나 무어라고 할 계제가 못 되었다. 현지에 가면 의논 상대라도 있어야 하겠기에 김응남(金應南)을 체찰부사(副使)로 달라고 해서 허락을 얻었다. 자기와는 가까운 사이였고, 작년에는 명나라에 사신으로 들어가 일을 잘 처리해서 임금의 신임도 두터운 사람이었다.

그는 김응남과 함께 비변사에 나와 여러 관서에 공문을 보내고 성내 곳곳에 방도 내붙였다. 무인으로 경험이 있는 자는 누구든지 좋으니 도체찰사의 비장(裨將 : 수행무관)으로 등용한다고 하였다.

사람들이 하나 둘 나타나기 시작하고 땅거미 질 무렵에는 어지간히 모여들었다. 언제 어디나 용감한 사람들은 있게 마련이었다.

그런데 또 남쪽에서 급사가 달려왔다.

"적이 밀양, 대구를 지나 조령(鳥嶺)으로 다가오고 있습니다."

이것은 오보였다. 적은 이날 아침 밀양을 떠나 북진하다가 해가 지자 청도에 머물고 있었다. 조령 이쪽 충주의 관원이 헛소문에 겁을 먹고 올린 보고였다.

그러나 사실을 알 까닭이 없는 류성룡은 당황했다. 적이 조령까지 왔다면 성주는 멀리 그 후방이었다. 갈 수도 없고 안 갈 수도 없고, 난감하기 이를 데 없었다.

그는 생각 끝에 한성부(漢城府)에 사람을 보내 신립을 불렀다. 신립은 이때 무관직을 떠나 한성판윤(漢城判尹)으로 있었다.

"일이 이 지경이 되었으니 어떻게 하면 좋겠소? 영감은 명장이시니 계책을 말씀해 주시오."

잠자코 듣고 있던 신립이 물었다.

"이일이 소망하던 병정 3백 명은 보냈는가요?"

"조금 전에 별장(別將) 유옥(兪沃)이 인솔하고 떠났다는 소리를 들었소."

신립은 어두운 하늘을 쳐다보고 말이 없었다.

"이대로 있을 수는 없고, 큰일이외다."

김응남이 은근히 대답을 독촉하자 신립은 천천히 입을 열었다.

"전쟁이라는 것은 그렇습니다. 여러 겹으로 진을 치고 있다가 일진이 무너지면 이진이 나가고, 이진이 무너지면 또 삼진이 나가고. 지금 형세를 보니 이일이 허약한 군사 기백 명을 끌고 일진으로 나가 있는 셈인데 반드시 무너질 것입니다. 그런데 이진도 삼진도 없습니다. 대감께서 나가신다고 해야 싸움하는 장수도 아닌데 어떻게 하실 작정이지요?"

"나도 그게 걱정이오."

류성룡은 힘없이 대답했다.

"용감한 장수를 보내야지요. 서둘러 이진만이라도 구성하게 말입니다."

"가겠다는 장수가 있어야지요."

류성룡이 떠보자 신립은 정색을 했다.

"나랏일이 이처럼 위급한데 안 가다니요? 영만 내리면 누구든지 기꺼이 나갈 것입니다."

"좋은 말씀 고맙소. 돌아가 쉬시지요."

류성룡은 신립을 돌려보내고 창덕궁에 들어가 어전에 엎드렸다.

"사세가 이렇게 급한데 이일이 허약한 군사 약간 명을 끌고 앞에 나가 있고 이진이 없으니 참으로 한심한 일입니다. 신립을 급히 보내서 이진으로 이일을 돕게 하고, 신 등은 천천히 그 뒤를 따라가는 것이 좋을 듯합니다."

"신립은 나라에서 제일가는 명장이오. 만일의 경우 적이 이 도성까지 몰려온다면 신립 외에 능히 지킬 수 있는 사람이 누가 있소? 신립은 도성에 있어야 하오."

임금은 그를 보내고 싶지 않았으나 류성룡은 굽히지 않았다.

"명장일수록 보내야 합니다. 적이 도성까지 온다면 그 화는 이루 헤아릴 수 없을 터이니 천 리 밖에서 막아야 합니다."

"경을 이미 도체찰사로 지명했으니 경이 가서 적을 막으면 되지 않겠소?"

"전하, 신은 문관이지, 싸우는 장수는 못 됩니다. 싸움에는 장수를 보내야 합지요."

"그거 참……. 신립이 갈까?"

임금은 여전히 내키지 않는 눈치였다.

"밖에서 신립과 의논해 보았습니다. 어명만 내리시면 기꺼이 갈 것입니다."

임금은 마지못해 신립을 불렀다.

"죽을 자리를 주셔서 감사합니다."

밤중에 궁중으로 들어온 신립은 임금의 물음에 서슴없이 대답했다.

"경을 삼도순변사(三道巡邊使)로 제수하는 터인즉 하삼도(下三道 : 三南)의 모든 군병을 독려해서 적을 물리쳐 주시오."

이튿날 아침 신립은 김여물과 함께 비변사로 나갔다. 바깥 행길과 마당에는 땟국이 흐르는 삼베옷의 장정들이 여기저기 몰려 앉아 자기들끼리 속삭이는가 하면 두 손으로 머리를 감싸 쥐고 꼼짝하지 않는 축도 있었다.

활을 어깨에 걸친 자도 있고 땅바닥에 내동댕이친 자도 있었으나 태반은 아무것도 지닌 것이 없는 농군들이 아니면 더벅머리 종들이었다.

신립은 발걸음을 멈추고 한 바퀴 둘러본 다음 다시 천천히 걸었다.
당상에 앉았던 3정승과 판서들이 일어서고 병조판서 홍여순이 반색을 했다.
"벌써 떠나시려구요?"
"떠나야지요."
신립은 섬돌 밑에 버티고 섰다.
"간밤에는 군사들을 모으느라고 한숨도 못 잤구만요."
홍여순은 마당의 장정들에게 눈길을 던지고 공치사를 했다.
"수고했소이다. 그래, 얼마나 모였지요?"
"보시는 바와 같이 2백 명도 훨씬 넘지요."
"2백 명도 넘는다?"
신립의 얼굴에는 찬바람이 지나갔다.
"영감도 아시다시피 하룻밤 사이에 2백 명을 모은다는 것은 전에 없는 일입니다."
"2백 명으로 막을 수 있는 적인가요?"
"하아, 이거 큰일났구만."
신립의 성미를 아는 홍여순은 멋쩍게 웃고 말을 이었다.
"팔도에 영을 내렸으니 좀 기다리면 대군이 모여들 것입니다."
"얼마나 기다릴까요?"
"넉넉잡고 열흘만 기다리시오. 함경도, 평안도에서 오려면 그 정도는 걸리지 않겠소이까?"
"그동안 적은 낮잠을 자고?"
쏘아보는 신립의 눈길에 홍여순은 입술을 떨고 대답을 못했다.
"열흘이면 이 도성도 떨어질 것이고, 당신도 죽을 것이오."
"……"

"당신은 도대체 무얼 하는 사람이오?"

신립이 손에 들었던 채찍을 불쑥 내지르자 홍여순은 풀썩 주저앉아 3정승을 돌아보았다.

"하아, 이거 참, 대감네들 말씀 좀 해주시오. 저더러 어떻게 하란 말씀입니까?"

그러나 신립의 무서운 눈길을 피해 땅을 내려다볼 뿐 아무도 입을 여는 사람이 없었다.

신립은 고함을 질렀다.

"나라의 명맥이 경각에 달했는데 천 리 밖에서 군사들이 오기를 기다릴 것이오?"

우의정 이양원이 달랬다.

"이미 영이 내렸으니 가시다 보면 경기도, 충청도 장정들도 모여 있을 것이오. 염려 말고 떠나시오."

"경기도, 충청도도 이 서울과 같은 모양이라면 어떻게 하지요?"

이양원은 입을 다물고 좌의정 류성룡이 나섰다.

"옳은 말씀이오. 있는지 없는지 알 수 없는 군사들을 믿을 것이 아니라 우리 모두 총동원해서 모읍시다."

그리고 신립을 내려다보았다.

"영감, 그러면 되지 않겠소?"

그러나 신립은 얼굴에서 노기가 사라지지 않았다.

"대감네들 댁에는 마필이 여러 마리씩 있습지요? 그걸 모두 주시오."

벼슬한 사람들의 집에는 교통수단으로 말이며 나귀가 즐비하게 있었다. 류성룡은 이산해, 이양원과 의논하고 대답했다.

"궁중을 제외하고 도성 안팎의 모든 마필을 모아 드리리다."

"관고의 무기도 주시오."

활이니 창이니 간단한 무기는 출전하는 장정들이 자판하는 것이 통례였고, 갖추지 못한 자는 흥건히 얻어맞은 연후에야 관에서 지급을 받는 선례가 있었다.

"그렇게 합시다."

신립은 돌아섰다.

중앙관서와 한성부는 일체의 업무를 중지하고 모든 관원들은 도성 안팎으로 뛰었다.

사지를 제대로 놀리는 장정들은 무조건 끌려오고, 말, 노새, 나귀들은 줄을 이어 사대문으로 몰려들었다.

다음 날은 4월 22일.

간밤에는 아주 좋지 못한 소식이 왔다. 앞서 간 이일이 도중 문경에서 절망적인 보고를 보내온 것이다.

오늘날의 적은 신병(神兵)과 같아 감히 대적할 자가 없으니 신은 죽을밖에 도리가 없습니다(今日之賊 有似神兵 無人敢當 臣則有死而已).

이어서 김해가 떨어졌다, 대구, 경주가 떨어졌다, 급보는 꼬리를 물고 들어왔다.

# 3천 기병

궁중에서는 마필과 안장을 정비하는 등 은근히 도망갈 준비를 서두르는 눈치였다.

신립은 더 이상 지체할 수 없었다. 그는 아침 일찍 비변사로 나왔다.

창덕궁 앞, 남북으로 달린 대로에는 활과 칼, 창으로 무장한 장정들이 저마다 말고삐를 틀어쥐고 도열하고 있었다. 도합 3천 명.

신립은 기병전의 명수였다. 북방에서 기병전으로 여진족을 섬멸한 경험을 살려 이번에도 기병의 기동성을 이용하여 기습 공격으로 적을 짓밟을 구상을 하고 있었다.

그는 김여물과 함께 천천히 말을 몰아 도열한 인마를 유심히 뜯어보고 지나갔다. 그러나 아무리 보아도 자신이 서지 않았다.

기병의 장점은 폭풍같이 나타나서 적을 무찌르고 폭풍같이 사라지는데 있었다. 그러기 위해서는 무엇보다도 행동 통일이 선결문제였다.

그런데 말보다도 속도가 느린 나귀와 노새가 태반이었다. 그 위에 갑자기 긁어모은지라 어느 수종(獸種)이고 늙은 것과 어린것, 강한 것과 약한 것, 형형색색이었다.

병사들도 문제였다. 이름을 붙이니 병사들이지, 농부, 머슴, 장인(匠人), 종, 건달, 아전 등 — 간혹 소는 타보았어도 말이고 노새고 타본 사람은 별로 없다고 했다.

사람이고 짐승이고 단련을 해야 싸움터에서 제구실을 하는 법인데 모두가 한심했다. 오늘 처음으로 활을 만져 보는 장정들, 짐을 싣던 말이 아니면 양반의 아낙네들이 경마를 잡히고 타던 나귀에 노새 — 기병전이란 어림도 없었다.

검열을 마치고 길가 비변사로 들어오자 김여물이 걱정했다.

"이 오합지졸로 기병전이 되겠습니까?"

신립은 대청에 걸터앉아 오래도록 먼 하늘을 바라보다가 반문했다.

"그렇다고 달리 도리가 있겠소?"

김여물이라고 도리가 있을 까닭이 없었다. 지금 와서 이러니저러니 해야 소용없는 일이고, 분명한 것은 이 오합지졸을 이끌고 싸워야 한다는 사실이었다.

"하기는 그렇습니다."

"적을 언제 만나게 될지 알 수 없으나 하루도 좋고 이틀도 좋고, 하여간 그때까지 단련해 봅시다."

신립은 성미가 급한 만큼 실망을 털어 버리는 데도 재빠른 사람이었다.

치밀한 김여물은 또 다른 걱정을 꺼냈다.

"그런데 장군, 대장과 졸병들만 있고 중간의 군교(軍校 : 장교)들이 없으니 이것은 어떻게 하지요?"

그의 말대로 중간 간부로는 예전부터 신립을 따라다니던 무관이 5, 6명 있을 뿐이었다.

"나도 그것이 걱정이오."

"유 대감의 막하에는 경험이 있는 무관들이 기십 명 모였을 것입니다."

신립은 얼굴을 붉혔다.

"싸울 사람에게는 무관이 없고, 뒤에서 빈둥거리는 사람에게는 무관들이 몰려들어 노닥거린다?"

도체찰사로 임명된 류성룡은 중추부(中樞府)에서 남으로 떠날 준비를 하는 중이라고 했다. 신립은 김여물을 재촉해서 경복궁 앞 중추부로 말을 달렸다.

류성룡은 대청에서 김응남과 마주 앉아 의논하는 중이었다.

신립은 마당에서 웅성거리는 무관들을 헤치고 대청으로 올라갔다.

"대감께서도 오늘 떠나신다지요?"

그는 전복 차림의 류성룡을 건너다보았다.

"그런가 부오."

류성룡은 미소를 보냈으나 신립의 얼굴에는 노기가 서려 있었다.

"저도 오늘 떠납니다. 기왕 함께 갈 바에는 구태여 여기 계신 김 공까지 부사로 가실 건 없지 않습니까? 저를 부사로 삼아 주시면 일도 단출하고 편하실 겁니다."

김응남 대신 자기가 체찰부사로 가겠다는 것이다.

"별안간 무슨 말씀이오?"

류성룡은 영문을 몰라 했다.

"저를 부사로 삼아 주시면 이 마당에 모여 있는 무관들은 저절로 저의 휘하에 들어올 것이고, 군대도 모양을 갖출 것이 아니겠습니까?"

류성룡은 머리가 빠른 사람이었다. 신립을 보내는 터에 중간 간부가 될 이 무관들을 넘기지 않은 것은 자기의 실수였다.

"알아들었소. 나랏일에 네 것 내 것이 어디 있겠소? 무관은 도합 80명이니 장군이 데리고 가시오."

김여물의 지휘하에 대문으로 몰려 나가는 군상을 지켜보던 신립이 일어섰다.

"대감을 모실 장병은 추려 보내지요."

류성룡도 따라 일어섰다.

"그럴 건 없고, 다시 모집해 가지고 천천히 떠나지요."

"천천히?"

"하여튼 갑시다. 어전에 말씀을 드려야 할 것이 아니오?"

두 사람은 함께 창덕궁으로 말을 달렸다.

선정전에서 류성룡의 보고를 받은 임금 선조는 신립을 돌아보았다.

"이 궁성을 지키는 금군(禁軍)도 모두 데리고 가시오."

"그럴 것까지야 있겠습니까?"

신립이 사양했으나 임금은 내수사(內需司)의 별좌(別座) 김공량(金公諒)을 불렀다.

"내수사에는 활솜씨가 있는 종들이 많다지?"

김공량은 임금이 아끼는 인빈 김씨의 오라버니로 권세가 대단해서 힘깨나 쓰는 무리들을 숱하게 거느리고 있었다.

"네, 2백 명은 넘습니다."

"금군도 출전하니 지금부터 네가 그들을 거느리고 이 대궐을 지켜라."

임금은 영을 내리고 신립을 향했다.

"떠나는 마당에 할 말이 없소?"

"일이 터진 연후에야 부랴부랴 시정잡배들을 모아 군대라고 하니 한심한 노릇입니다. 그나마 문서조차 제대로 되지 않아 뒤죽박죽입니다. 평소부터 장정들을 단련해서 쓸 만한 군대를 양성해 두었다가 일단 유사시에는 지체 없이 싸움터로 보낼 수 있어야 합니다. 지금같이 해서는 나라의 운명을 예측하기 어렵겠습니다."

"응— 홍여순이로다. 병조판서로 앉아서……."

임금은 화를 내고 류성룡에게 물었다.

"병판(兵判)을 갈아야겠는데 누가 좋겠소?"

"김응남이 좋겠습니다."

"아니— 김응남은 경의 부사가 아니오? 경상도에 내려가기로 되어 있지 않소?"

"신이 떠나기까지는 시일이 있으니 그때 가서 다른 사람을 고르지요."

"그러면 김응남을 병조판서로 하되 참판도 갈아서 면목을 일신해야 하겠소."

"참판으로는 심충겸(沈忠謙)이 좋겠습니다."

심충겸은 유명한 심의겸(沈義謙)의 아우로 명망이 있는 선비였다.

"그렇게 하기로 하고, 지금부터라도 군사들을 모아 단련해야 하지 않겠소?"

의논 끝에 김명원(金命元)을 도원수(都元帥)로 삼아 새로 뽑아 들이는 장정들을 한강변에서 단련하기로 했다. 육십이 가까운 김명원은 정여립 사건에 충성을 보여 경림군(慶林君)의 작호까지 받은 조정의 원로였다.

옆에서 듣고 있던 신립은 의논이 끝나는 것을 기다려 자리에서 일어섰다.

"신은 이제부터 떠나겠습니다."

"잠깐 기다리시오."

임금은 상자에서 장검을 한 자루 꺼내 그에게 내렸다.

"이 상방검(尙方劍)으로 이일 이하 장군을 거역하는 자는 누구든지 처단하시오."

신립은 감격하여 칼을 받아 가지고 물러 나왔다.

원래 상방(尙方)은 중국 한대(漢代) 관청의 이름으로, 칼을 비롯하여 천자에게 소용되는 물건을 만드는 궁중의 작업장이었다. 말도 능히 벨 수 있는 날카로운 칼이라 하여 정식으로는 상방참마검(尙方斬馬劍)이라 했고, 임금에게 불충한 자를 치는 데 쓰였다.

임금의 패물인 이 칼을 내린다는 것은 최고의 신임의 표시로 신하로서는 다시없는 영광이었다.

마침내 신립은 김여물 이하 3천 기병을 이끌고 문무백관의 전송을 받으면서 서울을 떠났다.

# 미투리 소동

신립은 너무나 큰 이름이었다. 그가 있음으로 해서 일찍이 북방의 적 침을 물리치고 나라가 온전할 수 있었다. 이번에는 남쪽에서 오는 적을 물리칠 차례가 왔다. 그는 능히 이 일을 감당할 것이고 나라는 무사할 것이다.

떠나가는 신립의 장엄한 행렬에 백성들은 불안을 털어 버리고 기운을 되찾았다.

"왜놈들 이번에야말로 임자를 만났다."

"싸악 쓸어버리고 왜땅까지 밟아 버렸으면 좋겠다."

그러나 궁중 깊은 곳에서는 묘한 대화가 오고 갔다.

"왜놈들은 귀신같은 병정들이라는데 사실인가요?"

임금의 가슴에 파고든 인빈 김씨가 물었다.

"사실인가 봐. 고을마다 추풍낙엽이거든."

"그럼 이 서울은 어떻게 되지요?"

"그 흉악한 것들이 서울이라고 사양하겠소?"

인빈은 일어나 앉았다.

"신 장군이 가도 안 될까요?"

"신 장군이라고 별수 있겠소? 건달이며 농군들을 끌고 가서 어쩔 것이오?"

쳐다보는 임금은 걱정이 아물거리는 얼굴이었다.

"그럼 피란을 가야 하잖아요?"

인빈은 목소리를 낮췄다.

"결국은 그 길밖에 없을 것이오."

"적은 언제쯤이면 이 서울까지 올까요?"

임금도 일어나 촛불을 바라보았다.

"그다지 오래지 않을 것이오."

"그때에 대비해서 마련은 있어야 하지 않을까요?"

"마필은 이미 대령하고 있지 않소?"

귀하게 자란 임금은 어설펐으나 어려운 집안에서 생장한 인빈은 그 보다는 세상 물정에 밝았다.

"마필만 가지고 되나요? 멀리 가자면 대궐에서 신는 목화(木靴)는 안 되고 짚세기나 미투리를 신어야 하는데 무어니 무어니 해도 미투리가 제일 질겨요."

"미투리가 뭔데?"

"삼[麻]으로 삼은 신발 말이에요. 궁중에서는 마혜(麻鞋)니 망혜(芒鞋)니 하지만 민간에서는 미투리라고 불러요."

"내수사에 얘기해서 몇 켤레 구해 두지."

"몇 켤레로 되나요? 대궐의 이 숱한 아이들과 나인들, 그리고 친정식구에 호종들도 따를 터이니 구할 수 있는 데까지 구해야지요."

"그게 좋겠군."

남녀는 자다 말고 내수사 별좌 김공량을 불렀다. 인빈의 오라버니 김공량은 난리가 터지면서부터 궁중에 기거했고, 요즘은 경비도 맡고 있었다.

"서울 장안에 있는 미투리는 하나 남기지 말고 모두 사들여라."

임금이 영을 내리자 인빈이 꼬리를 달았다.

"오라버니, 표가 나지 않도록 은근히 부탁해요."

이튿날 동이 트면서부터 김공량의 부하들은 지게꾼을 거느리고 거리를 휩쓸었다.

"전쟁에 나가는 병정들의 신발이다. 있는 것은 숨김없이 다 내놓으렸다."

장사치들은 안 나가던 물건이 무더기로 팔려서 좋기는 했으나 여자의 신발이고 어린아이들의 꽃신이고, 미투리로 이름이 붙은 것은 남기는 법이 없는지라 의문도 없을 수 없었다.

"아녀자들도 전쟁에 나가는갑쇼?"

그러나 관원들은 한마디로 입을 막아 버렸다.

"너 말이 많다."

좁은 성내는 하루에 동이 나고 부하들은 성 밖까지 휘젓고 돌아다녔다. 덩달아 장사치들은 멀리 시골까지 내달리고, 보릿고개에 시달리던 농가에서는 일손을 놓고 미투리에 달라붙었다.

창덕궁으로 쏟아져 들어가는 미투리 행렬을 보고 제일 먼저 속셈을 알아차린 것이 물세를 아는 고관들이었다. 행세하는 집안의 일꾼들은 도성 안팎에 퍼져 미투리 사재기에 기를 쓰고, 눈에 핏발이 선 그들 사이에 주먹질이 오가는 것도 드문 일이 아니었다.

"내 것이다."

"어째서 네 것이냐?"

머리가 좋은 기성군(杞城君) 유홍(兪泓)은 선수를 쳐서 미투리를 사들이고, 선수를 쳐서 가족들을 피란 보내고는 창덕궁에 들어가 어전에 엎드렸다.

"적을 막는 무기도 아닌 미투리를 사들이고 마필을 대기시키는 것은 민심을 혼란에 빠뜨리는 일입니다. 더구나 우리가 도망간다고 어딘들 적이 쫓아오지 못하겠습니까? 군신과 상하가 일치하여 나라에 목숨을 바쳐야 합니다."

그는 일찍이 왕실의 잘못된 족보를 고치는 일, 이른바 종계변무로 명나라에 들어갔을 때 그 나라 관원들 앞에서 머리를 땅에 부딪쳐 피를 뿌린 인물이었다. 피를 뿌린 공이 예사롭지 않아 귀국 후에는 공신으로 책정되어 군(君)의 작호를 받고 이조판서까지 지낸 충신이었다.

충신인 만큼 구구절절이 충성된 말씀에 임금도 대답이 궁했다.

"미투리라니, 무슨 말이오?"

"전하께서야 모르시겠지요. 궁중의 하찮은 벼슬아치들이 한 일로 짐작됩니다마는 지금 천하의 미투리는 모두 창덕궁에서 긁어 간다고 야단들입니다."

"이런 변이 있나? 내 알아보겠소."

그러나 가족을 빼돌린 것은 유홍뿐이 아니었다. 높고 낮은 관원들의 가족은 알게 모르게 도성을 빠져나갔고, 심지어 좌찬성(左贊成) 최황(崔滉)의 가족은 집에서 기르는 강아지까지 끌고 자취를 감췄다는 소문이었다.

마침내 백성들도 알아차렸다.

"이 등신들이 우리는 피란도 못 가게 만드는구나."

헌 미투리도 한 켤레에 쌀 한 말로 치솟고, 밤이면 좀도둑이 들끓어 자리에서도 미투리를 품에 안고 자게 되었다.

온 장안은 미투리 선풍으로 떠들썩하고 도망치는 남녀노소가 줄을 이어 도성을 빠져나갔다. 보다 못한 사헌부와 사간원은 전 직원이 대궐에 들어가 어전에 엎드렸다.

"궁중에서 사들인 미투리를 모두 백성들에게 돌려주십시오. 도성의 문들을 굳게 닫고 관이고 민이고 함부로 나가지 못하게 해야 합니다. 조정에서는 죽음으로 서울을 지킬 것이며 결단코 버리지 않는다는 뜻을 천하에 밝히셔야 합니다."

"이 며칠을 두고 여러 사람이 미투리 미투리 하는데 도무지 영문을 알 수 없소. 돌아간 공회빈의 장례에 상여꾼들이 신을 것을 좀 사들였다는 소리는 들었소. 그것이 그렇게도 잘못된 일이오?"

임금은 간밤에 인빈이 불어 넣은 대로 짜증을 냈다. 북새통에 잊었던 공회빈, 관 속에 든 채 아직도 창경궁에 누워 있는 이 여인은 신묘한 효과를 발했다.

"망극하오이다. 신 등은 성상의 깊으신 뜻을 헤아리지 못하고……."

신하들은 머리를 들지 못했다.

"장례는 사람이 마지막 가는 길이요, 인류대사 중에서도 막중한 대사가 아니오?"

"그렇습니다."

임금은 목청을 가다듬었다.

"그 인류대사를 정중히 모시자는데 어째서 말이 많소?"

"황공하오이다. 장례는 언제쯤 치르실 작정이시온지?"

"적이 물러가면 곧 치를 것이오."

"그 적 말씀이온데 아까도 아뢴 대로 이 서울을 사수하신다는 뜻을 밝혀 주시기를 바랍니다. 민심이 하도 흉흉해서……."

"내가 언제 서울을 버린다고 했소? 없는 말을 만들어 퍼뜨리는 건 어떤 사람들이오?"

따지고 보면 임금의 입에서 서울을 버린다는 말이 나온 일은 없었다. 신하들은 무안만 당하고 물러 나왔다.

조정은 서울을 사수한다!

소문이 퍼지고 어수선하던 공기도 차츰 가라앉았다. 백성들의 생각으로는 임금은 유별난 어른이요, 그가 버티고 있는 이상 서울은 염려 없을 것이었다.

그 위에 더욱 기막힌 일이 벌어졌다. 왜놈의 머리가 서울에 나타난 것이다.

머리는 이미 체포령이 내려 금부도사가 잡으러 내려간 김성일이 보낸 것이었다.

경상우병사로 임명되어 임지 창원(昌原)으로 가던 김성일은 충주 단월역(丹月驛)에서 적침 소식을 들었다. 일본에 다녀와서 저들의 침략은 없다고 단언했었다. 그의 말을 듣고 조정은 안심하였고, 병정도 무기도 갖추지 않았다.

더구나 안된 것은 국방태세를 갖추려는 조정의 노력을 적극 반대하고 나선 일이었다. 작년 가을 조정에서는 한때 마음을 고쳐먹고 성지(城池)를 수축하는 등 태세의 정비에 착수한 일이 있었다. 이에 대해서 김성일은 쓸데없이 백성을 괴롭힌다 하여 성지의 수축도, 무기의 제작도 반대하였고, 심지어 적침이 예상되는 영·호남의 지방관에 무관을 임명하는 것조차 발 벗고 나서 반대하였다.

조정은 국방을 중지하였고 그는 백성들의 박수를 받았다. 그 결과 방비라고는 아무것도 없는 나라에 처들어온 적은 허허벌판을 달리는 이리 떼같이 사람을 몰살하고 강산을 잿더미로 만들면서 북상 중이라고 했다.

김성일로서는 남은 길은 죽음뿐이었다. 죽음에도 몇 갈래 길이 있었다. 스스로 목숨을 끊는 길, 발길을 돌려 서울로 올라가서 대죄하는 길, 그리고 죽음을 찾아 적진으로 뛰어드는 길이었다.

그는 생각 끝에 휘하 20여 명을 끌고 죽음을 찾아 밤낮으로 남으로 말을 달렸다.

김해가 떨어졌다는 소식을 듣고 의령(宜寧)에서 남강을 건넌 김성일은 해망원(海望原)에서 마주 오는 전임 병사 조대곤(曺大坤)과 마주쳤다.

두 사람이 이야기하고 있는데 백마를 탄 적의 척후병 2명이 다가오고 그 뒤에 보졸 몇 명이 멀찌감치 보였다. 그러나 이들의 모습을 이상히 여긴 적은 주춤거리고 더 가까이 오지 않았다. 이 틈에 김성일의 부하 20여 명이 달려 나가 적을 멀리까지 추격하고, 그중 한 명의 머리를 베어 가지고 돌아왔다.

김성일은 이 머리를 소금에 절여 장계와 함께 서울로 보내고 그날 밤 함안으로 들어갔다. 여기서 그는 서울에서 내려온 금부도사에게 체포되고 조대곤은 새로운 명령을 받았다.

"계속 경상우병사로 남아 일을 보라."

서울거리에 효수(梟首)된 왜병의 머리는 비상한 바람을 일으켰다. 왜 상투 끝에 대롱거리는 버드렁니의 못생긴 상판, 신병(神兵)이니 뭐니 말짱 헛소문이고, 요따위들은 식은 죽 먹기로 밟아 버릴 수 있을 것이다. 백성들은 공포를 털어 버리고 기운을 냈다.

임금도 오래간만에 찌푸렸던 양미간을 펴는지라 좌의정 류성룡은 이 기회를 놓치지 않았다. 그는 시종 김성일의 주장에 동조한 처지였다.

"장한 일입니다. 김성일을 다시 봐야 하겠습니다. 이러니저러니 해도 적의 머리를 바친 것은 김성일뿐이니 그의 죄를 용서하시고 앞으로 더욱 큰 공을 세우도록 하는 것이 좋겠습니다."

"적의 머리 하나로 그 큰 죄를 어찌 물시한단 말이오?"

미리부터 류성룡의 부탁을 받고 이 자리에 나온 왕자 광해군(光海君)이 엎드렸다.

"보리는 흔한 곡식입니다. 그러나 흉년에는 보리 한 되로도 사람의 목숨을 구하는 경우가 있습니다. 이 난국에 적의 머리 하나라고 어찌 가볍게 볼 수 있겠습니까? 나라의 기운을 북돋울 것이니 김성일의 공은 결코 작은 것이 아닙니다."

18세의 광해군이 나이에 어울리지 않게 신통한 소리를 했다. 임금은 크게 웃고 김성일의 장계를 뒤적이다 좌중을 둘러보았다.

"여기 죽어서 나라에 사죄하겠다는 대목이 있는데 진심 같소?"

좌찬성 최황이 대답했다.

"그의 죄는 자기 말마따나 만 번 죽어 쌉니다(臣罪當萬死). 그러나 판단을 그르친 것은 사실이지마는 충신에는 틀림이 없고, 진실로 나라에 목숨을 바칠 사람입니다."

임금이 말없이 고개를 끄덕이자 류성룡이 제안했다.

"죄를 주는 것만이 능사가 아닙니다. 신의 생각으로는 경상우도(右道) 초유사(招諭使)로 삼아 그 고장에서 병정을 모집하고 백성을 진정시키는 데 힘쓰도록 하는 것이 좋겠습니다."

임금이 동의했다.

"그렇게 합시다."

죽기로 되어 있던 김성일이 살아나는 순간이었다.

그는 금부도사에게 끌려 직산(稷山)까지 왔다가 이 소식을 듣고 다시 경상도로 내려갔다.

## 허무한 전투

왜병의 머리로 기세가 오른 것도 잠시였다. 앞서 경상도순변사로 임명되어 현지로 내려간 이일이 상주에서 참패했다는 소식이 들려왔다.

난리 초에 진주에서 부산으로 달려가다 도중에서 부산, 동래가 이미 떨어졌다는 소식을 듣고 함안, 지례, 합천 등지를 헤매던 경상감사 김수(金睟)의 휘하에는 총명한 군관이 있었다.

"영감, 제승방략(制勝方略)을 잊으셨습니까?"

"제승방략이라니?"

"대구(大丘 : 大邱) 말씀입니다."

"큰일 날 뻔했구나. 너는 역시 머리가 좋다."

당시의 국가전략인 제승방략의 취지에 따르면 경상도에 적이 쳐들어올 경우에는 우선 해안에서 막고, 그래도 밀리게 되면 내륙의 신지(信地

: 예정된 지점)에 경상도의 모든 군사들을 집결하여 여기서 적을 맞아 결판을 내기로 되어 있었다. 누구나 그 신지는 경상도의 중심인 대구라고 생각하였다. 또 이 부대는 아무나 지휘하는 것이 아니었다. 어명을 받들고 서울에서 내려오는 높은 장수만이 지휘권이 있었다.

서울 조정이나 경상도 현지 관원을 막론하고 창졸간에 아무도 그 생각을 못했는데 시골 군관의 머리에 이것이 떠올랐다. 김수로서는 중대한 실책을 범할 뻔했고, 훗날 조정에서 문책을 받아도 할 말이 있을 수 없었다.

그는 경상도 관내에서 아직 적이 들어오지 않은 문경 이남의 모든 고을에 영을 내렸다.

"수령들은 휘하 장병을 이끌고 대구로 집결하라."

동시에 조정에도 보고했다.

"대군을 대구에 집결 중입니다."

감사의 영이 내렸다고 없던 군대가 생길 것도 아니었다. 부사, 군수, 현감 등 경상도 북반부의 수령들은 자기 관내의 농민들을 잡히는 대로 끌고 대구 수성천(壽城川) 냇가에 모여들었다.

3백 명의 군사도 없어 사흘을 지체하다가 결국 측근 몇 명만 거느리고 서울을 떠난 이일은 용인 지경에 이르자 남에서 급한 소식을 가지고 서울로 달려가는 군관과 마주쳤다.

"제승방략대로 대구에는 구름같이 군사들이 모여들고 있습니다."

그는 여러 날째 잃었던 웃음을 되찾았다. 제승방략은 세종 때의 명장 김종서(金宗瑞) 장군이 창안했고, 이일 자신이 미비점을 보완한 것이었다. 그는 이 전략으로 일찍이 북방의 여진족을 무찔렀고, 이제 남방의 왜적과 싸울 차례가 온 것이다.

"얼마나 모였다더냐?"

"1천 명도 넘는답니다."

"고작 1천 명이냐?"

"지금 모여드는 중이니 1만 명이 될지 2만 명이 될지 모르겠습니다."

이일 일행은 계속 남하하다가 죽산(竹山)에서 추풍령 방면으로 내려가는 우방어사 조경과 헤어져 충주로 향했다. 가면서 심심치 않게 서울로 달리는 급사들이 스쳐 갔으나 시원한 소식은 하나 없었다. 그러나 남으로 갈수록 한 가지 소식만은 쓸 만했다. 대구에 모여드는 군사들의 숫자가 늘어나는 것이었다.

"2천 명이 모였습니다."

"3천 명이 모였습니다."

충주에 닿았을 때는 5천 명을 넘었다고 했다. 거기다 이런 말도 덧붙였다.

"하루 빨리 순변사께서 오시기를 학수고대하고 있습니다."

충주는 서울에서 대구에 이르는 중간 지점이었다. 앞으로 대구에 당도할 때까지 또 5천 명이 모인다고 치면 적어도 1만 명은 된다는 계산이 나왔다. 어쩌면 버틸 수도 있음 직했다.

충주에서는 또 하나 좋은 소식이 있었다. 서울에서 유옥(兪沃)이라는 청년 군관이 2백 명의 군사를 이끌고 뒤쫓아 당도한 것이다. 떠날 때에는 3백 명이었으나 그중 1백 명은 도중에서 헤어져 청주를 거쳐 조경의 뒤를 따라갔다고 했다. 조정에서는 약속을 지켜 주었다.

내일 조령을 넘으면 전투 지역인 경상도로 들어갈 참이었다. 이일은 객관에서 좌방어사 성응길(成應吉), 조방장 변기(邊璣) 이하 측근들과 저녁상을 마주하고 술잔을 나누다가 종사관(從事官 : 비서관) 박호(朴篪)를 돌아보았다.

"자네 장인의 수고가 많았네. 덕분에 전세를 만회할 수도 있을 것이고…….."

그는 박호에게 술을 권했다. 박호는 김수의 사위였다.

경상도에서 싸우자면 감사 김수의 협력이 필요하였다. 이일에게는 이미 윤섬(尹暹)이라는 종사관이 있었으나 서울을 떠날 때 임금에게 특청을 드려 그를 또 한 사람의 종사관으로 데리고 왔다. 연락에도 편하고 김수도 성심으로 도와줄 것이었다.

박호 자신 쓸 만한 청년이기도 했다. 18세에 과거에 오른 수재로, 대인관계가 부드럽고 겸손해서 승진도 빨랐다. 나이 삼십에 홍문관 교리(校理)까지 올라 요즘은 임금에게 경서를 강의하고 있었다.

다른 사람들도 김수의 기민한 조치에 한마디씩 하고 동행한 왜학통사(倭學通事 : 일본어 통역) 경응순(景應舜)에게 말을 걸었다. 전선에서 일본군과 마주치면 의사소통이 필요한 경우도 있음 직하여 사역원(司譯院)에서 뽑아온 관원이었다.

"왜놈들이 항복해 오면 네가 바빠지겠다."

"그렇게 되면 오죽 좋겠습니까?"

젊은 관원은 잔잔하게 웃었다.

저녁상을 물리고도 여러 말이 오가는 것을 이일이 가로막았다.

"내일은 새벽 일찍 떠날 터이니 어서 잠자리에 들도록 합시다."

이튿날 동이 트자 충주목사 이종장(李宗長) 이하 관원들과 백성들이 전송하는 가운데 '경상도순변사'의 깃발을 앞세우고 충주를 떠난 이일 이하 2백여 명의 일행은 쉬지 않고 말에 채찍을 퍼부었다. 뜨거운 햇살이 퍼지기 전에 조령의 마루까지 닿을 작정이었다.

그러나 산에 접어들자 오솔길은 좁고 양쪽에 숲이 우거져 말은 한 마리씩밖에 갈 수 없었다. 거기다 가파른 오르막에 말들은 땀을 쏟으며 허덕이는지라 선두가 마루에 닿은 것은 오정 가까울 무렵이었다. 그들은 말에 풀을 뜯기고 그늘을 찾아 발을 뻗고 쉬었다.

말을 끌고 남쪽에서 고개를 오르는 2명의 모습이 나뭇가지 사이로 어른거렸다. 군관 한 명에 졸병 한 명.

"파이다."

"망했다."

올라오면서 내뱉는 소리도 들렸다. 이일은 그들을 눈으로 좇다가 마루에 올라서자 손짓으로 불렀다.

"너희들은 누구냐?"

군관이 다가와 허리를 굽신했다.

"경상감영의 군관인데 장계를 바치러 서울로 가는 길이 아인교."

그는 나무에 기대 세운 깃발에 눈이 멎으면서 두 손을 모아 쥐었다.

"순변사 어른이시구만요."

"응. 감사 어른은 어디 계시냐?"

"초계에 계십니다."

"남쪽의 물세는 어떻더냐?"

군관은 한 팔을 빙 돌렸다.

"마, 싹 쓸어버렸십니더."

"쓸다니?"

"부산, 동래, 김해, 창원, 밀양 — 왜놈들이 마구 쑥밭을 만든기라요. 그것들, 조총을 마구 쏘아 대구, 모두들 신병이라 카데요."

이일은 소매로 땀을 씻는 군관을 지켜보다 가장 궁금한 것을 물었다.

"너 대구를 지나왔지?"

"대구예?"

"군사들이 얼마나 모였더냐?"

"군사예?"

군관은 입을 헤벌리고 그를 바라보았다. 이일은 볼멘소리가 나갔다.

"너, 묻는 말에는 대답을 않고 말끝마다 예가 뭐냐?"

군관은 말을 더듬었다.

"대, 대구도 날아갔십니다."

오다가 보니 대구에도 이미 적이 들어왔길래 사잇길로 피해 오는 길이라고 했다. 이일은 믿을 수 없었다.

"너 함부로 입을 놀리지 마라."

"어디예."

군관은 도중 대구에 모였다가 도망쳐 산속을 헤매는 병정들을 수없이 만났고 그들로부터 사연을 들었다고 했다.

대구에는 경상감사의 지시대로 고을의 원님들이 군사들을 끌고 모여들었다. 몇 천인지 몇 만인지는 알 수 없으나 하여튼 온 벌판에 쫙 깔렸다. 서울에서 내려오신다는 순변사를 기다렸으나 순변사는 오지 않고, 어찌할 바를 모르고 사흘 동안 웅성거리기만 했다. 사흘이 지나니 제각기 집에서 가지고 온 양식은 떨어지고 모두들 배가 고프다고 떠들기 시작했다.

그날은 아침부터 비가 내리고 그칠 기미를 보이지 않았다. 벌판에 비를 피할 데는 없고 병사들은 제자리에 웅크리고 앉아 그대로 맞는 수밖에 없었다. 뼛속까지 젖은 데다 춥고 허기지고, 군사들은 떨기만 했다.

해질 무렵에 남으로부터 몰려오는 백성들이 부쩍 늘었다.

"적은 이미 청도를 지났고, 오늘밤 안으로 이 대구로 몰려올 것이다."

누구에게 물어도 같은 소리를 속삭이고 사라져 갔다.

군사들은 날이 어둡자 하나 둘 도망치기 시작하더니 나중에는 홍수

같이 밀려 어둠 속으로 사라져 버렸다. 말 탄 원님들이 이리저리 뛰어다니며 회초리로 갈겼으나 막무가내로 뛰어 달아나는 데는 도리가 없었다. 원님들도 하는 수 없이 저마다 뿔뿔이 흩어져 제 고장으로 도망쳐 버리고 대구벌에는 군사들이 밥을 지어 먹던 솥뚜껑이 여기저기 뒹굴 뿐이었다.

이튿날은 씻은 듯이 갠 날씨였다. 일본군은 총 한 방 쏘지 않고 노래를 부르며 대구로 들어왔다. 그것이 어저께라고 했다.

이일은 눈을 감고 말이 없었다. 이제 어떻게 해볼 나위가 없었다.

생각하면 대구에 희망을 건 것도 허망한 일이었다. 단련해야 병정이지 땅을 파는 재주밖에 없는 농군들을 불시에 긁어모았다고 병정일 수는 없었다. 겁을 먹는 것도, 도망치는 것도 어쩔 수 없는 일이었다.

그런 병정들마저 일단 흩어진 것을 다시 모으기는 어려울 것이다. 이런 판국에 10만이라고도 하고 1백만이라고도 하는 적 앞에 고작 2백 명을 끌고 나간다는 자체가 광대놀음이나 진배없었다.

나이 55세, 북방 여진족과의 그 많은 싸움에서 용케 살아남았건만 이제 이 경상도의 어느 들판에서 왜놈들을 숱하게 웃기고 그들의 칼에 맞아 죽게 되었다.

"가도 괘않십니꺼?"

기다리다 지친 군관이 슬며시 물었으나 이일은 눈을 뜨지 않고 대답했다.

"가보아라."

군관이 떠난 후에도 움직이지 않는 이일 앞에 박호가 다가섰다.

"떠나야 하지 않겠습니까?"

"떠나야지."

이일은 일어섰으나 도무지 내키지 않는 길이었다. 그렇다고 달리 도리도 없고, 선두에서 말을 몰아 고개를 내려가는 그의 어깨는 축 늘어졌다.

산길이 끝나자 문경 고을이었다. 성내로 들어갔으나 주인을 잃은 강아지 몇 마리, 기를 쓰고 짖을 뿐 사람의 그림자는 보이지 않았다.

서울에서 여기까지는 고을마다 관원들이 마중을 나왔고, 술과 음식으로 융숭하게 대접도 해주었다. 그런데 여기는 관원이고 백성이고 아무도 없었다. 성난 부하들이 창대로 후려치는 바람에 짖던 강아지들이 꼬리를 감추고 도망가는 모습에 이일은 화가 치밀었다.

"아무라도 좋다. 끌어내라!"

사람의 허울을 쓴 자만 나타나면 그냥 두지 않을 심정이었다.

부하들은 빈집을 샅샅이 뒤져 체머리를 떠는 앉은뱅이 노인의 사지를 들고 왔다.

"문경현감은 어디로 갔는고?"

이일이 고함을 질렀다.

"하아 모르십니꺼? 장정들을 휘몰고 대구로 갔십니더."

"백성들은 왜 없는고?"

"피란을 간 게 아인교."

더 물을 것이 없었다. 모두 달려들어 관고(官庫)의 문을 부수고 쌀을 끌어내다 이 집, 저 집 부엌에서 밥을 지어 요기를 했다.

되건 안 되건 장수는 계책이 없을 수 없었다. 병정들이 빈집에 흩어져 잠자는 동안 이일은 성응길, 변기 등과 의논 끝에 상주에서 적을 막기로 합의를 보았다. 대구 이북에서 제일 큰 고을로 성도 굳건하고 교통의 요충이기도 했다.

그러나 병정이 없었다. 이일은 심화가 동해서 두 주먹을 부르르 떨었다.

"이거 도대체 어떻게 된 나라가 이 모양이야? 조정에 앉은 자들을 그냥…….'"
 박호가 가로막고 딴소리를 했다.
 "장군, 장계는 어떻게 쓸까요?"
 가는 도중 밤을 묵을 때마다 조정에 장계를 올리기로 되어 있었다. 이일은 내뱉었다.
 "오늘 자네가 본 대로 들은 대로 써요."
 이튿날은 4월 23일. 문경을 떠난 일행은 남으로 함창(咸昌)을 거쳐 상주로 달렸다. 가는 곳마다 관가고 민가고 텅 비고 물 한 모금 제대로 얻어 마실 데가 없었다.
 간간이 남루한 옷차림으로 발을 쩔뚝거리며 마주 오는 장정들이 있었다. 먼발치로 그들을 보기만 하면 옆길로 뛰어 산속으로 숨어들었다.
 병정들이 말을 달려 쫓아가 붙잡으면 열에 아홉은 대구에서 도망쳐 오는 장정들이었다. 한두 대 볼기를 치고는 대오에 편입하여 함께 남으로 전진하였다.
 상주에 당도한 것은 해가 떨어진 후였다. 여기도 빈 성에 판관 권길(權吉)이 홀로 동헌에서 잠을 자다 눈을 비비고 일어섰다.
 이래저래 심기가 좋지 않은 데다 점심까지 굶은 이일은 첫마디부터 호령이 나왔다.
 "목사(牧使)는 어디로 갔느냐?"
 초로의 사나이는 이상한 얼굴을 했다.
 "순변사 어른을 마중하러 나갔는데요. 못 보셨습니까?"
 상주목사 김해(金澥)는 순변사 영접을 핑계로 산속으로 도망쳐 버렸었다.
 눈치를 알아차린 이일은 분을 참고 차근차근 물었다.
 "전쟁이라는 것은 너희들도 모르지 않을 것이다. 그런데 이 큰 상주

고을에 병정이고 백성이고 한 명도 없으니 어찌 된 일이냐?"

대청에 무릎을 꿇고 앉은 권길은 눈을 내리깔고 대답이 없었다. 세상만사 귀찮다는 듯 지친 모습이었다.

"내 말이 들리지 않느냐?"

"순변사 어른께서는 아직 대구에서 일어난 일을 모르시는 모양인데……."

이일은 가로막았다.

"알고 있다."

"저는 상주에서 모을 수 있는 장정은 다 모아 가지고 대구까지 갔습니다. 목사를 대신해서 말입니다. 5백 명도 넘었습니다마는 야음을 타고 일단 도망치기 시작하니 걷잡을 수 없었습니다. 모두 잃고 단기로 돌아왔습지요. 제 자신 군사를 알지 못하는 문관이고, 병정들이라야 미숙한 농군들이고, 어쩔 수 없었습니다."

이일은 우직한 이 사나이보다도 몸만 사리다 도망친 목사 김해가 고약하기 이를 데 없었으나 이 자리에 없으니 할 수 없었다.

그는 권길을 윽박질렀다.

"핑계를 듣자는 것이 아니다. 너, 그 많은 병정들을 잃고 혼자 도망쳐 온 죄만도 용서할 수 없는데 멍청하게 자빠져 있는 건 또 무어냐?"

"저는 아까 오정에 돌아와서 잠시 눈을 붙이고 있던 참입니다."

이일은 손가락으로 그를 가리켰다.

"이런 맹물이 어디 있어? 그동안이라도 적이 쳐들어오면 어쩔 것이냐?"

"……."

"이놈을 끌어내다 목을 처라!"

병정들이 권길을 끌어다 마당에 엎어 놓았다. 기운이라고는 하나 없어 보이던 권길은 벌떡 일어나 두 손을 모아 쥐고 외쳤다.

"순변사 어른, 잠시만 여유를 주십시오. 지금 당장 나가서 병정들을 모아 오겠습니다."

대청에 앉은 이일은 입을 다물고 바라보기만 했다. 초롱불 아래 권길은 머리를 풀어헤치고 눈물을 한 방울 떨어뜨렸다.

"죽어도 이렇게 값없이 죽어서야 쓰겠습니까?"

생각하면 죄는 목사 김해에게 있고, 그는 억울한 점도 있었다.

"죽고 사는 것은 너에게 달려 있다. 나가 병정들을 모아 오너라."

권길은 밤새도록 돌아다니며 3백여 명의 농민들을 모아 가지고 이튿날 새벽에 돌아왔다. 이일은 그를 용서하고 물었다.

"더 모을 수 없겠느냐?"

"백성들이 산속으로 피란 간 지 여러 날이 됩니다. 양식이 떨어져 굶주리고 있으니 먹을 것을 준다면 모여들 것입니다."

바야흐로 보릿고개였다. 얼마 남지 않은 양식을 가지고 졸지에 산으로 뛰었던 백성들은 먹을 것이 떨어져 풀뿌리며 나무껍질을 씹고 있다고 했다.

권길의 설명을 들은 이일은 고개를 끄덕였다.

"알아들었다. 네 요량껏 해보아라."

권길은 병정들을 풀어 골짜기마다 누비고 외치게 하는 한편 관고의 쌀이며 콩을 풀어 나눠 주었다.

백성들은 몰려왔고, 그중에서 추린 장정들이 또 3백여 명이었다.

서울에서 온 병사 2백 명과 상주 현지에서 모은 장정을 모두 합쳐도 8백 명 남짓이었다. 이일은 창고를 열고 그들에게 활과 창을 나눠 주었다.

이들을 모아 놓고 동헌 앞에서 창을 쓰는 법을 가르치고 있는데 해질 무렵 중년 농부가 숨을 허덕이며 달려왔다.

"큰일났십니더. 왜놈들이 옵니더."

그는 땅에 주저앉아 외쳤다.

"너는 누구냐?"

이일이 큰소리로 물었다.

"개령(開寧) 사는 돌쇠올시다. 왜놈들이 선산을 지나는 것을 보고 뛰어 왔십니더."

이일은 믿을 수 없었다. 적이 대구에 들어온 것이 3일 전인 21일이라는데 하루를 쉬었다 치고, 어제와 오늘 이틀 사이에 2백 리 길을 왔다는 것은 말이 안 되었다.

"허망한 소리로 군중을 공동(恐動)시키는 놈이다. 군법을 시행하리라."

이일의 호통에 병정들이 칼을 빼어 들고 달려들었다.

"아이구 대감, 정말입니더."

사나이는 엎드려 두 손을 비볐다.

"그럴 리 없다."

"저는 아무 데도 안 갈 깁니더. 내일 아침까지 왜놈들이 안 오면 그때는 목을 베도 좋십니더."

이일은 그를 옥에 가뒀다.

다음 날은 4월 25일. 아침에 해가 떠도 적이 나타나지 않자 이일은 농부를 끌어냈다.

"니도 장수야!"

눈에 핏발이 선 농부는 이일을 노려보고 이를 갈다 목이 떨어졌다. 그러나 이 농부의 보고에는 어김이 없었다. 이일의 예측과는 달리 적은 대구에서도 쉬지 않고 계속 북상하였다. 전날 밤을 인동(仁同)에서 보낸 적은 이날 아침 일찍 출발하여 오정 때 선산을 통과하였고, 밤에는 상주

남방 20리 장천(長川 : 낙동강 지류)가에서 야영을 하였다.

이일은 병법대로 척후만 보냈더라도 이런 사정을 알았을 것이고 농부의 목도 떨어지지 않았을 것이다. 그러나 두만강변에서 여진족과 싸운 경험밖에 없는 이일은 도무지 척후라는 관념이 없었다.

여진족은 수십 명, 많아야 수백 명이 욱 몰려왔고, 그것도 기세를 올리기 위해서 멀리서부터 북을 치고 함성을 지르며 오기 때문에 척후의 필요가 없었다. 소리를 들은 연후에 출동해도 늦지 않고, 매복해 있다가 일제히 사격을 퍼부으면 십중팔구 물러가게 마련이었다. 이일은 그 이상의 전쟁은 보지도 듣지도 못했고, 생각할 수도 없었다.

대개가 활이라고는 만져 보지도 못한 오합지졸이었다.

농부의 목을 친 이일은 병정들을 이끌고 성에서 나와 북쪽 작은 내[北川]를 건넜다.

산기슭에 진을 치고 활쏘기 연습을 시작했다. 적이 오기까지 하루 이틀의 여유는 있을 것이고, 그동안이라도 단련하는 것이 안 하는 것보다는 나을 것이었다.

해가 중천에 오를 무렵 시내 건너 숲 속에 2, 3명의 그림자가 얼씬 거리는 품이 이쪽을 염탐하는 것이 완연했다. 딱히는 알 수 없으나 전에 서울을 내왕하던 왜인들과 비슷한 복색이었다.

병정들 중에는 이들을 본 사람이 여러 명 있었으나 놀라 곁눈질을 할 뿐 아무도 입을 열지 못했다. 왜인 같기는 했으나 아니라면 개령 농부같이 목이 떨어질 것이었다.

사나이들이 숲 속으로 사라지고, 이어 상주 성내 곳곳에 연기가 하늘로 치솟기 시작했다. 빈 성에 웬일일까.

여러 사람의 눈이 쏠리자 이일은 권길을 불렀다.

"무슨 연기냐?"

"글쎄올시다."

권길은 막하의 군관을 불러 세우고 자기 말을 내주었다.

"너, 얼른 가서 알아보고 오너라."

숨어 있다가 아침에 끌려 나온 뚱보였다. 그러나 배가 나온 군관은 고삐를 제대로 가누지 못하고 자기 부하 2명을 불러 양쪽에서 경마를 잡히고 내달았다.

사람들은 재주넘기라도 보듯 지켜보았다.

냇가를 달리던 군관이 다리에 접어들자 별안간 천지를 진동하는 총소리가 울리면서 군관은 말에서 떨어지고 경마를 잡던 두 병정은 기겁을 해서 도망쳤다. 이어 다리 밑에서 왜병 5, 6명이 몰려나와 군관의 머리를 베어 들고 성 쪽으로 뛰어 달아났다.

어느 틈에 나타났는지 수천 명의 적병들이 총을 쏘며 다가왔다. 이일은 겁을 먹고 이리저리 뛰기만 하는 병정들을 회초리로 갈기면서 한 줄로 늘어세우고 활을 쏘라고 호통을 쳤다.

그러나 총소리는 잇따라 울리고 그때마다 이쪽은 푹푹 쓰러지는데 우리 화살은 중간에 떨어지고 왜병들은 겁 없이 달려들었다.

적은 귀신같이 빨랐다. 좌우 양편의 산에서 총알이 날아오고 일부는 멀리 동북으로 우회하여 배후로 돌고 있었다.

도무지 싸움이 되지 않았다. 조금만 지체하면 사방을 완전히 포위당하고 몰살을 당할 형편이었다.

"후퇴, 후퇴!"

이일이 외치면서 말머리를 틀어 북으로 달리자 병정들은 활이고 창이고 내동댕이치고 그의 뒤를 따라 마구 뛰었다.

상주성은 불타고 전투는 어처구니없이 끝났다. 8백여 명 중에서 미처 뛰지 못한 3백여 명은 적의 총칼에 맞아 죽고 나머지는 엎어지며 자빠지며 뿔뿔이 흩어져 산속으로 숨어 들어갔다. 상주판관 권길, 이일의 종사관 윤섬, 조방장 변기의 종사관으로 왔던 병조좌랑(佐郞) 이경류(李慶流)도 이 통에 목숨을 잃고 그들의 칼에 목이 잘려 나갔다.

이일은 채찍을 퍼부으며 죽자살자 말을 달렸다. 따라온 것은 군관 한 명, 졸병 한 명, 그리고 박호였다.

10여 기(騎)가 바싹 뒤를 쫓아왔다.

거리는 점점 좁혀지는데 앞에는 산이 가로막고 지친 말은 허우적거리기만 하고 더 이상 달리지 못했다. 이일은 말을 버리고 산으로 뛰었다. 그러나 적도 말을 버리고 총을 쏘며 한사코 쫓아왔다.

옷이 나무에 걸리고 거추장스러웠다. 그는 달리면서 옷을 하나하나 벗어 팽개치고 아랫도리만 걸친 알몸으로 뛰었다. 상투도 헝클어져 머리칼은 바람에 휘날리고 귀신같은 몰골이었다.

산을 넘어 골짜기에서 쳐다보니 적은 더 이상 쫓아오지 않았다. 이일은 시냇물에서 세수를 하고 땀을 훔친 다음 흩어진 머리를 추스려 칡넝쿨로 동여맸다.

나머지 세 사람도 대충 몸을 씻고 그를 쳐다보았다.

"이제 어떻게 하시렵니까?"

박호가 묻자 이일은 사이를 두고 대답했다.

"천천히 생각해 봐야지."

"천천히요? 장군은 살아남을 작정이신가요?"

박호가 곱지 않게 나오자 이일은 눈알을 굴렸다.

"뭐? 승패는 병가의 상사다(勝敗兵家之常事也)."

"제가 보기에는 다 틀렸어요."

"어떻게 틀렸다는 말이냐?"

"우리는 패했고 나라는 망했는데 이런 모양으로 살아서 어쩌자는 거지요?"

"너, 위해 주니까 기어오르는구나."

"사람은 염치가 있어야지요. 장군과 저는 여기서 목숨을 끊고 죽은 사람들에게 사죄를 해야 합니다."

이일은 그를 노려보다 돌아서 걷기 시작했다. 군관과 졸병은 그의 뒤를 따랐으나 박호는 내를 따라 골짜기로 들어갔다.

박호에게는 인언룡(印彦龍)이라는 친구가 있었다. 함께 상주 전투에 참가했다가 우리 군대가 무너지는 바람에 외톨이로 산속을 헤매고 있었다.

외진 대목에서 땅만 보고 걸어가는 박호를 발견하고 주인 없는 오막살이로 끌고 들어갔다.

"기운을 내라."

그러나 박호는 웃기만 하고 대답이 없었다. 인언룡은 밤새 나랏일을 개탄하고 조정에 앉은 이러저러한 인간들은 없애 버려야 한다고 목청을 높였으나 그는 듣기만 하다가 나중에 조용히 한마디 했다.

"나는 순변사의 종사관으로 패전의 책임이 막중하다. 나라가 망하게 되었으니 할 말도 없고 하늘을 우러러볼 면목도 없다."

이튿날 새벽 가까스로 눈을 뜬 인언룡은 방안을 둘러보았으나 옆에 누웠던 박호가 보이지 않았다.

벌써 세수하러 나간 것일까?

박호는 원래 부지런한 사람이었다. 인언룡은 저절로 눈이 감기고 또다시 깊은 잠에 빠져들었다.

개가 짖는 소리에 튀어 일어난 것은 창문이 훤히 밝은 후였다. 역시 박호는 보이지 않았다. 옆방을 들여다보고 부엌을 기웃거렸으나 그의 모습은 없었다.

이상한 예감에 그는 문을 박차고 밖에 나섰다. 집 앞을 흐르는 시냇가에 검은 개 한 마리, 바위를 맴도는 것이 눈에 들어왔다.

넓적한 바위 위에 박호가 피를 쏟고 누워 있었다.

'까마귀밥이 되도록 나를 그대로 둬달라.'

손가락으로 쓴 듯 바위 밑 모래밭에는 이렇게 적혀 있었다. 목에 이리저리 달린 핏자국, 칼로 목을 쳐서 자결한 것이다.

봉우리에는 아침 해가 솟고 참새들이 나무에서 나무로 옮겨 다니며 쉬지 않고 울고 있었다. 상주에서 까마귀밥이 되었을 친근한 벗들, 박호는 그들의 곁으로 달려간 것이다.

인언룡은 오래도록 망설이다 시신을 업고 뒷산 기슭으로 올라갔다. 움푹 파인 대목에 누이고는 나뭇가지로 덮고 그 위에 돌을 들어다 봉분을 쌓았다.

발길을 돌려 걸음을 재촉했으나 어쩐지 살아서 움직이는 자신이 초라하고 안막이 흐리면서 저도 모르게 휘청거리기만 했다.

# 만 가지 계책이 무용하고

상주에서 빠져나온 이일은 계속 북으로 달리다 문경에서 종이와 붓을 얻어 조정에 패전보를 올렸다.

적은 진실로 신병(神兵)이라 당할 도리가 없었습니다.

그동안에도 서울 조정에서는 높고 낮은 관원들로부터 계책이 쏟아져 나왔다.
"전하, 왜적은 도창(刀槍)을 쓰는 데 능하다고 합니다. 우리 병정들에게 두꺼운 쇠로 갑옷을 만들어 입히고, 적중에 뛰어들어 종횡무진으로 창을 휘두르게 하면 털끝 하나 다치지 않고 적을 쓸어버릴 수 있을 것입니다."
임금은 무릎을 쳤다. 그런 병사는 많이도 필요 없고 몇 명만 있어도 전쟁에 이길 것이었다.

"과시 비상한 계책이로다. 즉시 만들어 시험해 보라."

창덕궁으로 달려간 야장(冶匠)들은 쇠를 녹이고 망치를 내리쳐 하루 만에 이 신무기를 한 벌 만들어 냈다. 임금이 백관을 거느리고 지켜보는 가운데 병정 한 명이 새로 개발한 갑옷을 입는 데까지는 별탈이 없었다.

그러나 종횡무진은 고사하고 도무지 제자리에서 움직이지 못했다.

가까스로 한 발을 떼다 무게를 이기지 못하고 그냥 앞으로 고꾸라지고 말았다.

이번에는 대간(臺諫)들이 3정승의 면담을 요청하고 나섰다. 그중 제일 똑똑한 관원이 바른 소리를 했다.

"이런 국난에 대감네들은 무위무책(無爲無策)으로 앉아만 계시니 답답합니다."

좌의정 류성룡이 물었다.

"계책이 있으면 말해 보라."

"한강변에 높다란 덕[高棚]을 매는 것입니다. 적은 올라오지 못할 것이니, 우리 병정들이 그 꼭대기에서 내리쏘면 땅 짚고 헤엄치기 아니겠습니까?"

"적은 못 올라오겠지. 허나 적의 총알도 못 올라올까?"

이런 논의가 끝없이 계속되는 가운데 이일의 보고가 서울에 당도한 것은 상주 패전 2일 후인 27일 아침이었다.

소문은 삽시간에 퍼지고 거리에는 난장판이 벌어졌다. 명장으로 소문난 이일이 패했다면 더 볼 것이 없었다.

"이제 다 망했다."

한동안 잠잠하던 백성들은 이고 지고 거리를 휩쓸고 사대문으로 쏟아져 나갔다. 아들의 지게에 얹혀 가면서 가슴을 치는 노인, 어머니에게 손목을 끌려가면서 울부짖는 어린것들, 비키라고 호통치는 양반집 달구지꾼들 — 도성 안팎은 사람으로 들끓고 탄식과 울음과 욕설로 떠들썩했다.

대궐도 웅성거렸다.

내시들은 종종걸음을 치면서도 입에 거품을 물고 팔뚝질이었다.

"당장 내빼야 산다."

"아니다. 섣불리 내빼다가는 뼈도 못 추린다."

궁녀들도 의논이 많았다. 왜적이 들어오면 어떻게 죽을 것이냐? 백제의 궁녀들은 궁궐 바로 옆을 흐르는 백마강에 몸을 던졌으나 창덕궁에서 한강은 너무 멀었다.

"목을 매자."

"아니다. 우물에 뛰어들자."

죽어서도 적에게 능욕을 당하지 않기 위해서는 우물이 좋다는 데 의견이 기울었다.

인빈 김씨는 임금의 턱 밑에 다가앉았다.

"적이 상주까지 밀어닥쳤다는데 이러고 있으면 어떡하지요?"

"나도 걱정이오."

"그저께 상주를 지났으면 번번 날아다니는 것들이라는데 지금쯤 용인까지 왔을지도 모르잖아요?"

"신립이 내려갔으니 소식이 있겠지."

"다람쥐 같은 것들이 사잇길로 올라오면 어떡해요?"

"그것도 그렇군."

"임박해서 피란을 떠났다가 저들이 쫓아와서 붙들어 족치면 무슨 모양이지요?"

임금은 겁이 덜컥 났다.

"이봐라. 게 누구 없느냐?"

이마(理馬 : 司僕寺의 정6품관) 김응수(金應壽)라는 건장한 사나이가 불려 왔다.

"마필은 어떻게 되었느냐?"

"분부대로 언제든지 거둥하실 수 있도록 차비가 되어 있습니다."

이 시대 궁중의 마필과 가마 등을 관장하는 사복시(司僕寺)는 창경궁 동북 울타리 안에 있었다. 그들은 안장을 얹고 기다린 지 여러 날이 되었다.

"날이 어두우면 내 길을 떠날 터인즉 영강문(永康門) 안에 대령해라."

"분부대로 거행하겠습니다."

김응수가 물러가고 인빈이 속삭였다.

"몰래 해야 하잖아요?"

"그렇지, 몰래 해야지……. 허지만 영상은 알아야 하지 않을까?"

영의정 이산해는 사복시의 도제조를 겸하고 있기 때문에 궁중에서 은밀히 추진하고 있는 피란 계획을 알고 있었다. 또 임금 일가만 달랑 길을 떠나고 신하가 따르지 않는다는 것도 체모가 안 되었다.

"그럼 영상만 데리고 가지요."

임금은 김응수를 다시 불렀다.

"너, 입 밖에 내지 않았느냐?"

"내지 않았습니다."

"잘했다. 영상에게만은 몰래 알리도록 해라."


전세가 위급해지면서부터 신하들은 밤에도 집에 돌아가지 못하고 창덕궁의 빈청인 비궁당에서 이마를 맞대고 계책에 골몰하고 있었다. 그러나 만 가지 계책이 소용없고 적은 여전히 밀고 올라왔다.

이제 상주가 떨어졌으니 서울이라고 떨어지지 말라는 법이 없었다. 어떻게 지킬 것이냐?

어려운 과거를 거친 선비들이라 머리들은 매우 좋았다.

"《수호지(水滸誌)》에 보면 물속을 백 리도 더 가는 사람이 있다고 합니다. 그런 사람들을 한강 물속에 숨겨 두었다가 적이 배를 타고 건너올 때 냅다 받아 버리면 되지 않겠습니까?"

신묘한 계책이었다. 그러나 아무리 궁리해도 그런 사람은 본 일도 들은 일도 없었다. 그런데 늙은 원로대신이 수염을 쓰다듬었다.

"내 일찍이 시를 읽은바 어느 바닷가에서는 포작(鮑作)이라 하여 물속 깊숙이 들어가서 어패(魚貝)를 따는 백성들이 있다고 했는데 그런 사람들을 모아 오면 될 것이오."

그것이 어느 바닷가냐?

노인은 생각이 나지 않는다고 했다.

사령이 어물전으로 뛰었다.

"포작이라는 것은 모르옵고 보자기라면 있다고 합니다."

돌아온 사령의 보고에 생기가 돌았다.

"천한 것들은 포작이라 하지 아니하고 보자기라고 하는 모양이다. 어디 있다더냐?"

"바닷가에는 어디든지 있다고 합니다. 그러하오나 잠시 물속에 들어가서 조개니 전복을 따올릴 뿐이지 백 리는 못 간다고 합니다."

"십 리도 못 간다더냐?"

"열 자 깊이에 들어갔다 나오면 고작이랍니다."

실망의 한숨이 길게 꼬리를 끄는데 말석에 앉았던 젊은 관원이 무릎걸음으로 앞에 나왔다.

"옛날 을지문덕 장군의 전법을 쓰는 것이 어떻겠습니까? 가죽부대로 한강을 막고 있다가 적이 반쯤 건넜을 때 일시에 터뜨리면 모두 물에 빠져 죽어 버리지 않겠습니까?"

이것도 신묘한 계책이었다. 그러나 졸지에 그 숱한 가죽부대를 어디서 구할 것이냐?

의논도 시들해서 모두들 입을 다물고 앉았는데 김응수가 들어오더니 영의정 이산해의 귀에 대고 몇 마디 속삭이고 나갔다. 미관말직이 감히 어디라고 함부로 들락거리느냐? 그러나 이산해는 나무라지 않고 고개를 끄덕이기까지 했다. 이럴 수도 있느냐?

그런데 김응수는 한 번도 아니고 두 번, 세 번 들어왔다 나갔다.

여기저기서 항변이 터졌다.

"영상 대감, 국사는 천일(天日)같이 공명정대해야 한다고 했습니다. 중인 환시리에 하료배들과 귓속말을 주고받아야 할 일이 무엇입니까?"

"우리도 좀 압시다."

"툭 터놓고 말씀하시지요."

그러나 이산해는 터놓고 말할 처지가 못 되었다.

"아무것도 아니오."

가까이 앉았던 젊은 도승지 이항복은 귀가 밝은 사람이었다. 이상한 얼굴로 바라보는 좌의정 류성룡에게 다가앉아 손바닥에 써보였다.

'영강문 안에 말을 대기시켰답니다(立馬永康門內).'

류성룡의 안색이 변했다. 그들의 거동을 지켜보던 좌중은 더욱 술렁거리고 젊은 관원들이 밖으로 들락거리기 시작했다.

궁중에도 비밀은 없었다. 임금이 몰래 도망칠 차비를 하고 있다 — 은근히 퍼진 소문은 빈청에까지 들려왔다.

대간들이 몰려와서 임금을 뵙자고 떼를 썼다.

"영의정 이산해는 인빈 김씨의 오라버니 김공량과 작당하여 국사를 그르쳤습니다. 급기야 나라를 이 지경으로 만들었을 뿐만 아니라 심지어 도성을 버리자고까지 충동질했다고 하니 당장 쫓아내야 합니다."

내친김에 류성룡도 무사할 수 없었다.

"좌의정 류성룡은 왜놈들과 평화를 주장하고 통신사를 보내는 데 앞장선 흉물이올시다. 통신사를 보냈기 때문에 저들이 얕잡아 보고 쳐들어온 것입니다. 몰아내야 합니다."

"두 사람은 다 같이 오늘날의 진회(秦檜), 양국충(楊國忠)입니다. 나라를 그르친 이 간신들을 당장 목을 베고 백성들에게 사과해야 합니다."

임금은 입을 꾹 다물고 대답이 없었다.

소문을 듣고 달려온 종친들이 합문(閤門) 밖에 주저앉아 땅을 치고 통곡했다.

"어쩌자고 서울을 버리려고 하십니까?"

"서울을 버리시면 태조대왕께서 창시하신 이 나라는 그날로 망하는 것입니다."

"그래도 가시려거든 신 등을 죽이고 시체를 밟고 가십시오."

임금은 입을 떼지 않았다.

통곡소리는 빈청까지 퍼져 왔다.

백발의 김귀영(金貴榮)이 노한 얼굴로 일어섰다.

"이런 때 대신들이 앉아서 구경만 해서야 쓰겠소? 들어갑시다."

그는 73세의 노인으로 지금 일본군에게 짓밟혔다는 상주 태생이었다. 일찍이 좌의정을 지냈으나 선조의 까닭 없는 미움을 받아 오랫동안 고향에 파묻혀 있다가 요즘은 영중추부사(領中樞府事)라는 한직에 있는 원로였다.

이산해, 류성룡, 이양원의 3정승이 그를 따라나섰다.

"전하, 서울을 버리신다는 것이 사실이십니까?"

늙은 신하의 물음에 임금은 아니라고만 할 수 없어 희미한 대답이 나왔다.

"글쎄, 떠나야 한다는 사람들도 있기는 있는 모양이더구만."

"어떤 사람들입니까?"

"……."

"그런 자들이야말로 나라를 그르치는 소인배들입니다."

"……."

"전하께서 떠나신다면 신의 구십 노모는 종묘의 문전에서 스스로 목을 쳐 자결할 것이고, 신 역시 전하의 어명을 받들 수 없습니다."

김귀영은 목소리를 떨었다.

평생 모난 소리 한번 없던 김귀영의 단호한 태도에 임금은 한풀 꺾였다.

"내가 그런 소리에 귀를 기울이겠소? 종묘와 사직(社稷)이 여기 있는데 어디로 간단 말이오?"

류성룡이 엎드렸다.

"신 등도 전하의 뜻이 아닌 줄로 짐작하고 있었습니다. 이제 서둘러 도성을 지킬 차비를 하는 것이 좋지 않을까 합니다."

"옳은 말이오. 빈청에 있는 사람들을 불러들이오."

신하들이 몰려들어 좌정하자 임금은 좌중을 둘러보고 정색을 했다.

"터무니없는 낭설이 돌아다니는 모양인데 내가 도성과 경들을 버리고 갈 곳이 어디란 말이오? 나는 죽어도 태조대왕 이하 조종의 혼백이 계시는 이 서울을 떠나지 않을 것이오. 그런즉 경들은 도성을 지킬 계책을 마련하오."

신하들은 머리를 숙였다.

"황공하오이다."

의논 끝에 우의정 이양원을 수성대장(守城大將)으로 도성 공방전의 총지휘를 맡게 하고, 난리가 일어나자 도원수로 한강변에서 병정들을 훈련하고 있던 김명원은 그 직함 그대로 한강을 지키게 하였다. 또 전에 황해도 재령군수로 정여립 사건에 공을 세워 상산군(商山君)에 오른 박충간(朴忠侃)을 경성순검사(京城巡檢使)로 하여 성을 수축키로 결정을 보았다.

평생 문관으로 칼 한번 잡아 보지 못한 이양원은 별안간 성을 지키는 대장이라 가슴이 내려앉았다. 더구나 그 성은 오래 돌보지 않아 퇴락했고, 이제부터 수축한다고 했다. 그는 일전에 홍여순 대신 병조판서에 오른 김응남(金應南)에게 물었다.

"도성을 지킬 마련을 말해 보시오."

김응남은 아직 실무에 밝지 못해 병조참판 심충겸(沈忠謙)이 대신 답변했다.

"병정은 7천여 명이고 (……)."

그의 설명에 의하면 서울을 둘러싼 성은 40리에 성첩(城堞 : 성가퀴)은 3만이었다. 한 군데 2명씩 교대로 지킨다고 해도 6만 명이 있어야 했다. 그런데 7천여 명, 그나마 마구잡이로 긁어모은 백성들과 종들, 그리고 전에는 병정에 나가지 않던 아전들을 강제로 끌어온 오합지중이었다.

누구의 눈에도 모양이 되지 않았다.

입으로 한몫 보던 사람들도 구체적으로 나오는 숫자에 어처구니없는 현실을 실감하고 말문이 막혔다. 어쩌다가 이 지경이 되었는가?

더 이상 입을 떼는 사람이 없었다. 서로 눈치를 살피고 앉았는데 생각지도 않던 사람이 나타났다. 이일을 따라갔던 왜학통사 경응순이었다.

## 왕세자의 책봉

궁금하던 차에 격식을 따질 겨를도 없이 경응순은 어전으로 불려 왔다.

"적의 편지가 있습니다."

깨진 갓에 흙먼지로 뒤범벅이 된 사나이는 살기등등한 눈으로 임금을 힐끗 쳐다보고 품에서 봉서를 꺼내 바쳤다.

봉서는 두 통이었다. 하나는 일본 국왕 도요토미 히데요시의 이름으로 임금에게 보내는 국서, 또 하나는 고니시 유키나가가 예조(禮曹)에 보내는 공문이었다. 다 같이 조공을 바치러 명나라에 들어가려고 하니 길만 빌려 주면 조선과는 싸울 까닭이 없다 — 전에도 여러 차례 하던 소리였다.

좌중이 편지를 한 바퀴 돌려본 다음 임금은 경응순을 향했다.

"너 상주에서 싸우던 이야기를 해보아라."

새까만 사나이는 침을 삼키고 말문을 열었다.

"도시 싸움이랄 것도 없었습니다. 어린애 팔 비틀기였습지요……."

사나이가 엮어 내려가는 것을 들으니 우리는 어린애 팔도 못 되고 그저 낙엽처럼 무너지고 낙엽처럼 짓밟히고 말았다.

"그런 가운데서 유독 너는 어떻게 살아남았는고?"

"다른 사람들은 왜말을 모르고 신은 알았기 때문입니다. 왜말로 살려달라고 했습지요."

"너, 그렇게 왜말에 통달했다면 저들끼리 지껄이는 소리를 들었을 터인즉 말해 보아라."

"저들끼리 지껄이는 것은 귀담아 들을 것이 못 되었고, 다만 신이 떠나올 때 고니시 유키나가가 이런 말을 했습니다 — 전에 동래에 있을 때 울산군수 이언함을 사로잡아 편지를 전했는데 아직도 회답을 받지 못했다. 조선에서 화평에 뜻이 있다면 이덕형을 보내 28일 충주에서 나를 만나게 하라."

"그 밖에는 더 없느냐?"

"없습니다."

"너, 사역원(司譯院)의 관원이라고 들었는데."

"그렇습니다."

임금이 별안간 고함을 질렀다.

"국록을 먹는 자가 적의 앞잡이로 변해서 그 심부름이나 하고 돌아다니고 — 이 자를 옥에 가둬라!"

사나이는 끌려 나가고 신하들은 흩어져 비궁당으로 몰려나왔다.

당자인 이덕형은 이 자리에 없었다. 급한 일로 집에 나가 있다가 밤중에 소식을 듣고 창덕궁으로 달려왔다.

"적이 나를 만나자는데 가봐야지. 상감을 뵙게 해줘요."

그는 도승지 이항복에게 부탁했으나 이항복은 반대였다.

"자네 정신이 있는가? 가면 죽어."
"괜찮아. 상감을 뵙게 해달라니까?"
"밤이 깊었는데……."
"지금이 어느 땐가? 밤이고 낮이고 가리게 됐어?"
그러나 이항복은 될 수만 있으면 이 다정한 친구를 사지에 보내고 싶지 않았다.
"곧 자정이야. 이 시각에 상감을 깨워 드리는 것은 황공한 일이 아닌가?"
"나라가 있고 상감이지. 깨워요."
이덕형은 원래 말수가 적은 사람이었으나 이항복과는 못할 말이 없었다.
요즘 임금은 밤에도 잠을 이루지 못하고 뜬눈으로 지새우고 있었다. 곧 만난다는 전갈을 받고 두 사람은 함께 들어갔다.
이덕형이 말을 꺼내자 임금은 수척한 얼굴에 눈을 크게 떴다.
"아―니 무슨 소리를 하는 거요? 필시 경을 유인해다 해치자는 것이오."
"신은 젊은 나이에 나라의 은혜를 입고 분수에 넘치는 자리에까지 올랐습니다. 이 위급한 때에 혹시 나라에 보탬이 될 수도 있을지 모르니 보내 주십시오."
이덕형은 금년에 32세로, 전례 없는 승진을 거듭하여 대사간, 예조판서, 대제학을 거쳐 요즘은 동지중추부사(同知中樞府事)로 있었다.
전쟁이 터진 후 조정에서 스스로 적중에 뛰어들겠다고 나선 것은 앞서 이조판서 이원익이 있었고, 며칠 전에는 신립이 자진 현지로 달려갔을 뿐이었다. 도체찰사와 부사로 임명된 류성룡, 김응남조차 아직 서울에서 움직이지 않았고, 적지 않은 사람들이 겉으로는 서울 사수를 외치면서 뒤로는 가족들을 빼돌리는 판국이었다. 임금은 더욱 이덕형이 아까운 생각이 들었다.

"나라의 인재를 그처럼 허망하게 잃을 수는 없소."

"전하, 28일에 만나자고 했다는데 새날은 이미 28일입니다. 지체 없이 보내 주십시오."

"전에 겐소(玄蘇)라는 녀석이 와서 보고 조선의 인물은 이덕형이라고 지목한 것이 틀림없소. 유인해다가 못된 짓을 하자는 흉계라니까."

"신 한 사람이 죽고 사는 것은 논할 바가 못 됩니다."

임금은 한동안 그를 바라보다 물었다.

"만나서 어쩔 생각이오?"

"서로 이야기하는 동안에야 쳐올라오겠습니까? 될수록 시일을 끌어볼 생각입니다. 그 사이에 조정에서는 병정들을 모으고 성도 수축하시지요."

임금도 수긍이 가는 듯 이항복을 돌아보았다.

"도승지의 생각은 어떤고?"

"일리는 있습니다마는……."

이항복은 말끝을 흐렸다.

"두 사람의 생각은 어떻소? 충주에는 명장 신립이 내려가 있는데 막아 내지 못할 것 같소?"

"대세는 기울었습니다. 이대로는 제갈량도 어쩔 도리가 없을 것입니다."

이덕형이 대답하고 이항복이 동조했다.

"신의 생각에도 그렇습니다."

대화가 끊어지고 무언의 대좌가 계속되는데 멀리서 첫닭의 울음소리가 울렸다.

"하여튼 중신들의 의견을 들어 봅시다."

3정승 이하 중요한 신하들이 들어왔으나 아무도 입을 떼는 사람이 없었다. 그럴 듯하게 생각하면서도 자기들이 못할 일을 이덕형에게 권할 처지는 못 되었다.

"가부간에 말을 해야 할 것이 아니오?"

임금이 짜증을 내자 이원익이 무릎에 두 손을 얹었다.

"이 동지(李同知 : 이덕형)에게는 미안합니다마는 한번 해볼 만한 일 같습니다."

다른 사람들도 말없이 고개를 끄덕였다.

"그렇게 해봅시다."

임금의 허락이 떨어지자 이덕형이 제안했다.

"고니시 유키나가에게는 예판(禮判)대감의 답서를 주시고, 도요토미 히데요시에게는 성상께서 회답하시는 국서를 주시지요."

이덕형은 고니시 유키나가와 담판하는 데 그치지 않고 국서로 크게 판을 벌일 계획이었다. 저들에게 국서를 전하고 그 회답을 요구할 것이고, 저들이 허락하면 일본까지 가서 도요토미 히데요시를 만나고 올 생각이었다. 그러자면 여러 달을 끌 것이고 그동안은 휴전 상태가 계속될 것이다.

이덕형은 자기의 계획을 설명하고 덧붙였다.

"이 휴전기를 잘 활용하시면 방책도 설 것입니다."

"참으로 비상한 계책이올시다."

찬사가 터져 나오고 임금도 흡족한 얼굴이었다.

"오래간만에 시원한 계책을 들었소. 일이 중대하니 국서고 편지고 예판이 직접 쓰시오."

임금이 물러가자 예조판서 권극지(權克智)는 모인 사람들과 의논해서 문안을 만들었다. 적의 구미를 끌도록, 그렇다고 하나도 양보하는 것은 없도록 — 어려운 문서 두 통을 쓰고 나니 이미 새날 28일의 아침 해가 대궐 마당에 퍼지고 있었다.

잠시 눈을 붙였다 다시 나온 임금은 두말없이 문서에 수결을 하고 한숨 더 떴다.

"내 곰곰이 생각했는데 나라의 운명이 이 일의 성패에 달렸은즉 이 동지 혼자 갈 것이 아니라 권 판서(權判書 : 권극지)도 함께 가는 것이 좋겠소. 예조판서가 직접 온다면 저들도 무겁게 볼 것이 아니겠소?"

이것은 선례가 없는 일이었다. 중국에는 판서(判書 : 장관) 급이 사신으로 가는 일이 흔히 있었으나, 일본에는 참의(參議 : 국장) 급이 고작이었다.

지명을 받은 권극지는 몸이 약한 사람이었다. 여러 날을 궁중에서 시달린 위에 간밤은 꼬박 새웠다. 이덕형과 함께 어전에 하직인사를 드리는 그의 가냘픈 몸매가 유난히 휘청거렸다.

물러 나와 비궁당에서 다른 사람들과 작별인사를 나누던 권극지는 이마에 손을 가져가는 순간 그대로 쓰러져 말도 못하고 숨을 허덕였다. 의원들이 달려와 진맥을 하고 청심환을 물에 타서 입으로 흘려 넣었으나 종시 정신을 차리지 못했다.

하는 수 없이 가마에 실어 집으로 보내고 모두들 침울한 얼굴로 모여 앉았다. 그 중에서도 이덕형의 장인 되는 영의정 이산해는 사위를 바라보고 걱정이었다.

"아무래도 상서롭지 못한걸. 내 성상께 말씀드릴 터이니 자네 이번 길은 그만두는 게 어떨까?"

문간에서 신발 끈을 조여매고 일어선 이덕형은 단호하게 대답했다.

"저 혼자라도 가야 합니다."

"어명이니 우선 길을 떠나되 한강가에서 기다리게. 권 판서가 정신을 차리면 뒤따라 보낼 터이니까."

이덕형은 어수선한 때라 호위병을 붙이겠다는 것도 사양하고, 특청을 드려 옥에 갇힌 통역관 경응순 한 사람만 데리고 길을 떠났다.[13]

이덕형이 떠난 후 3정승은 의논 끝에 임금의 면담을 요청했다. 왕세자를 세우는 일이었다. 혼란 중에 임금의 신변에 불상사라도 일어난다면 후사 문제가 큰일이었다. 왕자가 여럿이니 저마다 한 사람씩 지지하고 나선다면 내란의 위험성이 있었다.

"무슨 일인지 말씀해 보시오."

합의하고 들어왔으나 막상 임금을 대하고 나니 말이 나오지 않았다. 세자를 세우는 일은 미묘해서 전에 우의정으로 있던 정철도 이 문제를 입 밖에 냈다가 쫓겨났다. 지금도 그는 평안도 강계(江界)에서 귀양살이를 하는 중이었다.

"무슨 일인지 말씀해 보라니까."

임금이 여러 차례 물어도 영의정 이산해가 잠자코 있길래 좌의정 류성룡이 대답했다.

"왕세자를 세우시는 일입니다."

전 같으면 화를 냈을 임금은 몇 마디 주고받고는 덤덤히 물었다.

"누가 좋겠소?"

자기가 낳은 신성군을 세우자고 속삭이던 인빈 김씨는 요즘 생각이 달라졌다. 망하는 판에 세자고 임금이고 무슨 소용이냐? 아이들을 데리고 조용한 고장에 도망가서 오순도순 살아야겠다. 그는 금은이며 보물을 챙겨 보자기에 쌌다.

임금도 그와 배가 맞았다. 기왕이면 멀리 명나라로 도망을 쳐야겠다. 이러니저러니 해도 결국은 왜놈들이 조선을 거쳐 명나라까지 들이칠 것이고 명나라도 당해 내지 못할 것이다. 그러나 명나라는 땅이 한없이 넓은 고장이다. 왜놈들이 쫓아오는 대로 자꾸 도망치면 되는 것이다.

간밤에 이 계책을 대신들에게 슬쩍 떠보았더니 저기 앉은 류성룡은 "차마 듣기도 거북하고 입 밖에 내기도 거북한 말씀(不忍聞 不忍言)."이라고 뾰족하게 나왔으나 이산해는 달랐다.

"바로 신과 같은 생각이십니다(上敎 正合臣意)."

망해서 없어질 나라에 세자를 세운다는 것도 우스운 일이고 관심도 없었다.

"그야 전하의 마음에 달려 있고, 신하가 왈가왈부할 일이 아닌가 합니다."

"둘째 광해군은 총명하고 글도 잘하니 좋지 않겠소?"

"아주 좋습니다."

3정승은 머리를 숙였다. 그런데 임금은 한 걸음 더 나갔다.

"나는 원래 몸도 허약한 데다 나라를 이 꼴로 만들었으니 책임이 막중하오. 설사 적이 물러간다 하더라도 종사(宗社)를 대할 면목이 없으니 이 기회에 광해군에게 자리를 물려주는 것이 어떻겠소?"

진심인지, 한번 해보는 소리인지 분간이 서지 않았으나 잘 생각했다고 할 수는 없었다. 3정승은 눈물을 쥐어짜고 말렸다.

예법을 논할 계제가 못 되었다. 18세의 광해군을 인정전에 내다 세우고 백관이, '왕세자 저하 백세!'를 외치니 그것으로 의식은 끝났고, 그는 다음 대를 이을 왕세자로 책봉되었다.

# 신립 장군

"임금이 백성으로 변장하고 선인문(宣仁門 : 창경궁 동문)으로 빠져 함경도로 도망쳤다."

4월 29일. 연일 피란 소동으로 들끓던 서울 장안은 이 엄청난 소문으로 걷잡을 수 없는 혼란에 빠졌다.

관청에서는 관리들이 도망치고 성 위에 늘어섰던 병정들은 산으로 뛰었다. 피란민의 교통정리를 하던 역졸(驛卒)들은 젊은 여자들을 겁탈하고, 강한 백성은 약한 백성을 후려치고 가진 것을 빼앗았다. 때를 만난 건달들은 이리 뛰고 저리 뛰면서 불을 지르고 처녀들을 끌고 빈집으로 들어갔다.

임금이 도망간 나라에 법이 있을 수 없었다.

아낙네들이 통곡을 하는 가운데 남자들은 식칼을 들고 가족을 호위하며 지옥의 장안을 등지고 길을 떠나갔다.

"근거 없는 소문이다. 상감께서는 창덕궁에 계시다."

궁중에서 달려 나온 관원들이 거리거리에서 외쳤으나 성난 군중에게 짓밟히기 십상이었다.

"허튼수작 마라."

둔한 자는 얻어터지고 약은 자는 요리조리 골목으로 빠졌다.

이런 가운데서 한 줄기 희망은 3천 기병을 이끌고 전선으로 달려간 신립 장군이었다. 신립은 명장이다. 다른 사람은 몰라도 그만은 이길 수도 있다는 희망은 꺼지지 않고 살아 있었다. 피란을 떠나면서도 사람들은 그가 보내올 승전 소식을 고대하였고, 머지않아 집으로 돌아올 미련을 버리지 못했다.

4월 23일 서울을 떠난 신립이 충주에 도착한 것은 24일이었다. 서울에서 이끌고 온 병사들과 도중에서 모집한 병사, 그리고 충청도 여러 고을에서 모여든 병사들을 합하여 총수 8천 명이 충주성 안팎에 들끓었다.

이튿날 새벽 전군을 양분한 신립은 기병 4천여 명을 성남 10리 단월역(丹月驛)에 배치하고, 부사(副使 : 부사령관) 김여물(金汝岉), 충주목사 이종장(李宗長)과 함께 보병 4천 명을 이끌고 조령으로 올랐다. 여기서 적을 막아 내고, 무너지면 단월역 일대 벌판에서 기병으로 항전할 생각이었다.

조령은 산세가 험하고 원시림 속을 달린 오솔길이 하나 있을 뿐이어서 대군도 한 줄로 올라올 수밖에 없는 지형이었다. 복병을 매복시켰다가 촌단(寸斷)할 생각으로 10명에서 30명까지 반을 편성하여 요소에 배치하였다.

"움직이거나 소리를 내지 말라."

"숨어 있다가 적이 10보 이내로 들어왔을 때 활을 당겨라."

군관들은 병정들을 앞에 놓고 복병의 요령을 가르치고, 이어 활쏘기 연습을 시작했다. 신립은 천천히 말을 몰아 병정들 사이를 누비면서 '시일'이라는 것을 생각했다. 활에 살도 제대로 못 재우는 이 미숙한 농부들을 단련해서 쓸 만한 병정을 만들려면 시일이 있어야 했다.

사람이 쓸 만한 장수로 성장되기까지에는 적어도 10년의 세월이 걸린다고 했다. 하찮은 병정도 하루아침에 되는 것이 아니고, 적어도 석 달은 단련해야 제 구실을 하게 마련이었다.

그러나 지금 같은 형편에 석 달은 과욕이고 열흘의 여유만 있어도 모양이나마 갖출 수 있음 직했다. 그는 상주에 나가 있는 이일이 열흘만이라도 지탱해 주기를 빌었다.

음력 4월 하순은 초여름이었으나 표고 1천5백 척을 넘는 조령의 밤은 10월이나 진배없이 한기가 피부에 스며들었다. 신립은 고된 하루를 보내고 장막에서 눈을 붙였으나 오늘은 좀처럼 잠이 오지 않았다.

한기도 한기지마는 이 그믐밤같이 모든 것이 캄캄한 현실에 가슴을 짓누르는 걱정을 주체할 길이 없었다.

서울을 떠날 때까지만 해도 크게 염려하지 않았다. 섬에서 자란 일본군은 수전에는 능해도 육전에는 맥을 쓰지 못할 것으로 생각했다. 북방 여진족의 침공을 막아 낸 경험을 살려 기병으로 짓밟아 버릴 계획이었다. 그리하여 애써 기병을 원했고, 말이 부족하니 노새, 나귀까지 동원하였다.

그러나 일본군은 수륙전에 다 같이 능하여 거침없이 바다를 건너왔고, 거침없이 휩쓸고 올라오는 중이었다. 더구나 여기까지 오면서 연속부절로 달려오는 급사들의 경험담을 종합하면 이것은 종전에 보지 못한 새로운 양상의 전쟁이었다.

북방의 적은 활이 유일한 무기였고, 수십 명 혹은 수백 명, 많아도 1천 명을 넘는 일이 없었다. 그런데 일본군은 조총이라 하여 활의 세 배가 넘는 사정거리를 가진 개인 화기로 무장하였고, 1만 명 이상의 단위로 작전을 한다고 하였다. 건국 2백 년에 일찍이 이런 적을 상대한 일이 없었고, 십중팔구 인류의 전쟁사에 새로운 장(章)이 시작되고 있는 것이다.[14]

그런데 우리는 아무것도 몰랐고 아무런 대비도 하지 않았다. 김성일은 일본에 가서 도대체 무엇을 보고 왔길래 그처럼 허망한 소리로 나라의 운명을 이 지경으로 만들었는가.

대비도 없이 적을 맞아 백성들을 사지로 몰아넣는 것처럼 큰 죄악도 없을 것이다. 그 죄악을 저지른 조정, 나도 김성일의 말을 믿었고, 그 죄악에 동참한 사람이다. 전에 많은 사람들과 함께 나도 일본의 수군을 크게 보고 그들의 육군을 얕보았었다. 수군폐지론이 나오자 두말없이 찬성하였다. 전라좌수사로 있는 이순신이 반대하여 폐지에까지는 이르지 않았으나 큰 실수였다. 막강한 수군을 건설해서 바다에서 오는 적은 바다에서 막아야 했다.

이제 무슨 수로 적을 막을 것인가.

신립은 남에게 엄한 만큼 자신에게도 엄한 사람이었다. 죄책감, 그리고 가슴을 짓누르는 책임감에 샐 녘에야 눈을 붙였다.

"상주가 떨어졌답니다."

밖에서 외치는 소리에 잠귀가 밝은 신립은 얼른 일어나 장막을 헤치고 내다보았다. 낯선 군관이 허리를 굽신하고 옆에 서 있던 김여물이 다가섰다.

"이일 장군의 군관인데 장계를 가지고 서울로 가는 길이랍니다."

군관은 김여물이 시키는 대로 상주에서 겪은 일을 두서없이 설명하였다. 참으로 가슴이 내려앉는 일이었다. 군관이 말을 마친 연후에도 한참 뒤에야 물었다.

"이 장군은 지금 어디 계시냐?"

"문경현감 신길원(申吉元)의 처소에 있습니다."

"가보아라."

그는 군관을 보내고 밖에 나섰다. 희미하게 밝아 오는 하늘 아래 남에서는 피란민이 하나 둘 굽이치는 산길을 오르고 있었다. 개중에는 어린 것을 등에 업은 아낙네들, 지게에 백발의 노파를 앉히고 숨을 허덕이는 사나이들도 눈에 들어왔다.

병사들의 동태도 심상치 않았다. 피란민들을 붙잡고 손짓, 발짓을 하는가 하면 자기들끼리 이마를 맞대고 수군거리는 축도 있었다.

"부사의 소견은 어떻소?"

신립은 김여물에게 물었으나 판에 박은 대답이 돌아왔다.

"조령은 난공불락의 요충입니다. 더 생각할 것이 있겠습니까?"

그러나 요충도 지키는 군대가 있어야 요충인데 이들은 군중이지 군대가 아니었다. 더구나 상주 소식에 겁을 먹은 군중들…….

"이일을 불러오너라."

오래도록 생각하던 신립은 군관을 문경으로 떠나보내고 김여물을 돌아보았다.

"오늘도 단련을 계속합시다."

해가 중천에 오르자 병정들은 제자리에서 점심을 들고, 신립도 김여물 이하 장수들과 함께 길가 노송 그늘에 둘러앉아 주먹밥으로 요기를 했다. 그는 원래 말이 없고 무뚝뚝한 인물인지라 이야기를 거는 사람도 없고, 숲에서 뻐꾹 소리가 울릴 뿐 산속에는 자연 그대로 정적이 흐르고 있었다.

멀지 않은 숲 속에서 부스럭 소리가 들려왔다. 신립은 입으로 가져가던 표주박을 멈추고 귀를 귀울였으나 아무것도 들리지 않았다. 헛들은 것일까? 물을 마시는데 또 들렸다.

"무슨 소릴까?"

신립은 옆에 앉은 사람들에게 물었다.

"이 일대에는 노루가 많습니다."

다른 사람들은 들은 것 같지도 않고, 충주목사 이종장이 대수롭지 않게 대답했다. 그러나 무인으로 반생을 산과 들에서 보낸 신립의 귀에는 짐승의 거동이 아니었다. 그는 이상한 예감이 머리를 스치면서 군관들을 불렀다.

"병정들을 점검해라."

흩어져 달려간 군관들은 제각기 자기 진영에서 호각을 불어 병정들을 모아 놓고 호명을 시작했다.

1백분의 1, 40명이 없어졌다. 신립은 대구에서 일어난 일을 알고 있었다. 그러나 밤을 염려했지 대낮의 밀림이 어떻다는 것은 계산하지 못했다. 이 밀림에 어둠이 깔리면 어떤 일이 벌어질 것인가.

"이것들을 그냥……."

부하 장수들은 남은 병정들을 풀어 잡아 오자고 했으나 신립은 머리를 흔들었다. 군중이 모이면 세(勢)라는 것이 있는 법이다. 지금 밀림으로 들여보내면 이 세를 타고 잡으러 간 자들도 사라져 버릴 것이다.

"충주로 돌아가는 수밖에 없소."

"조령을 버려서는 안 됩니다."

김여물이 반대하고 이종장도 말렸으나 신립은 듣지 않았다.

조령을 내려온 신립은 단월역을 중심으로 기병을 평지에 배치하고 보병은 그 후방, 야산과 개울 등 지형지물을 이용하여 포진했다. 고개를 넘어오는 적을 우선 기병으로 짓밟고 나머지를 보병으로 돌격할 생각이

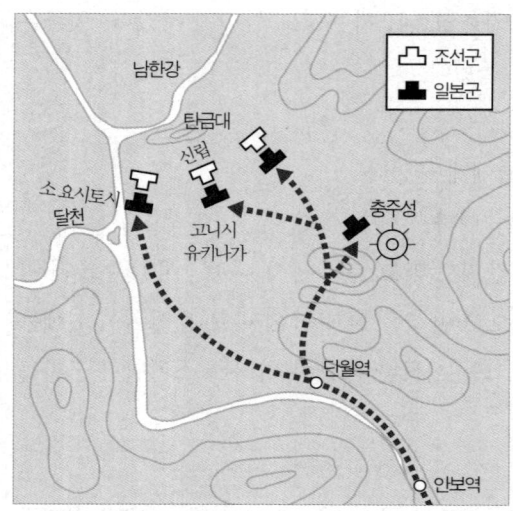

충주 전투도(1592년 4월 28일)

었다.

해가 서산 봉우리로 넘어가는데 이일이 졸병 한 명을 거느린 채 나귀를 타고 나타났다.

"성내로 들어갑시다."

신립은 그의 초라한 모습을 병정들에게 보이고 싶지 않았다. 겁을 먹은 군중이 무너질 염려가 있었다. 덩치가 큰 사나이를 감출 길은 없고 눈치를 챈 병정들은 사처에서 입을 헤벌리고 바라보고 있었다.

"적은 상주에서 식량이 떨어졌다. 보급을 받고 여기까지 오려면 적어도 열흘은 걸릴 것이다."

그는 이일의 입으로 소문을 퍼뜨리게 하고 나서 그를 데리고 성내 객관으로 들어왔다.

이일은 신립보다 8세 연상으로 군에서도 선배였다. 일찍이 두만강 연변에서 동렬의 장수로 함께 근무한 일도 있었으나 지금은 그의 휘하의 일개 장수에 불과했고, 더구나 패군지장이었다.
"장군을 뵐 면목이 없습니다."
신립의 성미를 아는 이일은 상주 패전의 보고를 하면서도 연거푸 머리를 숙였다. 십중팔구 죽을 것이었다.
그러나 말없이 듣고 있던 신립은 의외로 부드러웠다.
"부득이하지요. 다만 주장으로 크게 패했으니 그 책임을 불문에 붙일 수는 없고, 백의종군을 하시오."
백의종군이란 벼슬이 없는 일반 백성들의 복장이 백의였으므로 계급이 없는 상태로 종군하라는 뜻이었다. 장군에서는 떨어졌으나 목숨은 건진 셈이었다. 사소한 잘못에도 용서가 없던 신립으로서는 옛정을 생각한 이례적인 조치였다.
이일이 그의 손을 잡고 치사를 하려는데 대문간이 떠들썩하면서 변기(邊璣)가 들어섰다. 앞서 조령의 수비를 맡고 내려왔다가 이일과 함께 상주에서 싸운 장수였다. 그도 이일과 마찬가지로 혼란 중에 도망쳐 산속을 헤매다 소식을 듣고 찾아왔다고 했다. 그는 주장이 아니므로 책임을 물을 것은 없었다.
신립은 김여물 이하 다른 장수들을 불러들였다.
"왜적과 실지로 싸운 두 분의 의견을 듣고 우리 계책을 다듬어 봅시다."
그의 권고에 따라 이일이 먼저 입을 열었다. 백의종군을 명했으나 여전히 장수로 대접하고 있었다.
"장군께서는 북에서 여진족을 토벌하던 전법 그대로, 적을 이 충주벌에서 맞아 싸우실 모양인데 이번에 보니 왜적은 여진족과는 판이합니다. 지금 같은 인원과 무기로는 야전은 백전백패할 것입니다. 인원도 태부족이고, 특히 적의 총알을 막을 방책이 없습니다. 차라리 후퇴하여 서울 도성을 지키시지요. 성을 총알에 대한 방패로 삼고, 상하 일치하여 끝까지 버티는 것입니다."

이것은 신립 자신도 한때 생각한 일이었다. 항상 부족한 병력을 강적 앞으로 내모는 것은 가장 어리석은 일로 병법에서는 금기로 되어 있었다. 그런데 지금 이 어리석은 일을 되풀이하고 있다. 적은 총력을 기울여 수도를 공격해 올 것이다. 수도에 전국의 총병력을 집결하여 성을 방패로 결사 항전하고, 한편으로는 별동대를 동원하여 적의 보급을 차단하면 늦어도 겨울이 올 때까지는 물러가지 않을 수 없을 것이다.

그는 충주로 오는 도중 급사를 띄워 조정에 건의하였으나 여태까지 회답조차 없었다. 들려오는 소문으로는 신립이 겁을 먹고 후퇴할 생각만 한다고 입을 놀린다는 것이었다. 허약한 임금과 문신들, 생사를 건 이 계책을 실천할 용기가 있을 리 없었다.

"그것은 안 될 일이고."

이미 단념하고 있던 신립은 긴 말을 하지 않고 변기를 돌아보았다.

"변 장군의 생각은 어떻소?"

## 탄금대의 결사항전

"역시 도성에서 국운을 걸고 싸우는 것이 제일이고, 차선지책으로는 조령을 지키는 것입니다."

변기가 대답하자 신립은 김여물에게 물었다.

"차선지책은 조령이라……. 부사도 조령이었지?"

"그 밖에는 도리가 없습지요. 장군께서는 병정들이 흩어질까 염려하시는데 군관들을 총동원해서 감시하지요."

충주목사 이종장도 거듭 권했다.

"그렇게 하시지요."

신립으로서도 조령에 미련이 없는 것은 아니었다.

"오늘밤을 지내고 내일 또 생각합시다."

밤중에 별탈이 없으면 아침에 다시 조령으로 올라가도 무방하지 않을까, 그는 한 걸음 후퇴하였다.

이튿날은 4월 27일. 아무리 눈을 밝혀도 마음이 없는 사람들을 붙들어 맬 길은 없었다. 간밤에 1천여 명이 자취를 감추고 말았다.

평지에서도 이 지경인데 조령에 그냥 있었다면 어떤 일이 벌어졌을까? 더 이상 조령을 고집하는 사람은 없었다.

신립은 아침부터 하루 종일 단월역 일대에서 훈련을 하다가 해가 떨어지자 성내 객관으로 돌아왔다. 잠자리에 들려는데 조령에 나가 있던 척후장교 김효원(金孝元)이 말을 달려 왔다.

"적이 조령을 넘어왔습니다."

우군은 조령에서 멀지 않은 단월역과 충주성 사이의 벌판에 흩어져 야영을 하고 있었다. 야간에 기습공격이라도 가해 오면 그대로 짓밟히고 산산조각이 나고 말 것이었다. 더구나 이미 조령을 넘었다면 촌각의 여유도 없었다. 그는 밖으로 달려나가 말에 올랐다.

이일, 김여물, 변기, 이종장 등 휘하 장수들에게 예정된 진지로 나갈 것을 명하고, 자신은 김효원을 길잡이로, 1백여 기를 이끌고 조령 기슭 안보역(安保驛)으로 달렸다. 기습을 감행하여 우선 기선을 잡을 작정이었다. 그러나 아무 기척도 없었다.

"너 분명히 적이 넘어왔다고 했지?"

김효원에게 물었으나 그는 우물쭈물했다.

"분명히 넘어오는 것을 보았는뎁쇼……. 어둠 속에 숨은 모양입니다."

1, 2명이라면 몰라도 수만 명이라는 대군이 이처럼 소리도 없이 숨는다는 것은 있을 수 없는 일이었다. 하다못해 기침소리라도 들려야 했다. 그러나 말에 재갈을 물리고 밤이 깊도록 기다렸으나 역시 적의 움직임은 없었다.

거짓말을 하는 것일까. 아니면 바람에 놀란 것일까?

자정이 지나자 그는 일부 병력을 안보역에 남기고 충주로 돌아왔다.

새날은 4월 28일.
먼동이 트자 장수들이 달려왔다.
"5백 명이 없어졌습니다."
"7백 명이 도망쳤습니다."
"……."
김효원이 퍼뜨린 소문으로 밤사이에 태반이 흩어져 버리고 남은 것은 기병 3천여 명에 지나지 않았다.
신립은 김효원을 끌어내다 사형을 명했다.
"너는 헛소문으로 군중에 혼란을 가져왔으니 군율로 다스리지 않을 수 없다."
장수들을 모아 놓고 대책을 의논하는데 병정들이 남루한 농부 한 사람을 끌어왔다. 문경의 백성으로 피란 가는 길이라고 했다.
"적은 아직도 상주에 있십니더."
농부가 허리를 굽실하자 신립이 물었다.
"어떻게 아느냐?"
"문경에서 들었십니더."
지푸라기라도 잡고 싶은 심정에 갈피를 잡지 못하던 신립으로서는 이처럼 반가운 소식이 없었다. 군중에 그대로 알려 진정시키고 조정에도 그렇게 보고했다. 적어도 이틀의 여유는 얻은 셈이었다.
그러나 이 시각 적은 이미 문경에 들어와 홀로 항거하는 현감 신길원을 쳐죽이고 한숨 돌리고 있었다.

여유를 얻었다고 안심한 신립은 병정들과 함께 들판에서 조반을 마치고 훈련을 시작하려는데 남에서 30기의 병사들이 달려왔다. 간밤에 안보역에 남겨둔 병사들이었다.

"적이 조령으로 쏟아져 내려오고 있습니다."

신립은 믿을 수가 없었다.

"틀림없느냐?"

"틀림없습니다."

흥분한 병정 30명은 합창하듯 외쳤다. 30명이 모두 헛본다는 것은 있을 수 없는 일이었다.

적은 10리 밖에 왔는데 진실로 계책이 없었다.

자고로 만 가지 계책이 다 통하지 않을 때에는 배수진(背水陣)이라는 전법을 써왔다. 강을 등지고 퇴로를 차단당한 극한 상황에서 적과 대결하는 전법, 생에 대한 인간의 애착을 이용하여 병사들을 사지에 몰아넣고, 구사에 일생을 찾아 한사코 싸우게 하는 전법이었다. 될 수만 있다면 이 마지막 수법은 쓰고 싶지 않았으나 미숙한 병사들을 묶어세우자면 달리 도리가 없었다.

그는 급히 장수들을 불렀다.

"길게 의논할 시간이 없소. 저 북쪽 한강가에 배수진을 치려는데 달리 생각이 있는 분은 말씀해 보시오."

배수진은 병사들만 사지로 들어가는 것이 아니라 장수들도 매일반이었다. 사람들의 얼굴에 살기가 스치는데 사이를 두고 이일이 한마디 했다.

"병법에 가히 이길 만하면 나가고 어려우면 물러서라고 했습니다. 지금은 물러설 때지 싸울 때가 아닌즉 승기(勝機)가 잡힐 때까지 물러서야지요."

"다른 분들의 소견은 어떻소?"

아무도 입을 떼는 사람이 없자 신립은 이일에게 물었다.

"어디까지 물러가면 승기가 잡힐까요?"

"……."

"압록강까지 가면 되겠소?"

지금 같은 기세로는 압록강이 아니라 땅끝까지 물러서도 승기는 영영 올 것 같지 않았다. 후퇴도 승리를 위한 운동이지 그렇지 않으면 도망에 지나지 않았다.

"슬픈 일이지마는 우리에게는 후퇴할 여지가 없소. 갑시다."

신립을 선두로 단월역을 떠난 3천여 기는 북으로 달려 충주성 서북 10리 탄금대(彈琴臺)를 중심으로 포진하였다. 탄금대는 자그마한 야산으로 남한강과 달천(達川)이 합치는 대목이었다.

정오.

마침내 고니시 유키나가가 지휘하는 적 1만 8천여 명의 대병력이 수많은 깃발을 바람에 나부끼며 단월역 방면에 나타났다.

적은 여기서 2대(隊)로 나뉘어 1대는 동으로 우회하여 충주성으로 향하고, 나머지 1대는 서쪽으로 달천을 따라 북진하여 왔다.

신립은 탄금대의 솔밭에서 바라보고 있었다.

이미 백성들이 피란하고 아무도 없는 충주성을 간단히 점령한 적은 동서 10리에 걸친 충주벌을 뒤덮고 천천히 전진하여 왔다.

그런데 여기서 생각지도 않았던 이변이 나타났다. 적은 장수들 외에는 모두 보병이라고 했는데 수백 명의 기병들이 선두를 달려오고 있었다.

부산에서 여기까지 오는 동안 그들은 전투가 끝날 때마다 우리 측이 버리고 간 마필을 긁어모았고, 또 지나는 동네마다 눈에 뜨이는 대로 약탈하였다. 상주를 점령하고 하루 쉬는 동안 인근에서 끌어들인 마필까지 합쳐 기병대를 조직하여 앞장을 세웠으나 신립은 이것을 알지 못했다.

기병의 기동력으로 적의 보병부대를 제압하려던 신립은 이 광경을 바라보고 어금니를 깨물었다. 무엇 하나 제대로 되는 일이 없고, 어긋나지 않는 일이 없었다. 하늘도 너무하는구나.

적은 정면과 좌우를 먼발치로 포위하고 차츰 좁혀 들어왔다.

탄금대를 중심으로 동서로 길게 포진한 우군의 바로 뒤에는 왕골이 무성한 습지대가 연해 있고 그 뒤에는 남한강과 달천의 깊은 강물이 굽이쳐 흐르고 있었다. 물러설 수 없는 완전한 배수진, 결사항전의 태세였다.

신립은 이 태세로 적을 지근거리로 유인하여 짓밟을 작정이었다. 여기까지 달려오면 적은 지칠 것이고, 조총의 위력도 반감될 것이었다. 조총도 화승총이었다. 한 방을 쏘고 나면 다시 화약을 채우고 불을 붙이고 방아쇠를 당길 때까지 시간이 필요했다. 이 틈을 이용하여 반격하리라.

천천히 포위망을 압축하여 오던 적은 3백여 보의 거리에 이르자 북이 울리면서 전진을 멈추고, 좌우 양측의 적병들은 한 무릎을 세우고 앉더니 일제히 총을 어깨로 올렸다.

수천 정의 총들이 불을 뿜으면서 무서운 폭음이 울리고, 동시에 정면의 기병들이 함성을 지르며 내닫기 시작했다.

이때 이변이 일어났다. 우군 병사들이 말고삐를 들어 슬금슬금 뒤로 물러서고 전열(戰列)이 흩어지기 시작한 것이다.

"소리만 컸지 별것이 없다."

이 며칠 동안 신립은 귀가 아프도록 병정들에게 되풀이했다. 부산에서 여기까지, 우리 병사들은 적의 총알보다도 그 소리에 놀라 무너졌었다.

그러나 말로 될 일이 아니었다. 단련되지 못한 병정들은 계속 뒤로 물러서고, 이대로 가면 습지대에 몰려 싸우지도 못하고 자멸할 형편이었다.

공세로 나가는 수밖에 없었다. 탄금대에서 바라보던 신립은 대장기를 흔들고 북을 울려 공격의 신호를 보냈다. 충주목사 이종장이 지휘하는 1천5백 기가 내달았다.

맹렬한 기세로 달려오던 적 기병들은 일시에 멈춰 서서 조총을 퍼붓고, 사격이 끝나자 일제히 좌우로 갈라서면서 뒤따르던 또 다른 기병들이 활을 당겼다. 창을 꼬나들고 내달리던 우리 병사들은 수없이 피를 쏟고 땅에 뒹굴었다. 마상에서 활을 당기려면 장기간 훈련이 필요한데 우리 병사들은 그렇지 못하고, 백병전으로 나가는 수밖에 없었다.

선두를 달리던 이종장과 그 아들 희립(希立)이 적중에 뛰어들어 종횡무진으로 칼을 휘두르는 것이 눈에 들어왔다.

고병(鼓兵)들이 다급하게 울리는 북소리와 함께 신립을 선두로 나머지 우군이 탄금대를 쏟아져 내려왔다.

적에게 포위된 이종장이 난도질을 당하여 말에서 떨어지고, 두 손에 칼을 들고 함께 싸우던 희립의 말이 고꾸라졌다. 그도 밟혀 죽었으리라.

신립은 한 손에 창, 한 손에 칼을 들고 두 겹 세 겹으로 에워싼 적을 전후좌우로 찌르고 내리쳤다.

별안간 적의 기병들이 고삐를 틀어 도망치기 시작했다. 신립은 영문을 몰라 손을 멈추고 사방을 둘러보았다. 기병이 물러가자 좌우에 포진했던 적 보병들이 조총을 쏘며 다가들었다.

벌판에는 우리 병사들의 시체가 즐비하게 뒹굴고 나머지 우군은 북쪽 탄금대 방향으로 도망치고 있었다. 비 오듯 날아오는 조총의 탄환에 연거푸 쓰러지면서도 도망은 멈추지 않았다. 우군은 괴멸(壞滅)된 것이다.

멀리 동북, 남한강의 물가를 따라 말을 달려 가는 흰 옷의 병정이 있었다. 상주에서 도망 온 이일이 또 도망치는 길이었다.

이제 모든 것이 끝나고, 사람도 방책도 없었다. 신립은 단신 적중으로 말을 달리다 마음을 고쳐먹었다. 1, 2명은 칠 수 있을지 몰라도 이것은 잘못된 생각이었다. 저들은 이 신립의 머리를 베어 군중에 돌리고 갖은 오욕을 가하리라. 조선군의 총대장을 잡았다고.

죽어도 흔적을 남기지 말아야 했다.

멀리 남한강의 푸른 물이 눈에 들어왔다. 굴원(屈原)은 멱라강(汨羅江)의 깊은 물에 몸을 던져 차마 못 볼 이 세상의 모든 곡절을 청산하였다고 한다.

신립은 말에 채찍을 퍼부어 전속력으로 달렸다. 습지대에는 적에게 쫓긴 우군 병사들이 말 탄 채 허우적거리고, 이들을 수습하려던 김여물이 단념하고 말머리를 틀어 다가왔다.

"이제 어떻게 하지요?"

"망국지장(亡國之將)이 무슨 낯으로 세상을 대하겠소?"

"이것은 나라의 잘못이지 장군의 잘못이 아니올시다."

신립의 입가에 미소가 떠올랐다.

"논하지 맙시다. 다만 장부는 죽을 자리를 놓치면 추한 법이오."

"저승길은 제가 모시지요."

"죽는 것은 한 사람으로 족하오."

신립은 강물로 말을 몰았다. 분노도 비애도, 그리고 목숨도 이 물속에 영원히 묻어 버리리라.

중류에 이르자 그는 잠시 서산에 기우는 해를 쳐다보고 천천히 단도를 빼 들었다. 다음 순간, 스스로 목을 치고 물속에 몸을 던진 채 다시는 모습을 보이지 않았다.

적은 구름같이 달려들고 습지대에서 허우적거리던 우군 병사들도 신립의 뒤를 따라 물속으로 뛰어들었다. 시체는 강물을 뒤덮고, 적을 향해 활을 당기던 김여물도 어깨에 총을 맞자 몸을 날려 물속으로 사라졌다. 신립 47세, 김여물 45세.[15]

이 전투에서 우리 측은 3천여 명 거의 전원이 전사하고 나머지 수백 명이 도망치거나 포로로 끌려갔다.

## 창경궁의 통곡소리

 충주의 패보가 서울에 당도한 것은 다음 날인 4월 29일 저녁이었다.
 해질 무렵. 전립에 남루한 군복을 걸친 병정 세 사람이 동대문으로 말을 달려 들어왔다. 여느 때 같으면 있을 수 없는 일이었으나 이미 문을 지키는 초병도 제지하는 관원도 없었다.
 행색으로 보아 전선에서 돌아오는 군인들인지라 피란을 가던 사람들이 길을 막고 물었다.
 "어디서 오시는 길이오?"
 "충주에서 오는 길입니다."
 그중 새까만 병정이 살기등등한 눈을 껌벅이고 대답했다.
 "전쟁은 어떻게 돼가지요?"
 "다 틀렸습니다. 어제 충주에서 우리 군사들은 몰살을 당하고 순변사 어른은 전사하셨구만요."

큰 바위가 가슴에 부딪치듯, 엄청난 충격에 사람들은 말문이 막혔다.

"댁은 뉘시오?"

사이를 두고, 허리가 굽은 백발노인이 사람들 틈으로 얼굴을 내밀고 물었다.

"우리는 순변사의 군관을 따라다니던 졸병들이올시다."

"몰살을 당했다는데 댁은 어떻게 예까지 왔소?"

새까만 병정은 눈을 내리깔았다.

"천한 것들이 무얼 알겠습니까. 목숨이 아까운 생각에 그저 도망치다 보니 예까지 왔습지요."

다른 병정들도 끼어들었다.

"부모 처자식을 피란시키려고 왔습니다."

"나라는 망한 나라요. 당신네도 자기 살 도리나 하시오."

세 사람은 말을 달려 골목으로 사라졌다.

소문은 삽시간에 퍼지고 온 성내는 죽음의 공포에 갈피를 잡지 못했다. 마지막 남은 희망도 꺼지고 행여나 하는 마음에 피란을 주저하던 사람들도 가족을 끌고 거리로 뛰쳐나와 성 밖으로 내달렸다.

소문은 궁중에도 들어갔다. 이 구석 저 구석에 몰려 수군거리던 위사 (衛士 : 근위병)들은 해가 떨어지자 슬금슬금 도망쳐 어둠 속으로 사라졌다. 이름은 위사들이었으나 이들은 원래 위사들이 신립을 따라 출전한 후 임시로 들어온 김공량 휘하의 건달들이었다.

내시들도 몇 사람 남지 않고 텅 빈 궁중에는 저녁마다 내걸던 초롱불 조차 비치지 않았다.

창경궁에서는 여자들의 통곡소리가 울려 퍼졌다. 왜적들이 온다는데 공회빈을 어떻게 할 것인가.

한때 국가 대사로 추진하던 이 여인의 국장은 난리 통에 흐지부지되고 관 속에 든 그의 시신은 아직도 창경궁의 환경당에 누워 있었다. 관을 붙잡고 통곡하던 시녀들은 이웃 창덕궁에 있는 인빈 김씨의 처소로 달려갔다.

"어찌하오리까?"

친정붙이들과 이마를 맞대고 수군거리던 김씨는 힐끗 돌아보고 쏘아붙였다.

"나더러 어떻게 하란 말이냐?"

"상감마마께 아뢸 수 없을까요?"

"상감께서 지금 그런 일에 마음을 쓰시게 됐어?"

무안을 당한 시녀들은 돌아서 뛰다가 헛수 삼아 왕비 박씨의 거처를 찾았다. 임금의 총애를 잃고 뒷전에 물러앉은 지 10여 년에 힘이라고는 하나 없었다. 힘은 없어도 정은 있는지라 가부간에 한말씀 듣고 결말을 지어야 했다.

"살아생전에 낙이라고는 하나 못 보시더니 돌아가서도 이 지경이니 이렇게 박복하실 수 있느냐?"

박씨는 눈물을 찔끔했다.

"마마, 어떻게 하면 좋아요?"

"할 수 없지. 남정들을 모아다 후원(後苑) 아무 데나 묻어라."

대궐 울타리 안에 죽은 사람을 묻는다는 것, 더구나 귀하신 분을 아무렇게나 묻는다는 것은 상상도 못할 일이었다. 역사에 이런 일도 있을까?

"괜찮을까요, 마마?"

"훗날 조용해지면 다시 모시면 되는 거다."

그들은 또 어둠 속을 뛰어 창경궁으로 돌아갔다. 그러나 넓은 창경궁에는 남자들이라고는 위사도 내시도 종적을 찾을 길이 없었다.

시녀들은 의논 끝에 곳간 문을 열고 호미, 가래 등 연장을 끌어내다 하나씩 들고 후원으로 들어갔다. 그들은 아름드리 느티나무 가지에 초롱불을 걸어 놓고 몇 발짝 떨어져 땅을 파기 시작했다.

같은 시각, 선정전 동상(東廂).

급한 때에는 역시 동기가 제일이었다. 친형 하원군(河源君), 아우 하릉군(河陵君)과 함께 마루에 앉아 서로 통사정을 하던 임금 선조는 빈청에 사람을 보내 신하들을 불러들였다.

신하들이 좌정한 후에도 한동안 말이 없던 임금은 마침내 눈물을 쏟았다.

"어떻게 하면 좋겠소?"

모을 수 있는 군사들을 모두 끌고 나간 신립이 패했다면 더 생각할 것도 없었다. 충주에서 서울, 서울에서 압록강까지, 아무리 둘러보아도 적을 막아 낼 마련은 아무것도 없고, 나라는 망한 것이나 진배없었다.

"……."

신하들이 머리를 숙이고 말이 없자 임금은 언성을 높였다.

"건국 2백 년에 나라에서는 숱한 선비들을 길러 냈는데 어찌하여 국난을 떠맡고 나설 충신, 열사가 한 사람도 없단 말이오?"

그는 마음속 깊이 제갈량 같은 충신이나 관우, 장비 같은 열사가 나와 일거에 적을 무찔러 줄 것을 은근히 기대하여 왔다. 그러나 그런 조짐은 보이지 않고, 지금처럼 신하들이 시덥지 않은 때도 없었다.

어색한 침묵을 깨고 영의정 이산해가 입을 열었다.

"지금의 사세는 한두 사람의 충신, 열사로 될 일이 아닙니다. 우선 전하께서는 평양으로 납시어 적의 예봉을 피하시는 것이 좋을 듯합니다."

좌의정 류성룡, 우의정 이양원, 좌찬성 최황도 동조하였다.

"그렇게 하시지요."

임금이 고개를 끄덕이는데 말석에 앉았던 장령(掌令) 권협(權悏)이라는 오십 노인이 무릎걸음으로 나오면서 외쳤다.

"가만히 듣자 하니 서울을 버리자고 야단들인데 말도 안 되는 소립니다. 죽으나 사나 서울을 지켜야지, 서울을 떠나면 민심이 흩어지고 나라는 망하는 것입니다."

별안간에 터져 나온 큰소리에 모두들 놀라 바라보는 가운데 류성룡이 나무랐다.

"아무리 위급한 때라도 어전에서 이럴 수 있소? 할 말이 있으면 나가서 글로 올리시오."

몇 사람이 달려들어 그를 밖으로 끌어냈다.

다시 조용해지자 임금이 이조판서 이원익, 좌참찬 최흥원(崔興源)을 불렀다.

"공론에 따라 평양으로 옮기는 수밖에 없겠소. 그런즉 일찍이 그 고장에서 어진 정사로 인심을 얻은 경들이 먼저 가서 내가 행차할 채비도 하고, 또 적을 맞아 싸울 군사들도 모으시오."

이원익은 전에 안주목사, 최흥원은 황해감사로 있으면서 어진 정사를 베풀어 각각 평안도와 황해도 사람들의 신망이 두터운 인물들이었다. 의논 끝에 이원익에게는 평안도도순찰사(都巡察使), 최흥원에게는 황해도도순찰사의 직함을 주었다.

"일이 급하니 지금 당장 떠나시오."

두 사람이 큰절을 하고 층계를 내려 어둠 속으로 사라지자 이항복이 엎드렸다.

"신의 생각으로는 이러니저러니 해도 우리 힘만으로는 이 적을 막을 길이 없습니다. 장차 전하께서는 평양에 좌정하시고, 명나라에 사람을 보내 구원병을 청하시는 일도 지금부터 생각해 두는 것이 좋겠습니다."

"일이 되어 가는 것을 봅시다."

임금이 동조했다.

난리가 일어나자 명나라에 대해서는 의주목사를 통해서 압록강 건너 요양(遼陽)에 있는 요동도사(遼東都司)에 사실을 간단히 통보하였을 뿐 그들의 조정에 특별히 알리지는 않았다. 더구나 구원병을 청하는 일은 입 밖에도 내지 않았는데 구원한다는 명목으로 저들의 군대가 들어오면 무슨 행패를 부릴지 알 수 없었다. 그러나 일이 이렇게 되고 보니 반대하는 사람도 없었다.

류성룡이 두 손을 짚었다.

"사기에 보면 예로부터 큰 난리가 벌어지는 경우에는 왕자들을 사처에 보내서 군사를 모집하였습니다. 서북 지방은 전하께서 친히 납시니 보낼 것은 없겠으나 적이 아직 들어오지 않은 강원도와 함경도에는 시각을 다투어 보내는 것이 좋겠습니다."

"그것이 좋겠습니다."

이항복이 동조하고 임금도 찬성이었다.

"두 도에 보낸다면 큰아이들 둘을 보내면 되겠구만. 임해(臨海)와 광해(光海)를 보내지."

류성룡이 다시 머리를 숙였다.

"광해군께서는 왕세자로 계시니 다른 왕자분들 하고는 다릅니다. 전하의 곁을 떠날 수 없습지요. 또 강원도, 함경도의 두 도라고 하지마는 고을도 많고 땅도 넓습니다. 철이 드신 왕자분들은 모두 가셔야 단시일 내에 많은 군사들을 모을 수 있을 것입니다."

철이 들었다면 나이는 고하 간에 성관(成冠)을 하고 장가를 든 왕자를 말하는 것이었다. 이때 선조에게는 10여 명의 왕자가 있었는데 장가를 든 것은 6남 순화군(順和君)까지였다. 3남 의안군(義安君)은 어려서 죽었고, 둘째 광해군은 왕세자라고 뺀다면 장남 임해군, 4남 신성군(信城君), 5남 정원군(定遠君), 6남 순화군의 4명을 보낸다는 이야기가 되었다.

그런데 4남 신성군과 5남 정원군은 임금이 총애하는 인빈 김씨의 소생이었다. 암탉이 병아리를 감싸듯 자식들을 무사히 피란시킬 궁리로 밤도 지새우는 인빈이 들을까? 소리만 들어도 난리가 날 것이다.

선조는 난처한 얼굴로 중얼거렸다.

"내 좀 생각해 봐야겠소."

임금이 일어서 안으로 들어가고 신하들은 빈청으로 물러 나왔다.

"그건 말도 안 돼요."

임금의 이야기가 끝나기도 전에 인빈 김씨는 펄쩍 뛰고 임금은 말을 더듬었다.

"나라고 그 애들을 험한 고장에 보내고 싶겠소? 안 보낼 핑계가 있어야지……."

"도대체 누가 그따위 실없는 소리를 꺼냈어요?"

"말이야 옳은 말이지."

"누구냐 말이에요?"

"류성룡이야."

"영감태기, 혼자 아는 체……. 정 그렇다면 임해군과 순화군을 보내면 되잖아요?"

맏이와 막둥이를 보내고 그 중간인 자기 소생만 빼자는 것이다. 임해군은 19세였으나 순화군은 12세였다.

"어린것을 보내고 그 형들은 빠지면 모양이 우습지 않소?"

"우스우면 웃으라지. 저는 못 보내요."

인빈은 막무가내였다.

임금이 일어서 나오려고 하자 인빈이 막았다.

"만나서 이야기하면 또 말이 많아요. 글로 써서 영을 내려 버리세요."

인빈은 옆에서 속삭이고 임금은 붓으로 써 내려갔다.

　　임해군은 함경도로 가되 영부사 김귀영(金貴榮)과 칠계군(漆溪君) 윤탁연(尹卓然)이 수행하라. 순화군은 강원도로 가되 호조판서 한준(韓準)이 수행하라.

임금은 붓을 놓고 물었다.

"이러면 되겠소?"

그러나 인빈은 만족하지 않았다.

"류성룡이는 도체찰사가 돼서도 전선에는 안 나가고 서울에 앉아 뭉개더니 뚱딴지같은 소리를 해대잖아요? 앞으로 그 입에서 무슨 소리가 나올지 안심이 돼야지요. 서울에 떼어 놓고 갈 수는 없나요?"

임금은 다시 붓을 들었다.

　　좌의정 류성룡은 유도대장(留都大將)으로 서울에 남아 수도 방위를 총괄하라. 영의정 이산해 이하 나를 호종할 관원들의 명단을 여기 첨부하는 터이니 모든 채비에 유루가 없도록 하라.

"서울에 있다가 왜놈들의 칼밥이나 되라지."

인빈은 흡족하고, 선조는 내시를 불렀다.

"이 문서를 빈청에 전해라."

빈청에서 기다리던 신하들의 얼굴에는 화색이 돌았다. 호종 명단은 새로 쓴 것이 아니고 궁중에 비치되어 있던 관원들의 명부였다. 특별한 임무를 띤 사람의 이름을 지웠을 뿐, 나머지는 다 들어 있었다. 위험한 서울을 벗어나 천 리 밖으로 가버리는 것이다.

그러나 류성룡은 심기가 편치 못했다.

'누가 이런 심술궂은 장난을 했을까. 되지도 않을 수도 방위의 책임을 맡겨 사람을 병신으로 만들려고 든다.'

도승지 이항복은 생각하는 바가 있었다. 어차피 압록강까지 밀릴 것이고, 명나라의 도움을 청하지 않을 수 없을 것이다. 인물이 잘생기고 매사에 능수능란한 류성룡은 이런 데 나서야 한다.

임금을 만나 한마디 하려고 했으나 문을 닫아 매고 나오지 않으니 어쩔 수 없었다. 몇 자 적어 문간에 서성거리던 내시에게 주어 들여보냈다.

적잖이 기다린 연후에 내시가 돌아와 쪽지를 전했다.

> 류성룡은 나를 호종하라. 대신 일전에 수성대장(守城大將)으로 임명된 우의정 이양원을 유도대장으로 바꾸노라.

앙탈을 부리는 인빈을 겨우 달래고 휘갈겨 쓴 쪽지라고 했다.

충주는 3백 리, 아무리 빨라도 적이 서울까지 당도하려면 4, 5일은 걸리리라. 집에 돌아가 길을 떠날 행장을 꾸려야 했다. 모두들 일어서려는데 남에서 온 급사가 뛰어들었다.

## 불타는 궁궐

급사는 이일이 보낸 군관이었다.
"왜병의 머리올시다."
이일이 도망치다 악착같이 쫓아오는 왜병들을 여러 명 쏘아 죽이고 그중 한 명의 머리를 베어 보내는 것이라고 했다. 총망중에 소금에 절일 경황이 없어 그대로 안장에 처매고 달려왔노라면서 상투를 쳐들었다.
"남대문에 효수를 해야겠소이다."
모여 선 사람들이 촛불을 켜들고 이리저리 뜯어보는 가운데 병조판서 김응남이 외쳤다.
죽은 사람의 머리는 기분 좋은 구경거리는 못 되었다. 임금에게는 추후에 알리기로 하고 왜병의 머리는 김응남의 하인이 들고 남대문으로 뛰었다.
"이일이 또 도망쳤구나."

한쪽에서 볼멘소리가 나오자 여기저기서 맞장구를 쳤다.

"주장을 돕지 않고 혼자 살겠다고 내뺐으니 그런 위인도 장수요?"

"더구나 주장은 장렬하게 전사를 했다는데."

"도대체 이일은 어디로 갔단 말이오?"

옹호하는 소리도 없지는 않았다.

"도망치고 싶어 도망쳤겠소? 적의 머리도 베어 보냈으니 두고 봅시다."

의논이 시들해지자 군관이 봉서를 꺼내 바쳤다.

"이 장군의 장계올시다."

마지막 남은 촛불도 꺼지고, 하인 둘이 선전관청(宣傳官廳 : 선전관은 임금의 전령)에 달려가 횃불을 얻어 왔다.

"신 장군은 전사를 한 것이 아니라 자결을 했구만."

장계를 읽어 내려가던 도승지 이항복이 외쳤다. 이미 공포에 질렸던 사람들은 아주 가슴이 내려앉았다.

신립은 명장이요, 왜놈들의 손에 죽을 사람이 아니었다. 소문에는 죽었다고 했으나 어디엔가 살아 있을 것이고, 틈을 보아 다시 냅다 치리라 — 한 가닥 희망도 없지 않았었다.

그 신립이 전사한 것도 아니고 스스로 목숨을 끊었다면 이것은 심상한 일이 아니요, 사태는 절망적이었다. 눈을 감고 떨리는 가슴을 진정시키는데 이항복은 마지막 구절을 외치다시피 읽었다.

적은 오늘이나 내일 중에는 어김없이 도성으로 들어갈 것입니다.

모든 것은 이 그믐밤같이 캄캄하고 평소에 말이 많던 선비들도 가쁜 숨을 몰아쉴 뿐 사위는 죽은 듯이 고요했다.

적은 이미 한강 너머 양재역(良才驛) 근처까지 온 것이 아닐까. 그믐 밤의 어둠은 공포를 더했다.

"이러고 있을 때가 아닙니다. 들어갑시다."

이항복의 선창에 사람들은 저마다 알 수 없는 신음소리를 토하면서 선정전으로 종종걸음을 치고, 내시 한 사람이 임금의 처소로 들어갔다.

"당장 떠납시다. 흉악한 적이 언제 들이닥칠지 알 수 없으니 모두들 군복을 하고 칼을 차시오."

자리에 누웠다가 달려 나온 임금은 한마디 남기고 도로 들어갔다.

신하들은 내병조(內兵曹)로 몰려갔다. 선전관들이 횃불을 쳐든 가운데 창고 문이 열리고 군복과 칼, 그리고 활들이 쏟아져 나왔다. 맞고 안 맞고 가릴 계제가 못 되었다. 닥치는 대로 팔을 꿰고 칼을 차고 활을 어깨에 걸쳤다.

소식은 창경궁에도 날아왔다. 겨우 석 자 파 내려간 시녀들은 연장을 팽개치고 환경당으로 달려갔다. 되건 말건 관을 밀어 넣고 흙을 덮을 작정이었다.

그러나 관은 무겁고 여자들의 힘으로는 요지부동이었다. 그들은 어둠 속을 창덕궁으로 뛰었다.

"좀 도와주세요."

체면 불고하고 아무나 붙잡고 사정했으나 남자들은 매정하게 뿌리치고 달아났다.

"죽은 사람은 죽었고, 산 사람은 살아야지."

할 수 없이 돌아온 시녀들은 다시 이를 악물고 관과 씨름했으나 관은 여전히 움직여 주지 않았다.

창덕궁의 정전인 인정전 앞뜰은 어둠 속에 사람들이 떠드는 소리, 말들이 우는 소리로 난장판이었다. 위사들이 도망쳤으니 시간을 알리는 북도 울리지 않고, 놀란 가슴에 도무지 어느 때쯤인지 분간도 가지 않았다. 적은 시시각각으로 다가오는 것 같고 초조히 기다리다 못해 성급한 사람들 중에는 몰래 빠져 달아나는 축도 적지 않았다.

대궐도 지켜야 대궐이고, 지키지 않으면 빈집이었다. 위사들이 없는 창덕궁에는 거리의 건달들이 스며들었다. 어둠을 타고 간이 약한 자들은 담을 넘고, 큰 자들은 어깨를 재며 궁문으로 들어왔다. 인정전에서 떠들썩하는 광경에 곁눈을 보내면서 빈 전각의 문을 부수고 보물이며 비단을 끌어내고, 귀한 책자와 문서를 마당에 내동댕이쳐도 무어라는 사람이 없었다.

경복궁과 창경궁에서는 곁눈을 보내는 수고도 필요 없었다. 허약한 궁녀 몇 명, 구석으로 도망치는 그림자가 보이기는 했으나 개의할 것이 못 되었다. 멋대로 떠들고 멋대로 끌어냈다.

임해군과 순화군은 각기 자기 부인과 수행원들을 거느리고 캄캄한 밤거리를 지나 동대문을 빠져나왔다.

"함경도에 가면 다시는 안 올 것이니 두고 보라 이거다."

동생에게 세자의 자리를 뺏긴 것만도 억울한데 이건 또 무엇이냐? 임해군은 술을 한잔 걸친 김에 오기를 부렸으나 어린 순화군은 달랐다.

"난 싫어. 안 갈 테다."

경마를 들린 말 잔등에서 손등으로 눈물을 훔쳤다.

새날은 4월 30일.

새벽 2시.

군복에 전립을 눌러쓴 임금 선조는 마침내 좌우의 부축을 받으며 인정전의 층계를 내려 말에 올랐다.

이어서 광해군, 신성군과 정원군, 종친, 3정승과 6조의 판서 등 고관들이 말에 오르자 행렬은 서서히 움직여 돈화문(敦化門)으로 빠져나왔다. 임금의 말은 좌우에서 경마를 들고, 고관들은 한 사람씩, 그 이하 관원들은 도보로 따라붙었다. 모두 1백 명이 못 되고 호위군사도 없었다.

왕비 박씨를 비롯하여 지체가 높은 여인들은 가마를 타고, 시녀들은 도보로, 눈물을 뿌리며 인화문(仁和門)을 나와 임금의 행렬 뒤를 밟았다. 그믐밤의 어둠 속에서 교꾼들은 휘청거리고 시녀들은 돌부리에 걸려 곤두박질했다.

촛불을 들고 달려온 도승지 이항복이 모로 걸으면서 길을 밝히는지라 왕비 박씨는 감격했다.

"저것은 누구지?"

"도승지 영감입니다."

시녀가 아뢰자 가마 속의 왕비는 이항복을 불렀다.

"그 충성, 내 잊지 않을 것이오."

촛불 하나가 이렇게 고마울 수 없었다.

행렬은 안국방을 지나 경복궁 앞에서 남으로 꺾었다가 네거리에서 다시 서로 꺾어 돈의문(敦義門 : 서대문)으로 향했다.

연도에서는 어둠 속에 모습은 보이지 않고 통곡과 함께 탄식이 울려왔다.

"세상에 믿을 것이 없구나."

조정을 믿고 여태까지 서울을 떠나지 않은 얼마 안 되는 백성들이었다.

임금이 내뺐다!

하찮은 백성들은 어둠 속을 무작정 뛰고 거리거리에서 외쳤다.

종, 광대, 거지 등등, 먹는 날보다 굶는 날이 많은 새까만 백성들 — 피란 가는 대열에도 끼지 못한 군상이 있었다.

이 순간을 기다리고 일부러 떠나지 않은 축도 있었다. 강도, 절도, 싸움꾼.

어느 쪽이든, 이 희한한 세상에 집 안에 죽치고 있다는 것은 말이 되지 않았다. 그들은 거리로 뛰쳐나와 크게 숨을 들이키고 내뿜었다.

이런 천지도 있었구나. 여태까지 자기들을 짓누르던 모든 것이 사라지고 하늘을 날 듯 상쾌한 기분이었다. 집안의 상전도, 거리의 순라군도, 나라의 임금도 다 사라졌다.

엎어지건 자빠지건, 외치건 부수건, 무어라는 사람은 아무도 없었다. 잘난 사람들은 이것을 자유라고 했겠다.

한 가지 없는 것은 재물이었다. 지금 이 기막힌 세상에 재물이 있어 늘어지게 먹고 입는다면 그대로 무릉도원이리라. 재물은 궁궐에 있고 잘난 사람들의 안방에 있을 것이었다.

남자들은 횃불을 들고, 여자들은 아기를 들쳐 업고, 냅다 뛰었다.

그러나 대궐에는 이미 선객이 있었다. 앞서 들어간 건달들은 금은보화며 필목을 더미로 챙겨 놓고 술독을 끌어내다 대청에서 술판을 벌이는 길이었다.

"느으들만 먹기야?"

난투가 벌어졌다. 강한 자는 밟고, 약한 자는 밟히고 뺏겼다.

그러나 대궐의 재물은 그 정도로 바닥이 나지 않았다. 숱한 전각에 숱한 군상이 다시 몰려 들어가도 결코 실망을 주지 않았다. 하다못해 광목 한 필, 쌀 한 부대라도 빈손으로 나오는 법이 없었다.

훗날 행여 임금이라는 그 못난 친구, 오늘밤 야간도주를 한 작자가 살

2권 전쟁의 설계도 405

아 돌아온다면 무슨 꼬투리를 쳐들고 사람을 잡을지 누가 아느냐? 흔적을 남기지 말아야 했다.

약탈 파괴가 끝나자 여태까지 아귀다툼을 하던 군상은 합의를 보았다. 불을 지르자.

저마다 횃불을 들고 이리 뛰고 저리 뛰고, 전각마다 불을 달았다. 불길은 삽시간에 번지고, 산같이 솟아올랐다.

2백 년의 유서 깊은 창덕궁도, 태조대왕이 손수 지었다는 경복궁도 불길 속에 잿더미로 변해 갔다. 이 통에 국초부터 내려오던 나라의 모든 문서들과 실록, 승정원일기 등 귀한 사적(史籍)들도 모두 타서 없어졌다.

공회빈의 시신이 누워 있던 창경궁도 면할 길이 없었다. 험상궂은 군상이 들이닥치자 환경당에서 관과 씨름하던 시녀들은 기겁을 하고 어둠 속을 뛰어 후원 숲 속에 숨었다.

군상은 전각마다 기름 단지를 던지고 불을 질렀다.

환경당도 타고 그 속에 누워 있던 공회빈의 관도 탔다. 숲 속의 시녀들은 눈물을 쏟으며 중얼거렸다.

"마마, 극락으로 가소서."

생전의 소원대로 화장이 되었으니 극락으로 갈 직도 했다.

행세하는 집안도 무사할 수 없었다. 특히 임금의 맏아들 임해군과 병조판서를 거쳐 지금 한성판윤으로 있는 홍여순의 집에는 보물이 많기로 호가 나 있었다. 끌어내고 집은 불을 질렀다.

성내의 모든 창고도 액을 면치 못하고 불길 속에 소리를 내며 타다 주저앉고 말았다. 재물이 아니라 철천의 한을 풀려고 거리를 달리는 군상도 있었다. 종들이었다.

이들은 광화문 앞 형조(刑曹)와 장례원(掌隸院)에 몰려들었다. 공사노비문서(公私奴婢文書)를 끌어내다 갈기갈기 찢어 대청에 쌓아 놓고 집채에 불을 댕겼다. 대를 이어 종으로 얽어매던 문서들을 없애고 양인(良人 : 자유민)으로 탈바꿈하는 순간이었다. 그들은 허공에 치솟는 불길 앞에서 춤을 추고 물구나무를 섰다.

　서대문을 빠져나온 임금의 행렬이 무악재에 이르자 동쪽이 훤히 밝아 왔다. 성내에서 솟아오르는 불길들이었다. 그들은 죄 많은 인간 세상을 모조리 태워 버린다는 겁화(劫火)를 보는 듯 소름이 끼치고 가슴이 떨렸다.
　홍제원(弘濟院)에서는 날이 새면서 비가 퍼붓기 시작했다. 임금도 신하들도 뼛속까지 흥건히 젖고, 뒤를 따르던 후궁들의 가마 행렬은 흙탕 속에 교꾼들이 몸을 가누지 못하는지라 숙원(淑媛) 이하는 얼굴을 가리고 남자들이 타고 가던 말이며 나귀로 바꿔 탔다. 일찍이 짐승의 잔등에 앉아 본 일이 없는 여인들은 경마를 들려서도 말에서 떨어지고, 다시 기어오르고, 목을 놓아 통곡을 했다.
　뒤늦게 소식을 들은 경기감사 권징(權徵)이 30여 명의 군사들을 이끌고 쫓아왔다. 자기가 입었던 우의와 직령(直領 : 무관복)을 임금에게 바치고 앞뒤로 호위병들을 배치하니 패망의 행렬은 비로소 약간 모양을 갖추게 되었다.
　벽제역에 당도한 것은 오정이었다. 임금을 역관에 모시고 신하들은 흩어져, 재빠른 자들은 처마 밑에서 비를 피하고, 느린 자들은 울타리 안팎에 쪼그리고 앉아 빗속에 몸을 떨었다.
　창졸간에 서울을 떠난지라 조반을 굶었고, 이제 점심도 마련이 없었다. 겨우 찬밥 한 그릇을 얻어다 임금과 왕비에게 대접하고 왕세자 이하 모두 점심을 굶었다.
　춥고 배고프고 ― 임금이고 대신들이고 행색은 볼 것도 못 되고 ― 아무리 생각해도 일은 다 틀렸다. 많은 관원들이 빗속을 남으로 도망쳤다. 서울로 돌아가 가족들과 함께 살 길을 찾아야겠다. 영이 서지 않으니 누구의 말도 통하지 않고 임금도 보고만 있었다.

황해도 연안에서 귀양살이를 하던 윤두수가 당도했다. 용서를 받고 서울로 돌아오는 길이었다. 임금은 이 육십 노인의 손을 잡고 눈물을 글썽거렸다.

"모두 다 나를 버리더라도 그대만은 내 곁에 있어 주오."

옆에 찼던 칼을 풀어 주었다.

윤두수가 물러가자 황정욱(黃廷彧), 황혁(黃赫) 부자가 들어왔다.

정욱은 병조판서, 대제학을 지냈고, 혁은 승지를 지냈으나 윤두수와 마찬가지로 정철의 무리로 몰려 벼슬에서 쫓겨난 처지였다.

"신 등이 순화군을 모시게 해주십시오."

부자가 머리를 숙였다. 순화군은 황혁의 사위였다. 어린 딸과 사위가 험한 고장으로 갔다는 소식을 듣고 안심이 안 되어 임금의 뒤를 쫓아오는 길이었다.

"그 충성이 가상하오. 즉시 강원도로 떠나되 일행을 만나거든 수행한 한준은 돌려보내시오."

황정욱 부자가 떠나자 임금은 역관에서 나와 다시 말에 올랐다.

비는 여전히 퍼붓고 초라한 행렬은 북행길을 계속했다.

## 그믐밤의 피란길

임진강(臨津江)에 당도한 것은 저녁 무렵이었다. 비는 한풀 꺾였으나 그치지는 않고 나룻배는 불과 5, 6척이었다.

임금의 일가와 영의정 이산해, 좌의정 류성룡이 탄 첫배가 움직이기 시작하자 강변에서는 호통과 팔뚝질이 벌어졌다.

"이놈!"

"고 — 얀 것들 같으니라구."

적은 금시라도 쫓아오는 것만 같고, 한시라도 먼저 타야 했다. 체면과 목숨을 바꿀 수는 없는 일이었다.

움직이는 배 속에서 이 기막힌 광경을 바라보던 임금이 통곡을 했다.

"나는 황음무도한 군주도 아닌데 어쩌다가 이런 신세가 되었소?"

역학(力學)관계로 사상(事象)을 판단하는 능력을 상실하고 선악의 도덕률(道德律)로 만사를 판단하는 것이 유교의 세계였다. 그중 군왕이 가장 경계해야 할 악덕은 황음이었다. 걸왕(桀王)과 말희(妹喜), 주왕(紂王)과 달기(妲己), 유왕(幽王)과 포사(褒姒) — 망국의 군주는 요상한 미인에게 빠진 황음의 주인공이었다.

임금 선조는 인빈 김씨에게 빠져 국사를 그르쳤다 — 전부터 은근히 돌아가던 쑥덕공론은 난리가 터지면서부터 세상 공론으로 번졌고, 임금도 친형 하원군의 귀띔으로 이 공론을 알고 있었다.

일찍이 황음이라고 생각한 일이 없었으나 일이 이렇게 되고 보니 황음 같기도 했다. 인빈에게 빠졌다고 하늘이 노한 것이 아닐까, 두려움과 자책이 뒤엉킨 통곡이었다.

임금이 통곡을 하는데 신하 된 자가 범연히 앉아 있을 수 없었다. 이산해도 흐느끼고 류성룡도 눈물을 뿌렸다. 다만 인빈과 가까운 이산해는 할 말이 없고, 인사치레라도 류성룡이 한마디 하는 수밖에 없었다.

"전하께서 황음이란 당치도 않은 말씀이십니다."

배는 대안에 닿았다. 그러나 말들은 아직 강 건너에 그대로 있고, 임금이 진흙 속을 걸어갈 수도 없었다. 또 후궁의 한 사람으로 두 아들에 두 딸을 낳은 정빈(靜嬪) 민씨가 하루 종일 가마에 시달려 멀미를 하는 바람에 파주에 처졌다. 기다리기도 할 겸 배에 그대로 머물러 있었다.

"술이 없느냐?"

임금이, 뒤에 모시고 서 있던 내시를 돌아보았다.

"창졸간에 가지고 오지 못했습니다."

내시는 두 손을 비볐다.

"목이 마르는구나. 차라도 한잔 없느냐?"

"황공하오이다. 차도 못 가지고 왔습니다."

임금은 눈을 감고 맥없이 앉아만 있었다.

내시의 옆에 쪼그리고 앉았던 내의원(內醫院)의 용운(龍雲)이라는 털보가 표주박에 강물을 떠놓고 상투를 만지작거렸다. 상투에서 콩알만 한 덩어리를 꺼내 표주박의 물에 타고 흔들어 임금에게 바쳤다.

"이것을 드시지요."

"무엇이냐?"

"설탕물이올시다."

이 시대 일본 상인들은 직접 배를 타고 동남아 무역에 종사했고, 또 포르투갈 상인들은 나가사키(長崎)까지 와서 일본 사람들과 무역을 했다. 설탕은 이들을 통해서 일본에 들어왔고, 다시 쓰시마 사람들의 손으로 조선에도 선을 보이고 있었다.

"가상하다."

임금은 받아 마시면서도 자신이 처량하기 그지없었다. 그럴수록 눈앞에 고개를 떨어뜨리고 앉은 대신들이나, 저 건너 물가에서 아귀다툼을 하는 군상이나, 한심하기 이를 데 없는 종자들이었다. 오늘의 이 처량한 신세는 모두가 이 걸레 같은 자들 때문이다.

"변협(邊協)은 참으로 뛰어난 장수였다. 그가 살아 있었다면 이런 일은 없었을 것이다."

혼자 탄식했다.

변협은 용기와 지혜, 인품, 다 같이 뛰어난 장수였다. 일찍이 왜구를 크게 물리쳐 이름을 떨쳤고 이율곡 선생에게 주역(周易)을 배워 천문지리에도 통달하였다.

생전에 임금에게 간곡히 말씀드린 일이 있었다.

"일본은 우리나라 지리를 익히 알고, 그 군대는 강병들입니다. 중간에 있는 쓰시마는 듣기 좋은 말만 해서 조정이 모두 안심하고 있지마는 그들은 속임수[變詐]가 많아서 믿을 것이 못 됩니다. 일본을 얕보지 마시고 무슨 일이 있어도 일본과는 사단을 일으켜서는 안 됩니다."

그때도 여기 있는 신하들은 말이 많았다.

"변협은 이름이 명장이지 사실은 겁쟁이다."

"벼룩이 뛰어야 한 치라고 왜놈들이 어쩔 것이냐?"

당시 공조판서에 도총관(都摠管)과 포도대장을 겸하고 있던 변협은 돌림을 받고 웃음거리가 되었다.

그는 3년 전에 세상을 떠났다. 사후에 들으니 7년 전에 이미 앞을 내다보고 걱정을 했다는 것이다.

"10년 안에 나라는 큰 병란(兵亂)에 시달릴 것이다."

생각하면 조정은 해야 할 일은 안 하고, 해서는 안 될 일만 골라 하다가 이 지경이 되고 말았다 — 임금은 어둠이 내리는 산봉우리들을 바라보면서 가슴이 막혔다. 자기는 역사에 망국의 군주, 황음의 군주로 기록될 것이다. 뒤에 처졌던 민씨가 딴 배로 당도했으나 고개도 돌리지 않았다. 오늘따라 여자는 요물로밖에 보이지 않았다.

진흙 속에 병정들을 거느리고 동네에 들어갔던 도승지 이항복이 결혼 때 신부를 태우는 가마를 한 채 얻어 가지고 돌아왔다.

"전하, 타시지요."

비는 멎었으나 이미 어두워 지척을 분간할 수 없었다.

"다들 건너왔소?"

임금이 가마에 옮겨 타면서 물었다.

"반쯤밖에 건너오지 못했습니다."

"왜 이렇게들 꾸물거리지?"

가마가 움직이기 시작했으나 교꾼들이 돌부리를 차고 흙탕 속에 미끄러지는 바람에 하마터면 가마째 나동그라질 뻔했다. 이 캄캄한 밤에 적이 따라붙으면 영락없이 잡혀 죽을 것이다. 임금은 가마를 멈추게 하고 이항복에게 일렀다.

"저 건너 물가에 승청(丞廳)이 있었지? 그걸 태워 없애 버려요."

느닷없는 소리에 이항복은 어중간한 대답이 나왔다. 승청은 나루의 책임자인 도승(渡丞)의 사무실 겸 주택이었다.

"네······."

"적이 허물어 가지고 뗏목을 만들면 어쩔 것이오? 뗏목을 타고 곧장 쫓아오면 몰살을 당한단 말이오."

"신들은 미처 생각하지 못했습니다. 참으로 영명하신 판단이십니다."

"근처 마을도 태워 버려요. 배는 물론이고."

이항복이 물 건너에 대고 큰소리로 외치자 어둠 속을 뭇사람들이 달려가는 소리가 들리고 이어서 승청과 여기저기 민가에 불길이 올랐다. 불길은 차츰 하늘로 치솟고 이쪽 언덕도 환히 밝았다.

교꾼들은 불빛이 비치는 길을 임금의 가마를 메고 동파역(東坡驛)으로 달렸다. 역에는 파주목사 허진(許晋)과 장단부사 구효연(具孝淵)이 미리 나와 임금의 일가와 고관들을 대접할 음식을 마련해 놓고 기다리고 있었다.

평소에는 몰랐으나 밥의 냄새가 이렇게 향기로울 수가 없었다. 거기다 닭을 볶는 냄새는 오장을 뒤집었다. 저마다 코를 킁킁거리던 병정들과 아전들은 동네 아낙네들이 상을 차리고 있던 부엌으로 몰려 들어갔다.

아침부터 하루 종일 굶은 이들은 서로 밀고 당기면서 음식을 그릇째 낚아채었다. 그리고는 밖으로 냅다 뛰어 이 구석 저 구석에서 서로 뺏고 뺏기면서 삽시간에 먹어치웠다.

"무슨 짓들이냐?"

"이 무엄한 놈들아!"

허진과 구효연은 이리저리 돌아다니면서 호통을 치고 회초리로 후려쳤으나 먹고 뛰는 데는 도리가 없었다.

이제 임금에게 드릴 식사조차 없었다.

두 사람은 겁이 났다. 그들은 지대차사원(支待差使員)이라 하여 임금을 대접하기 위해서 특명을 받고 나온 처지였다. 그런 처지에 임금을 굶겼다면 죽어 마땅한 죄목이었다.

내일을 알 수 없는 이 판국에 앉아서 벌을 받을 것은 무엇이냐? 둘은 귓속말을 주고받다가 어둠 속으로 자취를 감추고 말았다.

역관에 들어온 임금은 식사를 거른 채 자리에 누웠고, 부근 민가에 흩어진 고관들은 목침을 베고 한숨을 내쉬었다. 임금은 벽제에서 점심이라도 들었으나 신하들은 아침부터 굶었다. 뱃속에서 울리는 물소리를 들으면서 심사가 뒤틀렸다.

"허진이고 구효연이고, 그 멍청한 것들, 내 사람을 잘못 보았다."

그러나 모두가 누워서 푸념만 한 것은 아니었다. 류성룡은 고달픈 몸을 이끌고 어둠 속을 이 집 저 집 돌아다니면서 쌀을 구했다. 임금에게 대접하는 데는 조나 보리는 안 되고 반드시 백미라야 했다. 그러나 보릿고개의 가난한 마을에 백미는 금싸라기 다음으로 귀한 물건이었다.

자정이 넘어서야 백미 3되를 얻은 류성룡이 역관으로 돌아와 흰 밥을 지어 임금 일가를 대접하니 새벽 2시였다.

경기감사 권징은 황공해서 진흙탕에 무릎을 꿇고 대죄(待罪)했다. 임금의 수라상을 먹어 버린 병정과 아전들은 대개 그의 휘하였고, 도망친 허진과 구효연도 그의 부하였다. 마음 같아서는 몇 놈 잡아다 목을 치고 싶었으나 이런 때 섣불리 건드렸다가 무슨 변이 일어날지 알 수 없고, 길게 한숨을 내뿜는 것이 고작이었다.

급한 김에 먹기는 했으나 지내고 보니 큰일을 저질렀다. 임금이 잡수실 것을 먹어치웠으니 목이 달아나지 않는다면 그쪽이 이상했다. 병정들과 아전들은 누가 먼저랄 것도 없이 어둠 속으로 사라진 채 영영 돌아오지 않았다.

새날은 5월 1일.

뜬눈으로 밤을 지새운 임금이 대청으로 나왔다. 진흙탕에서 밤새 한숨을 쉬던 권징은 달려가 섬돌 옆에 엎드렸다.

"신의 죄는 만 번 죽어도 오히려 부족하겠습니다."

눈에 핏발이 선 임금이 내뱉었다.

"쓸데없는 소리 말고, 가서 대신들을 불러와요."

마을에 흩어져 역시 잠을 이루지 못하던 이산해, 류성룡 이하 중신들이 휘청걸음으로 달려와 임금 앞에 무릎을 꿇었다.

"이산해, 류성룡. 사태가 이에 이르렀으니 나는 장차 어디로 가야 하는가?"

임금은 주먹으로 가슴을 치고 울부짖었다. 일찍이 낮은 관원도 직함을 불렀지 이름을 부르는 일이 없던 임금이 정승들의 이름을 마구 부르고 눈물을 쏟았다. 모두 흐느끼고 대답이 없는 가운데 임금이 진정하고 말을 이었다.

"기탄없이 말해 보시오."

여전히 응대가 없자 임금이 마당 한구석에 쪼그리고 서 있던 내시를 불렀다.

"윤두수를 불러오너라."

윤두수가 달려오자 그에게도 같은 질문을 던졌으나 그도 대답을 못하고 다른 사람들과 함께 눈물을 훔쳤다.

한동안 바라보던 임금이 이항복에게 물었다.

"도승지의 생각은 어떤고?"

"의주에 가서 계시다가 힘이 다하고 팔도가 모두 떨어지면 명나라에 들어가 구원을 호소하시는 것이 좋겠습니다."

이항복의 의견에 윤두수가 반대하고 나왔다.

"의주로 갈 것이 아니라 철령(鐵嶺)을 넘어 함경도로 들어가는 것이 좋겠습니다. 함경도는 인마가 다 같이 굳세고, 함흥(咸興), 경성(鏡城)은 천험(天險)의 요지로 의지할 만한 고장입니다."

그러나 임금은 탐탁한 기색이 아니었다. 사이를 두고 류성룡에게 물었다.

"아까 도승지의 의견을 어떻게 생각하오?"

"전하께서 한걸음이라도 우리 조선 땅을 떠나시면 조선은 이미 우리 땅이 아닙니다."

류성룡의 대답에 임금은 고개를 저었다.

"내부(內附)는 진작부터 내가 생각해 온 일이오(內附本子意也)."

이 내부에 대해서는 해석이 구구하나 선조가 생각한 내부는 요컨대 망명이었다.

"그것은 안 됩니다."

류성룡이 반대하고 이항복도 한마디 덧붙였다.

"신이 말씀드린 취지는 곧바로 압록강을 건너가자는 것이 아니고, 가는 데까지 가다가 더 이상 갈 곳이 없는 경우를 생각한 것입니다."

류성룡은 잠시 그와 언쟁을 벌인 끝에 언성을 높였다.

"지금 함경도는 고스란히 그대로 있고, 호남에서는 오래지 않아 충성된 선비들이 들고 일어날 터인데 왜 느닷없이 이런 일을 거론하는지 알 수 없습니다."

그러나 백관의 장인 영의정 이산해는 종시 말이 없고 대세는 이항복의 의견에 동조하는 분위기였다. 흩어져 나오자 류성룡은 이항복을 끌고 대문 밖 버드나무 밑으로 갔다.

"자네 철이 없어도 분수가 있지, 어쩌자고 나라를 버리자는 소리를 함부로 하는 것이오?"

"더 이상 갈 데가 없으면 그 밖에 무슨 도리가 있겠습니까?"

"이봐요. 나중에는 어떻게 되든 지금부터 그런 소리를 꺼내면 곤란하지 않소? 지금은 백성들을 묶어세우고 적과 싸워야 할 때인데, 임금은 압록강을 건너 명나라로 도망간다더라 — 이런 소문이 퍼지면 누가 목숨을 내걸고 싸우겠소? 걷잡을 수 없는 혼란이 일어날 터인데 무슨 힘으로 수습할 것이오?"

"죄송합니다. 거기까지는 생각하지 못했습니다."

"옳고 그르고 간에 말이라는 것은 시기에 맞지 않으면 사람을 해치고 큰일을 저지르는 수가 있소."

류성룡은 화가 풀리지 않은 얼굴로 담장을 돌아갔다.

## 여보시오, 상감마마

이항복은 간밤에 관원들이 묵은 민가를 돌면서 자는 사람들을 깨우고 떠날 준비를 서둘렀다. 그러나 떠날 형편이 되지 못했다.

병정들이고 아전들이 도망쳤으니 호위할 사람도 경마를 잡아 줄 사람도 없었다. 호위가 없는 것은 참는다 하더라도 임금 이하 고관들치고 경마를 잡히지 않고 혼자 말을 몰 수 있는 사람은 불과 몇 명이 안 되었다.

교꾼 노릇을 하던 병정들이 없어졌으니 가마도 문제였다. 왕비 박씨 이하 궁중에서 잔뼈가 굵은 여인들은 가마 아니고는 움직일 줄을 몰랐다. 이들을 이 진흙길에 내몬다면 사람의 허울을 쓴 굼벵이에 지나지 않고, 걷는 것이 아니라 제자리에서 뭉갤 것이 뻔했다.

어떻게 할 것인가? 적은 당장이라도 따라붙을 것인데 이렇게 난감할 수가 없었다.

그러나 이항복은 앉아서 탄식이나 불평으로 시간을 엮는 인물이 아니었다. 사람을 구하자. 그는 이웃 동네로 말을 달렸다.

불길한 소문은 바람보다도 빨랐다. 간밤에 소문이 퍼져 백성들은 대개 동이 트기 전에 산간벽지로 흩어져서 찾을 길이 없고, 약간 모자라는 초로의 농군 2명을 끌고 말머리를 돌렸다. 원래 머슴들, 피란길에 밥만 축내고 할 일은 없을 것이다 — 계산이 빠른 상전이 팽개치고 가는 줄도 모르고 늘어지게 자다가 이항복에게 붙들린 위인들이었다.

우선 임금부터 보내고 다음 일은 다음에 생각하자. 역관으로 돌아오는데 북쪽 산모퉁이에서 말들이 우는 소리에 이어 수백 명의 대열이 나타났다.

"영감 어찌 된 일입니까?"

선두를 달려오던 서흥(瑞興)부사 남의(南嶷)가 말에서 내렸다.

"이럴 수도 있구만."

이항복이 그의 두 손을 맞잡고 내뱉은 첫마디였다.

"무슨 말씀이오?"

남의가 반문했으나 이항복은 용건부터 물었다.

"이 군인들을 좀 쓸 수 있겠소?"

남의의 설명에 의하면 기병 60, 보병 3백, 원래 황해감사 조인득(趙仁得)의 선발대로 서울을 지키러 가기로 되어 있었다. 소식을 듣고 임금을 호위하러 달려왔고, 조인득 자신도 뒤따라온다고 했다.

이항복은 이들과 함께 역관으로 돌아왔다. 행렬을 정제하고 막 떠나려는데 내시로는 상석에 속하는 뚱보 최언준(崔彦俊)이 종종걸음으로 다가와 두 손을 모아 쥐었다.

"큰일 났습니다."

그가 전하는 말로는 지체 높은 후궁들이 허기져 속이 쓰리다, 눈앞이 아물거린다 — 머리를 싸매고 누워서 일어나지 않는다고 했다. 궁중에서 눈치만 보여도 만사가 통하던 버릇이 여기 와서도 그대로 살아 있었다.
　이항복은 남의의 군사들이 가진 양곡을 조금씩 갈라 두세 말을 만들었다. 흰쌀과 좁쌀이 반반이었다.
　허기지기는 남자들이라고 다를 것이 없고, 쌀을 보는 눈에 독기가 서려 있었다. 장차는 어찌 되건 당장 밥을 지어 요기하자고 보채는 축도 적지 않았다.
　"왜놈들이 와요, 왜놈들이!"
　이항복은 한마디로 막아 버리고, 남자와 여자, 정승과 말단직원을 가리지 않고 한 줌씩 골고루 분배했다.
　"시장하신 분은 생쌀을 씹으시오."
　그는 경험이 있었다. 10대에 불량소년으로 서울 장안을 휩쓸고 다닐 때 포졸들에게 쫓기는 일이 드물지 않았다. 그런 때면 남산이나 북한산으로 뛰었고, 허기지면 생쌀을 씹었다. 얼마든지 요기가 되고 기운을 되찾을 수 있었다.

　경기감사 권징을 후방 연락차 그대로 남기고 행렬은 마침내 동파를 떠났다. 말 잔등과 가마 속, 높고 낮음을 막론하고 사람들은 길을 가면서 입을 오물거렸다. 이항복의 기대에 어긋남이 없이 이들은 생쌀의 오묘한 맛을 발견한 듯 얼굴에 생기가 돌고, 더 달라고 손을 내미는 축도 적은 수는 아니었다.
　정오에 판문촌(板門村)에 당도했다. 황해감사 조인득이 풍덕군수 이수형(李隨亨)과 함께 장막 속에 음식을 즐비하게 차려 놓고 기다리고 있었다.
　만 하루와 반나절을 굶은 사람들은 비로소 포식하고, 이제 살 것 같다고 이수형의 수고에 적어도 한마디씩은 찬사를 보냈다. 모두가 현지 사또인 이수형이 마련한 것이었다.

그뿐이 아니었다. 이수형은 치밀한 사람이어서 군량미도 마련하고 말먹이도 마련해 놓고 있었다. 또 임금에게는 별도로 백미 5섬을 바치니 임금은 친히 그의 손을 잡고 치하한 다음 호위군사들에게 나눠 주도록 했다.

쫓기면서도 배가 부르고 앞뒤에 호위 병사들까지 따라붙으니 새로운 기운이 솟았다. 임금 이하 신하들은 움츠렸던 어깨를 펴고 해질 무렵, 개성유수(開城留守) 홍인서(洪仁恕)의 마중을 받으며 성내로 들어갔다.

연도에는 남녀노소 백성들이 몰려나와 웅성거리고 있었다. 통곡소리와 고함소리가 뒤범벅이 되어 환영하는 것인지 조롱하는 것인지 종잡을 수 없는 공기였다.

나랏일을 한탄하고 피란길에 나선 나를 동정하는 모양이다 — 임금은 말을 멈춰 세우고, 이 가상한 백성들에게 한 말씀 하려고 하였다.

그러나 말이 앞발을 쳐들고 곤두서는 바람에 입도 열지 못했다. 양쪽에서 경마를 잡은 병사들이 기를 쓰고 임금도 고삐를 낚아채었으나 말은 막무가내로 제자리를 뱅뱅 돌았다.

그런데 군중 속에서 번갈아 외치는 목소리가 들려왔다.

"여보시오, 상감마마."

"당신 상감으로 앉아서 무얼 했소?"

"후궁의 여자들을 부자로 만들었지."

"그중에서도 김씨 여인에게 혹해서 사족을 못 쓴다지?"

"김씨가 예쁘다 보니, 그 오라버니 김공량의 말이라면 팥으로 메주를 쑨대도 곧이들었구만."

"그래서 나라를 이 꼴로 만들었지요."

"여보시오, 상감마마."

"백성을 들볶을 것이 아니라 그 희한한 김공량더러 나가 적을 막으라지요."

새까만 청년들이 작당하여 이죽거리고, 개중에는 임금에게 돌을 던지는 자도 있었다. 호위 병사들이 달려들었으나 내리치고 붙잡는 시늉뿐, 청년들은 계속 이죽거리면서 골목으로 도망쳐 버렸다.

가까스로 말을 진정시킨 임금은 사방을 두리번거리다 홍인서가 인도하는 대로 곧바로 유수부(留守府)로 직행하였다.

그는 저녁식사도 드는 둥 마는 둥 상을 물리고 잠자리에 들었다.

그러나 밤도 편치 못했다. 그가 묵고 있는 유수부 주변에서 소동이 벌어졌다.

"왜적이다. 뛰어라!"

한밤중, 수비군 중에서 느닷없이 외치고 뛰는 병정이 있었다.

이때 개성에는 유수부 산하의 군인 9백여 명을 비롯하여 평안도와 황해도에서 내려온 부대들이 두서없이 흩어져 복작거리고 있었다. 유수부를 지킨 것은 명령 계통이 서지 않은 이들 부대였다.

단련되지 못한 오합지졸들인지라 덩달아 외치며 뛰었다.

"왜놈들이다!"

일단 뛰기 시작한 군중은 산사태와도 같아 걷잡을 수 없었다. 말과 사람들이 서로 밀고 밀리고 짓밟히는 혼란은 수십 명의 사상자를 내고도 그칠 줄을 몰랐다.

유수부가 비좁아 인근 민가에 나와 자던 후궁 이씨는 결심하고 일어섰다.

"왜놈들에게 몸을 더럽힐 수는 없다."

그는 임금이 계신 유수부를 향해 네 번 절하고 서울에서부터 지니고 다니던 비수로 목을 찌르고 모로 쓰러졌다.

역시 민가에 흩어져 잠자던 고관들은 더욱 몸을 오그리고 떨었다. 이제 어김없이 죽었구나.

윤두수는 배포가 큰 사람이었다. 이것은 무슨 오해다. 그는 조복을 차려입고 밖으로 나왔다. 그러나 하인은 도망치고 없었다. 그는 손수 횃불을 켜들고 떠들썩하는 거리로 나섰다.

도승지 이항복이 한 손에 횃불, 한 손에 몽둥이를 들고 이리저리 뛰고 있었다.

"아무것도 아니다. 왜놈들은 천 리 밖에 있다."

그러나 이항복은 잠결에 그대로 내달린 듯 병정들과 마찬가지로 아래위 흰 베옷이었다. 그를 알아보는 병정은 없고 밟고 밟히는 혼란 속에 이리저리 밀리고 있었다.

바라보던 윤두수는 횃불을 높이 쳐들고 천천히 다가가 길 복판에 버티고 섰다.

"웬 소란이냐?"

조복을 입은 반백의 육십 노인. 그의 모습에 병정들은 비로소 주춤했다. 그는 이항복과 함께 길가에 우등불을 피워 놓고 병정들을 불렀다.

"방안은 무덥고, 여기서 우리 술이나 들까?"

그들은 군영에서 소주를 가져다 잔을 주고받았다. 어둠 속으로 사라졌던 병정들도 하나 둘 모여들고, 시름없이 이야기가 오고 가는 사이에 윤두수는 진상을 알게 되었다. 전시에는 전쟁 공포라는 특유의 병이 있게 마련이었다. 이 병으로 머리가 돌아 버린 병정이 일으킨 소동이었다. 맨 먼저 고함을 지른 병정도 끌려왔다.

"너 정말 왜적을 보았느냐?"

"보다마다요."

흰자위와 검은자위를 번갈아 굴리는 병정은 온몸을 떨고 있었다. 윤두수와 이항복은 그를 군영에 맡기고 돌아왔다.

밤중에 또 한바탕, 같은 소동이 일어났다. 이번에는 다른 진영에서 다른 병정이 일으킨 소동이었다. 역시 윤두수와 이항복이 달려가 수습했다.

밤을 뜬눈으로 지새운 임금은 날이 새자 윤두수를 불렀다.

"내, 소문을 들었는데 간밤에는 수고가 많았소."

"황공하오이다."

"행궁(行宮)을 지키는 병정들이 이렇게 질서가 없어서야 체통이 서겠소? 그대에게 어영대장(御營大將)을 제수하는 터이니 잘 통제해서 질서를 잡아 주시오."

이로써 여러 갈래로 두서가 없던 친위군은 단일 지휘계통을 갖추게 되었다.

무엇보다도 궁금한 것이 적의 움직임이었다. 이미 서울은 떨어진 것이 아닐까. 이일의 보고대로라면 그제 아니면 늦어도 어저께는 떨어졌을 것이다.

임금이 윤두수와 함께 걱정하고 앉았는데 동파에 남겨둔 경기감사 권징의 관원이 달려왔다.

"서울은 조용하고, 적은 충주에서 더 이상 움직이지 않는 듯합니다."

이것은 대단한 소식이었다. 관원은 오면서 소문을 퍼뜨린 듯 밖에서는 벌써부터 떠들썩하는 환성이 들리고 임금도 얼굴에 생기가 돌았다.

"이덕형이 떠난 후로 소식이 없더니 적진에 들어가서 저들을 잘 타이른 모양이오."

성학(聖學)으로 말하자면 이덕형을 덮을 사람이 어디 있느냐? 무지막지한 고니시 유키나가도 그가 전하는 성현의 말씀에 감동해서 군사를 멈춘 모양이다. 임금은 이덕형이 대견했다.

"그럴 수도 있습지요."

윤두수는 어중간한 대답으로 얼버무렸다.

이 무렵 이덕형은 죽을 고비를 넘기고 북으로 도망 오는 길이었다.

고니시 유키나가를 만나러 충주로 내려가던 이덕형은 용인에 이르자 적이 이미 죽산에 들어왔다는 소식을 듣고 죽산으로 달려갔다. 그러나 적장은 고니시 유키나가가 아니고 가토 기요마사였다.

동행한 통역 경응순을 성내로 들여보냈더니, 가토 기요마사는 그를 칼로 쳐죽이고 역졸에게 편지를 한 장 들려 보냈다. 오늘날 이 편지의 내용은 전하지 않는다. 다만 이덕형은 극히 흉악하고 참혹한 글(極兇慘)이라고 기록에 남기고 있을 뿐이다. 이 편지를 받고 이덕형은 즉시 말에 뛰어올라 부리나케 채찍을 퍼부어 도망쳤다.

그러나 사실을 모르는 임금은 그저 기쁘기만 했다. 그런데 기쁜 일이 또 하나 있었다.

함경도남병사(南兵使)를 지낸 신할(申硈)이 수십 명의 병사들을 이끌고 당도한 일이었다. 함경도는 행정상으로는 한 도(道)였으나 군사상으로는 남북으로 나뉘어 북도의 병사는 경성(鏡城)에 본영을 두어 약칭 북병사(北兵使)라 하였고, 남도의 병사는 북청(北青)에 본영을 두어 약칭 남병사라고 불렀다.

신할은 임기가 차서 후임자인 이혼(李渾)과 교대하는 중에 난리가 터졌다는 기별을 들었다. 평소 같으면 측근만 몇 명 데리고 떠나올 것이었으나 전시인지라 앞일을 몰라 이혼이 붙여 주는 대로 약간의 병력을 거느리고 서울 길을 떠났다. 도중에 임금이 피란을 떠났다는 소식을 듣고 뒤따라온 길이었다. 45세, 충주에서 자결한 신립의 아우였다.

"그대는 이제부터 내 곁에서 나를 지켜 주오."

그는 임금의 분부로, 행궁으로 쓰고 있는 유수부를 지키게 되었다.

그가 이끌고 온 북도의 병사들은 엉겁결에 긁어모은 농민들과는 판이하게 달랐다. 행동거지에 절도가 있고, 눈에 광채가 있었다. 칼과 활 솜씨도 귀신같다고 했다.

그리고 뒤이어 기막힌 소식이 들어왔다. 서울에서는 궁궐들이 모두 타고, 관공서와 많은 집들도 타버렸다고 했다. 요컨대 태조대왕이 창건하신 수도 한성은 난민들의 손에 잿더미가 되고 말았다.

오지도 않는 적을 피해 서울을 버리자고 충동한 자는 누구냐, 공론이 들끓기 시작했다.

## 개성의 민심

"이산해를 때려죽여라!"

모든 화살은 영의정 이산해에게 집중되었다. 까닭 없이 서울을 버렸고 그 결과 2백 년 수도를 잿더미로 만들게 한 것은 이산해라는 것이다.

양사(兩司)의 관원들이 들고 일어났다.

"이산해를 몰아내야 한다."

이산해는 밀려나고 영의정에 류성룡, 좌의정에 최흥원(崔興源), 우의정에 윤두수가 들어앉았다.

그보다도 임금의 관심사는 개성의 민심이었다. 어제 성내로 들어올 때 심상치 않은 움직임이 있었고, 오늘은 많은 백성들이 성문을 빠져 피란을 떠나고 있었다.

적은 아직 서울에 들어오지 않았다. 어쩌면 충청도와 전라도의 군사들이 북상하여 적을 배후로부터 공격하고 일거에 무찌를 수도 있을 것이다.
 하여튼 당분간은 이 개성에서 돌아가는 물세를 지켜보아야 하겠고, 그러자면 이 고장 민심을 진정시킬 필요가 있었다.
 임금은 영의정 류성룡 이하 백관을 거느리고 남대문으로 나가 문루(門樓)에 올랐다.
 어젯밤부터 관원들이 가가호호 돌며 알린지라 문루 아래 광장에는 많은 백성들이 모여 있었다. 홍문관 교리(校理) 이상홍(李尙弘)이 순한문으로 된 임금의 유서(諭書)를 제사 때에 축을 고하듯 내려 읽자 개성 유수 홍인서가 그 내용을 쉬운 말로 풀어 전하고 이렇게 덧붙였다.
 " (……) 이와 같이 전하께옵서는 백성들을 극진히 아끼사 하루도 백성들의 고충을 잊으신 적이 없소. 마침 우리 개성에 거둥하신 기회에 백성들의 소리를 듣고자 하옵시니 평소에 괴롭게 생각하던 일이 있으면 차제에 기탄없이 말하시오. 어떠한 소리가 나와도 탓하지 않으시겠다는 우악(優渥)하옵신 분부가 내리셨소."
 흰 수염을 길게 늘어뜨린 노인이 두 손을 모아 쥐었다.
 "전하, 전하께서 서울을 떠나시니 서울은 잿더미가 되어 버렸습니다. 또다시 이 개성을 떠나시면 개성도 마찬가지가 될 터이니 여기 눌러 계시기를 바랍니다."
 임금은 홍인서를 통해서 대답을 전했다.
 "나는 죽어도 이 개성을 떠나지 않을 것이다. 너희들은 안심하라."
 젊은 병정 한 사람이 앞으로 나왔다.
 "말씀드리기 황송스럽습니다마는 전하의 아드님들(王子君)이 도처에서 산이고 못이고(山林川澤) 차지하고 계시기 때문에 많은 백성들은 땔나무도 할 수 없고, 고기도 마음대로 잡을 수 없습니다. 이것이 괴롭습니다."

"내 부덕의 소치로다. 아이들이 차지했다는 것은 전부 몰수하여 백성들에게 개방할 것이며, 이번에 내가 이 개성 땅을 밟은 기념으로 개성 백성들에게는 금년 세금을 반으로 탕감할 것이다."

"황공하오이다."

백성들이 엎드리고 임금은 계속했다.

"효자, 절부(節婦)의 집에는 부역을 면하리로다."

눈물을 흘리는 사람도 적지 않았다.

"그 밖에 할 말이 없느냐?"

젊은 선비 세 사람이 함께 아뢰었다.

"황해도에는 갈대밭이 많습니다. 그러나 세금이 과중합니다. 세금을 면제해서 백성들이 안심하고 생업에 종사하게 하여 주십시오."

전쟁은 아예 없는 듯 백성들은 살아 갈 걱정을 털어놓았고, 임금은 도리어 마음이 가라앉았다.

"내 관계 관청(有司)에 이야기해서 너희들이 원하는 대로 처리할 것이다."

끝으로 늙수그레한 선비 한 사람이 나와 엎드렸다.

"황공하오나 정 정승을 불러 다시 등용하시기를 바랍니다."

"정 정승이 누군고?"

"지금 강계에서 귀양살이를 하고 있는 정철(鄭澈) 대감 말씀입니다."

임금은 영을 내렸다.

"강계에 사람을 보내 정철더러 개성으로 오라고 하라."

백성들은 임금이 이처럼 어질고 시원시원한 줄은 몰랐다. 감격한 나머지 글 잘하는 선비를 골라 답사를 올렸다.

전하, 천은(天恩)이 망극하오이다. 만세에 이르도록 복을 누리

소서.

임금 선조는 오래간만에 가벼운 기분으로 숙소인 유수부 청사로 돌아왔다.

서울을 버린 것을 후회하는 공론과 함께 지금이라도 수도 방위를 강화하자는 소리가 드높았다. 서울에 남긴 이양원(李陽元)이나 김명원만으로는 안심이 안 되었다. 강화한다면 장수와 병사들을 보내야 하는데 장수다운 장수는 아침에 도착한 신할을 두고 달리 없었다. 남대문에서 돌아오자 신하들은 임금에게 그를 천거했다.
"신할을 서울로 보내야 합니다."
그러나 임금은 형 신립에 이어 그 아우 신할을 또 사지로 보내는 것이 마음에 걸렸다. 뿐만 아니라 측근에 믿음직한 장수 한 사람쯤은 남겨 두고 싶기도 했다. 안 된다고 우기다가 중론을 꺾을 수 없어 본인의 의사에 맡기기로 하고 신할을 불렀다.
"경은 개성에 남아 나를 지켜 줬으면 좋겠는데 서울을 지키는 것이 좋겠다는 의견도 있소. 경의 뜻에 따르기로 합시다."
"신은 전선으로 가야 합니다. 후방에서 전하를 호위해 드릴 수 있는 사람은 또 있을 것입니다."
신할은 4형제 중의 막내였다. 그중 바로 위의 형인 신립은 2세 연상이었다. 나이 차가 얼마 되지 않고 생김새와 목소리까지 비슷해서 누구의 눈에도 형제간이었다. 어려서는 항상 어울려 다녔고, 장성해서는 서로 도우면서 세상을 헤쳐 왔다.
그런 형이 자결했다는 소식을 들은 것은 그저께 양주(楊州) 땅에서였다.

부하들이 볼세라 속으로 통곡하면서도 형은 역시 갈 길을 갔다고 생각했다. 형 신립은 대장부였다.

동시에 형의 뒤를 따르는 것은 자기가 갈 길이라고 생각했다. 그에게는 이미 저승과 이승의 경계선이 없었다.

아무리 말려도 듣지 않자 임금은 혼잣말같이 중얼거렸다.

"내 주변에는 입은 많아도 사람은 없소. 경이 가면 또 사람이 그리워질 것이오."

신할은 함경도에서 함께 온 군사들과 임금이 특히 딸려 준 무과급제생 약간 명, 도합 50여 명을 이끌고 길을 떠났다.

우부승지(右副承旨) 신잡(申磼)은 오십이 넘은 노인으로 신립, 신할의 맏형이었다. 동대문까지 아우 신할을 전송하고 돌아오는 길로 병조정랑 구성(具宬)과 함께 임금을 찾았다.

"이산해를 죽여야 합니다."

그는 나라의 불행이나 집안의 불행이나 모든 것이 이산해의 잘못이라고 믿었고, 저절로 격한 소리가 터져 나왔다.

"자리에서 물러났으면 그만이지, 죄를 줄 수는 없소."

"이산해는 영의정으로 앉아서 김공량과 결탁하여 국사를 그르쳤습니다. 때문에 오늘날 적침을 불렀고, 난리가 시작된 후에는 서울을 버리자고 주창하여 2백 년의 도성을 저 모양으로 만들었습니다. 이런 간신을 어찌 살려 둘 수 있겠습니까?"

"그만해요."

임금이 외면했으나 신잡은 굴하지 않았다.

"이산해가 죽어야 한다는 것은 신이나 여기 있는 구 정랑만의 생각이 아니고 천하의 공론입니다. 양사의 관원들이 밖에 대령하고 있으니 그들의 소견을 물어보시지요."

임금은 마지못해 불러들였다.

"양사에서는 영상을 죽여야 한다니 세상에 이런 망측한 일이 또 어디 있소? 대사헌부터 말해 봐요."

임금은 물러난 이산해를 여전히 영상이라 부르고 극력 두둔했으나 대사헌 김찬(金瓚)은 단호했다.

"나라를 이 모양으로 만들었으니 백 번 죽여도 부족합니다."

얼굴에서 웃음이 사라진 임금이 차례로 물었으나 서차대로 앉은 관원들(權悏, 李磏, 鄭姬藩, 李有中, 李慶禥, 李廷臣)은 모두 같은 대답이었다.

"죽여야 합니다."

임금은 이산해를 신임했고 그를 다칠 생각은 없었다. 마지막으로 대사간 이헌국(李憲國)에게 호소하듯 부드러운 눈길을 보냈으나 68세의 이 노인은 아랑곳하지 않았다.

"중론을 따르셔야지요."

임금은 화를 냈다.

"국사를 그르치고, 서울을 버리는 것을 말리지 않은 죄는 류성룡도 마찬가지요. 경들은 어째서 이산해만 탓하고 류성룡은 언급조차 없소……? 2품 이상은 전원 들라고 해요. 의견을 들어 봅시다."

고관들이 들어와 좌정하자 우찬성 정탁(鄭琢)이 엎드렸다.

"나라를 지키지 못하여 전하께서 이처럼 피란길을 떠나시게 되니 죄로 말하자면 어찌 대신들에게만 있겠습니까? 신들이 모두 죄를 받아 마땅합니다."

임금은 그를 아래위로 훑었다.

"나라가 이 지경이 된 것은 내 죄요. 경들이 무슨 죄가 있단 말이오? 그런 공치사는 그만두고 두 사람을 어떻게 할 것인지 말해 봐요."

양사의 관원들과는 달리 고관들은 임금에게 동조하였다. 죄가 같은

데 벌이 다르다는 것(罪同罰異)은 말이 안 되니 처벌을 한다면 같이 해야 한다는 것이 대세였다. 힘을 얻은 임금은 마음에 품고 있던 것을 털어놓았다.

"미리 예방하지 못해서 적으로 하여금 무인지경을 가듯 쳐들어오게 했으니 대신으로 앉은 사람들이 어찌 그 죄를 면할 수 있겠소? 나는 이 적을 지극히 염려했소. 그런데 내가 염려한다고 도리어 비웃지 않았소? 그 죄는 오직 류성룡에게 있소. 민폐를 걱정한다는 핑계로 예비를 하지 않고 국방을 소홀히 한 것은 모두 류성룡의 죄요."

신하들은 할 말이 없고, 임금은 마무리를 지었다.

"중의에 따라 류성룡을 파면하오."

아침에 영의정에 오른 류성룡은 저녁에 파면되고, 최홍원이 영의정, 윤두수가 좌의정으로 각각 한 등씩 올라가고 유홍(俞泓)이 우의정으로 임명되었다.

긴 여름해도 떨어지고 유수부에 어둠이 깔리기 시작했다. 임금은 안으로 들어가고 신하들은 흩어졌으나 양사의 관원들은 마당에 멍석을 깔고 앉았다.

"이산해를 죽이소서."

밤이 깊어서야 임금의 처분이 내렸다.

"이산해를 평해(平海)로 귀양 보내라."[16]

그러나 그들은 물러가지 않았다.

"같은 죄에 어찌해서 이산해만 귀양을 보내고 류성룡은 그냥 두는 것입니까? 그도 귀양을 보내소서."

도승지 이항복은 울컥했다.

"이 어려운 때에 사람을 모두 해치고 국사는 누가 볼 것이냐? 수십 명을 모조리 묶어세워도 류성룡 한 사람을 못 당할 것들이."

그는 양사에 친구가 많은 부제학 홍이상(洪履祥)을 움직였고, 홍이상이 발 벗고 나서 류성룡은 더 이상 입돋음에 오르지 않았다.

그렇다고 양사가 물러간 것은 아니었다. 홍문관의 관원들까지 합세하여 아우성이었다.

"김공량의 목을 치소서."

뇌물을 떡 먹듯이 하고 조정을 좌지우지하였다는 김공량, 평소에는 말 못하던 울분이 폭발했다.

"김공량이 무엇을 잘못했으며 이 난리와 무슨 상관이 있단 말이냐?"

임금이 역정을 냈으나 관원들은 더욱 세게 나갔다.

"김공량의 머리를 거리에 달아매소서."

임금의 침소와 마당 사이에는 초롱을 든 내시가 수없이 내왕하였다. 지친 임금은 마침내 한 걸음 물러섰다.

"김공량을 옥에 가두라."

배불룩이 김공량이 끌려가는 것을 보고서야 밤거리로 흩어져 나온 관원들은 어금니를 깨물었다.

"내일 또 보자."

## 북으로

5월 3일.
아침 일찍 유수부의 동헌에 나온 임금은 신잡을 불렀다.
"즉시 떠나 서울에 다녀와요."
봉서 3통을 내놓았다. 도성을 지키고 있는 유도대장 이양원과 한강을 지키고 있는 도원수 김명원에게 보내는 친서가 각각 한 통, 나머지 한 통은 서울 백성들에게 고하는 유서로, 밤을 새워 가면서 친히 쓴 것이었다.
"도성을 떠난 것은 내 뜻이 아니었소. 하루 속히 돌아가고자 하니 두 장수와 백성들을 위로하고 내 뜻을 전하시오."
신잡은 낫살 먹은 데다 잔소리가 많아 다루기 힘든 인물이었다. 더구나 요즘 아우 신립을 잃고부터는 어전이라고 사양하는 일이 없고 할 말을 다 하고 있었다. 어저께 일어난 이산해, 류성룡 파동도 시초는 그가 불을 지른 것이었다.
 신잡을 보내고 나서 오늘의 가장 중요한 일과를 시작했다. 인빈 김씨를 빼돌리는 일이었다. 이런 일에는 신잡같이 성가신 인간은 없는 것이 좋고 행여 눈치를 채고 소동을 부리면 일이 우습게 될 염려가 있었다.
 간밤의 일이었다. 김공량이 옥에 갇혔다는 소식을 듣고 인빈 김씨는 잠자리에서 일어나 눈물을 쏟았다.
 "오라버니는 어김없이 죽겠지요?"
 "괜찮아, 안심해요."
 "저두요."
 "공연한 소리 마라."
 "저는 목을 졸려 죽은 양귀비(楊貴妃)의 신세가 되었네요. 아이고ㅡ."
 김씨는 흐느껴 울었다.
 중국 당(唐)나라의 양귀비는 육촌 오라버니 양국충(楊國忠)과 장단이 맞아 현종(玄宗)을 끼고 천하를 주름잡았다. 안록산(安祿山)의 난리가 일어나자, 원한을 품은 병정들의 분노가 폭발하여 둘이 다 그들의 손에 죽고 말았다.
 김씨와 그의 오라버니 김공량, 형국으로 보면 매우 흡사했다. 무지막지한 병정들이 들고 일어나 김공량을 밟아 버리고, 다음에 인빈의 목을 조르지 말라는 법도 없었다.
 "양귀비라……."
 임금도 일어나 앉았다.
 "현종은 시러베아들이에요. 눈치가 그쯤 돌아갔으면 알아차리고 양귀비를 빼돌릴 것이지."
 틀린 말은 아니었다. 임금은 김씨를 몰래 피신을 시켰다가 조용해지면 다시 부를 생각을 했다. 그러나 김씨는 아이들도 함께 가지 않으면 죽어 버리겠다고 앙탈이었다.

김씨에게는 10대 중반의 신성군(信城君), 정원군(定遠君)의 두 아들과 딸이 5명 있었다. 그중 맏딸이 출가했을 뿐 넷은 어린 철부지들이었다. 이 밖에 며느리도 둘 있었다. 거기다 시중을 들 하인들까지 합치면 여간한 인원이 아니었다. 몰래 움직일 수는 없고, 알 만한 사람에게는 알려야 빠져나갈 수 있을 것이었다.

신잡이 나가자 임금은 이항복을 불렀다.
"내 긴히 할 말이 있어서······."
그는 멋쩍게 웃고 속삭였다.
"신성군과 정원군 말이오. 밤이면 경기가 나서 잠을 자지 못하는데 이대로 두었다가는 변이 날 것 같소. 멀리 떨어진 고장에 보내서 보신을 시켰으면 좋겠는데 도승지의 생각은 어떻소?"
"그러시다면 보내셔야지요."
이항복은 깊은 생각 없이 대답했다.
"도승지가 함께 가주었으면 좋겠소."
이항복은 사양했다. 원래 도승지는 임금의 측근을 떠날 수 없는 직책인 데다 왕자를 모시는 책임자로는 지체가 좀 낮았다. 적어도 판서 이상이라야 했다.
선조는 어제 우의정에 오른 유홍을 지목했다. 지체가 높고 신임이 두터운 충신이기도 했다. 임금이 계면쩍은 듯 말을 더듬었다.
"그런데······ 아이들의 어미도 함께 보내는 것이 어떻겠소? 젖먹이도 있고, 딸린 애들이 거추장스럽지마는 보신을 위해서는 그것이 좋지 않겠소?"
이항복은 비로소 주목적은 인빈 김씨의 피신이라는 것을 알아차렸다. 그러나 말썽의 인간은 이 소용돌이에서 잠깐 피하는 것도 괜찮겠다는 생각이 들었다.

김공량 다음에는 김씨에게 화살이 갈 것이고 국사를 논해야 할 신하들이 임금의 여자를 두고 죽인다 살린다, 팔뚝질하는 것도 모양이 좋은 것은 아니었다.

"무방하겠습지요. 다만 소리는 안 내는 것이 좋을 듯합니다."

그는 물러 나왔다.

옥에 갇힌 배불룩이 김공량은 제정신이 아니었다. 들리는 소문으로는 내일이 아니면 모레는 어김없이 목을 친다고 했다.

"황금 1백 냥이다."

그는 옥졸에게 속삭였다. 벌써 여러 명째 귀를 붙잡고 흥정을 벌였으나 새까만 것들이 곁눈질만 하고 대답이 신통치 못했다.

"글쎄요."

해가 떨어지자 이항복은 다시 임금에게 불려 갔다.

"도승지를 면하고, 이조참의(吏曹參議)를 제수하는 터인즉 우상을 따라 우선 평양으로 가시오."

인빈 김씨의 간청이니 두말 말고 가라고 했다. 행여 도중에서 불측한 일이 생겨도 이항복같이 유능한 사람이 있으면 안심이 된다는 것이다. 20여 명의 일행은 어둠을 타고 유수부의 뒷문을 빠져 북으로 걸음을 재촉했다. 미리 손을 써놓은 듯 거리에서도 성문에서도 무어라는 관원은 아무도 없었다.

5월 4일.

좌승지로 있다가 이항복의 후임으로 도승지에 승진된 이충원(李忠元)

은 오십 줄에 접어든 초로의 사나이였으나 서울에서 개성까지 도보로 임금의 행렬을 따라왔어도 끄떡없었다. 충직하고 생각이 깊은 인물이었다. 그에게는 고민이 하나 있었다.

어젯밤의 일이었다. 도승지의 직첩을 받고 숙소에 돌아와 잠자리에 들려는데 삭녕(朔寧 : 경기도 연천)에 사는 선비 김궤(金潰)라는 사람으로부터 상소문이 날아들었다.

(……) 전하께서는 요망한 계집 김씨에게 빠져 나라와 기강을 무너뜨렸습니다. 또 간신배들의 말을 듣고 아무런 방비도 하지 않아 수백만 백성들을 흉악한 적의 도살에 내맡겼습니다. 그리하여 전하는 만백성의 인심을 잃었으니 도리가 없습니다. 즉각 왕세자에게 왕위를 전하고 물러나신다면 백성들도 다소 분이 풀리고 분발하여 이 큰 적을 물리칠 수도 있을 것입니다.

상소가 들어오면 임금에게 고하고 조정에 공시(公示)하는 것이 관례였다. 그러나 이런 때 이런 상소를 그렇게 해도 되는 것인지 판단이 서지 않았다.

그는 새벽에, 전부터 잘 아는 좌의정 윤두수를 찾았다.
"그 친구, 할 소리는 다 했구만."
윤두수는 소탈한 사람이었다. 상소를 읽고 혼자 중얼거렸다.
"어떻게 할까요?"
"어떻게 할 것은 없고—."
그는 씩 웃고 이충원은 알아차렸다. 입 밖에 내지 말라는 것이다.
"그보다도 신성군과 정원군이 간밤에 길을 떠났다는 소문인데 어디로 갔는가?"

이충원은 처음 듣는 소리였다. 직책상으로도 이렇게 따돌릴 수 있을까? 하기는 좌의정에게도 알리지 않은 모양이니 사실이라면 심상한 일이 아니었다.

그는 곧바로 행궁인 유수부로 달려왔다.

"전하, 두 분 왕자께서 간밤에 떠나셨다는 것이 사실입니까?"

임금은 찔끔했으나 왕자들만 입에 오르고, 인빈 김씨의 이름이 나오지 않는 것이 다행이었다. 유홍은 역시 머리가 좋은지라 잘 감싸고 돌아간 모양이다.

"우의정이 서북의 민정을 살피러 가는 편에 평양으로 피란을 시켰소. 그 애들이 이 개성에 있다고 할 일이 무엇이오?"

우의정이 떠났다는 것도 처음 듣는 소식이었다. 또 피란을 시킨다면 그들보다 어린 왕자들이 수두룩한데 왜 하필 김씨 소생들만이냐? 아직도 정신을 못 차리고 인빈 김씨의 손에서 놀고 있구나.

말해서 소용없다고 단념한 이충원은 입을 다물어 버렸다.


신하들이 모여들고 회의가 시작되었다.

"충청도와 전라도는 지금껏 온전하지 않소? 나는 그 고장에서 충신, 열사들이 일어나 북상하는 적을 무찌르고, 나로 하여금 하루 속히 서울로 돌아가게 하기를 학수고대했소. 그런데 한마디 소식도 없으니 이렇게 답답할 수가 있소?"

임금이 눈물까지 글썽이며 한탄하자 신하들은 머리를 조아렸다.

"망극하오이다."

"무슨 수가 없겠소?"

"앉아서 기다리기만 할 것이 아니라 사람을 보내 독려하는 것이 좋겠습니다."

한 사람이 제의하자 모두 찬성이었다.
"그것이 좋겠습니다."
임금이 좌중을 둘러보았다.
"옳은 말이오. 그러면 누가 가겠소? 적진을 뚫고 가야 하는 험한 길이니 나로서는 강권할 생각은 없소. 뜻이 있는 사람은 말하시오."
그러나 아무도 나서는 사람이 없었다. 좌중이 고개를 떨어뜨리고 숨 가쁜 침묵이 흐르는 가운데 말석에 앉았던 보덕(輔德) 심대(沈岱)라는 깡마른 사나이가 앞으로 나왔다.
"신이 가보겠습니다."
보덕은 세자시강원(世子侍講院)의 정3품관으로 세자를 가르치는 직책이었다.
"내 경의 벼슬을 올릴 것이오."
그러나 심대는 사양했다.
"가서 사명을 다하고 돌아온 연후에 받지요."
이충원은 임금의 지시로 충청, 전라 두 도의 감사에게 보내는 친서와 백성들에게 고하는 유서를 작성하였다. 적을 만나면 손쉽게 없앨 수 있도록 작은 종이에 작은 글씨로 할 말을 다 하자니 시간이 걸렸다.

심대는 예성강에서 배를 타고 서해로 내려갈 예정이었다.
이충원은 그를 벽란도까지 배웅하였다. 돌아와 동헌으로 들어가는데 어제 서울로 떠났던 신잡이 달려와 어전에 엎드렸다.
"적이 서울에 들어왔답니다."
"저런!"
임금은 말문이 막혔다가 사이를 두고 물었다.
"신 승지는 어디까지 갔소?"

"어제 저녁 혜음령(惠陰嶺 : 고양시 고양동)까지 갔다가 그 소식을 듣고 동파역에 돌아와 자고 지금 오는 길입니다."

"적은 언제 서울에 들어왔는고?"

"어제 아침입니다."

눈앞의 탁자를 가볍게 치는 임금의 목소리가 떨렸다.

"여기 있으면 무얼 하오? 빨리 피해야지. 당장 떠납시다."

옆에 앉았던 윤두수가 말렸다.

"오늘은 안 되고, 내일 체모를 갖추고 떠나야 합니다."

"지금 떠나 오늘밤은 금교(金郊)에서 자는 것이 좋겠소."

"민심이 흉흉해서 무슨 일이 일어날지 알 수 없으니 밤길은 피하고 내일 일찍 떠나도록 하시지요."

"딴소리 말고 어서 갑시다."

임금이 일어났다 앉았다 진정을 못하는데 신잡을 따라갔던 홍문관 교리 이상홍이 더욱 불을 붙였다.

"서울이 모두 불타서 적은 소득이 없고, 따라서 곧바로 이 개성으로 쫓아올 것입니다."

그도 겁을 먹었고, 시각을 다투어 도망가고 싶었다.

"그것 봐요. 빨리 나가 떠날 차비들을 해요."

기왕 갈 바에는 옥에 갇힌 죄수들을 풀어 주고 떠나는 것이 어떠하오리까 ─ 한 사람이 제의했으나 임금은 허둥지둥 안으로 들어가면서 내뱉었다.

"대신들과 의논해서 좋도록 해요."

윤두수는 임금의 거둥을 지켜보다 눈을 내리깔았다. 뭐니 뭐니 해도 우환의 근원은 여기 있다.

임금의 행렬이 개성을 떠난 것은 오후 4시(晡時)였다. 졸지에 무작정 떠나다 보니 모양도 안 되고 모든 것이 뒤죽박죽이어서, 당시의 기록은 임진강을 건널 때보다도 더 심했다고 적고 있다.

개성의 백성들은 거리로 달려 나와 드러내 놓고 손가락질이었다.

"저런 것도 임금이야?"

옥문이 열리는 바람에 저절로 풀려 나온 김공량은 혀를 내밀었다.

"히히, 나는 역시 하늘이 낸 사람이다."

그러나 그는 다른 사람들같이 북으로 가지 않고 강원도 산간벽지로 뛰었다. 금은보화는 한이 없겠다, 세상이 동강 나도 살 길은 있을 것이다.

## 적은 서울에 들어오고

　서대문으로 나온 임금의 행차가 만수산(萬壽山)을 좌로 끼고 한참 달리는데 뒤에서 급히 따라오는 군관이 있었다. 한강을 지키던 도원수 김명원의 장계를 가지고 온 급사였다.

　　중과부적으로 할 수 없이 한강을 버리고 임진강까지 후퇴하여
　　대죄하고 있사온바 신의 죄는 만 번 죽어 마땅합니다.

　잠시 행차를 멈추고, 도승지 이충원이 읽어 드리는 것을 듣고 있던 임금은 혼자 중얼거렸다.
　"김명원은 이름만 도원수지 휘하에 군사가 없으니 부득이하지."
　군관의 이야기로는 한강을 지키러 남하하던 신할도 임진강에서 더 못 가고 김명원과 함께 있다고 했다. 임금이 영을 내렸다.

"김명원은 도원수의 직함 그대로 임진강을 지킬 것이며 신할은 수어사(守禦使)로 도원수와 협력하라."

그들은 다시 북행길을 재촉했다.

도망치는 길이라 모양이 좋은 행차일 수는 없었으나 무엇보다도 기막힌 것은 종묘와 사직의 신주들을 개성에 팽개치고 떠나온 일이었다.

서울에서는 북새통에도 잊지 않고 자루에 넣었고, 개성까지 모시고 왔었다. 그러나 개성에서는 너무도 불시에 떠나는 바람에 아무도 신주 생각을 못했고, 다음 날 한밤중 보산역(寶山驛)까지 와서야 비로소 소동이 벌어졌다.

"종묘사직이 없는 나라가 고금에 어디 있는가?"

왕족 한 사람이 울부짖는 바람에 임금 이하 모두 기겁을 했다. 그중에서도 종묘의 신주는 바로 왕실의 조종이요, 이를 버렸다면 신하들만 나무랄 수 없고, 임금도 책임을 면할 수 없었다.

하도 엄청난 일인지라 임금은 대신들과 속삭인 끝에 엄명을 내렸다.

"이 일을 입 밖에 내는 자는 무사하지 못하리라."

즉시 예관을 개성으로 보내 조용히 신주들을 모셔 오라고 했다.

쫓기는 길에 가장 참기 어려운 것이 허기였다. 시골길, 어디에도 느닷없이 들이닥친 숱한 사람들을 먹일 식량의 마련은 없었다.

지나는 길에 어쩌다 민가에서 밥을 한 그릇 구하면 임금부터 대접해야 하였다. 그래도 임금조차 몇 끼 굶었으니 신하들은 말할 것이 못 되고, 허기에 눈앞이 아물거리고 두 다리가 휘청거렸다.

잠자리도 말이 아니었다. 임금과 그 일가는 역관에 모셨으나 신하들은 풀밭에서 새우잠을 잤고, 재수가 좋은 밤은 민가에 드는 수도 있었으나 이번에는 모기와 빈대, 벼룩에게 뜯기다 보니 눈은 아예 붙이지도 못했다.

입성도 문제였다. 여러 날을 입은 그대로 구르다 보니 흙먼지를 뒤집어쓴 몰골은 정승이고 판서들이고, 서울 종로를 서성거리던 지게꾼들과 다를 것이 없었다.

5월 8일.

맥없이 흐느적거리던 행렬도 평양이 가까워지면서 생기를 되찾았다. 평안감사 송언신(宋言愼)이 3천 기병을 거느리고 달려 나와 맞아준 것이다.

임금의 행렬을 전후좌우로 에워싸고 전진하는 숱한 기병들의 늠름한 모습만도 장관인데 그들이 빼어 든 창과 칼이 석양에 비치니 찬란하고 황홀하기까지 했다.

성내에는 관가는 물론 민가도 기와를 얹은 집들이 즐비하고, 연도에 나와 맞아 주는 수많은 백성들은 얼굴이고 몸짓이고, 활기가 있었다.

임금은 먼저 떠나온 두 아들의 마중을 받으며 감영(監營)으로 들어가고, 3정승 이하 대소 관원들은 배정된 민가에서 짐을 풀었다.

송언신은 치밀한 사람이어서 의복이며 침구, 식량의 마련에도 소홀함이 없었다. 새 옷으로 갈아입고 푸짐한 음식으로 배를 채우니 모두들 죽다가 살아난 기분이라고 했다.

금시 뒤쫓아 오는 줄 알았던 적은 5백 리 밖, 서울에서 움직이지 않는다는 소문이었다.

한숨 돌린 조정은 임진강에서 적을 막아 내기로 하고 제도도순어사(諸道都巡御史)에 한응인(韓應寅)을 임명했다. 군대의 총감찰(總監察) 같은 자리였다. 일찍이 정여립의 음모를 적발하여 공을 세운 후로 승진을 거듭하여 작년에는 38세의 젊은 나이로 예조판서에 올랐고, 명나라에 사신으로 들어갔다 일전에 돌아왔다. 임금은 언제나 그가 믿음직했다.

　밤을 자고 난 임금은 우의정 유홍(兪泓)을 도체찰사로 임명하였다. 전선에 나가 임금을 대신해서 생사여탈의 권한을 행사하는 자리였다.

　유홍은 바로 며칠 전에도 인빈 김씨와 그 소생들을 감쪽같이 평양으로 옮기는 데 솜씨를 보인 유능한 인재였다.

　평양에 온 지 사흘, 5월 11일 한응인은 1천 명의 정예를 거느리고 임진강으로 떠나갔다. 모두가 압록강변에서 여진족을 막아 내던 평안도 군사들이었다.

　그러나 유홍은 떠나는 것이 아니라 전송을 했다.

　"그대는 왜 떠나지 않는고?"

　임금이 물었다.

　"황공하오이다. 신은 발바닥에 종기가 나서 떠나지 못했습니다."

　내가 사람을 잘못 본 것이 아닐까? 그를 물러가게 하고 두루 생각하고 앉았는데 이덕형이 들어섰다. 고니시 유키나가를 만나러 서울을 떠나 충주로 내려간 후 소식이 끊어졌는데 피골이 상접한 모습으로 평양에 나타났다.

　용인에서 가토 기요마사에게 죽을 뻔하고, 돌아서 서울까지 왔으나 조정은 이미 피란을 떠난 후였다. 뒤쫓아 북상하여 임진강에 당도했으나 홍수진 물에 배는 없고, 하는 수 없이 상류로 거슬러 올라갔다. 마전(麻田)에서 여울을 건너 산길을 헤맨 끝에 지금에야 당도했다고 하였다.

　"그대 같은 사람이 있는가 하면 몸만 사리는 대신도 있고……."

　임금이 무엇인가 말하려다 말고 화제를 돌렸다.

　"적을 알아야 싸움이 될 것이 아니오? 그런데 지금 저들이 서울까지 밀고 올라왔다지만 어떻게 움직였는지, 무엇을 생각하고 있는지, 도무지 알 수 없으니 이렇게 답답할 데가 어디 있겠소?"

이덕형은 대답할 말이 없었다.

일본군은 그들의 예정대로 차질 없이 움직이고 있었다.

고니시 유키나가가 지휘하는 적의 제1군 1만 8천여 명이 충주를 점령한 4월 28일 현재, 가토 기요마사 휘하 제2군 2만 2천여 명은 부산, 경주, 영천, 군위, 용궁(龍宮)을 거쳐 조령 넘어 문경에 당도해 있었다.

이들 외에 후속 전투부대 11만여 명은 차례로 부산에 상륙하여 북으로 올라오는 중이었고, 별도로 후방 경비를 맡을 1만 2천여 명이 부산에 올라와 있었다. 도합 17만을 넘는 일본군 병력이 충주 이남의 우리 땅에서 작전 중이었고, 마지막으로 상륙할 그들의 일선 최고사령관 우키타 히데이에(宇喜多秀家)는 쓰시마에서 순풍을 기다리는 중이었다.

3월 하순 교토를 출발한 그들의 괴수 도요토미 히데요시는 육로로 전진하여 이틀 전인 4월 26일에는 이미 규슈(九州) 북단의 나고야 성(名護屋城)에 도착하여 연속부절로 들어오는 전황 보고를 받고 있었다.

충주가 떨어진 다음 날인 4월 29일 오후.

전날 문경에 당도한 가토 기요마사가 휘하 2만 2천여 명의 병력을 이끌고 조령을 넘어 충주성으로 들어왔다.

저녁에는 그의 요구로 충주성 서북 1리 소 요시토시(宗義智)의 장막에서 장수들의 회의가 열렸다.

"여태까지는 따로따로 왔으나 이제부터는 함께 진격합시다."

조선 지도를 보면서 기요마사가 먼저 제안했다. 유키나가의 휘하에는 조선의 사정, 특히 지리에 밝은 쓰시마 사람들이 많았다.

덕분에 유키나가는 여기까지 일사천리로 밀고 올라온 반면, 기요마사는 지리를 몰라 갖은 고생을 다 했다. 이대로 가면 유키나가가 먼저 서울에 들어갈 것이고 자기는 뒤에 처질 터이니 이것은 일생일대의 수치가 아닐 수 없었다.

그러나 유키나가는 한마디로 거절했다.

"못하겠소."

"왜 못하겠소?"

"마음에 없으니 못하겠소."

유키나가는 이 전쟁을 막기 위해서 쓰시마와 짜고 국서를 위조했고, 가짜 사신도 여러 번 조선에 보냈다. 교섭은 실패하고 전쟁이 터졌으나 이 비밀은 끝까지 지켜져야 했다. 드러나면 자기는 도요토미 히데요시의 손에 죽을 것이었다.

살기 위해서는 기요마사를 제치고 먼저 조선 조정과 접촉하여 조선에 대한 창구는 자기가 맡아야 했다. 울산에서 편지를 보내고, 상주에서 또 편지를 보내 이덕형과 만나자고 한 것도 이 때문이었다.

그러나 응대가 없었다. 이제 남은 길은 먼저 서울에 들어가 조선의 고관을 누구라도 붙잡고 화평교섭을 시작하는 일이었다. 기요마사와 함께 들어가도 안 되고 먼저 가야 했다.

결국 지금까지와 마찬가지로 제각기 딴 길로 가기로 했다. 그 대신 충주에서 음성, 죽산, 용인, 과천을 거쳐 서울로 들어가는 가까운 길을 기요마사에게 양보하고, 유키나가 자신은 여주, 양근(楊根)을 돌아 서울로 들어가는 먼 길을 택했다. 또한 이 충주에서 하루 더 쉬고, 모레 5월 1일 떠나 5월 단옷날까지 서울에서 합류하기로 합의를 보았다.

끝으로 소 요시토시가 서울 지도를 펼쳐 놓고 손가락으로 짚어 가며 설명에 들어갔다. 궁궐이며 관가의 위치에 이어 길거리를 훑었다.

"이 거리 양쪽은 싸전, 이 거리는 포목전, 이 거리는 약전(藥廛 : 약방)이올시다. 그런데……."

느닷없이 기요마사가 유키나가를 빗대고 이죽거렸다.

"약장수가 무사라는 것은 말이 안 되고, 이 약전 거리에서 약이나 파시지."

노려보던 유키나가가 별안간 옆구리에서 단도를 빼어 기요마사에게 냅다 던졌다. 말릴 겨를도 없고, 순간의 일이었다.

그러나 기요마사는 옆으로 살짝 피하고 소매가 약간 찢겼을 뿐 다치지는 않았다.

"약장수, 오늘은 네 제삿날이다."

기요마사가 칼을 뽑아 들자 유키나가도 뽑았다. 좌중에 있던 10여 명이 달려들어 겨우 뜯어말리고, 화해의 술이라도 나누자고 했으나 두 사람은 듣지 않고 각기 자기 장막으로 돌아갔다.

이튿날은 4월 30일.

먼동이 트자 기요마사의 부대는 행동을 개시하여 북으로 움직이기 시작했다.

소식을 들은 유키나가는 튀어 일어나 출동명령을 내리고 말에 올랐다. 약속 위반이요 속임수였다. 죽는 한이 있더라도 기요마사에게 뒤져서는 안 되었다.

고니시 유키나가와 가토 기요마사는 기를 쓰고 앞을 다투어 서울 길을 재촉했다.

5월 2일.

용진(龍津)에서 북한강을 건넌 고니시 유키나가의 제1군은 팔당을 거쳐 정오에는 망우리고개에 올라섰다. 혹시 기요마사란 놈이 먼저 들이친 것은 아닐까? 유키나가는 멀리 하늘로 치솟는 도성의 연기를 바라보고 어금니를 깨물었다.

같은 시각, 과천에서 남태령을 넘은 가토 기요마사의 제2군은 한강가 동작진(銅雀津) 일대에 포진하였다. 강 건너 정자를 중심으로 포진한 조선군이 눈에 들어왔으나 별것이 못 되고 문제는 강이었다. 크고 작은 배들은 모두 북안에 끌어다 놓았고, 남쪽에는 한 척도 없었다. 어떻게 건널 것인가?

제천정(濟川亭 : 서울 한남동)에 본영을 설치한 도원수 김명원은 적을 지켜보고 있었다. 끝없는 사람과 깃발의 홍수, 강변을 뒤덮고 일부는 산에 올라 이쪽을 바라보고 연방 손가락질이었다.

부하 1천 명, 그나마 서울거리를 굴러다니던 건달에 거렁뱅이들 — 그는 도무지 방책이 서지 않았다.

금년에 59세의 이 노인은 일찍이 문과에 장원급제한 선비로 글이라면 자기 앞가림을 하고도 남았다. 그러나 활이고 창이고 만져 본 일이 없고, 병서도 뒤적인 일이 없었다.

부원수 신각(申恪)에게 물으니 그럴 듯한 대답이 나왔다.

"적이 아무리 많아도 한꺼번에 건너오는 것은 아닙니다. 많아야 수십 명씩 뗏목을 타고 건너올 터이니 차례로 무찌르면 됩니다."

그러나 김명원은 신각이 물러가자 명령을 내렸다.

"무기를 강 속에 던지고 제각기 갈 데로 가라!"

병정들도 뛰고 장수들도 뛰고 도원수 김명원은 서북 임진강 방향으로 뛰었다. 부원수 신각은 함께 가자는 김명원의 권유를 뿌리치고 심복 10여 기와 함께 성내로 말을 달렸다.

신각은 일찍이 병사를 지내고 부원수로 오기 전에는 경상도방어사로 있던 무인이었다. 서울 장안의 성벽에서 죽을 생각이었으나 유도대장 이양원은 양주(楊州)로 달아나고 없었다. 그도 하는 수 없이 양주로 말머리를 돌렸다.


    같은 5월 2일 밤 8시(戌刻).
    한강을 건너온 가토 기요마사의 휘하 2만 2천여 명은 남대문 밖에 포진하고 고니시 유키나가 휘하 1만 8천여 명은 동대문 밖에 포진하였다.
    날이 어두워서도 성내는 계속 불타고 인기척이 없었다.
    서울의 수비만은 단단할 것이고 반드시 무슨 곡절이 있을 것이다. 그들은 밤새 척후들을 성내로 들여보내 탐색을 계속하였다.
    그러나 아무리 훑어보아도 빈 성이었다.
    5월 3일.
    단 한 명의 수비군도 없는 것을 확인한 적은 날이 새자 남대문과 동대문으로 쏟아져 들어와 온 성내로 퍼져 갔다.

    거리의 반이나 불에 타서 폐허가 되어 버리고, 어쩌다 빈집의 문틈으로 새까만 얼굴을 내미는 거렁뱅이들 외에는 달리 인기척을 찾을 길이 없는 서울 — 일본 사람들에게는 도무지 생각할 수 없는 광경이었다.
    일본의 내전에서는 적의 수도를 점령하면 적장은 항복하거나 자결을 하고, 그것으로 전쟁은 끝났다. 마찬가지로 조선에서도 서울을 점령하면 작전은 끝날 것으로 생각했다. 한숨 돌리고 명나라를 들이친다는 계산이었다.
    그러나 조선 왕은 항복도 자결도 하지 않았다. 불타는 서울을 등지고 개성을 거쳐 평양으로 도망갔다. 평양으로 쫓아가면 압록강으로 도망갈 것이고, 압록강으로 가면 명나라로 도망칠 것이다.
    도무지 끝이 보이지 않는 전쟁이었다.
    이제부터 어떻게 할 것인가?

"예상치 못한 일이 벌어지면 현지에 나가 있는 장수들이 의논해서 결정하고 나에게 알리라."

이것이 본국을 떠나올 때 도요토미 히데요시가 내린 지시였다.

선봉으로 한발 앞서 서울에 들어온 고니시 유키나가와 가토 기요마사는 후속 부대들이 들어오기를 기다리는 수밖에 없었다.

"가서 백성들을 모아 오라. 우리 일본군은 결코 사람을 다치지 않는다."

그들은 거렁뱅이들에게 통행증을 내주고 선무공작을 펴면서 며칠 밤과 낮을 엮어 갔다.

선봉이 서울에 입성한 지 4일 후인 5월 7일에는 제3군 1만 1천 명과 제4군 1만 3천여 명이 거의 동시에 들어오고, 다음 날인 8일에는 총사령관으로 제8군 사령관을 겸한 우키타 히데이에가 1만 명을 이끌고 당도했다.

이로써 앞서 들어온 1, 2군을 합쳐 서울 도성 안팎은 7만 4천여 명의 일본군이 들끓는 그들의 세상이 되어 버렸다.

신주가 떠나고 없는 종묘에 본영을 설치한 총사령관 우키타 히데이에는 금후의 방침을 의논하기 위해서 회의를 소집했다. 그러나 히데이에는 19세 소년으로 자기의 주견은 없고, 처음부터 장수들의 토론에 내맡겼다.[17]

"이러니저러니 긴 말을 할 것이 없다. 즉시 진격을 계속하여 조선 왕을 붙잡고, 명나라까지 들이치자."

가토 기요마사의 주장에 고니시 유키나가가 반대하고 나섰다.

"명나라는 대국이다. 조선의 항복도 못 받은 처지에 명나라를 친다는 것은 말도 안 되는 모험이다. 우선 조선부터 다져야 한다."

서로 삿대질이 오갔으나 대세는 고니시 유키나가에게 유리했다. 각

군(各軍)은 조선 팔도를 하나씩 맡아 점령하되 완전히 평정한 연후에 명나라로 들어간다는 데 합의를 보았다. 이에 대해서 유키나가는 기요마사를 앞질러 복안을 제시했다.

| 서울·경기 | 제8군(겸 총사령관) | 우키타 히데이에 |
| 충청도 | 제5군 | 후쿠시마 마사노리 |
| 전라도 | 제6군 | 고바야카와 다카카게 |
| 경상도 | 제7군 | 모리 데루모토 |
| 황해도 | 제3군 | 구로다 나가마사 |
| 강원도 | 제4군 | 모리 요시나리 |
| 평안도 | 제1군 | 고니시 유키나가 |
| 함경도 | 제2군 | 가토 기요마사 |

가토 기요마사는 대로하였다.

"약장수, 어째서 네가 또 최선봉이냐? 평안도는 내가 맡아야겠다."

그는 두 주먹을 불끈 쥐고 떨었다.

조선의 수도 서울에는 일등으로 들어온다고 별렀는데 유키나가 때문에 일등 같기도 하고 이등 같기도 하고, 희미했다. 계속 진격이 안 될 바에는 평안도를 점령하고 있다가 영이 떨어지면 선수를 쳐서 명나라로 쳐들어가리라. 누구보다도 먼저 달려가서 도요토미 히데요시가 내려주던 나무묘법연화경(南無妙法蓮華經)의 깃발을 북경의 성문에 휘날리는 것이 그의 꿈이었다.

그러나 고니시 유키나가는 냉정했다.

"진정하시오. 이것은 한 개 안에 불과하오. 만사 당신이나 내 마음대로 되는 것이 아니고 중의에 따라 결정된다는 것을 모르시오?"

그로서는 무슨 일이 있어도 가토 기요마사에게 평안도를 맡길 수는 없었다. 미욱한 것이 그대로 국경을 가로질러 명나라로 쳐들어갈 염려가 있었다. 조선에서도 끝이 안 보이는 전쟁인데 명나라에 들어가면 그 넓은 땅에서 헤매다가 자멸하고 말 것이다.

또한 궁지에 몰린 조선 조정이 평안도를 맡은 일본 장수에게 화평 교섭을 요청해 올 수도 있을 것이다. 자기의 비밀이 탄로 나지 않기 위해서는 그 장수가 다른 사람이어서는 안 되고 반드시 고니시 유키나가 자신이라야 했다.

"그렇지요. 이것은 중대한 문제이니 태합(太閤 : 히데요시) 전하의 분부대로 장수들 전원의 합의를 보아 결정합시다."

우키타 히데이에가 한마디 하고 회의를 파했다.

이 무렵 서울에 들어온 것은 출정군의 반수에 불과하고, 나머지 뒤늦게 상륙한 부대들은 계속 북상 중이어서 서울과 부산 사이에 흩어져 있었다. 제5군은 경기도 죽산, 제6군은 선산, 제7군은 성주, 제9군은 부산에 있었다.

멀리 떨어진 이들에게 사람을 보내 의견을 묻고, 종합하여 결정을 내리자면 적지 않은 시일이 걸릴 것이었다.

이리하여 일본군은 서울에 들어온 후에도 20여 일 동안 움직이지 못했다.

## 비극의 장군 신각

한강에서 도원수 김명원과 헤어져 양주까지 온 부원수 신각(申恪)은 유도대장 이양원을 찾기는 했으나 산속 외딴집에서 소주잔을 기울일 뿐 부하도 없고 방책도 없었다.

"내사 모르겠다."

곤드레가 되어 모로 쓰러졌다.

신각은 물러 나왔다. 부하 10여 기(騎), 도무지 엄두가 나지 않았다. 우선 조용한 데 가서 피로를 풀고 생각해 보리라.

북으로 말을 달리다 마주 오는 수백 명의 병사들과 마주쳤다. 함경도에서 명령을 받고 서울을 지키러 올라오는 남병사 이혼(李渾)의 부대였다.

"서울은 이미 떨어졌으니 다른 방도를 생각합시다."

신각은 이혼과 의논 끝에 그들과 함께 의정부(議政府) 서북 30리 게너미고개[蟹踰嶺 : 경기도 양주시 남방동]로 들어갔다.
그의 선산이 여기서 멀지 않은 샘내[泉川 : 주내면 산북리]에 있는 관계로 그는 이 고장의 내왕이 잦았고, 이 일대의 지리에 밝았다.
무인으로 발신한지라 한때 영흥부사(永興府使), 연안부사(延安府使) 등 문관직을 지낸 일도 있으나 근본은 언제나 무인이었다. 매사를 군사와 연결지어 보는 습성이 있었고, 이 고장을 보는 눈도 예외가 아니었다.
게너미는 큰길에서 20리 떨어진 고장이었다. 그러면서도 산에 오르면 그 길을 내왕하는 인마가 한눈에 들어오고, 부근은 농사가 잘 되어 식량이 풍족했다. 한마디로 유격전의 적지였다.
그는 병정들을 모아 놓고 문답식으로 가르쳤다.
"일본군은 왜 이기고, 우리는 왜 졌는가?"
"일본군은 강하고 우리는 약했기 때문입니다."
"그러면 우리가 이기는 방법은 무엇인가?"
"우리가 강하고 일본군이 약하면 됩니다."
그는 무릎을 쳤다.
"과연 옳은 말이다."
평범한 이치를 자명한 것으로 치부하고 돌보지 않는 데 병통이 있었다. 길은 먼 데 있는 것이 아니라 범상한 일상 속에 있다.
"그런즉 적이 약할 때에는 서슴없이 치고, 적이 강할 때에는 서슴없이 숨어라."
그는 또 이런 말도 했다.
"죽는 것만으로는 장할 것이 하나도 없다."
"이기고 죽는 것은 장하다. 그러나 이기고 사는 것은 더욱 장하다. 적을 치고 또 칠 수 있기 때문이다."

서울에 들어온 적 7만 4천여 명은 무슨 영문인지 더 이상 움직이지 않고 도성 안팎에서 복작거렸다. 그러나 고인 물이 넘치듯이 오래지 않아 이들은 차츰 성 밖으로 쏟아지더니 날이 갈수록 더욱 멀리 퍼져 행패를 부리고 다녔다.

그들은 게너미 일대에까지 들락거리며 빈집을 털어 재물을 챙기고, 산에 피란해 있는 백성들을 덮쳐 살인, 강간에 밤낮을 가리지 않았다.

신각은 병정들을 10명 혹은 20명씩 반을 짜서 요소에 잠복을 시키고 간단히 일러 주었다.

"번개같이 불시에 냅다 치고 바람같이 사라지라."

"어떤 경우에도 흔적을 남기지 말라."

이 전쟁이 터진 이후 어디서나 수세에 몰렸고, 그때마다 패하였다. 처음으로 이쪽에서 적을 공격한다는 바람에 병정들은 긴장하면서도 흥분을 감추지 못했다.

기대 이상으로 큰 전과(戰果)를 올렸다. 적은 빈집을 털다 옆구리를 찔리고, 술을 마시다 몰살을 당하고, 여자를 덮치다 잔등에 창을 맞았다.

신각 자신도 20여 명을 끌고 동서로 번쩍이며 눈에 뜨이는 대로 무찔러 버렸다. 특히 산속의 피란민들을 덮치는 적은 그의 손에 몰살을 당하고야 말았다. 언제 어디서 나타나는지 알 수 없고, 사람들은 귀신같은 장수라고 그를 우러러보았다.

훗날 영의정까지 오른 젊은 날의 이정구(李廷龜) 내외도 왜병들에게 죽을 뻔하다가 신각에게 구출되었다. 그는 임금을 모시는 가주서(假注書)로, 예조판서 권극지의 사위였다. 임금을 따라 북으로 갈 예정이었으나 하필이면 장인 권극지가 북새통에 세상을 떠나는 바람에 가지 못하고 서울에 남아 있었다. 장인을 울타리 안에 대충 묻고 이 고장으로 달려와서 산에 숨었다가 왜병들을 만났었다.

피해가 늘자 일본군은 큰 부대를 동원하여 게너미 일대를 뒤졌으나 신각의 부대는 모습조차 볼 수 없었다. 그에게는 일정한 본영이 없고 그가 있는 곳이 본영이었다. 큰 적이 오면 일찌감치 도망치고 작은 적이 오면 기습공격으로 일거에 무찔러 버리고 사라졌다.
　그는 적의 공세가 주춤하자 그동안 잡은 적의 머리를 말이며 나귀에 실었다. 전승 보고서와 함께 평양으로 보내면서 그는 흐뭇했다. 전쟁이 시작된 후 이런 전과는 처음이니 임금께서도 기뻐하시리라.

　그러나 그의 눈이 닿지 않는 먼 고장에서는 사신(死神)의 손길이 움직이고 있었다.
　패전의 죄를 용서받고 다시 도원수로 임진강 수비를 맡은 김명원은 생각할수록 괘씸해서 조정에 글을 올렸다.

　　신각은 부원수이면서도 도원수인 신의 명령을 듣지 않고 멋대로
　　양주로 도망쳤으니 이래 가지고는 군율을 세우기 어렵겠습니다.

　발바닥의 종기를 내세워 전선으로 떠나지 않은 우의정 유홍(兪泓)은 평양에 앉아서도 도체찰사임에는 틀림없었다. 보고서는 유홍이 접수했고, 유홍은 임금에게 고했다.
　"이런 자는 결단코 죽여야 합니다."
　성난 임금은 영을 내렸다.
　"저런— 고얀 것이 있나. 당장 선전관을 보내 시각을 지체 말고 목을 치라!"
　어명을 받든 선전관은 평양을 떠나 밤낮으로 양주 땅 게너미로 말을

달렸다.

선전관이 떠난 지 한식경 되어 신각의 보고서와 함께 왜병의 머리 70개가 당도했다. 전에 김성일이 한 개를 달랑 보냈어도 큰일이라도 난 양 떠들썩했다. 그런데 70개. 상상도 못한 이변에 평양성 내가 조용하지 않았다. 임금은 주먹으로 가슴을 쳤다.

"아뿔싸, 이런 변이 있나. 당장 선전관을 보내 신각을 죽이지 말라고 전해라!"

급히 말에 뛰어오른 선전관은 앞서간 선전관을 따라잡으려고 채찍을 퍼부었다.

게너미 현지. 장병들 전원이 도열한 가운데 선전관으로부터 어명의 전달이 있었다.

　　종2품 자헌대부(資憲大夫) 부원수 신각은 주장의 명을 거역하고 적전에서 도주하였은즉 이에 관작을 삭탈하여 서인으로 내리고 참형에 처할 것을 명하노라.

선전관의 졸개들이 달려들어 밧줄로 신각을 뒷짐으로 묶어 꿇어앉혔다.

"조정에 한번 알아볼 기회라도 주시오. 무엇이 그렇게도 급하단 말이오?"

이양원과 이혼이 사정했으나 선전관은 듣지 않았다.

"전하께서는 진노가 대단하사 시각을 지체 말라는 분부십니다."

신각은 반백의 수염을 움씰하고 이양원과 이혼을 번갈아 쳐다보았다.

"생각하면 내가 무인의 길을 택한 것도 천명, 오늘 이 일도 천명이올시다. 유한은 없고 두 분의 호의가 고마울 뿐이외다."

그는 6척 거구에 힘이 장사였다. 조부와 부친은 다 같이 문과에 오른 문관들이었으나 그만은 타고난 장수라 하여 무과를 택했었다.

드디어 선전관의 졸개 2명이 다가서고, 북소리와 더불어 그들이 번갈아 내리치는 칼날에 육십을 바라보는 노장군 신각의 머리는 땅에 떨어져 피를 쏟았다.

"잠깐, 잠깐만……."

멀리서 말을 달려오며 외치는 사나이가 있었다. 그도 선전관이었다.

"앞서 어명은 없었던 것으로 하고, 신각 장군을 죽이지 말라는 새로운 어명이오."

그는 말에서 뛰어내렸다.

"조정에 앉은 양반들은 무슨 일을 이렇게 하시오?"

남병사 이혼은 자기 부하들을 걸어 가지고 북쪽 함경도로 달리고, 땅에 주저앉은 신각의 부하 10여 명은 목을 놓아 울었다.

"장군!"

# 주註

1. 나머지 한 명의 조카 효손(孝孫)은 계속 앓다가 훗날 임진왜란이 일어나 조정이 도망친 후 옥문이 저절로 열릴 때 나왔으나 그대로 앓다가 죽었다.
2. 이것은 잘못된 조사에 의한 매우 과장된 숫자였다.
3. 일본은 이때의 앙갚음으로 임진왜란이 끝난 지 11년 후인 1609년(광해군 1) 류큐를 무력 침공하여 속국으로 만들었다. 메이지 유신 후에는 왕을 폐지하고 이름도 오키나와(沖繩)로 고쳐 일개 현(縣)으로 삼아 일본 본토에 편입시켰다.
4. 이 편지 내용은 임진왜란이 일어난 후에야 조선에 알려 왔다(《선조 수정실록》).
5. 봉사와 첨정은 벼슬의 이름. 매관매직을 풍자한 노래다.
6. 이해 4월은 조선력과 일본력 사이에 하루 차가 있어 조선력이 1일 앞섰다. 따라서 일본 기록의 12일은 우리 기록의 13일, 양력으로는 5월 23일이었다.
7. 부산첨사영(營)의 병력 3백50명은 《경국대전》에 나오는 정원이다.
8. 당시 부산성의 인구에 대해서는 명확한 기록이 없다. 다만 이 무렵 일본에 와 있던 포르투갈 신부 루이스 프로이스(Luis Frois)의 기록에 3백 호(戶)로 적혀 있다.
9. 임진왜란까지의 부산성은 초량(草梁) 지역에 있었고, 왜관은 자성대(子城臺)에 있었다. 전쟁으로 부산성이 파괴되었으므로 전후의 부산첨사영을 자성대로 옮기고, 국교가 회복된 후 파괴된 옛 성터 일대에 왜관을 짓게 했다.
10. 이각은 그 후 계속 도망쳐 임진강까지 왔다가 도원수 김명원(金命元)의 손에 죽었다.
11. 이유검은 얼마 후 경상감사 김수(金睟)에게 붙잡혀 사형을 받았다.
12. 이영의 부인 이씨는 틈을 보아 김해까지 갔으나 시체를 찾지 못하고 유언대로 피묻은 옷으로 장사를 지냈다. 무덤은 함안 동지산(冬只山)에 있다.
13. 권극지는 소생하지 못하고 이날 밤 운명하였다. 이덕형은 한강가에서 기다리다 경응순과 단둘이 길을 떠났다.
14. 조총의 유효 사정거리는 대체로 1백 미터, 활은 20~30미터였다.
15. 신립의 시신은 영영 찾지 못했고, 광주(廣州) 곤지암리(昆池岩里)에 있는 그의 무덤은 그가 생전에 사용하던 금관자(金貫子)를 모신 것이다.
16. 이산해는 임금의 일행이 창졸간에 개성을 떠나는 바람에 평양까지 따라갔었다. 여

기서 다시 탄핵을 받고 강원도(현재 경북) 평해로 귀양을 갔다.
17. 히데이에는 처음에 종묘를 본영으로 썼으나 얼마 안 되어 지금 조선 호텔 자리에 있던 남별궁(南別宮)으로 옮겼다.

7년전쟁
2권 전쟁의 설계도

초판 1쇄 발행  2012년 7월 10일
초판 4쇄 발행  2020년 8월 28일

지은이  김성한
펴낸이  노미영

펴낸곳  산천재
등록  2012. 4. 19.
주소  서울시 마포구 와우산로 48, 로하스타워 707호 (상수동)
전화  02-523-3123  팩스  02-523-3187
이메일  magobooks@naver.com

ISBN 978-89-90496-62-1  04810
ⓒ 남궁연, 2012